DESCUBRA-ME

Copyright © 2015 Maya Banks
Copyright © 2015 Editora Gutenberg

Título original: Safe at Last

Todos os direitos reservados pela Editora Gutenberg. Nenhuma parte desta publicação poderá ser reproduzida, seja por meios mecânicos, eletrônicos, seja via cópia xerográfica, sem a autorização prévia da Editora.

EDITORA
Silvia Tocci Masini

EDITORES ASSISTENTES
Felipe Castilho
Nilce Xavier

ASSISTENTES EDITORIAIS
Andresa Vidal Branco
Carol Christo

REVISÃO
Monique D'Orazio

CAPA
Carol Oliveira
(sobre as imagens de jalcaraz/rasqurin [Shutterstock])

DIAGRAMAÇÃO
Guilherme Fagundes

Dados Internacionais de Catalogação na Publicação (CIP)
Câmara Brasileira do Livro, SP, Brasil

Banks, Maya

Descubra-me / Maya Banks ; tradução Marcelo Salles. -- 1. ed. ; 1. reimp. -- Belo Horizonte : Gutenberg Editora, 2016. -- (Trilogia slow burn ; v. 3)

Título original: Safe at last.

ISBN 978-85-8235-331-8

1. Ficção erótica 2. Ficção norte-americana I. Título. II. Série.

15-09491 CDD-813

Índices para catálogo sistemático:
1. Ficção : Literatura norte-americana 813

A **GUTENBERG** É UMA EDITORA DO **GRUPO AUTÊNTICA**

São Paulo
Av. Paulista, 2.073,
Conjunto Nacional, Horsa I
23º andar . Conj. 2301 .
Cerqueira César . 01311-940
São Paulo . SP
Tel.: (55 11) 3034 4468

Belo Horizonte
Rua Carlos Turner, 420
Silveira . 31140-520
Belo Horizonte . MG
Tel.: (55 31) 3465 4500

Rio de Janeiro
Rua Debret, 23, sala 401
Centro . 20030-080
Rio de Janeiro . RJ
Tel.: (55 21) 3179 1975

www.editoragutenberg.com.br

MAYA BANKS

DESCUBRA-ME

Trilogia Slow Burn
Volume 3

1ª Reimpressão

Tradução: Marcelo Salles

UM

Zack Covington estava no limite de sua impaciência enquanto aguardava a ordem do líder da equipe para prosseguir. Ele não sabia exatamente o que estava acontecendo no porão da McMansion – parecida com a casa que ele sonhou em construir para a garota com quem tinha planejado passar o resto da vida –, mas sabia que não era coisa boa. Às vezes, o mal ficava à espreita em lugares aparentemente inofensivos. As pessoas costumavam se negar a acreditar que algo de ruim pudesse vir a acontecer logo com elas – o que era um pensamento completamente equivocado.

Essa foi uma lição que Zack aprendeu da pior maneira possível. Criado em uma cidadezinha às margens do lago Kentucky, ele acreditava – assim como a maioria dos habitantes do lugar – que estava imune ao mal. Além do mais, Zack era ainda mais confiante em relação a isso do que os demais, já que seu pai era chefe de polícia, e ele cresceu sabendo que o trabalho do pai era garantir a segurança da cidade, independentemente de seu tamanho.

Mas ele com certeza havia fracassado com Gracie. Todo mundo havia fracassado com ela, e Zack foi o primeiro. Seu pai se recusou a usar os recursos do município com alguém que não pertencia ao local, e isso causou uma desavença com Zack que até aquele dia não estava resolvida.

E que talvez jamais se resolvesse.

Zack suspirou enquanto observava as enormes casas, os carros caros, as piscinas por trás das cercas altas e os jardins perfeitamente bem-cuidados. As famílias abastadas que viviam no condomínio cercado e muito bem protegido ficariam apavoradas ao descobrir que o mal estava à espreita. A maior ironia disso tudo era que aquele bairro afluente tinha sido recentemente considerado o local mais seguro e o melhor para se viver na região metropolitana de Houston. Não só isso, mas também entrou no top cinco do estado do Texas e na lista dos vinte melhores locais para se viver em todos os Estados

Unidos. Então, sim, aquelas pessoas estavam plenamente convencidas de que estavam seguras.

Mas Zack sabia que não era bem assim. Lá dentro havia uma criança, um bebê ainda. Bem, não tão bebê assim, já que ela era só dois anos mais nova que sua Gracie. Maldição, não aqui e não agora. Essa não era hora de deixar o passado atrapalhar. Além disso, Gracie dificilmente seria a linda e inocente garota de 16 anos que ele amou havia mais de uma década. Hoje ela teria 28 anos.

Se é que Gracie estava viva.

Além do mais, ela já não era mais a "sua" Gracie. Ela já não era mais nada de Zack.

Talvez ele não fosse capaz de salvá-la, talvez ele acabasse fracassando de qualquer forma. Mas não havia a menor chance de fracassar com aquela garota, que tinha sonhos do tamanho do mundo. Não quando as duas pessoas mais importantes de sua vida – ou pelo menos as duas que *deveriam ser* as pessoas mais importantes – tinham fracassado com ela de todas as maneiras possíveis.

Alyssa Lofton tinha se mostrado uma bailarina bastante promissora desde pequena, o que deixava sua mãe orgulhosa quando ela participava dos recitais do jardim de infância e ganhava elogios por todo o estado. Depois, quando as exigentes sessões de ensaio e treino começaram a atrapalhar a vida social dos pais, Alyssa acabou sendo rebaixada na lista de prioridades da família.

Até que seu pai começou a receber ameaças direcionadas a ela.

Os Lofton tinham cinco filhos, Alyssa era a filha do meio, entre dois irmãos mais velhos e duas irmãs mais novas. Quando Howard Lofton ligou para a Devereaux Security Services, Zack ficou aborrecido pelo fato de o homem parecer irritado não por sua filha estar sendo ameaçada, mas porque as ameaças não eram dirigidas a *ele*. O ego do homem ficou abalado ao ver que ele obviamente não era tão importante quanto a filha.

Era um porco arrogante e metido a besta, que jamais deveria ter tido filhos. E a esposa era igual ao marido. Zack sonhava com a vida que eles levavam – uma vida que um dia achou que teria –, com uma casa cheia de filhos. Uma casa feliz. E, ainda assim, o casal estava mais preocupado com seu status na sociedade do que em cuidar das próprias crianças.

Os dois tinham contratado uma babá, que era quem ia a todas as competições de esportes e recitais de dança. Era ela quem lhes dava amor e apoio, algo que deveria vir dos pais. E agora a babá estava morta. Levou um tiro enquanto tentava proteger uma das meninas mais novas dos Lofton, depois que homens mascarados invadiram o auditório onde estava acontecendo o recital, apagaram as luzes e causaram caos ao disparar suas armas.

O que fez o pai? Ele se jogou no chão feito um covarde, escondendo-se atrás da esposa, enquanto a babá salvava seu filho. Aquilo deixava Zack com vontade de enfiar uma bala no meio da testa daquele desgraçado.

E não era nem para Howard e Felicity Lofton estarem no auditório para ver a filha brilhar. Eles só foram porque a filha do CEO de uma outra empresa de petróleo também iria se apresentar naquela noite. Howard estava negociando uma fusão das duas empresas, já que seu concorrente pretendia se aposentar e ele queria assumir o comando das duas companhias e expandir seu "império". O pior era que Howard e a esposa nem mesmo prestaram atenção às crianças, enquanto estavam sentados lá atrás falando de negócios bem no meio da apresentação.

O alvo sempre foi Alyssa. E Alyssa era responsabilidade de Zack. Bem, na verdade ela era responsabilidade de toda a DSS, mas era Zack quem estava mais perto. No meio do pandemônio que se seguiu, uma mulher histérica tinha bloqueado o caminho até a garota, que estava a poucos centímetros dela, e levou um tiro. Alyssa em seguida foi capturada e levada embora de uma maneira bastante profissional.

Aquilo não era uma operação executada por amadores, e Zack não deixou de se perguntar por que alguém faria tudo aquilo para sequestrar a filha de um magnata do petróleo que não tinha a menor preocupação com a própria segurança. Se os sequestradores quisessem dinheiro e tivessem feito alguma pesquisa sobre Howard Lofton, ele teria sido a escolha óbvia como alvo do rapto.

Lofton abriria mão de muito dinheiro para salvar a própria vida. Mas e para salvar a vida dos filhos? Até mesmo Zack já sabia a resposta e ele teve apenas um breve encontro com Howard. Zack sentiu desprezo por Lofton na mesma hora em que se conheceram, porque o homem estava reticente em gastar seu precioso dinheiro para proteger a filha, apenas "para manter as aparências". Afinal, não pegaria bem para um pai ignorar as ameaças à sua filha e, além do mais, Howard Lofton tinha um ego do tamanho do estado onde ele morava.

Quando o ponto eletrônico em seu ouvido permaneceu em silêncio – e ele já tinha esperado por tempo demais –, Zack perdeu o resto da paciência. Que se dane, ele iria entrar. Os Lofton podiam não estar nem aí com a própria filha, mas Zack se importava com ela e não iria ficar parado quando cada segundo poderia significar a diferença entre a vida e a morte.

Furtivamente, Zack seguiu na direção da janela do quarto de hóspedes. A DSS tinha puxado a planta da construção das casas do condomínio – afinal, eram todas padronizadas – e silenciosamente enfiou a faca nas bordas da janela para soltar as vidraças. Somente depois de conseguir abri-la ele sussurrou no intercomunicador:

"Estou dentro."

Zack ignorou os palavrões de Dane e escutou Eliza murmurar: "Já estava na hora." Capshaw e Renfro não disseram nada.

Entrando com facilidade no quarto, ele rapidamente sacou a pistola com silenciador e pegou uma bomba de efeito moral. Zack sabia de cor a arquitetura da casa, pois teve de estudá-la até memorizá-la por completo.

O lugar estava assustadoramente escuro quando ele saiu do quarto, mas, à distância, era possível ouvir o som de uma televisão ligada. Seus companheiros eram capazes de cobrir a frente da casa. O objetivo de Zack era o andar de baixo, e ele seguiu em direção ao seu alvo, absolutamente focado.

Captou uma sombra com o canto do olho e imediatamente colou o corpo na parede. Logo em seguida, um homem virou pelo corredor, vindo na direção de Zack, que rapidamente percebeu que ele não era um morador da casa. O homem vestia calças camufladas e camisa preta, e carregava uma pistola no coldre de ombro, além de várias facas de kevlar presas na cintura. Que raios aqueles palhaços poderiam querer com uma menina de 14 anos? Será que eles estavam envolvidos com alguma organização de tráfico de pessoas? E mesmo assim, por que tudo aquilo para apenas *uma* garota? No recital havia mais de vinte meninas entre 8 e 18 anos. Em meio ao caos que foi gerado, eles poderiam facilmente ter capturado diversas outras.

Zack apontou a arma para o homem, que o avistou e fez o mesmo com a sua. Mas Zack tinha o elemento surpresa, e o silêncio só foi quebrado pelo som de um corpo caindo no chão.

"Um a menos", disse em voz baixa no intercomunicador. "Esses caras são bem treinados, fiquem de olhos abertos."

"Mas que saco, Zack", Beau reclamou. "Espere pelos reforços."

"Alyssa talvez não tenha tempo para esperar pelos reforços", Zack retrucou enquanto caminhava na direção da escada no fim do corredor.

Ele parou e olhou para baixo, tentando escutar qualquer som que indicasse movimento nas escadas. O que ele ouviu fez seu sangue gelar.

Era um choro soluçado. O som de dor e desespero. Um som que partiu seu coração.

Resistindo à vontade de descer correndo a escada, de forma imprudente, Zack se obrigou a descer com calma os degraus, tomando o cuidado de não fazer nenhum barulho, quando sua vontade era entrar correndo e matar cada um dos desgraçados que tinham sequestrado e machucado uma criança inocente.

Zack parou no último degrau, porque só havia uma pequena área entre a escada e a parede. Ele precisaria virar no corredor para entrar em uma área maior da sala, no local onde Alyssa estava sendo mantida. No local de onde vinha o choro e o soluço.

Zack não poderia lançar a bomba de efeito moral, porque poderia acabar ferindo Alyssa. Além disso, ela poderia acabar sendo morta assim que seus sequestradores percebessem que foram descobertos. Se aqueles homens fossem mesmo bem treinados como Zack achava que eram, eles provavelmente já tinham familiaridade com bombas de efeito moral – e sabiam como suportar seu impacto ao mesmo tempo em que permaneciam capazes de se defender. Ou de matar o inimigo.

Mantendo a respiração calma, Zack pegou sua faca com a mão esquerda e apertou os dedos em volta da empunhadura da pistola, roçando o gatilho. A cena que ele viu em seguida iria assombrá-lo pelo resto da vida.

Alyssa ensanguentada, espancada, pálida de terror, com os olhos brilhando por causa das lágrimas e por causa da dor. Estava algemada à base da lareira de tijolos. Aquilo mais parecia cena de um filme de terror medieval.

Mas o pior era ver *quem* a estava torturando.

Zack não se moveu, nem mesmo respirou, rezando para que a garota com a faca no pescoço de Alyssa não percebesse que ele estava lá e não decidisse lhe cortar a garganta.

"Por que você está fazendo isso comigo, Lana?", Alyssa sussurrou, engasgando com as próprias lágrimas enquanto encarava sua torturadora. "Eu achei que nós éramos amigas!"

"É que com você fora de cena, *eu* vou ser a melhor. Não *você*", disse a adolescente. "Sempre foi só você, você, você. Estou de saco cheio de ouvir como a Alyssa é boa, como ela é talentosa e está destinada ao estrelato. Sabe o que falam de mim? Que sou sua coadjuvante, sempre em segundo lugar. Agora eu vou ser a estrela, e ninguém vai nem lembrar do seu nome."

Meu Deus. Zack reconheceu a garota. Ela havia se apresentado logo antes de Alyssa e, embora fosse talentosa, ficou evidente, assim que Alyssa pisou no palco, que ela ofuscava a outra garota.

O ódio completo por Alyssa estava bem claro na voz de sua rival. O tom de triunfo e maldade naquelas palavras deixavam Zack enojado. Um filete de sangue escorria pelo pescoço de Alyssa, e ela deixou escapar um pequeno grito, mais de pavor e medo do que de dor.

O que mais assustava era o fato de ser impossível aquela garota ter elaborado um plano tão impecável. Não havia chance também de ela conhecer homens capazes de executar o plano de forma tão profissional. Isso significava que seus pais não só sabiam o que estava acontecendo no porão de casa, como também planejaram tudo aquilo.

Zack precisava agir rápido. Ele era bom para ler as pessoas e não tinha a menor dúvida de que a adolescente invejosa mataria Alyssa se ele não interviesse naquele momento. De forma alguma ele gostaria de matar uma adolescente, ainda apenas uma criança... Mas não, ela não era uma criança. Era uma psicopata de sangue-frio, capaz de fazer qualquer coisa para eliminar alguém que ela encarasse como rival.

E então a decisão de agir foi tomada por Zack quando Alyssa olhou para ele e entregou sua presença ali, ao arregalar os olhos assustada. Felizmente, a garota baixou a faca e se virou, talvez pensando que fosse um dos homens que tinham sequestrado Alyssa. Porém, quando ela viu Zack, levantou a mão com a lâmina, com uma expressão tão agressiva que o fez estremecer. Então ela se virou novamente, apontando a faca na direção do peito de Alyssa.

Tudo se passou em uma fração de segundo e, no entanto, era como se tivesse acontecido em câmera lenta.

Alyssa gritou, virando-se de lado para evitar a ponta da faca. Zack atirou, com mira precisa, e acertou o braço de Lana perto do pulso, fazendo-a soltar a lâmina. Lana gritou tão alto quanto Alyssa, mas a dor que ela obviamente estava sentindo não a impediu de tentar concluir sua vingança.

Ela se jogou sobre Alyssa, arranhando furiosamente seu rosto, enquanto a outra mão pendia inerte ao lado do corpo.

Mas que droga!

Zack avançou e pegou um punhado de cabelos da garota furiosa, puxando-a para trás. No seu ouvido, pelo intercomunicador, duas vozes ordenavam que ele relatasse a situação. Ele ignorou ambas, preocupado em impedir que Alyssa se machucasse ainda mais, caso algum oponente descesse pelas escadas.

"Vou te matar!", Lana gritou, voltando sua ira para Zack.

Subitamente, a raiva se transformou em triunfo quando ela olhou de forma rancorosa para Alyssa.

"Chegou tarde demais, de qualquer maneira", ela disse, de um jeito presunçoso.

Zack não parou para pensar no que a garota maluca queria dizer. Ele a fez sentar em uma cadeira próxima e algemou o pulso ileso de Lana ao braço do assento. Desta vez, foi ela quem entregou a presença de outra pessoa. Seus olhos brilharam de alívio, e Zack imediatamente se jogou no chão e rolou na direção de Alyssa, colocando-se entre ela e qualquer possível ameaça.

Zack estava com a arma levantada e não hesitou quando viu um homem vestido de forma similar ao que ele tinha eliminado no andar de cima. Não teve tempo de fazer mira para acertar um tiro fatal, mas foi capaz de acertar a coxa do agressor. A julgar pela quantidade de sangue que jorrava do ferimento quando o homem caiu, o disparo provavelmente atingiu a artéria femoral. Se fosse o caso, aquele homem estava condenado e iria sangrar até a morte em poucos segundos.

Ainda assim, para não correr riscos, Zack deu um segundo tiro no pescoço do homem caído.

"Caralho, onde é que está todo mundo?", esbravejou, falando com sua equipe pela primeira vez. "Alyssa está no porão, e dois dos sequestradores estão mortos. Alguém aí a fim de me ajudar por aqui?"

"Bem, se você tivesse sido um pouco mais paciente, teria ajuda", Dane respondeu, seco.

"Se eu tivesse esperado mais, Alyssa estaria morta agora", Zack retrucou.

"Já varremos o térreo", Eliza interveio. "Estamos a caminho agora. Zack, estamos lidando com um caso bem fodido."

"Você não sabe nem metade da história", Zack respondeu sério.

Satisfeito por não ter encontrado mais nenhuma surpresa, Zack se levantou e rapidamente soltou os pulsos de Alyssa, usando a chave que estava em cima da mesa, a poucos metros de distância. Assim que se viu livre, ela abraçou Zack e começou a chorar com a cabeça encostada em seu pescoço. Ele fechou os olhos e segurou sua nuca, acariciando gentilmente seus cabelos.

"Está tudo bem, querida. Você está em segurança agora."

"Não, não está nada bem", ela respondeu em meio aos soluços. "*Nunca* mais vai ficar tudo bem de novo."

Alyssa se agarrava com força nele, e sua dor deixava Zack comovido. O mundo estava repleto de todo tipo de gente maldosa e louca, mas aquela situação conseguiu surpreendê-lo. Ver alguém tão jovem sendo tão maldosa e... doentia. Ele estava sem palavras.

"Você consegue se levantar ou quer que eu te carregue?", Zack falou com um tom de voz calmo e tranquilizante. "Você está muito machucada?"

Ao ouvir essa pergunta, Alyssa desabou completamente. Chorava tão desamparada que Zack ficou furioso ao ver sua inocência destruída. Mesmo assim, ele não estava preparado para ouvir a resposta.

"Ela quebrou meus *joelhos*", Alyssa disse soluçando. "Para eu nunca mais dançar de novo. Dançar era tudo o que eu tinha e agora perdi isso. Ela devia ser minha amiga, nós estávamos ensaiando juntas, estávamos planejando ir para a mesma escola de dança. Oh, meu Deus... E se eu nunca mais conseguir andar de novo?"

Zack ficou totalmente chocado. Da forma mais gentil que ele pôde, considerando que estava tremendo de raiva, afastou Alyssa o suficiente para avaliar seus joelhos. Ele não tinha se atentado às pernas da garota antes, já que estava focado demais em Lana, na faca que ela segurava e no medo que havia nos olhos de Alyssa.

As calças usadas na apresentação do recital estavam rasgadas, ensanguentadas e completamente esticadas pelo inchaço causado pelas pancadas nos joelhos. Zack nunca se sentiu tão mal em sua vida. Não desde o dia em que...

Ele meneou a cabeça e se recusou a voltar àquela época de sua vida. Havia uma garota que precisava dele ali e naquele momento. Zack era tudo o que havia para proteger Alyssa da morte. E para ela, um ferimento daquele tipo era equivalente a morrer.

Zack cuidadosamente passou-lhe um braço por baixo das pernas, entre os joelhos e as nádegas, e a segurou com o outro braço por baixo das axilas.

"Isso vai doer, querida, mas preciso tirar você daqui e levá-la para um hospital, onde você estará em segurança. Talvez seus machucados não sejam tão sérios quanto você imagina."

Nos olhos de Alyssa havia claramente dúvida e desolação, mas ela apertou os lábios e se inclinou na direção de Zack, sem emitir um único som enquanto ele a carregava nos braços e passava por Lana, que ainda estava algemada à cadeira.

"E quanto a mim?", Lana gritou. "Você atirou em mim!"

Zack se virou e olhou-a com frieza, certificando-se de que a cabeça de Alyssa estivesse presa com firmeza sob seu queixo e que o rosto estivesse afundado em seu pescoço, para que ela não tivesse mais que olhar novamente para sua torturadora.

"Pode me processar", ele grunhiu.

DOIS

Zack tentou se ajeitar no banco desconfortável daquele bar que podia ser mais bem descrito como um "sujinho" e que ficava a uma boa distância de seu apartamento. Era um lugar que ele usava como esconderijo, já que ninguém o conhecia por lá. Apesar de frequentá-lo com regularidade, ele se mantinha sozinho, nunca conversava com ninguém e definitivamente não ia até lá para ficar com mulheres e ter casos de uma noite só. Aquele bar era somente um local onde tentar relaxar depois de uma missão particularmente difícil ou quando o passado voltava para assombrá-lo, apesar de todo seu esforço para seguir em frente.

Zack estava ali naquela noite pelos dois motivos.

Porque aquela missão infernal – literalmente infernal – tinha trazido à tona memórias dolorosas do passado, que ele tinha orgulho ter conseguido manter afastadas por um bom tempo. Zack até mesmo achava que já tinha passado pelo pior, que estava seguindo em frente. Pensava que finalmente estava conseguindo deixar o passado para trás e aceitar o acontecido. Aceitar que a vida que ele tinha planejado, a vida que ele tinha sonhado, jamais se tornaria realidade e que já era hora de tentar realizar um outro sonho, uma outra visão. Ou ele iria sacrificar para sempre qualquer chance de ter algo que se assemelhasse a uma vida feliz, satisfatória e plena.

Sim, ao colocar as coisas dessa forma não era preciso ser muito esperto para perceber que Zack era prisioneiro de coisas sobre as quais ele não tinha controle já havia muito, muito tempo. Estava mesmo na hora de parar de olhar para o próprio umbigo.

"Ei." Uma voz suave interrompeu o autoflagelo de Zack.

Ele se virou, grato, aliviado por alguém tê-lo distraído dos próprios pensamentos, embora preferisse não ser incomodado quando estava ali, em um lugar onde ele contava apenas com a própria companhia, já que todo mundo lá costumava ficar quieto, cuidando da própria vida.

Zack sorriu quando viu Tonya, uma enfermeira no hospital onde Alyssa fora levada algumas horas antes. Ela trabalhava na emergência, e foi assim que Zack e os outros membros da DSS a conheceram. Não era incomum que a DSS fosse parar no pronto-socorro, seja porque algum dos membros da equipe fosse ferido ou porque eles precisassem levar alguém para lá ao fim de uma missão. Como Alyssa.

"Noite complicada, hein?", Tonya disse em voz baixa, olhando para o rosto de Zack, que estampava sua aflição como se fosse um outdoor luminoso.

Zack suspirou e deu um longo gole na cerveja. Em seguida, deixou a garrafa vazia no balcão e sinalizou ao barman que desejava mais uma.

"É, foi dureza. Quer beber alguma coisa?"

Tonya sentou-se no banco ao lado de Zack e apoiou sua bolsa no colo, entre seu corpo e o balcão.

"Vou querer o mesmo que você."

Zack levantou a mão para chamar a atenção do barman e lhe mostrou dois dedos.

"A menina não era minha paciente, mas todo mundo no pronto-socorro estava comentando a história", Tonya disse, fazendo uma careta que entortava seu belo rosto. "Se você não puder falar, tudo bem, mas é verdade que foi a *amiga* que fez isso com Alyssa só porque ela dançava melhor?"

Zack fez um som ininteligível com a garganta.

"Que amiga, hein?"

"Meu Deus, então é verdade. Que merda de adolescentes psicopatas que os pais andam criando hoje em dia?"

"Acho que o problema é exatamente eles não estarem sendo criados", Zack disse aborrecido. "Em vez disso, os pais estão sendo controlados e manipulados por seus pirralhos mimados que acham que são donos do mundo. Onde é que estão as crianças que espernejam e fazem birra porque não deram o brinquedo delas, caramba? Aparentemente, tentar matar seus concorrentes se tornou algo normal."

Tonya pegou uma das garrafas de cerveja que o barman tinha deixado na frente deles, brindou com a garrafa de Zack e deu um longo gole.

"Esse tipo de coisa com certeza faz você pensar duas vezes antes de ter um filho."

Zack assentiu, embora ter uma família grande fosse exatamente o que ele sempre quis. Se as coisas tivessem acontecido do jeito que ele tinha planejado... Fechou os olhos, mas não antes que aquela afirmação interrompida pela metade tivesse flanado por sua mente como um pensamento completo. Se as coisas tivessem acontecido do jeito que Zack tinha planejado, hoje ele já seria um atleta aposentado e a essa altura teria o segundo ou até o terceiro filho; mas, em vez disso, ele acabou se lesionando no segundo ano e decidiu não retornar.

"Ei, está tudo bem?", Tonya perguntou.

Zack virou para ela e enxergou preocupação em seu olhar. Não tentou mentir, porque Tonya via esse tipo de coisa todo dia e não era mais insensível ao que acontecia do que ele.

"Sim. Foi só mais um dia ruim no trabalho."

Ela riu e bateu a garrafa na dele novamente.

"Eu vou fazer um brinde a isso. Mas, até aí, todos os dias não são ruins quando se tem um trabalho como o nosso? Às vezes acho que somos cabeças-duras demais."

Zack sabia por que ele não havia voltado para o futebol americano, por que ele foi atrás de uma carreira na área de segurança. Para algumas pessoas, ele estava apenas seguindo os passos de seu pai, embora fosse a última coisa que Zack faria. E ele também sabia por que acabou aceitando o emprego na DSS, em um importante momento de decisão na vida, quando também estava sendo recrutado por uma agência federal.

Mas ele gostava da DSS e das pessoas com quem trabalhava. Gostava do fato de que certos dons que a maioria das pessoas encarava com ceticismo ou zombaria não só eram aceitos, mas também comprovados nos extraordinários poderes que as esposas de Caleb e Beau possuíam.

E Zack teve uma experiência em primeira mão com o sobrenatural. Gracie possuía um dom assim. Tinha a habilidade de ler mentes, e não havia explicação para aquilo. Com certeza não era genético, já que seus pais eram o mais puro desperdício de DNA humano, e ainda assim, de alguma forma, eles conseguiram ter uma filha extraordinária, tão diferente de sua criação e de seus arredores que era algo espantoso. Isso fazia a gente cogitar a possibilidade de ela ter sido trocada na maternidade ou de que toda a discussão científica em torno de "natureza versus criação" não passava de um monte de bobagem, apenas produto de mentes brilhantes sem nada melhor para fazer cogitando sobre o motivo de as pessoas se tornarem como elas eram.

Porque o fato era que Gracie desafiava tanto a natureza como a criação. Pelo aspecto da natureza, ao analisar os genes herdados, Gracie estaria perdida e condenada a uma vida miserável. Ela seria uma completa perdedora. Por outro lado, ao observar o aspecto da criação, ela também estaria igualmente perdida, porque havia crescido em um ambiente que não tinha a menor possibilidade de produzir um indivíduo responsável, sensível, inteligente e carinhoso. No entanto, Gracie era tudo isso. E o que ela ganhou em troca? Zack não fazia a menor ideia, mas sua imaginação sugeriu diversas possibilidades aterradoras ao longo dos anos, e cada uma o torturava sem parar.

"Ei", Tonya disse, mais uma vez puxando Zack de volta da escuridão para onde seus pensamentos o levavam.

E, novamente, Zack se virou para ela e a viu sorrindo de forma calorosa e convidativa, com brilho no olhar.

"Quer ir relaxar um pouco comigo? Na sua casa ou na minha, não importa. E antes que você pergunte: não, eu não estou te pedindo em casamento e não, não estou interessada em um relacionamento. Estou feliz com minha vida do jeito que ela é hoje, mas isso não significa que eu seja cega ou que iria recusar uma noite de sexo despreocupado com um cara lindo."

O convite de Tonya mexeu com Zack, embora ele se considerasse inabalável e um mestre em disfarçar qualquer reação ao que estivesse sentindo dentro de si. Ele olhou para ela, sem expressão por um momento, pensando no motivo por que estava hesitando.

Tonya era uma mulher bonita e inteligente. Mais que isso, tinha senso de humor, não fazia drama e não se levava muito a sério. E era uma boa pessoa, uma mulher que faria qualquer homem sentir-se sortudo em tê-la, e não só de forma *temporária*, como ela estava propondo.

Então, por que raios ele estava sentado ali, olhando para o nada, como se não tivesse a menor ideia do que fazer, em vez de já estar saindo com ela pela porta do bar?

Que diabos havia de errado com ele?

Zack sentia a vergonha fazer seu estômago se revirar e seu peito ficar apertado, a ponto de ser difícil respirar. Tonya estava oferecendo algo pelo qual a maioria dos homens daria um braço, mas ela merecia mais que uma transa banal com um cara que não estaria completamente focado nela. E naquela noite, Zack não poderia lhe garantir isso. Ele não podia dar-lhe nada a não ser um orgasmo e, bem, talvez nem isso. Porque nenhuma de suas "cabeças" estava concentrada, e, apesar de Zack não depender de seu pau para enlouquecer uma mulher, ele não estava sentindo a menor vontade essa noite.

Tonya alisou o braço de Zack e segurou seu pulso, apertando carinhosamente, sem deixar de sorrir em nenhum momento.

"Não tenho o ego tão frágil assim, Zack. O seu rosto diz tudo, então pare de se torturar pensando em como me dizer gentilmente que você não está a fim de sexo casual hoje. Eu entendo, tá? Bem, e se você mudar de ideia algum dia, não ache que eu vou guardar rancor por ter sido rejeitada e vá punir você pela eternidade."

Zack alisou o queixo de Tonya e segurou-lhe o rosto. Ele a olhava de forma intensa e com bastante seriedade.

"Esse foi mais um ótimo exemplo de por que você merece alguém melhor do que eu, mesmo que só por uma noite."

Tonya pousou a mão sobre a de Zack e deslizou gentilmente, apertando-lhe os dedos e colocando-a sobre o balcão do bar.

"Quem quer que tenha sido ela, causou um belo estrago em você."

Zack arregalou os olhos, surpreso com a perspicácia de Tonya ao notar que a hesitação estava ligada a um relacionamento anterior. Mas ele também sabia que a conclusão a que ela chegou estava errada. Apenas não quis corrigi-la.

"Merda acontece com todo mundo, inclusive com os melhores de nós", Tonya comentou desgostosa. "O que separa os fracos dos fortes é o que eles fazem quando a coisa fica feia."

Zack se inclinou para frente, segurou-lhe o rosto e lhe deu um beijo na testa.

"Obrigado. Eu estava precisando ouvir isso."

Ele desceu do banco do bar, e Tonya franziu a testa, preocupada.

"Você está precisando de uma carona até sua casa? Quanto você bebeu?"

Zack sorriu ao escutar aquele tom de voz preocupado. Sim, ela era linda, divertida, inteligente e espirituosa, mas ele via Tonya mais como uma irmã do que como amante. Por que Zack não conseguia se sentir sexualmente atraído por ela? Isso com certeza tornaria sua vida muito menos complicada hoje em dia. Se bem que nenhum de seus encontros sexuais anteriores poderia ser chamado de algo mais do que apenas luxúria e um breve instante de relaxamento.

Se ele estivesse atraído por Tonya, ou se sentisse algo mais do que o afeto que alguém sente por uma irmã ou uma boa amiga, então isso significaria um relacionamento mais sério, e ela merecia algo assim. Por sinal, todas as mulheres com quem Zack esteve mereciam mais dele, mas ao menos ele não mentia nem as enganava de maneira alguma, pois ambos os lados já sabiam o que iria acontecer. Ele não era *tão* canalha assim.

Mas Tonya? Apesar do discurso de não querer saber de casamento e compromisso – e Zack acreditava, porque ela era completamente honesta e direta –, ela era o tipo de mulher para você levar para casa e apresentar à família.

"Eu tomei exatamente uma cerveja e mais um gole de outra. Estou bem. Quer testar a quantidade de álcool no meu sangue?", ele brincou.

Tonya revirou os olhos.

"Está bem, desta vez passa. Só não quero saber de você no meu hospital quando eu estiver de folga. Então, tome cuidado."

"Vou tomar sim. E, Tonya, muito obrigado. Estou falando sério."

"Faço qualquer coisa por meus amigos."

"Vou embora descansar um pouco. Esse foi um dia de merda. Estou pronto para encerrá-lo e começar de novo amanhã. E torcendo muito para que não seja uma repetição de hoje."

Tonya fez uma saudação com a garrafa de cerveja e Zack se despediu dela com um abraço, indo em seguida para a porta.

O ar frio de fora era bem-vindo depois do calor sufocante de dentro bar, e também servia para dar uma chacoalhada nos pensamentos de Zack, que na última hora tinham ficado bastante sentimentais.

Ele sentou-se ao volante de sua caminhonete e ficou parado antes de ligar o motor. Zack não tinha mentido. Aquele tinha sido um dia terrível na escala dos dias ruins, comparável apenas a alguns outros poucos eventos em sua vida. É por isso, talvez, que ele tivesse sentido tanto.

Perder Gracie, sem saber como nem por quê, sempre foi difícil de engolir, e ele ainda não havia superado o caso.

Seu pai tinha ficado furioso, porque Zack pensou seriamente em não entrar para a liga profissional de futebol americano, quando estava no último ano de faculdade, depois de quatro anos espetaculares como o *quarterback* da Universidade do Tennessee. Mas ele estava sem cabeça e sem vontade. Como poderia ser diferente? Se a pessoa com quem ele mais queria compartilhar esse sonho tinha desaparecido – sem deixar nenhum rastro, o que o fez temer pelo pior –, então qual era a razão de participar?

O pai de Zack o acusava de estar jogando fora a vida por causa de uma branquela pobre que não valia nada. Ele jamais gostou de Gracie. *Desgostar* era um termo leve para descrever o sentimento. Ele *desprezava* Gracie. No único dia em que Zack levou Gracie para casa, para conhecer o pai, o desgraçado a humilhou chamando-a de caipira pobretona e deixando bem claro que ela não tinha lugar na vida de Zack, dizendo que não era boa o suficiente para ele e que jamais conquistaria nada na vida.

Zack jamais a levou de volta para lá. E era exatamente isso que havia causado a rusga permanente entre pai e filho.

Ainda assim, depois do desaparecimento de Gracie, Zack o procurou e pediu ajuda. Como chefe de polícia, era o dever de seu pai proteger todos os cidadãos do lugar. Em vez disso, seu pai deu risada. O babaca na verdade comemorou o fato de Gracie ter saído de cena. Não moveu um único dedo para investigar o sumiço.

E então, quando Zack estava hesitando em entrar nas seletivas por temer que Gracie pudesse retornar e ele não estivesse por lá para recebê-la, parecendo que ele teria desistido dela, a abandonado, seu pai ficou descontrolado.

Só depois de seus amigos o tranquilizarem – garantirem que se Gracie voltasse, eles a segurariam ali e o avisariam –, Zack voltou a perseguir o sonho de jogar futebol americano profissionalmente, algo que ele jamais achou que faria sem Gracie do seu lado.

Eles planejavam se casar. Ter uma grande família. Zack iria jogar na liga profissional por dez anos, ganhando dinheiro o suficiente nesse período para garantir o futuro da família. Depois disso ele iria se aposentar, para que pudesse dedicar todo seu tempo à esposa e aos filhos.

Durante as primeiras duas temporadas, ele conseguiu levar aos *playoffs* uma equipe até então inexpressiva. Zack foi saudado como o homem que salvou o time e o colocou em posição de destaque, tornando-o relevante. Foi então que ele sofreu uma lesão no ombro, bem quando estava fazendo um passe que deu a vitória ao time, e foi obrigado a ficar fora da liga profissional após apenas duas temporadas.

Aquela não foi uma lesão que encerraria a carreira de Zack, mas ele se viu em um dilema: passar por uma longa reabilitação fora de temporada, treinar feito louco e voltar, ou então, receber o dinheiro que tinha garantido por contrato e largar o futebol.

Zack escolheu a segunda opção.

Ele poderia ter feito a reabilitação, voltado e jogado ainda por muitos anos mais. Em vez disso, escolheu se unir às forças policiais, porque Gracie não saía de sua cabeça e ele não conseguia parar de pensar que um dia iria encontrá-la. Ou, ao menos, iria descobrir o que havia acontecido com ela.

O pai de Zack ficou furioso, indignado. Disse que se ele tivesse a cabeça no jogo, em vez de ficar pensando em uma caipira inútil, ele nem teria sido derrubado, muito menos se lesionado. E disse ainda que Zack estava arruinando seu futuro por causa de *qualquer uma* – seu pai era um porco machista que não conseguia se imaginar sacrificando nada por uma mulher. Especialmente uma carreira que renderia milhões de dólares.

Quando era criança, Zack ficou ressentido com a mãe por abandoná-lo, mas ao crescer, ele passou a compreender. Como alguma mulher conseguiria viver com um homem como seu pai? O único motivo para Zack ainda ter raiva dela era o fato de sua mãe tê-lo largado com um homem que claramente era um babaca egoísta e insensível.

Então ele escolheu uma carreira que lhe deu acesso – oportunidades – e meios para que ele fosse mais proativo na busca por Gracie. E depois da última discussão com o pai, ele jamais voltou para casa. Simplesmente não havia nada lá para ele. Toda vez que encontravam um corpo na cidade, Zack morria mil vezes imaginando se não seria o corpo de Gracie. Era doloroso demais voltar a um lugar que representava uma parte tão importante e integral de seu passado, de sua vida. Aquele era o lugar onde Gracie e ele se conheceram, se apaixonaram e compartilharam suas esperanças e sonhos para o futuro.

Zack só perdeu a virgindade ao chegar na liga profissional, porque ele nunca encontrou o momento certo na faculdade, embora isso não tivesse acontecido por falta de oportunidades. A lembrança daquela noite ainda o humilhava e o deixava enojado até a alma. Na ocasião, Zack se viu obrigado a sair da cama e correr até o banheiro para vomitar. Porque aquele momento de sua vida dele deveria ter acontecido com Gracie. Eles esperaram, e era importante para Zack que esperassem até estarem casados. Como ela era quatro anos mais nova, ele não queria sentir como se estivesse se aproveitando de Gracie de maneira nenhuma. Apenas queria que sua noite de núpcias fosse especial. Droga, ele nem mesmo conseguia se lembrar do nome da garota com quem tinha perdido a virgindade. Que tipo de babaca ele era?

Graças a Deus ela só pensou que ele tinha bebido demais, já que eles se conheceram em uma festa da equipe depois de uma vitória nos *playoffs*.

Zack bateu a mão no volante do carro, cada vez mais bravo e irritado consigo mesmo. Tinha acabado de rejeitar uma ótima mulher naquela noite por causa de seus próprios problemas pessoais e sua incapacidade de deixar o passado para trás e seguir em frente.

Doze anos. Doze longos anos. Já era o bastante.

Aquilo tudo era idiotice.

Ou Gracie estava morta ou tinha escolhido desaparecer. Qualquer que fosse a resposta, Zack não podia fazer nada, e já estava na hora de parar de viver feito um zumbi e seguir em frente com sua vida miserável.

Essa merda tinha que acabar agora mesmo. E *estava* acabando ali, porque Zack se recusava a passar mais um único dia que fosse pensando no que poderia ter sido. Qualquer pessoa sã já teria enfiado na cabeça que "o que poderia ter sido" não iria jamais acontecer, e que se arrepender ou ficar pensando não faria a menor diferença.

Zack ligou o motor do carro e segurou o volante com força, sentindo-se tomado por uma firmeza de propósito.

Deixar para trás.

Seguir em frente.

Parar de ser um babaca amargurado.

Ser *feliz*.

E, começando no dia seguinte, era precisamente isso que Zack iria fazer. Essa noite era a despedida dos velhos sonhos e do que jamais viria a ser. Amanhã?

Seria o dia de encarar o futuro sem toda aquela bagagem que ele vinha carregando havia mais de uma década.

TRÊS

Anna-Grace levantou os braços na direção da parede, fazendo uma careta de concentração enquanto inclinava e virava o quadro para permitir que a luz batesse de certa forma.

"Se você olhasse para mim do mesmo jeito que olha pra isso...", disse uma voz masculina em tom de brincadeira.

Na mesma hora ela perdeu a concentração, parou de fazer a careta e se virou, sorrindo ao notar a presença de Wade Sterling.

"Não fazia ideia de que você gostava de mulheres que fecham a cara para você", ela disse em um tom leve.

Essa foi uma resposta bem-humorada, o tipo de tratamento que tinha levado grande tempo para ser criado entre ela e o belo e rico dono da galeria. A maioria das mulheres, senão todas, iria considerá-la uma tola por não retornar as investidas de Wade, que foram ficando mais sutis – e não mais descaradas – com o tempo.

"Você pode fechar a cara para mim quando a luz não está boa o bastante", ele retrucou. "Mas quando está, você olha para seus quadros como se olhasse para um amante."

Anna-Grace odiou o fato de ter ficado levemente ruborizada. E também o fato de ter virado o rosto na mesma hora, olhando para qualquer lugar, menos para ele. Wade não era uma ameaça. Racionalmente, ela sabia disso. Mas a lógica nunca vencia o medo, porque o medo não era racional e subvertia todas as regras da lógica.

Ele suspirou, mas não disse nada sobre a rejeição. Wade já estava acostumado às cortadas que recebia, nesse tempo todo em que se conheciam. No começo, ela o rejeitava de uma maneira firme e decidida, quase exagerada. Com o tempo, entretanto, Anna-Grace tentou relaxar e aliviar aquela rejeição frequentemente automática. Mas era algo quase instintivo para que ela parasse de vez. E ela ficava cada vez mais arrependida a cada cortada, intencional ou não.

"Aqui, deixe-me ajudar", ele disse, aparentemente inalterado por aquele momento constrangedor.

Wade pegou o quadro e o posicionou onde Anna-Grace tinha encontrado a melhor iluminação. Depois se afastou e ficou observando o efeito.

"Está bom", ele comentou. "Mas você nunca iria concordar em exibi-lo se não estivesse bom, e eu também não, apesar da nossa amizade. Esta exposição irá catapultá-la, Anna-Grace. E quanto ao último quadro..."

Wade parou de falar propositalmente, olhando para ela curioso. Anna-Grace ficou inquieta diante do seu olhar.

"Está pronto", ela disse.

Ou ao menos estaria quando ela deixasse tudo para trás, metaforicamente falando. Graças a Deus, Wade compreendia isso – e também a compreendia. Aquele quadro em questão não era simplesmente um objeto de arte comercial para exibir o talento dela. Na verdade, o quadro nem estava à venda. Era uma obra íntima demais para que ela abrisse mão. E também era a forma de Anna-Grace comunicar seu *juramento* para si mesma, e não aos outros. Ela ainda tinha dúvidas sobre se deveria mesmo exibir a obra, sobre qual seria o propósito daquilo tudo. Mas exibir o quadro era, de diversas maneiras, uma forma simbólica de...

Bem, havia muitos termos que poderiam se aplicar àquela pintura e a seus simbolismos. Seguir em frente... Anna-Grace quase deu risada, apesar de não ver nada de engraçado na situação. Seguir em frente significava deixar para trás algo... difícil. O fim de um relacionamento, talvez. A morte de um ente querido. Uma superação pessoal. Significava chegar a um ponto onde a pessoa decidia reagir e se recusar a continuar vivendo – e existindo – somente no passado. Bem, pelo menos essa última opção se aplicava à situação de Anna-Grace.

Para ela, o título do quadro dizia tudo.

Sonhos perdidos.

"Sonhos destruídos" seria mais apropriado, mas era dramático demais para uma pintura que já seria considerada quase extravagante, se observada por leigos. Uma imagem que evocava nostalgia pela mais pura inocência parecia irradiar das luzes e sombras capturadas na tela.

Anna-Grace precisou de muitas tentativas e esboços até chegar ao visual que ela queria atingir. E, na verdade, o título da obra surgiu – e se baseava – na *primeira* interpretação que ela fez daquele lugar que teve um papel tão importante na juventude dela.

Era um quadro sombrio e assustador, e não era possível deixar de sentir tristeza ao observar a paisagem estéril e a sensação de solidão que ali predominava. Ela mesma não teria sido capaz de ficar observando algo que trouxesse de volta tanta dor e desespero.

Anna-Grace prontamente admitia que aquele primeiro quadro era a versão mais precisa, a que mais representava a dor e a tristeza dela. Só que era algo íntimo demais para compartilhar com estranhos, com aqueles que não poderiam entender. E como é que poderiam? Mas a pintura original representava a pessoa que ela foi por muito tempo, e agora era hora de se mostrar de forma diferente para o mundo. Mesmo que o mundo, para ela, ainda fosse uma estrada estreita e conhecida, da qual nunca se desviava. Ninguém mais conhecia os seus demônios. Anna-Grace jamais os compartilhou com ninguém, e preferia continuar assim. Ela só confiava em Wade, e foi uma jornada longa e sinuosa para poder se abrir com uma única pessoa, e ela não pretendia ampliar seu círculo de amizades íntimas.

Assim – em vez de simplesmente retratar uma grande árvore deformada e envelhecida, com galhos que já não ofereciam proteção a ninguém e uma paisagem vazia ao redor, com o lago ao fundo parecendo acinzentado e turbulento, como se estivesse irado com a traição que o quadro representava –, Anna-Grace se retratou sozinha, como uma sobrevivente. Parada além do abrigo dos outrora protetores galhos e raízes intrincadas do enorme carvalho, com apenas as costas à mostra, ela olhava para o lago.

Era um dia ensolarado, não havia a menor nuvem para estragar a tela, e o azul da água respingava como pequenos diamantes que uma criança brincalhona espalhou. E a árvore, embora mostrando sinais de idade, se parecia mais como uma guardiã atemporal, prestando atenção naqueles debaixo de seus braços protetores.

Fuga, liberdade. Foi o que certa vez, aquela cena já significou para ela. E agora o mundo deu uma volta completa, porque o quadro finalizado representava a liberdade de seu passado destrutivo.

Agora Anna-Grace só precisava pendurá-lo. O passo final na transformação de alguém desamparado e sem esperança para alguém forte e otimista.

"Você mudou de ideia sobre exibir o quadro?", Wade perguntou.

Havia um tom de esperança na voz dele, quase como se ele soubesse que dizer aquilo seria demonstrar... reconhecimento. Sabia que ela estava revelando todas as coisas que havia escondido nos últimos doze anos. E Wade temia que ela ainda não estivesse pronta. Temia que Anna-Grace voltasse a ser a mulher que era quando eles se conheceram. Só Deus sabia por que ele foi tão perseverante, decidindo ignorar as incontáveis esnobadas e respostas frias, insistindo persistentemente em atravessar as camadas entorpecidas de medo e paralisia até lhe chegar ao coração. E então decidiu aceitar as únicas coisas que ela poderia lhe dar: amizade e, inexplicavelmente, sua *confiança*.

Não, Wade não achava mesmo que ela estivesse pronta.

Ele estava errado.

Anna-Grace *estava* pronta. Isso era algo que ela já deveria ter feito muito antes. Ela passou tanto tempo dormente, se recusando a sentir... qualquer coisa. Porque o vazio era preferível à dor e às tristezas insuportáveis que tinha decidido aceitar havia tanto tempo, como se não houvesse escolha a não ser viver uma vida tão sofrida e miserável.

Não, ela não sentia nenhum desejo por Wade, não como o amante a que ele se referiu. Mas ela *precisava* dele, de sua amizade e apoio inabaláveis. Anna-Grace precisava dessas coisas mais do que gostaria de admitir, mas ela também estava cansada de mentir para si mesma e viver em constante negação, dizendo que estava bem, que tudo estava ótimo, que tudo estava normal.

Porque ela não estava bem, e provavelmente jamais ficaria bem. Mas enfim aceitou os fatos e optou por fazer o melhor com o que *tinha*, parando de se lamentar pelo que estava perdido.

Anna-Grace olhou para Wade novamente, desta vez sem esconder a vulnerabilidade que ela sabia estar exposta em seus olhos. Houve uma época em que ela preferia morrer a permitir que os outros a vissem tão fraca e... frágil.

O rosto de Wade suavizou e seu olhar transmitia toda a amizade em que Anna-Grace baseava o relacionamento que tinham. A coisa de que ela mais precisava, mas que jamais tinha aceitado até então. E nas suas feições, um rosto que podia ser bem duro, implacável e até mesmo perigoso, Anna-Grace viu que ele *aceitava* a única coisa que ela poderia lhe oferecer.

Ela sabia que ele já havia aceitado isso muito tempo atrás, mas talvez só agora ele realmente enxergasse. Ou talvez só agora ele quisesse ver. Anna-Grace tinha medo de que Wade desistisse dela e de que ela acabasse perdendo a única coisa que tinha como constante agora, além de sua arte.

Relaxou os ombros de modo imperceptível, e percebeu que estava prendendo a respiração, segurando o medo que tinha prometido jamais reviver, porque ela temia ser rejeitada por Wade e ficar sozinha. De novo. Assim como esteve por tanto tempo.

Wade a envolveu com os braços, apoiando o quadro no chão com a mão livre, até conseguir apoiar a borda gentilmente na parede. Ele a trouxe para perto de si, dando-lhe o calor e a força de seu abraço, algo que Anna-Grace passou a apreciar e não temer; ela, que sempre evitava o contato físico com todas as forças.

"Você está pronta", ele disse, como se tivesse lido seus pensamentos e esclarecido suas dúvidas nesse processo. "Estou orgulhoso de você, Anna-Grace."

"Não ouse me fazer chorar", ela advertiu, já sentindo as lágrimas molharem os olhos.

Wade lhe deu mais um abraço carinhoso e então afastou o braço.

"Então, onde vamos colocar nosso convidado de honra?", ele perguntou, analisando com o olhar a galeria e os outros quadros, todos posicionados com maestria e exibidos de modo a terem suas qualidades destacadas. "Acho que merece o palco principal, não? Esse quadro é importante, Anna-Grace. Você é importante. E ele, assim como você, precisa ser celebrado."

Certo, ele ia fazê-la chorar. Aborrecida, ela limpou o canto do olho com as costas da mão, e lançou um olhar de acusação contra Wade. Ele simplesmente sorriu, e ela ficou maravilhada com a sensação de proximidade – uma conexão – com outra pessoa. E daí que ela não estava pronta para um relacionamento romântico? Talvez jamais fosse estar. Uma mulher não precisava de um homem para ter uma vida plena, e ela estava mais que disposta a provar isso.

Mas um amigo? Todo mundo precisava de um amigo. E Anna-Grace percebeu, não pela primeira vez, que parte do motivo de sua tristeza, de toda a sua dor pelo que Zack tinha lhe feito – uma dor tão aguda, permanente e que transformou sua vida – era porque ele não foi só o homem que ela amava, que adorava além dos limites da razão. O homem com quem ela compartilhava sonhos e esperanças e todos os segredos que ela jamais ousaria contar para outro ser vivo.

Zack tinha sido seu melhor – e o único – amigo. Era ele a pessoa a quem ela procurava quando queria conforto, amor, compreensão. Quando queria oferecer seu coração, sua alma. Ele era seu confidente. Era a pessoa em que Anna-Grace confiava e que jamais iria desapontá-la, diferente de tantas outras em sua juventude.

Ela meneou a cabeça, furiosa consigo mesma por voltar ao passado. De novo. E então apertou os lábios com firmeza, olhando para Wade de forma que ele não ficasse confuso.

Zack já tinha sido seu mundo e virado sua vida de cabeça pra baixo, ao descartá-la como se fosse lixo, ou uma caipira inútil, como ela era chamada pelas pessoas da cidade. Como era chamada pelo próprio pai dele, por falar nisso. Como é que ela pôde achar que Zack seria diferente de todo mundo naquele lugar, onde ela simplesmente não existia, onde não importava?

Agora, porém, o mundo de Anna-Grace era o que ela havia feito dele. E não tinha o menor apreço pelo mundo onde tinha vivido antes, só que agora ela podia mudá-lo, recriá-lo. Torná-lo melhor... até mesmo torná-lo perfeito. E já tinha passado da hora de fazer isso.

Impulsivamente, ela entrelaçou os dedos com Wade e apertou-lhe as mãos, o que o deixou espantado. Ela sabia por quê. Anna-Grace jamais havia iniciado qualquer ato de intimidade, mesmo que fosse somente de amizade.

Tinha construído uma poderosa barreira protetora em torno de si, uma barreira que ninguém conseguia atravessar e que ela jamais abandonava.

Mas, como ela mesma reconhecia, todo mundo precisava de um amigo. E perder um amigo não significava que não poderia ter outro, por mais idiota que parecesse, levando em conta o tempo que ela havia levado para perceber isso.

Wade era seguro. Anna-Grace estava segura com ele e queria que ele soubesse que ela... confiava... nele. Inspirou profundamente só por deixar a palavra *confiança* perambular por seus pensamentos.

Porque depois de Zack, e até conhecer Wade, Anna-Grace não confiou em mais ninguém. Foi uma lição que ela aprendeu da pior maneira, repetidas vezes, mas foi preciso recebê-la da forma mais devastadora para que finalmente percebesse que confiar em alguém era o equivalente a enfiar uma faca no próprio coração.

O queixo de Anna-Grace estremeceu de leve, mas Wade, sempre observador, notou e o segurou entre os dedos.

"Jamais pense nisso, Anna-Grace", ele disse gentilmente, lembrando-a mais uma vez de que ele não era inofensivo, apesar de ela perceber o contrário.

Wade era um homem perigoso e controlador, cuja visão de mundo era diferente da que tinha a maioria das pessoas. A artista em Anna-Grace via o mundo em cores vivas, que haviam ficado apagadas por muito tempo, até que ela finalmente as libertasse. Mas o mundo de Wade estava mergulhado em tons de cinza e em sombras, parecido com a versão inicial do quadro *Sonhos perdidos*.

Ela sentiu um arrepio com a intensidade do olhar dele e engoliu em seco. Anna-Grace começou a se perguntar se tinha perdido a cabeça de vez. Ficar amiga de um homem como ele? Confiar nele depois de jurar jamais confiar em alguém – especialmente um homem – novamente? Um homem que, como ela, parecia não ter nenhum amigo e sofria da mesma dificuldade de confiar nos outros? Esse poderia acabar se tornando o segundo maior erro de sua vida.

Ou talvez... talvez essa fosse sua primeira atitude inteligente em doze anos. Em Wade ela havia encontrado não um amante, alguém para casar ou ter um caso romântico, mas uma alma irmã que lhe oferecia o que ela mais precisava: amizade pura e simples e a oportunidade de mergulhar no mundo real, um mundo em que confiança e amizade não eram palavrões, e faziam parte do cotidiano – para a maioria das pessoas.

Mas Anna-Grace podia mudar tudo *agora*, já que Wade estava lhe oferecendo isso de forma incondicional. Ela só tinha de fazer o que já tinha decidido fazer: aceitar, ficar em paz, seguir em frente.

Deixar para trás.
Livrar-se da prisão no isolamento e na solidão em que ela mesma se colocou, e abraçar o futuro que a aguardava, com esperança e otimismo: duas emoções que antes lhe eram naturais, mas agora eram totalmente estranhas.

Anna-Grace estava no controle de seu próprio destino e podia fazer dele o que bem entendesse.

Ódio, tristeza, traição, mágoa, desespero, arrependimento?

Essas coisas já não tinham lugar em sua vida e ela se recusava a viver dessa forma por mais um segundo que fosse.

Essa exposição era o seu momento de brilhar. Depois de tanto tempo escondida, Anna-Grace estava se expondo ao brilho e ao calor do sol pela primeira vez desde que era uma jovem garota, com todo o entusiasmo e ingenuidade que só os inocentes têm.

Estava vivendo seu sonho. *Finalmente.* E estava destinada a compartilhá-lo – seu talento – com os outros, com pessoas que poderiam rejeitá-la. Mas Anna-Grace estava familiarizada com a rejeição e, depois de ter passado pelo pior, podia dizer sinceramente que nada a faria sofrer mais do que já havia sofrido.

O único caminho possível era para cima. Quando se atingia o fundo do poço, não havia outra opção. Ela sabia disso. Wade também. E só Deus sabia por que ele ficou ao lado dela, por que ele reavaliou seus desejos e necessidades depois de Anna-Grace deixar claro que não iria – que não podia – corresponder ao seu interesse romântico dele. E por que então ele cedeu e decidiu aceitar somente o que ela *podia* lhe dar.

Estava prestes a perguntar a Wade o porquê. Mas, quando olhou para ele novamente, Anna-Grace viu aquele olhar penetrante e determinado que sempre a deixava desconfortável, porque ela sabia o que era ter o dom de ler a mente das outras pessoas, de descobrir seus pensamentos mais íntimos. E Wade tinha a incrível capacidade de sempre saber o que estava se passando na cabeça dela.

QUATRO

Zack parou o carro no estacionamento de uma galeria de arte de alto padrão na Westheimer Road, no lado oposto ao da estrada interestadual que passava junto à Galleria, uma região de Houston conhecida por suas lojas de grife voltadas ao público fashionista e endinheirado, ou ao menos para aqueles que gostavam de manter as aparências.

Zack não se impressionava com demonstrações ostensivas de riqueza. Ele mesmo poderia ser considerado alguém rico. Tinha alguns milhões de dólares. Dez milhões, para ser exato, que ficavam aos cuidados de seu assessor financeiro, Wes Coyle, que trabalhava em Woodlands, um subúrbio ao norte de Houston que rapidamente se tornou um refúgio para ricos.

Ao se aposentar por causa de uma lesão no segundo ano de *playoff* consecutivo, em vez de passar pela fisioterapia e continuar jogando, Zack recebeu o dinheiro estipulado em contrato. Estava com seu futuro garantido, em termos financeiros, embora levasse uma vida frugal, preferindo guardar o dinheiro em vez de gastá-lo todo em alguns poucos anos.

Alguns anos atrás, ele comprou uma caminhonete usada e ainda a dirigia. Zack vivia em um pequeno apartamento de um quarto e preferia usar jeans e camiseta em vez de roupas de marca. O visual modelo de capa de revista masculina não combinava com ele, que se sentia uma fraude só de pensar em viver o estilo de vida de alguém rico.

Então ele estava com seu dinheiro bem guardado, rendendo em investimentos de risco moderado – não esquecido no banco, onde iria render juros de apenas 0,01% – e vivia com o salário que recebia da DSS. Era mais do que o suficiente para suas necessidades modestas. Mas ele também não tinha com quem gastar o dinheiro. Não tinha ninguém para dar presentes ou fazer surpresas. Um problema que pretendia resolver em breve.

Depois de seu momento de revelação dois dias antes, Zack estava se sentindo em paz pela primeira vez em muito tempo. Ele tinha um senso de propósito, de direção. Um propósito que não girava em torno de uma causa perdida.

Gracie estava desaparecida. Ele a havia perdido e ela não iria voltar, Zack jamais realizaria seu sonho. Estava na hora de deixar isso para trás e encontrar um novo sonho para viver.

Não ficou surpreso ao ver que Dane já estava lá, estacionado a dois carros para trás. Dane era sempre pontual. Bem, mais que isso. Sua ideia de pontualidade era aparecer bem antes do horário combinado. Zack também era assim, gostava de avaliar a situação, vasculhar o terreno e tentar perceber onde eles estavam se metendo. Ele suspeitava que Dane também tinha motivos similares para chegar cedo.

Dane saiu da SUV junto com Isaac e Capshaw, e já estava andando até ele, quando Beau parou seu carro ao lado de Zack. Eliza estava com ele e Zack se virou para abrir a porta do passageiro para ela. Ela sorriu e lhe deu um caloroso *muito obrigada* ao sair do carro.

Eliza era uma mulher excepcionalmente bonita. Não que ela tivesse os traços característicos daquela mulher que os homens consideram estonteante. Ela também não tinha o visual cuidadosamente planejado de uma mulher que se esforça para melhorar a aparência. Não que Zack tivesse algum problema com isso. Ele era sempre a favor do que quer que tornasse as mulheres felizes e confiantes – mantinha respeito por todas, de todas as formas, tamanhos e aparência, naturais ou não. Afinal, o importante era o que estava por trás das aparências, pelo menos para ele.

Eliza tinha o tipo de beleza natural que mexia com as pessoas. Ela era absolutamente autêntica e sincera. Não havia falsidade alguma nela. Mas o que deixava Zack encantado era o seu olhar caloroso, a facilidade com que sorria e o fato de que ela era tão durona quanto qualquer um deles, além de também ser um gênio com computadores. Mesmo que Quinn, o mais novo dos irmãos Devereaux, não estivesse em negação quando jurava ser mais habilidoso que ela com informática, Zack apostaria em Eliza em um tira-teima tecnológico. Ela era capaz de hackear os computadores da CIA. Caramba, até onde ele sabia, ela já devia ter feito isso, porque aquela mulher tinha a incrível capacidade de conseguir informações que deixavam seus colegas boquiabertos.

A estatura diminuta dela a fazia parecer inofensiva, mas Zack já tinha visto Eliza em ação diversas vezes e nunca cometeria esse erro de julgamento. Tinha pena de quem a subestimasse, porque Zack não tinha dúvidas de que ela era capaz de derrubar um homem com o dobro do tamanho e do peso dela num piscar de olhos. E ainda fazê-lo engolir as próprias bolas.

Brent e Eric saíram de trás do carro assim que Dane e os outros chegaram até eles. Brent tinha acabado de voltar à ativa, depois de alguns meses parado por ter se machucado na batida de carro envolvendo ele, Beau e Ari – que agora era esposa de Beau. Zack achava engraçado ver Brent na posição de passageiro, já que normalmente era ele quem dirigia. Ele era um ex-piloto de corridas e costumava estar sempre atrás do volante, profissionalmente ou não. A julgar pela cara emburrada, ele não devia estar nada feliz no papel de carona.

"Podemos entrar?", Dane perguntou bruscamente. "Ou vocês querem ficar aqui de conversa furada no estacionamento, bebendo champanhe?"

A ironia era que Zack conseguia visualizar claramente Dane fazendo exatamente isso. Ele tinha a aparência de alguém rico e culto que se encaixava bem no ambiente onde eles estavam prestes a entrar. Dane estava vestindo calça cáqui, camisa polo e usava óculos de sol caros. Zack não sabia bem como era o passado de Dane, já que não trabalhava com ele havia tanto tempo assim e Dane costumava se manter de bico calado sobre sua vida pessoal. Não que Zack o culpasse por isso. O pessoal da DSS costumava cumprir seu trabalho e não era de conviver fora de lá, embora Beau fosse o mais próximo de um amigo que Zack tivesse, uma relação que ia além da parceria de trabalho. Mas no fim das contas, todos tomavam conta uns dos outros, sem dúvida. E não era isso o que mais importava?

Mas o fato era que Dane tinha dinheiro e não havia a menor chance de ele ter conseguido a riqueza – que claramente possuía – por meio da DSS. Mesmo ganhando o dobro do salário de Zack, por maior que fosse seu ordenado, o estilo de vida de Dane, embora discreto, era maior do que o que ele recebia da DSS. E apesar de Zack admitir ter uma certa curiosidade sobre o passado de Dane, não perdeu tempo pensando nisso, nem jamais vasculhou a vida pessoal do colega, porque também não ia querer ninguém investigando sua vida. Zack respeitava seus colegas assim como exigia que o respeitassem.

"Belo imóvel temos aqui", Dane notou enquanto o grupo se dirigia à porta dupla de vidro.

Isaac assobiou, concordando.

"É riqueza demais para mim. Queria saber que diabos o dono de uma galeria de arte quer de nós, pessoas normais, e por que ele precisa de tanta segurança?"

Beau deu de ombros.

"É só mais um trabalho. Ele vai pagar o mesmo que qualquer outro, e vai receber o mesmo tratamento que qualquer outro."

Quanto a isso não havia dúvidas.

Joie de Vivre, o nome da galeria, ficava posicionado sobre a porta, mas não era fácil de ser notado pelas pessoas que caminhavam na rua agitada ou por quem passava de carro. Para Zack estava bem claro que ou o dono da galeria não era muito bom de marketing ou então as obras de arte lá eram vendidas na base do boca a boca, sem que ele precisasse de um letreiro chamativo para atrair clientes. Zack estava apostando na segunda opção.

Assim que entraram, foram recebidos por uma mulher impecavelmente bem-vestida. Ela caminhava sorridente para lhes dar as boas-vindas, com o salto dos sapatos batendo no chão de mármore polido e diversas mechas de seu cabelo saltando atrás do pescoço.

A galeria estava perceptivelmente vazia, sem clientes, e Zack não tinha visto um sinal de "fechado". As portas estavam abertas, mas talvez fosse porque a DSS tinha uma reunião marcada e estava sendo aguardada. Na verdade, a galeria parecia estar sendo preparada para uma exposição, provavelmente o motivo para o pedido por segurança. Talvez algum artista famoso fosse expor suas obras ali. Zack se lamentava de não saber quase nada sobre o mundo da arte. O pouco que ele sabia era de ouvir Gracie falar de seus sonhos de um dia se tornar uma artista reconhecida.

Apesar da decisão de deixá-la para trás junto com o passado, ele não conseguiu deixar de pensar que ela poderia estar fazendo uma exposição ali. Vivendo seu sonho, feliz da vida, pintando... e ele apoiando-a em tudo.

Que droga, ele precisava parar com aquilo. Tinha de seguir em frente. Zack não deixou de notar a ironia que era fazer a segurança de uma exposição de arte poucos dias depois de jurar deixar o passado para trás. O destino era mesmo uma vilã caprichosa, que naquele exato momento devia estar rindo muito da cara dele. Ou, no mínimo, testando o compromisso dele com a promessa feita.

Beau apresentou o grupo para a mulher, que logo reconheceu do que se tratava.

"É claro. O Sr. Sterling me disse que vocês iriam chegar em breve. Infelizmente ele está ao telefone com um cliente bastante importante, então vai levar algum tempo até ele estar livre. Vocês gostariam de um café? Vinho?"

Se ela tivesse oferecido champanhe, nenhum dos membros da DSS teria conseguido segurar o riso, depois dos comentários irônicos de Dane no estacionamento. Ainda assim, Eliza sorriu, já que ela sempre foi a mais atrevida do grupo.

O sorriso daquela funcionária era natural, e não forçado como o de muitos vendedores. O comportamento dela era impecável, e ela combinava com a imagem daquela galeria de arte exclusiva e de alto nível, vestida com roupas de grife, usando salto alto e uma maquilagem discreta. Usava brincos de diamantes, que podiam não parecer caros à primeira vista, mas certamente não custavam pouco, já que eram joias de pelo menos dois quilates cada.

Após ninguém aceitar nada do que foi oferecido, ela educadamente pediu licença e disse que iria avisar Sterling de que eles estavam ali, e saiu caminhando rapidamente e batendo novamente a ponta dos saltos no chão de mármore italiano.

"Conseguiu dar uma boa olhada?"

A pergunta brusca de Beau tirou Zack de seus pensamentos. O pessoal da DSS gostava de pegar no pé dele por causa de seu olhar atento aos detalhes. Ele ficava de canto analisando as pessoas e deixava que os outros falassem. Frequentemente, descobria muito mais só de observar e escutar alguém do que se conversasse com essa pessoa. Quando as pessoas pensam que ninguém está observando, tendem a relaxar, a baixar a guarda, e é nessas horas que ficam descuidadas e deixam a máscara cair.

Era possível confiar que Zack iria notar detalhes e minúcias que seus colegas normalmente deixariam passar. Coisas como linguagem corporal, nuances sutis, nervosismo, agitação. Ele não deixava quase nada passar batido.

Nesse caso, no entanto, Beau achou que Zack estava olhando para a mulher com interesse sexual, e não analisando-a profissionalmente. Porém Beau estava errado. Não que a mulher não fosse bonita. Mas aquilo ali era trabalho, não uma balada de solteiros.

Zack deu de ombros.

"Ela tem dinheiro. Não sei quanto esse trabalho aqui paga, mas aposto que ela tem outra fonte de renda, seja um marido, namorado ou dinheiro que ela mesma ganhou. Pode ser uma herdeira entediada, mas ela parece bem inteligente. Eu apostaria meu salário que o conhecimento dela no campo da arte é sólido. Eu também apostaria que ela tem pós-graduação."

Eliza levantou uma sobrancelha.

"Você pegou tudo isso olhando para ela por cinco segundos? Eu ia odiar saber o que você analisou de mim, já que passamos muito mais tempo juntos do que só alguns segundos."

Zack sorriu.

"Você é foda e sabe disso. E também não precisa que eu fique fazendo elogios."

Eliza revirou os olhos.

"Ora, é óbvio! Eu sei que não preciso dos elogios, mas é bom ouvir alguns de vez em quando. As mulheres gostam de elogios e eu não sou exceção. Ficar no meio de toda essa testosterona da empresa ainda não me fez ganhar um pênis e esquecer que sou mulher."

Beau e Dane deram gargalhadas de chacoalhar os ombros. Zack meneou a cabeça, como se estivesse com dó dela. Sim, ele adorava Eliza. Ela tinha um humor esperto e uma língua rápida. Era inteligente, sensível, leal e uma ótima companhia quando a melancolia de Zack estava maior que de costume.

Embora ele nunca tivesse contado nada para Eliza de seu passado – nem para ninguém da DSS, aliás –, ele sabia que ela enxergava muito mais do que parecia. Como resultado disso, ela pegava no pé de Zack frequentemente, provocando-o e proibindo-o de se sentir mal consigo mesmo. Ela tinha a incrível capacidade de melhorar o humor de Zack quando ele estava para baixo, e nunca o deixava se afastar dos outros quando queria se isolar por dias e dias. Eliza até mesmo aparecia com frequência no apartamento de Zack para assistir a um jogo de futebol americano com ele. Ou então o fazia pagar um jantar para ela, tomar umas cervejas e ficar falando besteira. Era o jeito de Eliza fazer Zack criar vergonha na cara e deixar de frescura.

De repente, ocorreu a Zack que talvez ele *devesse* ter conversado com ela. As habilidades de Eliza eram impecáveis e ela poderia muito bem tê-lo ajudado em sua busca por Gracie ou em suas tentativas de descobrir o que havia acontecido com ela. Mas ele já tinha passado desse ponto agora e não estava disposto a se arrepender de ter prometido deixar tudo para trás. Sem falar que Eliza provavelmente ia pensar que ele estava louco por ter se apegado a um fantasma por doze anos.

Zack enfiou a mão nos bolsos e caminhou impacientemente pela galeria. Ele odiava esperar, e pior, odiava o fato de terem sido chamados para uma reunião lá, quando normalmente eram os clientes que iam até eles, não o contrário. Ele não sabia qual a importância de se encontrar com o cliente no território dele, mas suspeitava de que fosse simplesmente uma demonstração de poder. Um ato para demonstrar à DSS o quanto esse cara era importante – ou o quanto ele pensava que era.

Que seja. Não era Zack quem dava as ordens ali, mas sim Caleb e Beau, embora Caleb tivesse se afastado consideravelmente desde o casamento com Ramie, e Beau e Quinn tivessem assumido mais a liderança do gerenciamento cotidiano da DSS, que havia sido projetada por Caleb.

A DSS foi criada depois do terrível caso de sequestro, tortura e estupro de Tori Devereaux, a caçula da família e única irmã de Caleb, Beau e Quinn. Caleb estava decidido a jamais permitir que alguém de sua família fosse ameaçado novamente e, se eles pudessem ajudar outras pessoas no processo, melhor ainda. A empresa sofreu com alguns imprevistos no início, mas isso só deixou Beau ainda mais determinado a aprender com os erros, a contratar melhor – os melhores homens que o dinheiro podia arrumar – e a expandir.

Como resultado disso, a DSS estava prosperando e recebia mais pedidos de serviço do que podia dar conta. Eles analisavam cuidadosamente cada cliente em potencial, principalmente porque alguns os procuravam apenas para ter acesso à Ramie e a seus poderes extraordinários. E Caleb era extremamente protetor – com toda a razão – com sua esposa porque o preço que ela pagava ao usar os poderes normalmente era caro demais.

Alguns momentos depois, um homem alto e bem-vestido veio caminhando do fundo da galeria, com um passo confiante e determinado, e um olhar direto e indecifrável. Ele não era bem o que Zack estava esperando, embora o próprio Zack não soubesse bem o que esperar. O que quer que ele fosse, Wade Sterling não se enquadrava na noção preconcebida que Zack pudesse ter dele.

Estava vestido como alguém rico, sem dar a impressão de estar ostentando. Não havia nada berrante, extravagante ou exagerado. Vestia calças caras, mas de aparência simples, e uma camisa de seda, sem gravata. O relógio custava vários milhares de dólares, mas não era chamativo. E os sapatos que calçava provavelmente custavam um salário inteiro de Zack.

Mas ele tinha a aparência de alguém durão, até mesmo perigoso. Novamente, nada parecido com a aparência típica de um dono de galeria de arte, ou pelo menos da ideia que Zack tinha de um. Havia algo que deixou Zack com os pelos eriçados e com um pé atrás.

Ao olhar de relance seus colegas, ele notou que a reação foi diversa. Dane estava imperturbável e era impossível decifrá-lo, como sempre. Ninguém nunca sabia em que ele estava pensando. Beau parecia refletir, enquanto Isaac, Capshaw e Brent apenas analisavam atentamente o proprietário.

Eliza pareceu ter uma reação similar à de Zack. Na verdade, ela apertou os olhos e mordeu os lábios, quase como se estivesse considerando tudo aquilo uma farsa. Ela era bastante esperta e Zack confiava nos seus instintos. A reação de Eliza confirmava a sensação que ele teve.

A expressão no rosto de Sterling enquanto caminhava – não sorria, mas não estava de cara fechada – era tão genérica e ilegível quanto a de Dane.

"Eu peço desculpas por fazê-los esperar", ele disse com uma voz calma que não refletia um pedido sincero de desculpas. "Estive ocupado com um assunto de negócios, questão incontornável. Espero que vocês não tenham se incomodado e que Cheryl, minha assistente pessoal, tenha cuidado bem de vocês."

Dane era quem assumia a liderança nas tarefas da empresa, embora os Devereaux fossem os donos de fato e estivessem "no comando". Dane era o rosto da DSS, era ele quem lidava com a mídia, dava declarações e assumia as negociações. Tanto Caleb como Beau estavam submetidos à sua liderança.

Todo mundo respondia a Dane. Bem, exceto Zack, que respondia somente a Beau. Esse era um acordo tácito que Dane parecia aceitar sem problemas.

Dessa forma, foi Dane quem se dirigiu a Sterling.

Ele também era um cara que ia direto ao ponto e não gostava de perder tempo com bobagens e amenidades, algo que Zack apreciava e também tinha em comum.

"O que a DSS pode fazer para ajudar, Sr. Sterling? Pelo que entendi, o senhor quer um destacamento inteiro de segurança para uma exposição que irá ocorrer daqui a uma semana. Isso não nos dá muito tempo para planejamento, então precisamos saber exatamente o que espera de nós e qual será nossa função. O senhor quer o que há de melhor em segurança, e é isso que irá obter. Mas não pode esperar o melhor se nós não estivermos a par de todo e qualquer risco potencial e de todas as informações necessárias para nosso trabalho."

Sterling mediu Dane rapidamente, e foi possível notar algo parecido com respeito em seus olhos. Zack suspeitava de que aquele homem não estava acostumado a demonstrar respeito com frequência, mas também achava que ele não precisava disso. Wade Sterling era claramente um homem que impunha respeito aos outros.

"Imagino que será uma tarefa de rotina para uma empresa com a reputação da sua", Sterling disse, demonstrando que pelo menos havia feito a lição de casa. "Não há nenhuma ameaça *conhecida*. Eu simplesmente quero a presença, uma presença sutil, para garantir que tudo corra bem. Este será um evento muito importante para a galeria e para a artista. Será uma exposição de estreia e eu investi muito dinheiro em publicidade e divulgação. Vai haver bastante especulação, já que fui bem vago em relação à identidade da artista."

Eliza levantou a sobrancelha, mas permaneceu em silêncio, estudando Sterling com atenção.

"Eu espero que venham trajados a caráter, o que imagino que não será problema", Sterling prosseguiu.

Zack quase conseguia ouvir os protestos mentais na cabeça de todo mundo, exceto Dane, que já estava familiarizado a se vestir como um rico que gosta de comprar de obras de arte.

Sterling tinha aberto a boca para continuar a falar, quando o som agudo das batidas do salto de sapatos no chão o alertaram para a presença de Cheryl, que corria até eles carregando uma grande tela, com o rosto cheio de empolgação.

"Sinto muito interrompê-lo, Sr. Sterling, mas eu sabia que ia querer ver isto assim que chegasse. A transportadora acabou de trazer o último quadro. Devo colocá-lo onde combinamos?"

Todo mundo desviou o olhar para o quadro que era a fonte do entusiasmo.

Quando Zack viu a pintura, ficou sem fôlego e sentiu o mundo começar a girar.

Ele ouvia vozes ao seu redor. Sterling estava conversando com a assistente, mas Zack estava completamente entorpecido. Ele apenas ficava olhando para a paisagem perfeitamente representada, uma imagem que o levou de volta a uma outra época e a um outro lugar. Um lugar que certa vez ele compartilhou com Gracie.

O quatro retratava exatamente o lugar onde ele e Gracie passaram tanto tempo juntos, sob a cobertura dos galhos daquela árvore, aninhados entre suas raízes. Zack abraçava Gracie com firmeza e servia de barreira de proteção entre ela e o resto do mundo.

E a mulher do quadro?

Mesmo de costas, Zack a reconheceria em qualquer lugar.

Aquela não era uma representação de como o lugar seria hoje em dia. Tempo demais havia se passado para que ele permanecesse inalterado. O terreno junto ao lago, que pertencia a uma fábrica de papel, foi vendido anos atrás e devia estar passando por uma incorporação imobiliária. Se antes ali havia uma floresta quase intocada, agora as árvores já deveriam ter sido derrubadas e a paisagem, alterada completamente pela construção de casas.

Zack estava com a visão embaçada e os olhos doloridos, mas notou duas iniciais que serviam de assinatura da artista, um simples A.G.

Anna-Grace. A sua Gracie. Meu Deus, será que ela estava viva?

Mas se ela estava viva e bem – inclusive pintando –, então por que diabos ela desapareceu e nunca tentou entrar em contato com ele?

Aquele quadro tinha um significado especial para a artista. Isso estava bem claro a cada pincelada. A emoção saltava da tela e atingia em cheio quem estivesse olhando para a pintura. Zack foi tomado pela nostalgia, pela lembrança de uma época em que tudo era novidade, tudo era inocente, e o mundo oferecia grandes oportunidades. Uma época em que a vida devia ser vivida ao máximo e cada dia, apreciado.

Mas se Zack chegou à conclusão de que a pintura – o lugar retratado nela – tinha importância para a artista, então não significaria que *ele* tinha importância para ela? Porque alguém que se importava desse jeito com outra pessoa não iria desaparecer e sumir totalmente, a menos que uma tragédia tivesse acontecido. E se ele realmente marcou as lembranças e os sentimentos dela, então por que ela não fez o menor esforço para aliviar os pesadelos que ele viveu por mais de uma década?

O olhar de Zack encontrou o título do quadro, e seu coração passou a bater ainda mais acelerado.

Sonhos perdidos.

Um título bem adequado. Para *ele*. Mas por que *ela* teria dado esse título?

O quadro tinha um certo ar de tristeza, como se a lembrança fosse de fato dolorosa, uma representação de esperança perdida e de – conforme o título da pintura – *sonhos* perdidos.

Até mesmo a silhueta da garota olhando para o lago parecia solitária e frustrada de alguma forma.

Lágrimas involuntárias encheram o canto dos olhos de Zack, e ele foi tomado pela sensação de tristeza. A pintura não indicava que Gracie tinha se separado dele porque quis; mas em vez disso, sugeria arrependimento, dor pelo passado.

"Zack?"

Ouvir seu nome o tirou do transe e ele viu o grupo inteiro olhando em sua direção, com as mais diversas expressões no rosto.

Sterling e sua assistente ficaram de lado, também olhando para Zack. Sterling franzia levemente a testa, e seu olhar estava completamente focado na reação de Zack.

"Qual é a artista que vai fazer a exposição?", Zack perguntou casualmente.

Mas ele não conseguiu disfarçar o tremor e a rouquidão em sua voz, apesar de todo seu esforço para conter aquela reação.

"Não é a artista que importa aqui", Sterling respondeu em um tom de voz calmo. "A segurança de maneira alguma inclui a artista. A segurança é para as obras de arte."

Eliza levantou a cabeça, com um olhar raivoso.

"Espere um pouco. Você quer contratar uma empresa de segurança para a exposição, mas não está nem aí para a artista das obras?"

Zack ficou irado, e seus pensamentos naquela hora eram tão confusos e caóticos que ele seria incapaz de descrever o que estava se passando em sua cabeça.

"A artista prefere se manter anônima", Sterling disse com um tom de voz irritado. "Nem mesmo está certo se ela vai aparecer. A exposição não é sobre a artista, mas sobre a arte dela."

Eliza bufou.

"E como é que isso vai ajudar a gente a fazer nosso trabalho?"

"Quem é ela?", Zack perguntou em voz baixa.

Na mesma hora, Sterling ficou tenso e seu corpo assumiu uma postura atenta e ameaçadora.

"Acho que ela prefere se manter anônima."

Ao mesmo tempo, Cheryl rapidamente virou o quadro para trás, cobrindo-o com seu corpo.

"As iniciais A.G. Elas significam *Anna-Grace*?", Zack perguntou com uma voz rouca, e já não tentava mais disfarçar o tom de exigência que havia nela.

"Eu deixei bem claro que a artista em questão prefere manter o anonimato", Sterling respondeu, cerrando a mandíbula.

Zack estava fervendo de frustração e, naquela hora, estava chegando perigosamente a ponto de perder a calma. E a cena não ia ser nada bonita. Por doze anos – mais de um terço de sua vida – ele se preocupou e se atormentou pelo destino de Gracie, e agora esse desgraçado estava querendo se fazer de difícil? Logo quando Zack estava no seu limite?

Ah, *não* mesmo. Aquela atitude de "você sabe com quem está falando?" podia funcionar com os outros, mas não com Zack. Ele trabalhava para pessoas extremamente ricas, mas com os pés no chão. Ele mesmo era rico e não agia como um babaca arrogante, presunçoso e convencido, como se suas palavras e ações fossem a lei. Ou estivessem acima da lei.

"Só me responda a pergunta", Zack disse entredentes. "As iniciais A.G. significam Anna-Grace?" Seu tom de voz era inclemente, sugerindo de forma implícita que ele não iria perguntar de novo.

Neste momento, o rosto de Sterling ficou completamente frio, assim como seu olhar. Ele apertou os olhos e trincou a mandíbula, enquanto continuava a analisar Zack. Por algum motivo, assim que Zack disse o nome, Sterling – que antes agia apenas como um babaca arrogante e presunçoso – ficou nervoso. Ele irradiava ódio, e seu olhar ficou opaco, o que escondia qualquer pista do que ele podia estar pensando naquela hora. Zack queria enfiar a mão na cara dele.

A tensão entre os dois era palpável. Eliza lançou um olhar desconfortável para Dane e se aproximou de Zack, como se soubesse que a coisa estava prestes a ficar feia.

"Nós encerramos por aqui", Sterling disse severo. "Eu já não necessito mais dos seus serviços. Estou mais do que disposto a pagar uma taxa pela consultoria se vocês deixarem as informações para o pagamento com minha assistente na saída."

Aquela resposta enfureceu Zack, e Eliza rapidamente se colocou entre os dois, ficando de costas para Sterling e colocando a mão no peito de Zack.

"Vamos embora, Zack", ela disse em voz baixa. "Esse babaca já tomou muito do nosso tempo." Ela olhou irritada por sobre os ombros para Sterling e falou em um tom de voz gélido: "E pode apostar que vamos deixar a conta antes de sairmos".

"Lizzie", Dane disse, pronunciando cuidadosamente cada palavra para que ela entendesse a mensagem, "fique longe dele."

O tom ameaçador na voz de Dane e em sua linguagem corporal estava bem evidente. Eliza se virou e puxou Zack com ela, tentando levá-lo na direção da porta.

"Eliza, pare", Zack reagiu em voz baixa, tentando não descontar sua raiva nela. Ele tinha plantado os pés no chão, tornando impossível que tirasse seu corpo do lugar. "Isso é importante. É a coisa mais importante na porcaria da minha *vida*. Não posso sair daqui, não até conseguir a informação que estou esperando. Se for necessário, vou espancar esse desgraçado para descobrir o que quero saber... o que eu *preciso* saber."

"Senhor, devo chamar a polícia?", Cheryl perguntou ansiosa para Sterling.

Antes que Zack pudesse prosseguir e fazer outra pergunta, a porta de vidro se abriu e uma mulher entrou apressada por ela, olhando direto para Sterling e a assistente.

Assim que notou os membros da DSS, ela ficou corada de vergonha. Várias coisas aconteceram ao mesmo tempo. Wade foi apressado até ela, que começou a balbuciar um pedido de desculpas por interromper a reunião.

Zack ficou completamente imóvel e segurou a respiração enquanto observava a cena diante de si. Sua garganta se fechou e ele não conseguia falar. Também não conseguia pensar. Tudo o que ele podia fazer era observar.

"Sinto muito, Wade", ela disse apressada. "Mas eu mudei de ideia. Não quero exibir esse último quadro. Eu simplesmente... não posso."

A dor estava claramente estampada no belo rosto dela. Os olhos da mulher estavam assombrados por fantasmas do passado. Fantasmas semelhantes aos de Zack, já que ele estava olhando para um naquele exato momento.

Ele finalmente conseguiu escapar da letargia em que estava imerso e foi capaz de emitir uma única palavra, que saiu arranhada. Sua cabeça rodava. Ele não estava acreditando.

"*Gracie?*"

CINCO

Gracie virou a cabeça. Ficou claro que ela havia reparado em Zack pela primeira vez desde que passou apressada pela porta, ansiosa para desfazer o acordo de exibir a pintura que Cheryl segurava agitada.

Seu olhar era de pavor, e seu rosto ficou pálido como o de um cadáver. Seus olhos castanhos refletiam o mais puro terror.

Imediatamente, Gracie começou a recuar e se virou como se fosse fugir, e teria feito exatamente isso se Sterling não tivesse segurado o braço dela, para que ela não caísse. No entanto, Gracie puxou seu braço da mão de Sterling, caiu de costas no chão de mármore, e ainda assim continuou recuando. Enquanto tentava fugir freneticamente, seu corpo indicava que estava completamente apavorada.

Zack se adiantou, incrédulo. Meu Deus, aquele era o sonho dele se realizando, e Gracie estava fugindo dele? Ela estava olhando para ele como se fosse um monstro? Mas que merda estava acontecendo?

"Gracie", ele disse, com a voz embargada de emoção. "Meu Deus, Gracie, eu achei que você estava morta! Todos esses anos… você não consegue imaginar…"

Zack nunca conseguiu terminar a frase porque a expressão no rosto de Gracie demonstrou um pavor ainda maior – se é que isso era possível. Seus olhos se encheram de lágrimas e seu rosto mostrava devastação. Mostrava dor, tristeza, traição, coração partido. Todas as coisas que ele mesmo estava sentindo e tinha sentido fazia mais de uma década.

"Você quer dizer para eles me *matarem* também?", Gracie balbuciou. Essas palavras saíram tão desconexas e cheias de pânico que Zack mal as compreendeu. Mas ele ouviu a frase inteira, e isso só multiplicou seu assombro. *Matar Gracie?* O sonho de Zack estava se transformando no pior pesadelo de toda sua vida.

"Do que você está falando?", ele perguntou. "De quem você está falando? *Quem tentou matar você?*" Será que ela não sabia que Zack destruiria qualquer um que tentasse machucá-la? Será que ela não sabia que ele faria qualquer coisa para protegê-la? Ela não confiava nele mesmo? O tempo todo que passaram juntos não significou nada no fim?

Zack estava a ponto de explodir. Havia um milhão de perguntas em sua mente exigindo respostas. Mas seu maior desejo era simplesmente tocar Gracie, segurá-la. Era confirmar que ele não estava sonhando, que aquilo tudo não era uma fantasia macabra, um momento de loucura pelos anos que ele passou desejando que isso acontecesse, que veio à tona logo quando ele jurou deixar o passado para trás.

Wade ajudou Gracie a se levantar com gentileza, mas então a colocou atrás de si com força. Ele a abraçou pelas costas com firmeza, e se tornou uma barreira entre ela e todo mundo na sala, especialmente Zack, a quem ele dirigia um olhar assassino, um olhar que prometia violência e vingança.

"Afaste-se dela", Zack ameaçou. "Agora."

Zack não queria ver aquele homem tocando Gracie. Então Wade queria protegê-la dele? Aquele cara era um bandido e isso estava na cara. Por que diabos Gracie estava associada a Sterling e por que ele tinha aquele jeito possessivo em relação a ela? Wade agia como se Gracie lhe pertencia e precisasse de sua proteção. Mas ela sempre foi de Zack, a menos que... Meu Deus, Zack não podia – nem devia – seguir por esse caminho. Sua sanidade mental já estava por um fio e ele estava muito perto de perder o controle, logo ele, que estava sempre no controle, com as emoções sempre dominadas.

Gracie deixou escapar um som de medo e, mesmo atrás de Wade, estava bem claro que ela estava tendo um colapso total. Wade se virou para sua assistente, o que deu a Zack uma breve chance de olhar para Gracie, cujo rosto estava vermelho e inchado, com lágrimas escorrendo pelas bochechas. Estava tão apavorada que deixou Zack de coração partido.

Beau chegou ao lado de Zack, colocando a mão no ombro dele.

"Você precisa parar, cara", ele disse em voz baixa. "Olhe para ela. É isso que você quer fazer com uma mulher?"

Eliza estava do outro lado dele, de braços dados com Zack, claramente para apoiá-lo, mas a compaixão por Gracie também estava clara em seus olhos, que estava tão chocada quanto Gracie parecia estar.

O medo e a aflição de Gracie eram palpáveis naquela sala. Todo mundo foi afetado por eles, especialmente Zack. Mas por que ela estava com medo *dele*? Não fazia o menor sentido! O mundo tinha ficado louco e ele precisava de respostas. Quanto mais tempo ele era deixado sem respostas, mais irritado ele ficava. Aquela situação estava consumindo a própria alma de Zack.

"Afaste-se", Dane grunhiu.

Zack ficou irritado porque os membros de sua própria equipe estavam se colocando entre ele e Gracie, como se eles temessem que Zack fosse machucá-la. *Logo ele*, meu Deus. Mas eles também jamais o viram tão descontrolado e desequilibrado. Todos estavam perplexos e se perguntando quem era aquele cara que, até então sempre tinha sido frio e mantido a calma, mesmo diante das situações mais extremas.

"Ela é... era... a minha vida", Zack balbuciou com um tom de voz alterado.

Gracie estava lutando para se afastar de Wade, obviamente tentando fugir. Tentando correr e ficar o mais longe possível dali, de Zack. Isso só fez Wade a segurar com mais força. E só deixou Zack ainda mais irritado. Aquele cara não tinha o menor direito de tocá-la, de segurá-la contra a vontade, mesmo que ele achasse que estava protegendo Gracie.

"Chame a polícia", Sterling falou para a assistente.

Dane levantou as mãos.

"Opa, acho que todo mundo aqui precisa parar um pouco e se acalmar. Foi *você* quem *nos* chamou aqui."

"E eu solicitei que vocês saíssem", Sterling retrucou. "O que vocês se recusaram a fazer. Então, a menos que saiam em três segundos, a polícia será chamada e vocês serão acusados por assédio. E basta qualquer um olhar para ela para acreditar nessa acusação."

Ele assentiu novamente para Cheryl, que parecia estar em choque, de olhos arregalados e ainda segurando o quadro que tinha dado início a tudo.

"Estamos saindo", Dane disse calmamente.

"Não, nem a pau que vamos sair!", Zack esbravejou. "Não até alguém me dar algumas boas respostas!"

Eliza gentilmente puxou Zack a uma curta distância de Beau e dos outros, e falou em voz baixa, para que ninguém mais ouvisse.

"Querido, pare com isso. Você está causando mais mal do que bem. Olhe para ela. Olhe *de verdade* para ela. A moça está totalmente apavorada e essa discussão não está trazendo nada de bom. Eu entendo que isso é importante, mas você sabe onde ela está agora. Você sabe *quem* ela é. Eu vou te ajudar, prometo que não vou descansar enquanto você não conseguir descobrir o que precisa. Mas neste momento, você tem que sair daqui ou a coisa vai ficar mais feia do que já está. Se essa mulher é importante para você, e obviamente ela é, você não vai ganhar pontos com ela ficando aqui. Não faça nem diga nada de que você possa se arrepender. Faça o que é certo, não em respeito àquele babaca egocêntrico do Sterling, mas por Gracie. Faça isso por ela."

Dane e Beau se aproximaram de Zack, e Dane cutucou gentilmente Eliza, como uma ordem discreta para que ela se afastasse. Em seguida, os dois pegaram Zack pelos braços e o encaminharam na direção da porta.

Simplesmente sair de cena – assim como Gracie aparentemente tinha feito – e desistir, sem luta da única pessoa que teve alguma importância na vida dele era algo que ia contra cada fibra do ser de Zack. Para ele, Gracie era a única pessoa que tinha importância no mundo. Era a mulher por quem ele teria feito tudo, por quem ele teria feito qualquer sacrifício, não importava o tamanho. A mulher por quem ele teria protegido com a própria vida e a quem ele passaria o resto de sua existência amando e cuidando sem se importar com mais nada.

Mas a equipe não estava lhe dando escolha. Zack resistiu, mas então Isaac e Capshaw se uniram aos outros dois e conseguiram obrigá-lo a seguir em frente. Eles passaram diante de Sterling, que os observava e continuava abraçando com firmeza Gracie, que estava bem protegida atrás do corpo dele, muito maior que o seu.

No fim, a equipe simplesmente subjugou Zack e o levou até o estacionamento, embora tivesse exigido o esforço conjunto de todos.

Zack queria bater em alguém. Estava de punhos cerrados e sua postura era claramente agressiva. Os outros perceberam. Beau o empurrou contra sua caminhonete e o encarou.

"Não vou dizer que sei que raios aconteceu lá atrás, mas você precisa se acalmar, e rápido. Esse aqui não é você, cara. Você não age daquele jeito com uma mulher apavorada. Você não força a barra quando ela está agindo como uma louca de tanto medo. Eu sei que é importante, mas tem que ter outro jeito de resolver isso, ou você vai acabar preso acusado de agressão e assédio."

Zack empurrou Beau para trás e se aproximou, ficando cara a cara com ele.

"Me diga o que você faria se fosse com a Ari. Se alguém ficasse entre vocês dois e então mandasse você se afastar. Você faria isso? Você faria a merda da *coisa certa*?", Zack esbravejou, pronunciando as duas últimas palavras com o desprezo que elas mereciam.

Beau parou, e seu olhar na mesma hora mostrava que ele tinha compreendido. Em seguida, ele fechou os olhos e emitiu um suspiro.

"Meu Deus. Então é nesse nível."

Ira, dor, fúria e uma tristeza que vinha do fundo da alma. Esses sentimentos envolveram Zack, e o desespero o atingiu como um maremoto. Seus ombros fraquejaram e ele fechou os olhos, encostando-se no carro para se afastar de Beau e de seus amigos.

Eliza colocou sua mão no braço de Zack e apertou o suficiente para chamar a atenção dele e tirá-lo do torpor que o envolvia.

Zack olhou para ela e viu Eliza se enfiar entre ele e Beau. Nos olhos dela, emoção vívida, quase como se conhecesse a história dele. Como se os seus pensamentos sombrios e agitados estivessem sendo expostos em tempo real e Eliza pudesse vê-los direto na mente dele.

"Eu vou te ajudar, Zack", ela disse tranquilamente. "Só me diga o que eu preciso saber para poder começar. Não precisa nem me contar tudo. Conte só aquilo que você estiver disposto a compartilhar. Eu juro pela minha vida que não vou descansar até isso estar resolvido. Não vou desistir. Você tem minha palavra." Estava implícito que a palavra de Eliza era firme. Ela não dava sua palavra à toa e jamais tinha descumprido uma promessa.

Antes que Zack pudesse responder, Eliza o puxou para um abraço, o que foi um feito impressionante, dada a diferença de peso e altura que tinham. Mas o abraço dela era bem apertado, carregado de emoção, de solidariedade e lealdade. Eliza era a irmã que ele sempre quis ter.

Zack cresceu como filho único, já que sua mãe havia o abandonado, junto com o pai, quando ele ainda era um bebê. E Gracie vinha de um lar desajustado, com uma mãe alcóolatra que nem se lembrava dela na maior parte do tempo. E o pai? Era alguém com quem sua mãe teve um caso rápido. Nem mesmo a mãe sabia quem era o pai da criança, e Gracie jamais descobriria quem ele era.

Zack e Gracie queriam ter filhos, o máximo que pudessem. Queriam um lar cheio de amor e com um forte senso de união familiar. Coisas que ele e Gracie jamais tiveram.

"Quando?", ele perguntou com uma voz que mal se fazia ouvir, tão fraca que a única palavra soou esganiçada.

Zack não precisava explicar a pergunta. Eliza sabia exatamente o que ele queria dizer.

"Podemos ir para o escritório agora", ela respondeu. "Ou, se você preferir, pego meu computador e encontro você na sua casa. Ou podemos ir para minha casa. Você decide."

Ela estava dando a Zack uma saída para evitar que ele desabasse ainda mais na frente dos outros, o que o deixou grato, já que não sabia mais quanto tempo iria aguentar sem desabar no choro.

Foi como se uma bigorna de dez toneladas tivesse caído do céu e o esmagado como um inseto. Zack ainda estava em choque por ter visto Gracie em carne e osso. Não mais como um fantasma do passado, mas como uma mulher que estava viva e respirando. Uma mulher – não mais uma garota de 16 anos – doze anos mais velha, mas que continuava linda de morrer como sempre.

"Na sua casa", ele conseguiu balbuciar. "Se for tudo bem."

Era o único lugar onde Zack se sentia confortável o suficiente para se abrir. Ele com certeza não gostaria de ter esse tipo de conversa na frente de todos os seus colegas do escritório. Tinha escondido sua dor do resto do mundo por doze anos. Foi só quando passou a trabalhar na DSS que voltou a se relacionar com outras pessoas a ponto de ter algo parecido com amizade.

Eles o tinham visto no fundo do poço, mas Zack sabia que a coisa ia ficar ainda pior e não estava a fim de que os outros soubessem do tormento em que ele viveu por tantos anos. Zack tinha consciência de que era patético, mas não significava que ele estava disposto a ter mais gente testemunhando sua fraqueza do que o necessário. Além disso, encontrar Gracie já não era um sonho impossível, mas sim realidade, e Zack estava pouco se lixando se os outros o achariam patético ou não. Como se esse fosse o caso!

Eliza apertou mais uma vez o braço de Zack, para tranquilizá-lo.

"Então me dê uma carona até o escritório, para eu pegar meu carro. Só preciso entrar para pegar o computador e depois você vai me seguindo até minha casa."

"Obrigado, Eliza", ele disse suavemente.

"Não precisa agradecer", ela respondeu no mesmo tom.

SEIS

Gracie afundou o rosto nas costas de Wade, seu corpo trêmulo. Ela não conseguia controlar a tremedeira, nem o frio que estava sentindo. Meu Deus, ela sentia o frio chegar até os ossos. *Choque* não era nem a palavra certa para descrever o que Gracie sentiu ao olhar nos olhos de um Zack Covington mais velho, mas ainda devastadoramente lindo. No mínimo, ele estava ainda mais bonito. O adolescente charmoso e de sorriso fácil tinha desaparecido e dado lugar a um homem duro, que parecia ter sofrido tanto quanto ela.

Gracie pensou que iria sentir dor ao longo dos anos. Iria sentir tristeza, arrependimento. O que ela não achava era que o sofrimento podia ficar ainda pior.

Estava errada.

Porque durante todo esse tempo ela jamais viu Zack. Nunca mais, desde aquela noite. Não importava o quanto tivesse se preparado mentalmente ou visualizado a cena, nada poderia tê-la deixado pronta para o choque de realidade que foi reencontrá-lo, depois de ter a certeza de que os dois jamais se cruzariam novamente. Aparentemente, o destino não estava ao lado dela. Também estava claro que o destino achava que ela já não tinha sofrido o suficiente para uma vida inteira.

Wade se virou e acariciou Gracie na tentativa de reconfortá-la. Ele a puxou para si com firmeza, abraçando-a e falando em um tom de voz tranquilizante.

"Ele se foi agora, Anna-Grace. Ele não pode machucá-la. Ele jamais vai machucá-la novamente."

As palavras de Wade conseguiram atravessar a massa caótica dos pensamentos de Gracie e o torpor que tinha tomado controle dela, deixando-a paralisada. Ela empurrou Wade com força para se soltar e dessa vez conseguiu manter o equilíbrio e não caiu.

"Preciso ir", Gracie balbuciou, tentando desesperadamente encontrar uma saída.

Ela não podia sair pela frente. E se Zack estivesse lá esperando por ela? E se ele a seguisse? E se ele descobrisse onde ela morava? E se ele já soubesse o seu endereço?

Ele já devia saber onde ela estava. Não seria tão difícil realmente encontrá-la, apesar de todo o esforço que Gracie fez ao longo dos anos para garantir sua privacidade e para se certificar de que ninguém jamais poderia achá-la.

"Eu preciso sair daqui, Wade", ela disse com uma voz histérica. "Por favor, você precisa me ajudar. Eu preciso ir agora. Mas para onde? Preciso pensar em um lugar onde ele não vai me encontrar. Não posso nunca mais voltar para cá. Preciso sair, preciso ir embora. Hoje à noite. Antes que ele apareça no meu apartamento!"

Gracie sabia que o que dizia não estava fazendo o menor sentido. Mas não se importava. Ela também sabia que tinha deixado o medo irracional tomar conta de todo o resto, mas seu instinto de autopreservação falava mais alto nessa hora e ela permitia que ele assumisse o controle. Gracie só sobreviveu até hoje porque não ignorou seus instintos.

Wade a pegou pelos ombros gentilmente, mas com firmeza, e a obrigou a encará-lo. A expressão no rosto dele era dura e havia raiva em seus olhos escuros. Ele estava com aquele olhar perigoso, que deixaria qualquer um com medo, mas Gracie tinha aprendido que, apesar da aparência e do fato de haver coisas sobre ele que ela não sabia – e preferia não saber – Wade não era uma ameaça.

"Anna-Grace, olhe para mim", ele disse com um tom de voz que não admitia discussão.

Ela piscou e levantou o rosto para cruzar o olhar com Wade, tentando desesperadamente manter o medo à distância.

Ele segurou o rosto dela com as mãos e gentilmente lhe acariciou o lábio com o polegar.

"Você não vai permitir que ele continue controlando sua vida por mais nenhum minuto", ele disse, com um leve tom de repreensão na voz. "Você já deu controle demais para ele, por tempo demais. Já chega disso. Ele não pode machucá-la agora. Eu juro para você, jamais vou deixar que ele te machuque. Você confia em mim?"

Gracie mordeu os lábios, porque – meu Deus – aquela não era uma pergunta fácil de ser respondida por alguém como ela, que não tinha motivos para confiar em nenhuma pessoa. E, no entanto, ela já tinha admitido que confiava em Wade, eles já tinham conversado sobre isso. E agora ele estava pedindo lhe novamente confiança. Antes, era só uma questão de palavras, mas agora tinham um significado real.

Gracie relutantemente assentiu e Wade relaxou um pouco, quase como se ele estivesse receoso de que ela ia dizer não e fugir dele, assim como ela sempre havia fugido de tudo na vida nos últimos doze anos.

"Você *não* é mais uma jovem assustada", Wade disse gentilmente. "Você é forte e construiu um caminho para sua vida. Criou uma carreira, uma carreira muito promissora. E tem talento, é muito mais talentosa que a maioria dos grandes nomes da arte hoje em dia. Você criou um lugar para si no mundo. E vai permitir que ele destrua isso tudo?"

Anna-Grace franziu a testa, porque, ao colocar a situação dessa forma, ela via que não teve escolha sobre o que tinha acontecido todos aqueles anos atrás. Mas e agora? Agora ela *tinha* escolha. Era uma pessoa diferente. Mais velha, mais sábia, não tão jovem e ingênua. Não tão incauta. E sim, como Wade disse, ela estava mais forte agora.

Parecia piada considerar qualquer parte dela como forte, quando Gracie passou tanto tempo escondida, com medo da própria sombra. Mas *era* forte. Mais forte do que achava. E Wade também tinha razão sobre ela ter encontrado o caminho de sua vida. E era bem ali. A exposição de suas obras aconteceria em uma semana. Esse era o tipo de coisa que poderia catapultar sua carreira.

Wade se inclinou e lhe deu um beijo na testa, um gesto certamente íntimo. Alguém que estivesse olhando para os dois pensaria que eles fossem amantes, dado o claro afeto que havia entre eles. Só Anna-Grace e Wade sabiam que não era bem assim.

"Fique firme, Anna-Grace", ele sussurrou. "Você não está sozinha. Jamais vai ficar sozinha. Não deixe o passado mandar no presente, nem por mais um único dia. Este é seu momento de brilhar, esta é sua hora ao sol. Não deixe ninguém estragar isso."

Ela endireitou a postura e só então colocou a mão sobre a mão de Wade, que ainda estava em seu queixo. Ela apoiou o rosto na palma dele e fechou os olhos por um breve momento.

"Eu não sou mais aquela menina inocente de 16 anos de idade", ela disse, hesitante. Mas sua foz foi ficando mais forte à medida que ela continuava. "Jamais serei aquela menina de novo."

Anna-Grace olhou para Wade com os olhos em chamas.

"Ele roubou a vida que havia em mim. Não vou permitir que faça isso de novo. Jamais vou deixar que ele, ou qualquer outra pessoa, tenha esse tipo de poder sobre mim novamente."

Wade sorriu.

"Agora sim, essa é a Anna-Grace que *eu* conheço."

Ela inspirou profundamente.

"Estou assustada, Wade. Não vou mentir sobre isso. Você ouviu o que ele falou. Ele achou que eu estava morta. E se eles vieram aqui para me matar?"

A expressão no rosto de Wade se tornou dura. Tão dura que ela estremeceu diante do perigo refletido nos olhos escuros dele. Wade alisou o queixo dela com o polegar, até chegar ao canto da boca.

"Eu jamais vou deixar fazerem algum mal para você, Anna-Grace. Juro pela minha vida."

SETE

Zack andava pela sala de estar do apartamento de Eliza como um leão enjaulado e inquieto, pronto para dar um bote e matar sua presa. Passava a mão diversas vezes por seus cabelos curtos e arrepiados, a ponto de já estar completamente despenteado e desgrenhado.

Suor. Zack estava suando. Sua camisa estava encharcada, suas sobrancelhas estavam brilhando com a umidade. Uma gota escorria por suas costas, causando coceira e o deixando mais irritado a cada minuto.

"Zack, sente-se."

A voz de Eliza era suave, mas tinha um leve tom de comando nela.

Ela olhou sobre seu laptop e fez sinal para Zack sentar no outro bloco de seu sofá modular. O apartamento de Eliza era um verdadeiro exemplo de conforto. Decorado em tons terrosos vivos, com um toque de feminilidade. Nada exagerado, não era um apartamento de menininha. Era um lugar onde um homem iria se sentir bem-vindo. Um lugar que Zack poderia chamar de lar.

Ele sempre sonhou em surpreender Gracie com uma enorme casa. Uma mansão de dois andares com pelo menos sete quartos e banheiros compartilhados a cada dois quartos. Ele queria ter quatro meninos e depois mais duas meninas. Os seis quartos dos filhos teriam os banheiros compartilhados para que no máximo duas crianças dividissem o mesmo banheiro. E, claro, Zack queria que as meninas viessem por último para que tivessem os irmãos mais velhos para protegê-las e paparicá-las tanto quanto o pai.

Gracie adorava a casa onde Zack cresceu. Era a síntese do sonho americano: um sobrado branco de madeira, uma grande varanda com um balanço e uma cerca ao redor. Era exatamente o tipo de casa onde ela sonhava em morar, embora ele jamais a tivesse levado de novo para lá depois do desastre que foi a primeira visita, quando ela conheceu o pai dele. A lembrança daquele dia ainda enfurecia Zack. Seu pai humilhou Gracie por completo, a fez sentir-se um pedaço de lixo, a chamou de caipira pobretona e disse que morar no estacionamento de trailers era bom demais para tipos como ela. Considerando que Gracie era uma sem-teto na maior parte do tempo, aquele foi um golpe baixo. Ela teria gostado de ter um trailer à disposição. Qualquer coisa que servisse de teto sobre sua cabeça.

Depois que o tio de Gracie morreu, Zack ficou aliviado, até perceber que ela não tinha um lugar para morar. Ainda assim, sabia que era melhor para Gracie ser uma sem-teto do que viver na mesma casa que alguém que a tratava daquele modo.

Zack achou um pequeno hotel perto do lago, no lado de Dover, e Gracie conseguiu emprego como faxineira. O salário era baixo, mas lhe dava um lugar para viver – um pequeno quarto no primeiro andar, ao lado da administração – e uma refeição por dia. Ela podia escolher café da manhã ou jantar no restaurante de comida caseira ao lado do hotel. Zack lhe dava dinheiro para fazer as outras duas refeições do dia, e normalmente ele tomava o café da manhã e jantava com ela, para se certificar de que ela não ficaria sem comer.

Toda manhã, Gracie se levantava antes do amanhecer para iniciar seu dia. Ela saía a tempo de ir para a escola e então voltava para continuar o trabalho depois das aulas.

Zack aparecia sempre que podia. Seu pai ficava aborrecido por ele estar tão apegado a uma garota a ponto de desperdiçar o que deveriam ser os melhores anos de sua vida. Não havia nenhuma festa com os amigos da faculdade ou infinitas namoradinhas, Zack não estava aproveitando a fama que tinha como o *quarterback* do time. Não, ia para as aulas e nunca perdia os treinos, mas estava sempre ansioso pelo fim da temporada de futebol americano, quando podia voltar para ficar com Gracie.

Ele nunca ficava na escola nos fins de semana depois que a temporada de futebol estava encerrada. Assim que a última aula na sexta-feira acabava, ele imediatamente corria até sua caminhonete – já tinha arrumado tudo na noite anterior – e ia direto para casa ver Gracie.

Embora nunca tivesse cometido o desrespeito de se aproveitar sexualmente dela – ambos queriam esperar –, Zack passava a maioria das noites com Gracie, deitado no chão enquanto ela dormia na cama, e os dois conversavam por horas.

Ele odiava ver Gracie acordando tão cansada no dia seguinte, sofrendo para levantar cedo e terminar suas obrigações a tempo de liberarem a entrada dos hóspedes, então Zack frequentemente a ajudava. Os dois formavam uma dupla formidável e desenvolveram um método de deixar um quarto impecavelmente limpo em vinte minutos. Isso deixava Zack contente, porque significava que Gracie seria só dele pelo resto do dia.

Sexta-feira era a noite preferida da maioria dos jogadores de futebol americano do ensino médio. Sexta-feira significava jogo e a adrenalina que vinha com jogadas incríveis. Também era o dia preferido de Zack, mas não por causa do futebol. Para ele, futebol era um meio para se chegar a um fim. Um meio para ele garantir o futuro de Gracie e dos filhos que eles iriam ter um dia. Era o dia preferido, pois Zack sabia que, ao final, ela estaria em seus braços, deitada com a cabeça em seu ombro.

E foi assim até o dia em que ele voltou para casa e não a encontrou.

Zack não entendia isso. Talvez ele jamais entendesse o que houve, mas com certeza ele não iria embora sem algum tipo de explicação. Se ela não precisasse dele – se não o quisesse –, então, por Deus, Gracie deveria ter olhado em seus olhos e dito isso.

"Zack?"

A voz preocupada de Eliza chegou até os seus pensamentos e Zack olhou para lado. Notou que ela estava falando – ou melhor, tentando falar – com ele havia vários segundos, sem sucesso.

"Desculpe", ele balbuciou. "Eu estava pensando."

"Isso está bem óbvio", Eliza disse suavemente. "Quer me falar sobre o que estava pensando?"

Zack fechou os olhos e suspirou.

"Você vai achar que eu sou um maluco. Quer dizer, quando eu paro por um minuto e olho de verdade para a situação, se fosse com qualquer outra pessoa, eu iria achar que se tratava de um completo idiota. Quem é que fica preso a uma garota... uma mulher... por *doze anos*? Meu Deus. É patético."

Ele estremeceu ao perceber o quanto tinha acabado de admitir. Zack suspirou longamente, bufando de frustração. Qual a importância daquilo também? Eliza iria descobrir tudo cedo ou tarde. Ele não devia ocultar informação que poderia permitir a Eliza rastrear Gracie, não importava se ele pareceria um palerma ou não.

"Eu diria que alguém que fica preso a uma mulher por tanto tempo deve tê-la amado de verdade", Eliza comentou em voz baixa.

Não havia julgamento no olhar dela, nem pena. Nada além de apoio e amizade inabaláveis.

"Sim", Zack murmurou. "Eu amei. Amo. Ou pelo menos amei. É difícil dizer que raios estou sentindo agora."

"Então me diga o que aconteceu e por que você ficou descontrolado quando ela apareceu na galeria. Estou supondo que essa é a primeira vez que você a viu desde que..."

Zack assentiu e então suspirou.

"Honestamente não há muito o que contar. Gracie e eu éramos namorados na época da escola, do ensino médio. Eu digo escola, mas eu era quatro anos mais velho, então só fomos à escola juntos no meu último ano. Ela estava no primeiro ano quando nos conhecemos. Eu já tinha uma bolsa integral na Universidade do Tennessee para jogar no time deles de futebol americano como *quarterback*."

"Você jogou na liga profissional, não?"

"Até uma lesão me obrigar a parar", Zack respondeu.

"Você ainda podia ter continuado."

Zack nem reagiu ao fato de que Eliza obviamente conhecia a história dele. Ou ao menos parte dela. A DSS devia ter feito uma checagem completa do passado dele antes de o contratarem.

Ele assentiu.

"Sim, eu podia ter feito fisioterapia, ia perder uma temporada no máximo. Treinaria pesado na pré-temporada e voltaria no outono. Os médicos achavam que eu teria uma recuperação completa com fisioterapia intensiva."

"Mas você optou por não fazer."

Novamente Zack assentiu. O dono do time, o gerente e os treinadores ficaram irritados. Os fãs ficaram irritados. Ele foi chamado de covarde. Foi chamado de perdedor, logo ele, que vinha sendo um vencedor havia tanto tempo. Mas, sem Gracie, Zack não achava que estava vencendo coisa alguma. O futebol americano não era o suficiente para mantê-lo em pé, depois de perder tudo o que tinha algum significado para ele. Jogar futebol era apenas o meio de conseguir dinheiro para Gracie, de dar a ela o tipo de vida que ele sempre sonhou. Sem ela, futebol não tinha o menor significado.

"Por causa da Gracie?", Eliza perguntou gentilmente.

Ele hesitou por um momento, e então cruzou o olhar novamente com ela.

"Sim. Por causa da Gracie. Ela sumiu. Um dia estava lá. E então, eu cheguei à casa dela e ela havia sumido. Não deixou nenhum bilhete, nenhuma palavra, nenhuma mensagem. Nada. Era como se ela jamais tivesse existido. Só que para mim ela existiu. Ela era o meu mundo. Escola, futebol... nada disso tinha importância sem ela para compartilhar aquilo comigo. Eu quase desisti de jogar profissionalmente. Meu pai ficou indignado. E, no fim, o único motivo por que fui jogar na liga profissional era achar que, ficando famoso, Gracie saberia onde eu estava. E ela poderia até entrar em contato comigo, vir até mim se estivesse com problemas."

"Então você não faz ideia do que aconteceu com ela?"

"Nenhuma", Zack disse sem rodeios.

"Você registrou o desaparecimento dela? Foi até a polícia?"

Ele emitiu uma risada áspera.

"Meu pai era a polícia. O chefe de polícia. Ele não levantou a porcaria de um dedo para tentar encontrá-la. Estava ocupado demais *comemorando*. Ele sorriu quando contei sobre o sumiço de Gracie e me disse que foi a melhor notícia que tinha recebido no ano. Quando pedi a ele que registrasse o desaparecimento e que tentasse encontrá-la, ele me falou que não era bom desperdiçar os recursos do departamento com pessoas que não tinham importância."

Eliza fechou a cara.

"Desculpe o comentário, mas seu pai parece ser uma figura."

"Não precisa pegar leve por mim", Zack respondeu, cerrando a mandíbula. "Ele é um desgraçado. Um porco egoísta e machista."

"Você vai me desculpar se eu não fizer a menor questão de conhecê-lo", Eliza comentou.

Zack deu um sorriso com o canto da boca.

"Você o encheria de porrada."

"Pelo menos você é bem diferente dele", ela notou. "E com certeza eu enfiaria a mão na cara dele. Se ele viesse com essas palhaçadas comigo, eu arrancaria as bolas dele. Agora, vamos voltar à Gracie... Pelo que você me contou, eu posso muito bem juntar todas as pontas. Ou pelo menos as coisas fazem sentido agora. Você se lesionou e optou por parar em vez de se recuperar. Entrou para as forças policiais e estava prestes a ser recrutado por uma organização governamental quando Beau trouxe você para o nosso lado. Presumo que você escolheu essa carreira por causa da Gracie."

Os olhos dela eram perspicazes demais. Era como se Eliza tivesse entrado na cabeça dele e agora tivesse uma visão privilegiada de tudo que ele tentava esconder do mundo. E essa sensação não era agradável.

Zack assentiu, e sua mandíbula estava cerrada a ponto de ficar desconfortável.

"Eu queria encontrá-la. Procurei por todo canto e venho procurando por ela há doze anos. E aí hoje, aquele babaca carrancudo da galeria... Eu juro por Deus, Lizzie. Queria acabar com ele ali mesmo."

"Sim, eu percebi."

"Eu vi que ele sabia de algo antes mesmo de Gracie aparecer. Era coincidência demais. A paisagem do quadro era de um lugar que só Gracie e eu conhecíamos. Não que outras pessoas não tenham passado por lá, mas nós dois nunca encontramos ninguém durante todo o tempo que nos fomos ali. Ela adorava desenhar e pintar, era o sonho dela. E então, de repente, surge um quadro daquele lugar na galeria, assinado A.G.? E o nome da pintura é *Sonhos perdidos*? E depois tem aquele papo-furado de que a artista não importa para a segurança, de que ela quer permanecer anônima. Acho que a razão para isso tudo está clara agora. Ela estava fugindo. Fugindo de mim.

Mas de quem mais? E qual é a ligação dela com Sterling? Porque aquela não foi a reação normal de um dono de galeria para uma artista com quem ele está planejando ganhar dinheiro."

"Então, Anna-Grace é o nome verdadeiro, mas você a chama de Gracie."

Zack assentiu.

"Só eu a chamava de Gracie. Era meu jeito carinhoso de tratá-la."

Eliza digitou tudo enquanto ele falava, aparentemente tomando notas. Quando ela parou de teclar, olhou para Zack.

"Preciso que você pegue um caderno e uma caneta na mesa de centro. Anote tudo o que conseguir pensar que possa me ajudar a encontrá-la. Nome completo, qualquer parente que você conheça, mesmo que a pessoa já tenha morrido. Isso pode levar um tempo, então que tal pedir algo para a gente comer enquanto faço umas buscas? A noite pode ser longa."

A esperança aliviou um pouco a queimação que Zack sentia no peito. A pulsação dele estava acelerada e ele engoliu em seco diversas vezes, para tirar o nó que havia na garganta.

"Obrigado, Lizzie", Zack disse em voz baixa, completamente sincero. "Você não faz ideia do que isso significa para mim."

Eliza deu de ombros e, por um momento, Zack podia jurar que viu um brilho de dor em seus belos olhos.

"Todos nós temos uma cruz para carregar. E cada um a carrega à sua maneira. Não quero criar falsas esperanças, Zack. Posso não conseguir encontrar nada, mas vou dar o meu melhor."

"Sterling tem todas as informações de que preciso", Zack resmungou. "Ele vai falar. Não estou nem aí *como*, mas ele vai. Eu vou destrui-lo se não abrir a boca."

"Tome cuidado", ela avisou. "Ele está envolvido em muito mais do que só galerias de arte. As galerias são apenas fachada para as outras 'atividades'."

Zack levantou uma sobrancelha.

"O que isso quer dizer, exatamente?"

"Que a checagem preliminar que Quinn faz em todos os clientes potenciais revelou algumas discrepâncias."

O olhar de Zack ficou mais intenso.

"Você acha que ele está metido em sujeira?"

"Não posso dizer com certeza."

"Qual a sua opinião, então?"

"Ele está metido em sujeira."

"Então por que é que fomos encontrá-lo?", Zack perguntou. "Beau não age dessa forma. Ele preferiria morrer a fazer qualquer coisa que lembrasse o pai."

A DSS não aceitava nenhum cliente que pudesse arrastar a empresa para a lama. Eles não precisavam disso, podiam escolher quem quisessem. E certamente não estavam faltando clientes.

"Talvez Caleb tenha tomado a decisão. Beau pode nem ter lido o relatório ainda", Eliza respondeu. "E, como eu disse, não posso afirmar com certeza que ele está metido em sujeira. É somente a minha opinião. Opinião que Dane não compartilhava – ao menos por ora. Eu tenho meus preconceitos, vou falar o quê? Dane é mais tolerante." Ela falou a última frase dando de ombros.

"Seus instintos são bons, Lizzie. Eu nunca vi você estar errada sobre alguém. Se você acha que Sterling está metido em sujeira, então eu com certeza estou disposto a acreditar nisso. E se ele está metido em sujeira, então qual é a ligação dele com Gracie? Porque eu vi os olhos dele quando eu a chamei pelo nome. Ela não é só uma artista desconhecida cujo trabalho ele está expondo na galeria. E Sterling também se fechou por completo quando comecei a perguntar sobre ela."

Eliza ficou com as bochechas coradas e com um brilho no olhar como reação ao reconhecimento – e confiança – de Zack em suas habilidades. Lizzie, Beau e todo mundo na DSS, eram boas pessoas. Eles com certeza apareceram em um momento crítico da vida de Zack.

Em vez de mergulhar de cabeça na arriscada carreira nas forças policiais, uma carreira arriscada, com alta probabilidade de esgotamento por estresse, ele acabou entrando para uma agência de elite. Seu trabalho era desafiador e ele era obrigado a se focar em algo que não fossem os últimos doze anos de sua vida. Isso fazia Zack sentir como se ele tivesse um propósito, em vez de apenas seguir mecanicamente pela vida.

Como era irônico o fato de que, alguns dias antes, depois de uma noite de ação particularmente ruim, ele pensou consigo mesmo que estava na hora de deixar tudo para trás – deixar de verdade para trás – e seguir em frente. Viver a vida e fazer algo de bom com ela.

Zack não tinha esse luxo agora. Porque agora sabia que Gracie estava por aí. Bem perto. Tão perto que ele poderia esbarrar com ela no mercado ou no posto de gasolina. Meu Deus, há quanto tempo ela estava vivendo tão perto dele?

"Nós vamos encontrá-la, Zack", Eliza garantiu. "Mas você precisa se preparar para a possibilidade de ela fugir. A exposição pode e provavelmente vai ser cancelada. Ela obviamente sente-se ameaçada por você. E, bem, você precisa se preparar para o fato de que ela... largou você. Voluntariamente. Porque, no meu ponto de vista, parece que foi isso que aconteceu."

As palavras de Eliza deslizaram por dentro da pele de Zack, penetrando e rasgando profundamente o coração dele. O local onde Gracie vivia como uma parte integral dele, jamais saindo de lá, mesmo que tivesse sido isso o que ela pretendia fazer.

Dor. Zack sentiu um tipo diferente de dor tomar sua alma. Uma agonia sufocante, que parecia uma nuvem negra trazendo a tempestade junto de si.

Ele jamais tinha pensado na possibilidade de que Gracie o tivesse abandonado pelo simples motivo de que ela não o amava mais. Zack tinha se torturado infinitamente com todas as possibilidades para o sumiço dela, para ela desaparecer como se jamais tivesse existido. Talvez ele fosse a única pessoa que se importava com ela. Então por que Gracie o rejeitaria? Por que rejeitaria todas as promessas que ele fez?

Qual evento devastador teria sido capaz de alterar e machucar duas pessoas, a ponto de elas jamais conseguirem se recuperar totalmente?

Mas será que ela seria capaz de pintar um quadro de alguém que viveu o inferno na terra por mais de uma década, assim como ele viveu? Pela primeira vez, a raiva, algo estranho a Zack até aquele momento, preencheu seu peito e deixou um rastro até o estômago.

Não, ela apenas correu atrás do próprio sonho enquanto ele corria atrás do dele.

Gracie.

O sonho dele.

Sua linda e doce Anna-Grace.

As lembranças dela, que Zack guardava com tanto zelo em seu coração, por temer que pudessem ficar mais fracas com a passagem do tempo, escaparam dele pela primeira vez em doze longos anos.

Não, ele nunca, jamais sentiu raiva de Gracie.

Até agora.

Aquilo deixou o gosto mais amargo possível na boca de Zack, um gosto que ele sabia que ia sentir sempre que mencionasse o nome dela dali em diante. Porque agora ele via o futuro... o futuro de Gracie. E Zack não fazia parte dele.

OITO

Zack ficou parado, com os punhos cerrados, do lado de fora do Sunshine Art Studio, a poucos quarteirões do Joie de Vivre. Parecia estar sem fôlego. Respirar com aquele peito pesado e apertado mais parecia uma tortura. Será que Gracie esteve tão perto dele assim esse tempo todo?

Ele não deixou de notar a ironia disso tudo. Depois de passar uma década procurando por Gracie, Zack descobria que ela estava na mesma cidade que ele? Havia quanto tempo? Será que ela já estava morando ali quando ele se mudou para Houston, para começar a trabalhar na DSS? Depois de tantos anos correndo atrás dela, era curioso acabar encontrando Gracie por causa do trabalho.

Por melhor que Eliza fosse no que fazia, nem mesmo ela conseguia fazer a informação se materializar do nada. E havia pouquíssima informação sobre a artista reclusa. Eliza conseguiu, meio por acaso, encontrar um artigo que saiu em uma revista de arte que mencionava aulas no ateliê Sunshine Art Studio, a alguns quarteirões de Westheimer. Três artistas se alternavam como professores, ensinando arte a crianças que mostravam algum talento prematuro. Uma das artistas era a misteriosa A.G.

Então, eis que Zack estava ali, olhando para a porta com um nó na garganta e a palma das mãos transpirando. O ateliê tinha se esvaziado alguns minutos antes. Crianças risonhas e sorridentes saíram pelo corredor, correndo para encontrar seus pais, que as aguardavam no estacionamento.

Agora tudo estava em silêncio. E não havia mais nenhum carro lá fora, o que significava que, se Gracie esteve ali, ou ela foi até a galeria a pé, de ônibus ou... alguém lhe deu uma carona. Um namorado? Amante? Marido? Wade Sterling, talvez?

Zack mordeu os lábios só de pensar na ideia de que Gracie pertencesse a um outro homem e estivesse fora do alcance dele, para sempre.

Bufou mais uma vez e se recriminou por estar sendo um covarde. Tudo o que precisava fazer era passar pela porcaria da porta. Apenas uma porta o separava de... Gracie.

Então, por que Zack estava paralisado de medo? Ele não deveria estar ansioso para confrontá-la e descobrir que raios tinha causado o colapso mental que ela teve na galeria, quando os dois se viram cara a cara pela primeira vez desde que ela desapareceu da vida dele?

Ou talvez Zack estivesse simplesmente aceitando a possibilidade de que, se Gracie estivesse viva e indo bem, trabalhando como artista, significava que ela havia optado por abandoná-lo sem dizer uma palavra. Sem terminar, sem se despedir. Embora ele tivesse sido incapaz de seguir em frente, de deixar o passado para trás, ela obviamente não sofreu como ele.

Acalme-se, seu idiota. Você esperou doze anos por isso. Apenas abra a porcaria da porta.

Zack obrigou suas pernas a se moverem, ignorando a tremedeira dos joelhos. A porta foi ficando mais próxima até que finalmente a mão dele pegou a maçaneta. Tudo o que ele precisava fazer era... entrar.

Zack deu um empurrão na porta, aborrecido por sua própria hesitação.

E então ele estava lá dentro. Na mesma hora, foi tomado pela sensação de... familiaridade, de que ali era um lar. Tudo o que ele imaginava de uma casa onde Gracie moraria. Cores quentes e calmas, com um toque leve e gracioso. Ele sentiu o aroma de essências florais no ar. Ao redor dele, papéis espalhados nas mesas ou afixados em cavaletes. Havia tinta respingada em panos ou manchando as mesinhas de crianças.

Zack sentiu a nostalgia flutuar no ar e passar por ele, enquanto se lembrava das vezes em que ele e Gracie conversavam sobre crianças. Sobre os filhos deles. Será que ela tinha filhos agora? Ele achava que não suportaria ver uma pequenina Gracie sabendo que não era o pai. Sabendo que Gracie tivesse ido atrás do sonho sem ele.

Ele quase se virou e saiu do ateliê. Não sabia se conseguiria encarar a verdade. O fato de que ela simplesmente não queria viver com ele. Mas ele ficou paralisado ao escutar uma voz familiar à distância.

"Wade? É você? Estou me lavando, mas já vou sair."

Zack ficou completamente imóvel quando ouviu a risada, uma linda risada feminina. Aquilo fez um arrepio, um choque, descer por sua coluna vertebral. E também só confirmou as suspeitas de que ela estava junto de Sterling.

"As crianças estavam bem empolgadas hoje, então acho que vou acabar respingando tinta no banco do seu carro!"

Gracie.

A sua Gracie.

Ele reconheceria sua voz e suas risadas em qualquer lugar, um som que representava uma mudança bem-vinda em relação às palavras mal balbuciadas, carregadas de pavor e lágrimas, do "reencontro". Zack ficou parado, paralisado, esperando que ela saísse e viesse até ele. No entanto, o que ele queria mesmo era arrombar a porta de onde quer que Gracie estivesse e exigir respostas para todas as perguntas que se amontoavam em sua cabeça.

Zack ficou tentado a virar as costas e sair. Assim como ela tinha feito doze anos atrás. Mas, ao contrário dela, ele precisava terminar. Precisava colocar um fim à tortura a que ele próprio se sujeitou por mais de dez anos ao imaginar Gracie ferida, morta e uma centena de outras possibilidades horríveis. Ironicamente, nada das possibilidades que ele imaginava eram boas, porém Gracie parecia estar indo muito bem.

"Desculpe pela demora", ela disse ofegante.

Então, Gracie apareceu, e Zack olhou-a como um homem faminto.

Ela estava com um avental cheio de respingos de tinta, e estava desamarrando-o para tirar do corpo quando levantou a cabeça e viu Zack.

Depois do primeiro reencontro, Zack devia estar preparado para a reação dela, mas uma pequena parte ainda tinha esperanças de que tudo aquilo não tinha passado de choque por vê-lo tão inesperadamente. Mas ele *não* estava preparado, e seu coração se doía até agora pelo jeito como Gracie olhou para ele.

Ela ficou paralisada. Ficou tão imóvel que Zack nem sabia se ela estava respirando. E assim como antes, medo – pavor de verdade – estava refletido em seus olhos arregalados e espantados.

Gracie começou a recuar apressadamente, levando a mão para as costas na tentativa de achar a porta de onde ela tinha acabado de sair. Ela tropeçou, apoiando-se na porta, que agora estava fechada, e tentou achar a maçaneta, como se estivesse desesperada para colocar uma porta entre eles, para se trancar longe de Zack.

Ela estava morrendo de medo dele.

Mas que droga estava acontecendo?

"Gracie", ele disse com a voz rouca. "Sou eu, Zack. Pelo amor de Deus, eu não vou te machucar. Você tem ideia do que significa para mim ver você viva e bem?"

O susto inicial de Zack foi rapidamente substituído pela raiva, com tudo se acumulando dentro dele. Todo o medo e a dor com que ele viveu por tanto tempo. E ser recebido daquela forma? Como se ela não tivesse sido uma parte importante da vida dele. Como se ele não a tivesse amado pela maior parte de sua vida e ela não fosse a única mulher que ele já amou.

"Meu Deus, eu achei que você estava morta, ou ferida ou estivesse em algum lugar sofrendo, achei que você estava precisando de *mim*", Zack esbravejou. Jesus, ele se sentia como um completo idiota por ter achado que ela precisava dele. O que tinha mudado? Gracie era tudo para ele, e Zack achava que a recíproca era verdadeira. Ele precisava saber o porquê daquilo tudo. Será que ele não merecia ao menos saber?

"Você desapareceu da face da Terra. O que eu deveria achar? Não merecia pelo menos ouvir um 'tchau, até nunca mais'?" Ele quase começou a chorar ao dizer essa última parte. "Nem mesmo um 'vá se ferrar' ou 'te vejo outro dia'? Não, você simplesmente desapareceu, e me fez pensar no pior. Pela merda de doze anos, eu pensei no pior. Pela merda de doze anos, eu fui dormir morrendo de dor no coração toda noite porque achava que eu tinha fracassado com você de alguma maneira. Que eu não estive por perto quando você precisou de mim e que algum maníaco demente a machucou, sequestrou ou matou. E esse tempo todo você aqui toda feliz e serelepe, pintando e seguindo em frente com sua vida. Enquanto eu passei os últimos doze anos virando o mundo de cabeça para baixo procurando por você?"

Gracie estava pálida como um cadáver e parecia estar prestes a vomitar. Ela ainda estava tentando procurar uma rota de fuga, olhando rapidamente para todo canto, mas nunca cruzando olhares com Zack. Meu Deus, talvez ele não suportasse ver o medo nos olhos de Gracie novamente.

Por que raios ela estava com medo *dele*?

"Saia daqui", Gracie disse, com a voz embargada pelas lágrimas. "Meu Deus, só *saia daqui!*"

Os olhos dela se encheram de lágrimas, que lentamente começaram a escorrer pelo rosto. Apesar de estar irritado e sentindo-se desamparado, Zack sentiu-se mal por Gracie, porque apesar de ela ter lhe dado um pé na bunda dele e seguido em frente, o instinto dele era reconfortá-la. Que droga, não conseguia vê-la chorar, não suportava vê-la sofrendo.

E o fato de que ele obviamente era a causa do tormento dela?

"Mas que *merda* está acontecendo aqui?"

Zack se virou ao escutar a voz masculina, e viu Wade Sterling parado dentro do ateliê, com uma expressão assassina no rosto. Mas, quando seu olhar se dirigiu à Gracie, a expressão imediatamente se transformou em preocupação.

E o que deixou Zack realmente irritado foi Wade cruzar a sala e se posicionar bem diante de Gracie e ele, para em seguida, mantendo os olhos em Zack o tempo todo, colocar Gracie com firmeza atrás de si. Assim como ele tinha feito na galeria. Claramente um ato de proteção, como se ela precisasse ser protegida de Zack. Logo de Zack.

A posição de Sterling era agressiva, ele parecia pronto para lutar. E Zack estava louco por uma briga. Não havia nada que ele gostaria mais de fazer do que encher aquele desgraçado de porrada, para que ele tirasse as mãos de cima da Gracie. Mas Zack não podia se dar ao luxo de perder o controle uma segunda vez, porque – que Deus o ajudasse – talvez ele não tivesse uma terceira chance. Talvez Gracie fizesse o que Eliza previu e saísse correndo. Zack não podia perdê-la de novo, não depois de encontrá-la após tanto tempo. Perdê-la uma vez já tinha sido devastador. Perdê-la uma segunda vez? Ele não sobreviveria a isso. Não desta vez, não diante destas circunstâncias.

"Que droga, Gracie. Por que você está com tanto medo de mim?", Zack perguntou em voz baixa. "Você ao menos me deve essa explicação."

Gracie emitiu um som abafado, que pareceu deixar Sterling mais irritado. Ela nem mesmo saía de trás de seu "protetor" para olhar para Zack, muito menos para oferecer algum tipo de explicação.

"Eu *devo* algo a você?", ela disse soluçando. "Meu Deus, me deixe em paz. Você já não fez o bastante? Acha que eu devo alguma coisa depois do que você fez? Você arruinou minha vida! Você me traiu. Meu Deus, não consigo nem imaginar por que você se daria ao trabalho de me procurar, a menos que aquela vez não tenha sido o suficiente. Ou talvez você queira terminar o trabalho."

Gracie começou a chorar e perdeu totalmente a compostura. Sterling se virou um pouco para segurá-la com o braço, em uma tentativa de reconfortá-la. Quando ele olhou novamente para Zack, estava completamente furioso.

"Olha, eu entendo", Zack esbravejou. "Você seguiu em frente. Agora tem um namorado, marido, o que seja. Mas preciso dizer que você tem um jeito péssimo de terminar um relacionamento com alguém de que supostamente você gostava."

Sterling cortou qualquer resposta que Gracie pudesse dar, embora Zack duvidasse que ela fosse responder no meio daquele choro interminável. Ver aquilo partia o coração de Zack. De todas as formas que ele imaginou o reencontro, nunca passou por sua cabeça algo como aquilo.

"Anna-Grace e eu não estamos envolvidos romanticamente, não que isso seja da sua conta", Sterling retrucou. "Eu sou o *amigo* dela. E como amigo, eu cuido e protejo o que é meu. Você tem dois segundos para sair daqui. Se você chegar a menos de duzentos metros de distância dela novamente, eu vou arranjar na mesma hora uma ordem de restrição judicial. Se você violar essa ordem de restrição, eu vou gastar todo o meu dinheiro para me assegurar de que você jamais veja a luz do dia novamente."

"Sei, você e mais qual exército?", Zack disse com um tom de voz mortífero e calmo. "Se você é *amigo* dela, então isso não tem nada a ver com você. Isso aqui é entre Gracie e eu, e você precisa ficar de fora. Eu não vou machucá-la. Meu Deus, eu jamais a machucaria. Eu a amei. Eu a *amo* desde sempre." A voz de Zack ficou embargada quando ele falou a última frase, e ele interrompeu ali para evitar a humilhação de começar a chorar na frente dos dois.

"Você me enoja", Sterling bufou. "Está bem claro que ela não quer nada com você, então perceba isso, fique longe dela e não apareça mais."

"Prefiro ouvir de Gracie o que ela quer", Zack retrucou. "Ela me deve isso."

Pela primeira vez, Gracie saiu de trás de Sterling, e deu um passo ao lado. O rosto dela estava vermelho e molhado pelas lágrimas. Aquela cena deixou Zack com o coração apertado e ele cerrou os punhos com força. Ele olhava para ela com atenção, captando todos os detalhes que podia.

Gracie sempre tinha sido bonita, mas agora estava ainda mais bela. Assustadoramente bonita. Ela estava mais magra, seu rosto já não tinha o brilho da juventude e os olhos pareciam mais velhos do que Zack se lembrava. Era como se ela tivesse sofrido demais e envelhecido bem mais do que a idade que tinha.

Os cabelos, que sempre foram cortados na altura dos ombros, repicados e com franja, agora estavam bem mais compridos e não havia mais franja. Quanto mais Zack a observava, mais ele percebia que ela estava realmente magra. Havia algo de frágil e delicado nela que antes não existia, mesmo quando ela vivia nas piores condições possíveis.

Zack ficou preocupado, porque antes sempre existiu um brilho em Gracie, um riso fácil. Agora ela estava *totalmente* diferente. O que será que tinha acontecido? E essa baboseira sobre ele arruinar a vida dela?

Gracie estava inibida e esmorecida, como se a luz que havia dentro dela tivesse se apagado. Ela parecia... triste. Não se parecia em nada com a Gracie dele, que vivia feliz mesmo em condições precárias.

Que diabos tinha acontecido? O que ela estava *pensando*, do que ela se lembrava? E por que Zack sentia como se seu coração estivesse se partindo em um milhão de pedaços? Onde estava a raiva dos injustiçados que ele estava sentindo até poucos segundos atrás? Por que a raiva desapareceu e o deixou com a sensação de que a verdade – qualquer que fosse – provavelmente iria matá-lo? Que ele talvez jamais se recuperasse se descobrisse a verdade?

Gracie levantou o olhar até Zack, quase como se ela estivesse se forçando para manter seus olhares cruzados. Havia tanta tristeza em seus belos olhos castanhos, que Zack nem conseguia respirar. Havia tanta dor. Havia tantas emoções negativas que Zack sentia como se estivesse sendo rasgado por elas.

"Por favor, vá embora", ela implorou. "Eu jamais quero vê-lo de novo. Essa sou eu falando, Zack. Não é Wade. Não é mais ninguém. Sou eu. Pense o que você quiser, mas jamais me toque."

Tocá-la? Ele nem mesmo tinha chegado perto o bastante para tocá-la. Ele podia compreender que ela não quisesse mais vê-lo nem quisesse falar com ele, mas por que Gracie diria para jamais tocá-la?

Algo estava muito errado e Zack ficou incrivelmente frustrado, porque estava óbvio que ele não ia chegar a lugar algum naquele dia. Primeiro, havia o cão de guarda extremamente protetor que parecia estar louco de vontade de espancar Zack até não sobrar nada dele. Como se aquele riquinho babaca de fala mansa tivesse alguma chance no mano a mano contra Zack.

E ainda havia o fato de que Gracie nem mesmo conseguia olhar para ele. Ela estava pálida como um fantasma, trêmula e claramente apavorada. Por causa *dele*, que droga!

Tudo aquilo que ela disse atingiu Zack em cheio, como se fossem tiros. Que ele tinha arruinado a vida dela. Que ele tinha feito essa coisa horrível e ainda havia aquela parte sobre terminar o trabalho.

As acusações zumbiam dentro da cabeça de Zack como abelhas raivosas. Ele se forçou a olhar para Gracie nos olhos, com calma, e então deu um passo adiante. Isso imediatamente deixou Sterling eriçado.

"Leia minha mente, Gracie", ele disse calmamente. "Tudo o que você precisa fazer é ler minha mente. Seja lá o que você pense que eu fiz, basta olhar dentro de minha mente. Você vai ter suas respostas, embora esteja claro que você não acha que eu mereço ouvi-las."

Gracie fechou os olhos, e as lágrimas escorreram por seu rosto em pequenas torrentes intermináveis.

Quando ela reabriu os olhos, havia neles emoção nua e crua.

"Mesmo que eu *pudesse*, não faria isso", ela disse com a voz esganiçada pelo esforço. "Meu Deus, jamais vou entrar na mente de mais *ninguém*. Essa é única coisa pela qual posso te agradecer, porque você tirou isso de mim também."

A resposta dela deixou Zack espantado. Que raios era aquilo? O que ela quis dizer com ele ter tirado a habilidade dela? Havia tantas perguntas rodando por sua cabeça que ele precisou se segurar para não sair exigindo respostas imediatas para elas.

Mas a última coisa que ele queria era ter espectadores para o que – ele sabia – seria uma conversa bastante tensa. Paciência não era uma virtude que Zack tinha, e aquela situação o estava frustrando a ponto de deixá-lo maluco. Então, em vez de bombardear Gracie com as perguntas que estavam na ponta da língua, Zack falou com firmeza, só para garantir que o bundão do Sterling entendesse de uma vez que ele não iria parar de investigar o passado e descobrir o que tinha acontecido de tão ruim.

"Nós precisamos conversar, Gracie", ele disse sério. "Sem o seu cãozinho de guarda no meio. Você diz a hora e o lugar. Não importo que seja um local público, se você for se sentir mais segura dessa forma." Zack quase não conseguiu pronunciar as últimas palavras. Machucá-la? Querer que ela se sentisse *protegida* dele? "Eu até vou levar a porcaria da polícia junto, se isso fizer você se sentir melhor. Mas seja lá o que você *pense* que eu fiz a você, posso garantir que você está completamente enganada. E mesmo que leve o resto da minha vida, nós vamos ter essa conversa, Gracie. Não vou desistir. Não vou me afastar. Não vou esquecer. Eu esperei doze anos por este momento, e não vou fugir de você como você fugiu de mim."

NOVE

Zack dobrou a esquina da rua a poucos quarteirões de seu apartamento, suor deslizando pelas costas. Ele se forçou ainda mais do que o normal, e sua corrida habitual de três quilômetros se transformou em uma de quatro. Apenas quando viu a placa para o seu banco que percebeu que tinha ultrapassado a meta de sua corrida de rotina.

Sem ao menos tirar um momento para descansar ou se refrescar, ele se impulsionou adiante, anulando a agitação interna de sua mente enquanto fazia a corrida de volta para o apartamento.

Durante toda a noite anterior, ele e Eliza fizeram uma busca completa por pistas de Gracie, e ela sempre esteve bem ali, debaixo de seu nariz, o tempo todo. Então, pela segunda vez, sua busca pela verdade havia sido frustrada quando ele a confrontou mais cedo no ateliê. Ele foi colocado para fora, graças à interferência de Sterling, duas vezes. Zack foi forçado a se retirar e esperar por uma oportunidade melhor, apesar de que, agora que Gracie estava avisada de sua presença, ele se perguntava se ela iria colocar o rabo entre as pernas e fugir. Como já tinha feito antes.

O que significava esperar. Mais espera.

Que droga, Zack estava cansado de esperar. Ele esperou doze anos por aquele momento. Estava ainda mais frustrado porque não era como se não soubesse mais onde Gracie estava. Ela estava aqui, nessa cidade. Tão próxima e mesmo assim tão longe.

Ele nunca imaginou que o reencontro seria daquele jeito, que Gracie teria medo dele... Que inferno, aquilo não era medo, ela ficou absolutamente aterrorizada.

Sua mente continuava trazendo de volta a expressão no rosto dela. Não havia nenhum choque. Não havia nenhuma surpresa agradável. Nenhum cumprimento ao homem que a amou – e a procurou – por mais de uma década.

Por quê?

Zack sabia que estava faltando uma peça gigante do quebra-cabeça ali. Mas se ao menos ele soubesse o que era... Se ao menos Gracie falasse com ele. Se desse *alguma* dica. Meu Deus, ele não merecia mais do que aquilo? Gracie agiu como se ela fosse a parte prejudicada. Mas com certeza não foi ele quem fugiu dela, nem ele quem a deixou imaginando se estava vivo ou não por doze anos.

Zack tinha lhe dado tudo. Seu coração, sua alma. Ele tinha prometido a ela que seria pela eternidade. E ele falou sério. Não eram muitos os universitários que sabiam o que queriam do futuro. Mas ele sabia. A partir do momento em que Gracie entrou em sua vida, ele teve foco absoluto. Zack sabia que sua vida iria girar em torno dela para sempre.

Bem, ele sem dúvida estava certo quanto a isso. Porque mesmo quando ela desapareceu, *tudo* girou em volta de encontrá-la novamente.

Zack tinha planejado suas vidas juntos em todos os níveis. Ele queria que Gracie tivesse tudo o que sonhava ter. Ainda que ele houvesse planejado sempre cuidar dela e sustentá-la, ele sabia que ter uma formação era importante para Gracie. As circunstâncias da vida dela a envergonhavam e a constrangiam. Zack odiava isso, odiava que não pudesse livrá-la disso. Ele não ligava se Gracie tinha um diploma ou não. Ele sabia que ganharia um bom dinheiro jogando em um time profissional e que Gracie e os filhos deles nunca iriam querer qualquer coisa que ele não pudesse dar.

Mas, ao mesmo tempo, Zack queria vê-la feliz. Então eles conversaram sobre ela ir para a faculdade depois de se formar no ensino médio. Eles eram jovens. Tinham todo o tempo do mundo – ou era assim que ele pensava. Nenhuma necessidade de apressar nada. Ele queria que Gracie tivesse segurança. Assim, ela iria frequentar a faculdade, ganharia um diploma e, apenas depois disso, eles pensariam em ter filhos.

Honestamente, esperar para ter filhos não era um problema para Zack. Sim, ele tinha tudo isso planejado. Mas ele queria curtir esses anos com Gracie – apenas eles dois – antes de adicionarem uma criança à família.

Talvez Zack estivesse tão envolvido com o futuro que deixou de dar atenção ao *presente*. Óbvio que alguma coisa tinha saído extremamente errado. Alguma coisa havia sido deixada de lado, porque ele não viu o que estava por vir. Zack nunca se esqueceu do choque que foi descobrir que Gracie havia sumido. Desaparecido. E a pergunta incessante, que ele se fez repetidamente pelos últimos doze anos: *por quê?*

Quando Zack terminou de correr de volta para seu condomínio em direção à ala leste, composta por moradias de três andares, o crepúsculo já havia dado lugar à noite. Sua respiração fazia névoas, e o ar noturno roçava sua pele brilhante por conta do suor, causando uma cascata de arrepios sobre seus braços.

Ele desacelerou o ritmo para uma caminhada quando se aproximou do portão que dava para sua unidade. Embora as casas do lugar fossem conectadas, os jardins da frente e de trás eram separados por uma cerca que garantia a privacidade dos moradores. E o portão no final da via pavimentada para sua varanda frontal era aberto por meio de um código de segurança.

Zack fez uma careta quando viu que a tela do portão estava completamente apagada. Era só o que faltava. Ficar trancado para fora. Frustração serpenteou pelo seu sangue como uma cobra venenosa. Ele deu um murro contra o portão e soltou um palavrão.

Para a sua surpresa, o portão tremeu e abriu alguns centímetros. Zack franziu as sobrancelhas, imaginando até que ponto esses supostos recursos tecnológicos de segurança realmente funcionavam. Bem, ele não iria reclamar demais. O portão estar aberto o salvou do incômodo de entrar em contato com a administração e permitiu que ele entrasse para sua própria casa.

Suas luzes com sensores de movimento obviamente eram vítimas de seja lá o que estivesse errado com o portão. Uma pontada de desconforto correu por sua espinha. Zack ergueu a cabeça e ficou tenso enquanto examinava o exterior escuro da casa. A luz estava acesa na sala de estar do segundo andar. Mas a luz exterior que iluminava os degraus até a varanda, e que ele sempre deixava ligada, estava apagada.

Amaldiçoando o fato de não estar com sua pistola, Zack parou no começo das escadas. Pela sua visão periférica, uma silhueta entrou em foco. Sua cabeça girou rapidamente naquela direção e ele ficou imóvel, preparado para se defender.

Ele piscou para conseguir focar melhor e percebeu que estava olhando para uma *pessoa*, obviamente inconsciente... ou morta? Estatelado a poucos metros do degrau, escondido da rua por arbustos, estava um corpo humano. Devia ser de uma mulher ou de um homem muito pequeno. As únicas coisas visíveis à primeira vista eram dois pés descalços.

Com a pulsação acelerada, Zack correu até o corpo, e seu peito martelava com temor quando ele alcançou o corpo para virar a pessoa para cima. A cabeça pendeu conforme ele a girava para frente e, em seguida, Zack ficou sem ar quando viu quem era aquela pessoa. Oh, Deus. Oh, Deus. Não. Por favor, não.

"Gracie!"

O nome escapou em um grito de agonia.

Seu coração quase explodiu dentro do peito. Zack soltou a respiração em uma névoa visível e longa. Sua visão estava turva e ele piscava, desesperado para ver o quanto ela estava ferida.

Oh, céus. Gracie havia sido espancada. Bastante. Hematomas marcavam e coloriam suas feições inchadas. Sangue seco manchava o queixo e o pescoço. Pior, as mãos estavam amarradas atrás das costas. Ela não teve como se defender. Não teve como evitar os golpes que recebeu.

A bílis subiu em sua garganta, e Zack precisou de toda sua força para não vomitar. Lágrimas queimaram suas pálpebras. Sua mão tremia violentamente enquanto ele apalpava o pescoço dela à procura de pulsação. Deus, permitisse que ela estivesse viva. Não deixasse que ele a tivesse encontrado depois de doze longos anos apenas para perdê-la novamente.

Com a outra mão, Zack gentilmente alisou os cabelos de Gracie, tirando-os do rosto dela, e estremeceu quando viu a extensão dos ferimentos. Meu Deus, onde é que ele poderia tocá-la? E se ela tivesse sofrido lesões internas? Ela podia estar sangrando. Ele ainda poderia perdê-la!

Zack quase caiu de alívio quando sentiu a pulsação fraca de Gracie, tamborilando erraticamente. Então ele mandou o choque e a confusão que sentia para longe e entrou em ação. Puxou seu celular e rapidamente ligou para emergência.

Enquanto falava com o atendente, passando a localização e o estado de Gracie, Zack tentou deixá-la o mais confortável que conseguia, sem movê-la muito. A última coisa que queria era causar mais danos ao fazer algo descuidado.

Ao terminar a ligação, ele largou o telefone para que pudesse ser mais atencioso com Gracie. Zack se abaixou e puxou-a suavemente contra seu peito, esperando que o calor de seu corpo pudesse oferecer-lhe certo alívio do frio úmido. Ele tirou as cordas que cortavam os pulsos dela. Em seguida, franziu a testa quando sentiu as escoriações ásperas em sua pele.

Gracie estava tão imóvel que seria fácil achar que ela estava morta. Sua respiração era leve e o tórax mal se movimentava. Ele sabia que Gracie precisava de oxigênio e desejou que a ambulância chegasse o mais rápido possível.

Quando Zack arrumou a cabeça dela para que não ficasse em um ângulo tão desajeitado, ele rapidamente avaliou o resto do corpo, com o coração na garganta. Nada parecia quebrado, mas quem era ele para ter certeza?

E, então, algo a mais chamou sua atenção. Algo familiar. Zack ficou completamente imóvel, seu olhar se focou na etiqueta afixada ao seu dedo do pé. Não. Ah, inferno, não. De jeito nenhum.

Um som inarticulado de raiva irrompeu de sua garganta enquanto ele passava a mão por baixo da perna de Gracie, buscando por mais lesões antes de lhe tirar cuidadosamente a etiqueta do dedo. Zack tomou o cuidado para tocar apenas o que era necessário, e então leu as letras rabiscadas nela. Aquela escrita, agora familiar, era como esfregar sal em uma ferida aberta.

Isso é o que acontece com quem fica no nosso caminho.

Filhos da puta! Gracie se tornou um alvo por causa dele. Ele levou o inimigo direto para ela! Como ele poderia saber?

O corpo inteiro de Zack estava vermelho de calor e da raiva. Sua pele e coração ardiam juntos.

Meses atrás, eles encontraram outro corpo com a mesma etiqueta presa ao dedo do pé. Era o pai biológico de Ari, que não sobreviveu ao espancamento. Será que Gracie sobreviveria?

Zack fechou os olhos, incapaz de sequer considerar a possibilidade. Será que os piores medos que ele tinha doze anos atrás – do que poderia ter acontecido com ela – estavam acontecendo *agora*?

Eles subestimaram o inimigo. Tomaram o silêncio e a paciência deles como sinal de que tinham desistido. Agora Zack percebeu que eles estavam apenas observando e esperando pelo momento certo de atacar. Aguardando até que achassem um alvo vulnerável, já que chegar até Ramie e Ari – as duas mulheres casadas com os irmãos Caleb e Beau – seria algo incrivelmente difícil, levando em consideração o fato de que os maridos mantinham uma forte proteção em torno das mulheres que amavam.

Zack teve noção de que, assim como tinha falhado com Gracie doze anos antes, também falhou com ela agora. Ele nunca considerou o risco que havia em ir atrás dela e não cobrir seus próprios rastros. Zack nunca imaginou até onde aquele grupo fanático iria em seu esforço para dar o troco na DSS.

Isso teria matado Ari. Ela era tão bondosa, e descobrir que alguém foi espancado tão severamente por causa dela... Claro que não era culpa dela. Mas Ari não veria dessa forma. Tudo o que diria é que, se ela não tivesse entrado em cena e se juntado a eles, seu passado jamais teria afetado a DSS e as pessoas ligadas a ela.

Com um palavrão, Zack pegou o telefone novamente. Onde estava a porcaria da ambulância?

Zack digitou o número de Beau, desejando que ele atendesse logo. Ele precisava que Beau avisasse os outros. Eles não estavam seguros, nenhum deles estava. Beau e Caleb ficariam irritados e trancariam suas mulheres para que nenhuma delas sofresse alguma violência. Elas já tinham sofrido demais em suas vidas tão curtas. Já tinham visto mais estrago e dor do que muitas pessoas veriam na vida inteira.

"Beau, temos um problema", Zack disse sombriamente quando a ligação foi atendida.

"Diga", Beau continuou, seu tom de voz imediatamente correspondendo ao de Zack.

"Eles pegaram a Gracie", ele continuou, mal conseguindo dizer as palavras. "Aqueles filhos da puta a espancaram."

"Ei, espera aí. Que merda foi essa?"

Zack fechou os olhos de alívio quando ouviu o barulho distante de uma sirene.

"Eu preciso ser rápido. A ambulância está quase aqui. As mesmas pessoas que espancaram o pai biológico de Ari até a morte, aquelas que também torturaram e mataram a mãe biológica, pegaram Gracie. Mesmo modo de operação. Eu a encontrei do lado de fora do meu apartamento, com uma etiqueta presa no dedão do pé com a mesma mensagem."

Houve um silêncio aterrorizador e então Beau explodiu em palavrões antes de perguntar, aflito:

"Ela está viva?"

"Por enquanto, sim", Zack engasgou, quase fora de si de tanta preocupação e tristeza. "Está bem feio, Beau. Não sei quanto, mas ela está respirando. Por enquanto. Olha, tenho que ir agora, mas você precisa contar aos outros. E à Lizzie. Meu Deus. Certifique-se de que ela está se protegendo. Eu estive com ela a noite inteira ontem. Eles estão obviamente nos seguindo de perto, ou então como diabos iriam pegar Gracie logo depois que eu a vi? Ligue para Dane. Garanta que Lizzie esteja segura. E garanta que Caleb saiba disso, para que possa proteger Ramie."

Zack desligou antes que Beau pudesse responder. A ambulância estava logo depois do portão, e ele tirou sua mão de Gracie com uma súplica sussurrada.

"Não desista, Gracie. Lute. Você precisa ficar bem. Eu não posso perdê-la de novo."

Ele roçou-lhe os lábios na testa e então se colocou em pé para que pudesse direcionar os enfermeiros até onde Gracie estava deitada.

DEZ

Zack andava do lado de fora da sala de emergência para onde haviam levado Gracie. Ele não arredou o pé dali, se recusando a sair do lado dela até que uma das enfermeiras salientou que elas poderiam fazer o trabalho com muito mais agilidade e eficiência se ele não estivesse no caminho.

Em seguida, ela o levou até a porta e disse que ele poderia retornar assim que o médico terminasse a avaliação e lesse os resultados de seus testes de laboratório e raios X.

Zack nem mesmo conseguia ver o que acontecia lá dentro. Não tinha ideia do que estava se passando, e aquilo tudo era um inferno. E se Gracie parasse de respirar? E se ela morresse, sozinha, sem ninguém ao lado que pudesse lhe dizer que ela era amada?

Ele se inclinou contra a parede, balançando cabeça para trás para descansar, e esfregou as mãos no rosto pela terceira vez. Seus olhos pareciam uma lixa. Havia um nó na garganta que se recusava a ir embora. Zack não conseguia falar mais do que algumas palavras antes que sua voz cedesse e decaísse para um tom emocional e ininteligível.

"Zack."

Zack olhou para frente e viu Beau e Caleb a alguns metros de distância no corredor.

"Como ela está?", perguntou Beau sombriamente enquanto seu irmão se aproximava.

Zack ergueu as mãos em frustração.

"Eu não sei, droga! Eles me empurraram para fora da sala e me falaram para esperar. Isso foi há quinze minutos."

Beau murmurou baixinho e o rosto de Caleb ficou tenso, com uma expressão intensa.

Conforme percebia que os dois homens estavam ali na frente dele, sozinhos, Zack olhou para cima.

"Onde estão Ramie e Ari?", ele questionou.

"Em segurança", Caleb respondeu.

"Ari queria vir. Ela ficou horrorizada", Beau disse, seu rosto e lábios demonstrando toda a raiva que sentia. "Ela estava chorando quando saí. Meu Deus. Não acreditei que esses desgraçados iriam espancar uma mulher inocente para provarem algo. E provar o quê?"

Caleb balançou sua cabeça com desgosto.

"Não é culpa dela", Zack disse ferozmente. "É minha culpa, e somente minha."

"Besteira", disse Beau. "Não é culpa dela e certamente não é sua."

"Isso não importa, de qualquer maneira", Caleb interveio. "Nós temos que seguir em frente e precisamos tomar uma postura mais agressiva com esses canalhas. Eu pensei, todos nós pensamos, que eles não eram mais um problema. Eles não fizeram nenhum movimento desde tudo o que aconteceu com Ari. Eu não devia ter deixado para lá, mas apenas queria que todos nós fossemos capazes de seguir em frente. Especialmente Ari. Mas agora teremos que mudar de tática e partir para o ataque."

"Com certeza", disse Beau. "Temos que perseguir esses desgraçados e fazê-los sentir como é ser usado de saco de pancadas. Meu Deus. Revira o meu estômago pensar que no mínimo duas mulheres foram espancadas. Que uma delas foi morta!"

Zack se arrepiou, suas mãos tremiam. Ele crispou e estalou os dedos para aliviar a tensão, mas não conseguia evitar a imagem dos machucados do corpo espancado de Gracie de se atirarem em sua mente.

"Eu já coloquei Dane nisso", continuou Caleb. "Cada homem empregado pela DSS está sendo colocado para este trabalho. O foco desta agência será localizar e derrubar cada pessoa que tenha um dedo nisso. É nossa única prioridade."

"Obrigado", disse Zack.

Beau hesitou, estudando o semblante de Zack, que pareceu notar uma ponta de incerteza em seu olhar solene.

"O que foi?", perguntou Zack.

"Você conseguiu resolver as suas coisas? Antes de..." Beau interrompeu e levantou a mão em direção à porta para indicar Gracie.

"Não", sussurrou Zack. "Eu saí para dar uma corrida. Geralmente não vou tão longe. Meu Deus, eu queria não ter ido. Se tivesse chegado em casa mais cedo, talvez eu pudesse ter pego esses desgraçados. E ela não teria ficado lá fora no frio por sabe-se lá quanto tempo."

"Ela estava só deitada lá quando você voltou?", perguntou Caleb.

Zack assentiu.

"O painel de segurança do meu portão não estava funcionando. Mas o portão estava aberto. As luzes com sensores de movimento do lado de fora também não estavam funcionando. Quando cheguei aos degraus, eu a vi no chão pelo canto dos olhos. Eles a deixaram lá para morrer!"

"Seu condomínio tem câmeras de segurança?", perguntou Beau.

Zack confirmou com a cabeça.

"Eu levarei Dane lá para extrairmos o que for possível. Talvez uma das câmeras tenha pegado os desgraçados e a gente consiga uma imagem", disse Caleb.

"Eu ensaquei a etiqueta", disse Zack. "Tentei tocar o mínimo possível. Talvez dê para obter uma impressão digital."

Beau assentiu.

"Nós vamos denunciar isso, certo?"

"Com certeza", disse Zack firmemente. "Usarei toda a ajuda que conseguirmos. Eu quero esses canalhas, Beau. Eu não ligo para o que vamos ter de fazer para colocá-los contra a parede, mas quero fazê-los sangrar."

"Não te culpo", disse Caleb suavemente. "Se fosse Ramie..." Ele balançou a cabeça.

A expressão de Beau ficou tensa e a raiva brilhava em seus olhos.

"Primeiro Ari, e agora Gracie. Quero pegá-los e farei o que for preciso para acabar com eles. Mas acho que vamos com Briggs e Ramirez. É bem capaz disso estar fora da jurisdição deles, mas são os únicos em quem confio para isso, e eles já conhecem a história."

Zack assentiu, concordando. Os dois detetives trabalharam com eles antes e estavam familiarizados com as bizarrices que aconteciam em muitos dos trabalhos da DSS. Eles não seriam recebidos com ceticismo por causa de alguma história esquisita sobre um grupo de fanáticos que usavam como alvo qualquer um que considerassem ser ameaça à "causa" deles, seja lá o que fosse essa merda de causa.

A porta para o quarto de Gracie abriu e Zack avançou, contraindo cada músculo de seu corpo. Prendeu a respiração, e mal foi capaz de falar pelos lábios entorpecidos.

"Como ela está?", ele questionou.

A enfermeira sorriu.

"O médico sairá logo para falar sobre o estado dela, mas ela ficará bem. Não é fatal."

Zack fechou os olhos. Cambaleou de alívio e, por um momento, ele se moveu em ziguezague, perdendo o equilíbrio.

"Graças a Deus", ele sussurrou.

"Vai com calma, cara", murmurou Beau, agarrando o braço de Zack para firmá-lo.

"Posso ficar com ela agora? Não quero que ela esteja sozinha quando acordar."

Os olhos da enfermeira se suavizaram.

"Claro. Depois que o médico sair e discutir sobre a condição dela, você pode entrar. No entanto, ela está tonta e confusa."

"Por quê?", Zack questionou instantaneamente.

A enfermeira ergueu a mão.

"Já era esperado. Ela acordou com uma dor terrível, então administramos analgésico intravenoso para deixá-la mais confortável."

"Então ela não sofreu nenhuma lesão na cabeça?", perguntou Zack, hesitante.

"Eu deixarei que o médico passe a informação necessária o quanto antes", ela disse. "Ah, aqui está ele."

A enfermeira se afastou da porta para que o médico entrasse. Em seguida, ela se apressou, dizendo que retornaria logo para checar Gracie.

Os três homens olharam atentamente o médico, e muito do que estavam sentindo devia estar claro em seus rostos, porque o doutor hesitou e deu um passo para trás, com expressão assustada.

"Como ela está?", perguntou Zack ansiosamente.

"Ela sofreu traumas intensos em noventa por cento do corpo."

"Meu Deus", Caleb murmurou.

Beau xingou e Zack apertou seus dedos, cerrando os punhos.

"É muito grave?", perguntou Zack em voz baixa.

O médico fez uma careta.

"Ela teve algumas costelas quebradas, mas felizmente não sofreu perfuração no pulmão ou outro órgão vital. Por mais estranho que pareça, o espancamento parece ter sido calculado. Como se o agressor intencionasse fazer o maior dano possível, mas sem deixá-la ferida mortalmente. Porque, assim como disse, ela tem machucados em noventa por cento de seu corpo e, fora as costelas, ela não tem nenhum outro osso quebrado. Mas algumas das feridas são profundas e irão requerer atenção especial durante a recuperação. Ela precisa ficar em repouso absoluto por alguns dias e acredito que não seja possível enfatizar isso o bastante. Ela precisa limitar os movimentos a apenas o que for necessário. Alguém precisa estar com ela quando for tomar banho. E ela precisa se recuperar lentamente. Não há como apressar a recuperação e não existem atalhos. O corpo precisa de tempo para se curar. Ponto."

"Ela não vai levantar um dedo", prometeu Zack.

O médico pigarreou.

"Acredito que a polícia já tenha sido contatada, certo? Pela lei, precisamos denunciar qualquer crime, sendo apenas uma suspeita ou sendo real."

"Eles estão a caminho", disse Zack. "Minha prioridade principal era trazê-la ao hospital."

O médico assentiu.

"Você fez a coisa certa."

"Posso vê-la agora?", perguntou Zack ansiosamente.

O médico assentiu outra vez. Mas quando Zack foi passar por ele, ele o parou por um instante.

"Ela precisa levar a recuperação a sério. Isso não é algo que irá sarar do dia para a noite. Ela vai sentir muitas dores pelos primeiros dias. É imprescindível que não sofra nenhum estresse emocional ou físico durante esse tempo. E se eu fosse você, procuraria por um aconselhamento profissional para ela. Depois de uma agressão, uma reação comum é negação, ou então a vítima apenas deseja esquecer tudo e se afastar das lembranças. Isso não é saudável e não funcionará. Talvez você precise forçá-la e, de início, ela não vai ficar agradecida por isso, mas é preciso aceitar e encontrar o caminho para superar o que aconteceu."

"Eu entendo", Zack murmurou. "E aprecio sua dedicação, doutor. Com certeza, ela não terá que fazer outra coisa além de descansar e começar a se sentir melhor."

"Fico feliz em ouvir isso. E espero profundamente que seja lá quem fez isso com ela seja preso imediatamente."

A expressão do médico ficou mais feroz conforme ele falava, e a raiva brilhava em seus olhos.

"Sou médico há vinte anos e não importa quantas vezes você ache que já viu de tudo, que não seria mais capaz de se chocar com as coisas que vêm da emergência, sempre há outro caso que me deixa perplexo, imaginando que tipo de animal espancaria uma mulher inocente desse jeito. Especialmente da maneira que a Srta. Hill foi espancada."

"Nós sabemos", disse Beau em um tom selvagem. "E os desgraçados que fizeram isso *irão* pagar. Pode apostar."

"Ótimo", disse o médico enfaticamente. "Agora, deixarei que vejam a Srta. Hill. Eu gostaria de deixá-la internada em observação e mantê-la por ao menos 48 horas antes de dispensá-la. Ela será transferida para o outro andar quando o quarto estiver pronto. Você por acaso teria informação sobre o seguro de saúde dela? A enfermeira precisará disso, assim como das outras informações pessoais."

Zack hesitou porque ele não sabia nada sobre Gracie. Ele não sabia nada e sabia tudo ao mesmo tempo, ou ao menos quem ela costumava ser.

Mas quem era Gracie *agora*? As últimas 48 horas haviam destruído qualquer ilusão que ele tinha.

"Nós cuidaremos disso", interveio Beau.

O médico assentiu e se afastou da porta para que Zack passasse.

Zack respirou fundo, endireitou os ombros e se preparou antes de entrar no quarto.

Ele deixou escapar um grito abafado quando viu Gracie deitada na cama, com os olhos fechados e a testa marcada pela dor, feições tensas e os lábios apertados. Mesmo descansando, ela parecia estar sentindo uma dor horrível.

Como ela deve ter ficado amedrontada... Se o médico estava certo – e Zack não tinha dúvidas de que ele estava – Gracie sofreu um espancamento metódico a sangue-frio. Não foi algo feito em um ataque de fúria. Não, foi algo calculado e impessoal. Ela foi tratada como um trabalho para alguém, nada além disso.

Mas ela não sabia. Quanto tempo ela precisou suportar essa dor? Será que ficou apavorada com a possibilidade de eles se entediarem e então a matarem? Será que ela implorou para morrer logo? Céus, ele esperava que não.

Zack se aproximou da cama, hesitante, seu olhar ansioso procurando pelos monitores e material médico. Estavam dando lhe dando oxigênio, mas não havia monitoramento cardíaco. Aquilo devia ser um sinal positivo, sinal de que não estavam se preocupando que ela morresse. Até aí o médico já tinha dito que ela estava bem. Apenas com dores. Que ela precisaria pegar leve. Essa era uma promessa que ele absolutamente iria cumprir.

Quando Gracie fosse liberada, iria para casa com ele. Mas não de volta para a sua casa atual. Não com aqueles canalhas lá fora, circundando-os como abutres. O espancamento dela era uma mensagem. Para ele, para a DSS. Sua mente já estava com as engrenagens funcionando. Zack precisaria que Beau encontrasse um local seguro para ele levar Gracie. E a segurança teria de ser de alto nível.

Ele fez seu caminho até a cabeceira da cama dela, tomando cuidado para não acordá-la. Por um longo momento, Zack ficou em pé, observando a aparência frágil de Gracie. Seu coração doía. Seu peito estava apertado pelo desconforto.

Ele se inclinou para baixo, passando a mão pela sobrancelha dela. Ele fechou seus olhos, e sua respiração soprou quente sobre a pele dela.

"Sinto muito, Gracie", ele disse com tristeza. "Deus, eu sinto muito."

Ela se mexeu um pouco e Zack rapidamente levantou a cabeça, com o olhar ansioso. Ele prendeu a respiração quando as pálpebras dela tremularam e então se abriram.

Gracie piscou algumas vezes, seu rosto enrugando em confusão. E então ela deixou escapar um gemido baixo, tentando levantar a cabeça do travesseiro. Seus braços se agitaram para fora em um gesto defensivo e mais sons de medo e desespero saíram de seus lábios inchados.

"Gracie. Gracie, querida, você está bem. Sou eu, Zack."

Ela ficou completamente imóvel e, se é que era possível, ficou ainda mais branca por baixo do roxo dos hematomas. Gracie girou a cabeça para que seu olhar se encontrasse com o dele.

Terror percorreu seus olhos e lábios entreabertos e, em seguida, eles se fecharam várias vezes como se o medo houvesse roubado sua voz.

Zack passou a mão levemente pelo braço dela até onde a injeção intravenosa estava em seu pulso. Ele vacilou quando Gracie recuou tão rapidamente que sentiu dor. Ela emitiu um grito inaudível, o sofrimento brilhando em seus olhos.

Mas que diabos estava havendo?

Zack conseguiu manter o rosto impassível. Por pouco. Precisou de todo seu esforço para ficar lá e receber a resposta dela. Se tivesse sido só dessa vez, ele conseguiria entender. Era compreensível que uma mulher que tinha sido atacada tivesse uma defesa instintiva como resposta. Ter medo.

Mas não era de agora. Aquela reação não tinha acontecido porque ela foi atacada. Gracie agiu da mesma maneira nas outras duas ocasiões em que eles fizeram contato. Como se ele fosse algum tipo de monstro. Ela nem ao menos tinha ficado surpresa ou receosa. Gracie estava completamente aterrorizada. Com medo *dele*!

"Você se lembra do que aconteceu?", Zack perguntou suavemente, ignorando, por enquanto, o medo dela por ele.

Gracie deixou escapar um soluço pequeno e frustrado. Aquele som quase o destruiu. Zack pegou a única cadeira atrás dele, puxando-a em direção à cama para que ele pudesse se sentar. Assim ele não ficaria acima dela, assustando-a mais.

Ela visivelmente engoliu em seco e então molhou os lábios.

"Você gostaria de água?"

Por um momento ela apenas olhou para ele com olhos arregalados e temerosos. Então, lentamente, ela assentiu. Gracie manteve seu olhar congelado nele por todo o tempo em que ele levantou-se, foi até a pia e colocou água em um dos copos pequenos.

Zack andou de volta para a cama, e segurando o copo, cuidadosamente deslizou seu braço livre atrás do pescoço de Gracie e levantou-o um pouco, apenas o suficiente para que ela pudesse tomar um gole sem derramar em si mesma.

Gracie deu vários goles longos e então parou, tossindo. Seu rosto se contraiu em agonia e seu braço foi instintivamente em direção ao estômago, para as suas costelas quebradas, segurando-o enquanto ela tentava suprimir a tosse.

"Devagar", Zack murmurou, colocando a cabeça dela para trás de novo.

Conforme se virava, ele viu que ambas as mãos dela estavam fechadas em punhos apertados, e chegaram a ficar completamente brancas com a tensão.

Quando Zack sentou novamente na cadeira, ele pegou o pulso que estava ao seu lado e cuidadosamente desenrolou os dedos dela, e então os entrelaçou com os seus.

"Por que você está com tanto medo de mim, Gracie? Eu não entendo. Meu Deus, há tanta coisa que não entendo. Mas vamos começar com o mais importante. Você não sabe que eu nunca te machucaria? Que eu mataria... que irei matar... qualquer um que fizesse isso com você?"

Lágrimas brotaram nos olhos dela e silenciosamente, escorreram pela sua têmpora até desaparecerem nos seus cabelos. Ela fixou seu olhar no teto enquanto aqueles filetes brilhantes continuavam a correr.

"Por favor, fale comigo, Gracie. Diga-me o que está errado. Por que está com tanto medo de mim?"

"Eu não quero você aqui", ela falou com dificuldade.

Gracie levou a mão livre até a garganta, esfregando-a como se doesse falar. Raiva se alastrou dentro de Zack. Claro que a garganta dela doía. Havia marcas visíveis de mãos e dedos envolvendo seu fino pescoço. Como se aqueles canalhas a tivessem sufocado repetidamente.

"Por quê?", ele perguntou abruptamente. "Por que você me odeia tanto, Gracie? Eu te amava. Eu sempre te amei. E você foi embora. Meu Deus, faz ideia do inferno que foi ficar me perguntando o que tinha acontecido com você por doze anos? Não saber se estava viva ou morta. Se estava em algum lugar machucada, precisando de ajuda. Eu não merecia algo mais do que o que você me deu? Nem mesmo um adeus. Ou um 'vá se ferrar'. Você nem ao menos teve a boa vontade de terminar comigo. Você apenas... desapareceu."

"Como você ousa", ela esbravejou. "Como você ousa agir como a vítima depois do que você *fez*."

Um alerta percorreu a espinha de Zack. Finalmente eles estavam chegando a algum lugar.

"O que eu fiz?", ele questionou. "Conte-me, Gracie, porque eu, com toda certeza, não sei. Se eu fui alguém que você amou, então ao menos você teria me dado a chance de me explicar. Você teria me falado o que estava errado e teria me dado a chance de, ao menos, consertar as coisas. Eu te *amava*. Eu teria movido o céu e a terra para fazê-la feliz."

Gracie parecia completamente horrorizada. Lágrimas inundaram seus olhos, deixando-os brilhantes e reluzentes.

"Você não me amava! Sua ideia de amor é doentia! É distorcida. Eu não te devo nada. Mas você me deve muito mais do que poderia me pagar. Escute-me atentamente, Zack. Não há nada, *nada*, que você poderia fazer ou dizer para que eu te perdoe. Para que você acredite nisso, para você vir aqui agir como se eu te devesse alguma coisa, é algo tão horrível e medonho que mal consigo imaginar o seu ódio por mim."

"O que. Foi. Que. Eu. Fiz?", ele botou para fora enfaticamente, acentuando cada palavra. Perdia a paciência rapidamente. Queria bater a droga de seu punho contra a parede. Queria aliviar toda a raiva e tristeza acumulada dentro dele.

A mão de Gracie voou para a própria boca e ela a mordeu, engasgando e então tossindo.

"Oh, Deus, estou passando mal!", ela choramingou.

Zack ficou em pé imediatamente e, em seguida, estendeu a mão, levantando lhe a cabeça dela novamente, enquanto pegava a bacia para vômito, do suporte ao lado da cama. Ele a virou enquanto Gracie tentava conter o refluxo, com todo o corpo convulsionando.

O som da agonia dela o cortou como uma lâmina serrilhada. Zack apressadamente apertou o botão que chamava por uma enfermeira e então gritou alto o suficiente para que, com sorte, Beau ou Caleb o ouvissem.

A porta imediatamente se abriu e Beau apareceu.

"O que foi?"

"Me traga uma enfermeira. Agora!"

Beau desapareceu e voltou apenas alguns segundos depois com uma enfermeira no seu encalço.

A mulher franziu a sobrancelha e se apressou em direção à cama.

"O que diabos aconteceu?", ela questionou.

"Ela passou mal", disse Zack, esclarecendo o óbvio. Odiava quando pessoas perguntavam o óbvio. "E está com dores por causa dos refluxos. Você não pode dar algo a mais para ela? Eu não acho que a última dose de analgésicos esteja funcionando."

"Eu já volto", a enfermeira disse, correndo em direção à porta.

Beau ficou em pé ao lado, com uma expressão preocupada em seu rosto enquanto eles esperavam pelo retorno da enfermeira. Caleb entrou silenciosamente atrás de seu irmão e ficou parado atrás de Zack e ao lado de Beau, que estava ao pé da cama.

Gracie parou de regurgitar por tempo o suficiente para lançar um olhar amedrontado na direção de Beau, e então sua atenção se fixou em Caleb, sua expressão congelando como se ela tivesse notado que havia três deles, representando três possíveis ameaças a ela bem ali no seu quarto de hospital. Seu olhar se lançava entre os dois irmãos como se ela temesse que um deles ou ambos fossem machucá-la. Zack iria explodir se não conseguisse algumas respostas logo.

Por fim a enfermeira retornou, carregando duas seringas. Com eficiência enérgica, foi até a cama e levantou o braço que tinha a injeção intravenosa inserida. Ela esfregou e acariciou o braço de Gracie em um gesto confortante.

"Vai ficar tudo bem, querida", a enfermeira disse com uma voz doce. "Estou te dando algo para a dor e também para a náusea. Isso vai ajudar imediatamente. Mas voltarei para checar você em quinze minutos. Se ainda estiver sentindo dor, ligarei para o médico para ver se podemos aumentar os analgésicos."

Gracie deitou a cabeça no travesseiro, lágrimas rolando sem parar dos cantos de seus olhos. Seus soluços silenciosos estavam arrancando uma parte da alma de Zack, pedaço por pedaço. Ele nunca se sentiu com tão pouca esperança. Como ele poderia consertar o que nem sabia? Seja lá que diabos ele supostamente tivesse feito, era aparentemente de natureza catastrófica. O que seria capaz de colocar tanto medo e repulsa nos olhos dela e tanto ódio em sua voz?

Essa não era a doce e amável Gracie que ele conheceu e amou pela maior parte da sua vida.

"Tente descansar um pouco agora", disse a enfermeira calmamente. "Nós iremos levá-la para o outro quarto em mais ou menos uma hora."

Gracie deixou escapar um som de protesto quando a enfermeira começou a sair. A funcionária do hospital franziu a sobrancelha e deu a Zack um olhar rápido e curioso.

"Ela está amedrontada", disse Zack honestamente. "Quem não estaria?"

A enfermeira fez uma careta.

"Não se preocupe, Srta. Hill. Está segura aqui. Ninguém pode te machucar agora."

Os olhos de Gracie apenas se arregalaram mais e ela lançou um olhar de pânico na direção de Zack. Mas a enfermeira não viu, virando-se para a porta mais uma vez.

"Hã... Caleb e eu iremos esperar lá fora", disse Beau.

A sala inteira estava com um clima pesado por causa do nervosismo, medo, e até mesmo um alto grau de pânico. O ambiente estava denso, e quase deixava um gosto na boca de Zack. Ele deveria saber, porque – desde que tinha perdido Gracie – nunca tinha sentido medo tantas vezes, a ponto de perder a conta.

"Quem é você?", Gracie perguntou com a voz rouca.

Parecia que ela estava discutindo consigo mesma sobre com qual dos irmãos Devereaux ela falava. E já que era óbvio que ela não tinha a intenção de se dirigir a Zack, Gracie estava aparentemente decidindo qual dos Devereaux era menos ameaçador para ela. Não que algum irmão parecesse remotamente inofensivo. Mas já que ela estava olhando diretamente para Beau e nem sequer olhava para Caleb, era óbvio que sua pergunta era direcionada a Beau, que ela decidiu ser a menor ameaça dentre os dois homens.

Zack não podia culpá-la por escolher Beau em vez de Caleb. Beau podia ser intimidador, mas ele tinha um bom senso de humor e estava sempre ciente de como suas ações, palavras e comportamento muitas vezes faziam a diferença no momento de ganhar a confiança do cliente. Caleb, por outro lado, até mesmo em seus melhores dias, era intenso e de aparência pensativa. Ele raramente sorria, exceto quando estava com Ramie ou Tori Devereaux, a mais nova de todos os irmãos Devereaux e a única mulher entre eles.

Todos tinham muito cuidado para proteger a ainda muito frágil e vulnerável Tori, logo ela que nunca temeu as pessoas que mais a amavam e a protegiam com suas vidas. No momento, ela vivia com Caleb e Ramie, e pelo pouco envolvimento que teve com Tori, Zack duvidava que seu estilo de vida iria mudar no curto prazo. De acordo com Beau, Tori progrediu e estava tentando, com bravura fazer suas coisas sozinha, sem a ajuda de seus irmãos mais velhos – e das suas cunhadas. Infelizmente para Tori, ela possuía três dos irmãos mais superprotetores que qualquer garota poderia ter. Alguns irmãos ameaçavam pessoas – normalmente, outros garotos – quando se tratava de sua irmã caçula. Mas os irmãos mais velhos de Tori não faziam ameaças. Ameaças eram perda de tempo e úteis apenas para covardes, que não tinham a intenção de algum dia cumprir o prometido.

Beau pareceu ficar surpreso com a pergunta de Gracie, e, por um momento, Zack também. Porém, ele mal registrou, porque seus pensamentos e foco não estavam onde deveriam estar. Ali, com Gracie.

Apesar de sua reação inicial por Gracie se dirigir diretamente a ele, sua expressão se transformou em um sorriso tranquilizador, e Beau ficou mais próximo do pé da cama de Gracie para que ela pudesse vê-lo melhor. Quando falou, seu tom de voz era gentil e reconfortante.

"Eu sou Beau Devereaux. Trabalho com Zack. Eu comando uma companhia de segurança com meu irmão, Caleb. Não quero que você se preocupe mais. Nós colocaremos cem por cento do nosso tempo e esforço em garantir sua segurança e em encontrar os desgraçados que fizeram isso a você. Eu juro pela minha vida."

Gracie pareceu ficar confusa pela declaração sincera de Beau. Seus olhos brilharam e então ela se virou na direção de Zack. Ela parecia confusa, como se estivesse tentando ver sentido naquilo tudo.

"Mas quem vai me manter protegida *dele*?", ela sussurrou, olhando diretamente para Zack.

ONZE

"O que você vai fazer, cara?", Beau sussurrou.

Zack passou a mão pelo cabelo em um movimento agitado.

Os dois homens estavam logo ao lado de fora da porta aberta do quarto em que Gracie foi colocada. Zack estava inclinado na parede, já sentindo a exaustão pelas duas noites sem dormir.

Depois de Gracie ter jogado aquela pergunta bombástica, que deixou Beau sem palavras para lhe responder, ela adormeceu sob o efeito dos remédios e, uma hora depois, foi levada para um quarto particular no sexto andar.

"Eu não faço ideia", disse Zack. "Que diabos eu *deveria* fazer? Ela me detesta. Está aterrorizada comigo. E não sei por quê. Ela continua mencionando essa coisa 'horrível' que eu fiz. Disse que era *imperdoável*."

"Ai."

"Sim, *ai*. Isso é algo sério, Beau. Ela teve a mesma reação na galeria e no ateliê. Não há jeito de fingir medo tantas vezes. Mas, meu Deus, por quê? Eu não entendo. Eu a *amava*, cara. Ela era *tudo* pra mim. Você sabe, o clichê banal que tantos homens, especialmente homens como nós, desprezam e os faz revirar os olhos? Não eu. Ela era a única para mim. E Deus me ajude, mas nunca mais haverá outra mulher.

"Eu tinha todo o nosso futuro planejado. Casa, esposa, crianças, o sonho americano. Eu jogaria futebol profissionalmente por dez anos, se tivesse sorte. Guardaria o dinheiro e depois me aposentaria e gastaria todo meu tempo mimando minha esposa e nossos filhos. Montaria um minitime de futebol só nosso se fôssemos tão abençoados com tantos filhos quanto queríamos. Gracie queria isso tudo. Ela dizia que me amava, e amava *mesmo*. Ninguém é tão boa atriz. E certamente ela não estava me usando. Se fosse o caso, ela teria ficado e extraído cada centavo de mim. Não, ela saiu fora antes mesmo de eu *entrar* para um time profissional. Eu cheguei em casa um dia e ela havia sumido, e me fez pensar que o pior havia acontecido."

Ele soltou o ar e, exausto, fechou seus olhos.

"Isso está me matando, cara. Pense em como se sentiria se fosse para casa e Ari tivesse apenas... desaparecido. E você nunca mais soubesse dela. E então, doze anos depois, você a encontra, porém ela tem pavor de você, te acusa de uma traição terrível e te odeia."

"Não, obrigado", murmurou Beau. "Você está passando por uma barra pesada, cara."

"Nem me fale."

Zack olhou para trás, em direção ao quarto, para checar Gracie, mas ela parecia estar descansando confortavelmente, sem os pesadelos que ele tinha certeza que a estavam assombrando.

Também era encorajador que a tensão em seus olhos e em sua testa houvesse diminuído depois que a última injeção de analgésico foi administrada.

Mesmo que soubesse que Gracie precisava descansar o máximo possível, Zack também estava impaciente para que ela acordasse e, quando não estivesse sentindo tanta dor – e talvez se os horrores que ela passou não estivessem ardendo tão fortemente em sua consciência –, ela talvez falasse com ele. E apenas com ele. Sem ninguém para interrompê-los. Sem ninguém para resgatar Gracie quando ela já estivesse no lugar mais seguro em que poderia estar. E uma vez que fosse liberada, ele a levaria para um local ainda mais seguro, assim ela teria tempo para se curar. Zack apenas rezava para que, naquele momento, ele e Gracie pudessem falar sobre o passado, algo que causava tanta dor para ela quanto para ele.

Por favor, Deus, me mostre uma maneira de fazê-la superar isso. Conceda-nos a coragem para encarar nossos passados. E que nós dois possamos nos curar. Juntos. Para que assim nós possamos finalmente viver o sonho que tanto queríamos, em vez de um pesadelo de doze anos.

Se ao menos o espancamento de algumas horas atrás fosse a única coisa que aterrorizava Gracie... Ainda que ela acordasse com mais capacidade de compreensão e conseguisse separar o ataque de onde ela estava agora, ainda havia o problema de ela ter medo de Zack mais do que dos canalhas que a espancaram tão brutalmente. E se isso não fosse motivo suficiente para fazê-lo vomitar na lata de lixo mais próxima, ele não sabia o que mais seria.

"Eu sei que é arriscado, mas..."

A afirmação incompleta de Beau foi o suficiente para romper o domínio do pânico e a ladainha de hipóteses, então Zack olhou para ele, para ver o que seu parceiro iria dizer.

Beau pausou, com a incerteza cintilando em seus olhos. Ele não era, de maneira alguma, indeciso. Não era da natureza dele hesitar. Zack levantou uma sobrancelha e se preparou mentalmente enquanto esperava pelo parceiro continuar.

"O que é arriscado?", ele perguntou quando Beau não continuou.

"Eu apenas estava imaginando se ter Ramie e Ari aqui iria ajudar. Quer dizer, para fazê-la se sentir mais calma", acrescentou Beau. "Tenho certeza de que foi assustador acordar em um hospital e ter um bando de homens carrancudos e irritados dentro do quarto."

"De jeito nenhum", disse Zack enfaticamente. "De jeito nenhum. De forma alguma eu as arriscaria desta forma. Não acredito que você possa sugerir algo assim. Caleb iria perder a cabeça."

"Apenas me escute", disse Beau, erguendo as mãos. "Claro que teríamos uma segurança pesada, e aqueles canalhas são covardes de qualquer maneira. Eles não colocam o rosto em público ou em plena luz do dia. Eles fazem as merdas deles escondidos e nas sombras. E se ajudasse a aliviar o medo de Gracie e a convencesse de que você não vai matá-la enquanto ela dorme, então valeria a pena, não acha?"

"Eu acho que é uma péssima ideia", Zack teimou. "E mesmo se quisermos fazer isso, Caleb nunca concordaria. Caramba, você consegue imaginar se Ramie tocar Gracie acidentalmente? Ou se Gracie a tocasse, sem saber o que isso causaria? Então não apenas a Gracie terá passado por um pesadelo, mas Ramie também o vivenciaria."

"Verdade", Beau admitiu com um grunhido. "Eu não pensei nisso. Ainda assim, precisa haver algo que possamos fazer. Quando Gracie for liberada deste lugar, ela não vai querer a sua ajuda. E ela certamente é um alvo. Além de sequestrá-la, eu não sei mais o que poderíamos fazer."

"Eu irei sequestrá-la", disse Zack ferozmente. "Ela já me odeia. Se me certificar de que ela fique viva até nós acabarmos com esses malditos fizer ela me odiar ainda mais, então posso conviver com isso. Desde que ela esteja *viva* para me odiar."

Beau esfregou a parte de trás de seu pescoço e assentiu.

"Ok, então não traremos as mulheres para cá. Mas ainda acho que seria uma boa ideia juntá-las à Gracie o quanto antes. Tem alguma coisa errada nisso tudo."

Zack refletiu por um momento, olhando através da porta para Gracie uma segunda vez para garantir que ela ainda estava descansando.

"Também há o problema de Sterling", disse Zack com um sabor ruim em sua boca, no momento em que mencionou o nome do outro homem. "Eu duvido que o desgraçado ficará longe. Eles estão envolvidos, ainda que ele diga que não seja um relacionamento. Mas parece que ele mantém um controle rígido sobre ela, ou ao menos é mais do que um mero conhecido. Então, imagino que ele aparecerá antes que ela seja liberada."

"Colocarei um homem atrás dele para monitorar suas idas e vindas. Ao menos você, de certa forma, ficará alerta quando ele vier para cá."

"Lizzie está trabalhando para me conseguir outro lugar para ficar. Eu não voltarei para o meu apartamento. A segurança lá é péssima. Ramie e Ari também poderiam vir assim que tomarmos todas as medidas de segurança."

Beau assentiu.

"É uma boa ideia. Conte-me quando Eliza encontrar algum lugar para você. Irei me certificar de que está bem mobiliado e equipado com mantimentos, e com certeza aumentarei a segurança para que você saiba até mesmo quando uma formiga peidar na propriedade."

Um barulho suave veio da cama de Gracie. Zack correu para ver sua agitação. A carranca e a tensão estavam de volta em seu rosto e ela se virou inquieta, um pequeno suspiro escapando dos seus lábios inchados.

Uma dor instintiva bateu no peito de Zack. Ele deveria estar lá ao lado da cama, confortando-a. Acariciando e abraçando. E não no lado oposto do quarto por não poder suportar ver tanto medo nos olhos dela quando ela o encarava. Quando Gracie o olhasse, seria assim. Até então, ela estava evitando seu olhar, exceto por algumas poucas vezes. Como se ela não suportasse olhar para *ele*.

"Vou correr", disse Beau em uma voz baixa. "Mas volto para checar periodicamente. Mande-me uma mensagem ou me ligue se alguma coisa der errado ou se precisar de algo. E mandarei Eliza com um jantar para você e Gracie, se ela estiver se sentindo melhor para comer. Talvez ter a Eliza por aqui acalme alguns medos de Gracie."

"Boa ideia", disse Zack. "Eu deveria ter pensado nela quando você sugeriu trazer Ramie e Ari. Mas garanta que Eliza não venha sozinha. Não a estou subestimando, nem as habilidades dela, mas não quero que ela venha sozinha enquanto esses malucos estão investindo contra nós."

"Não, eu concordo plenamente. Prefiro que nenhum de nós ande sozinho neste momento. Eles obviamente adoram pegar qualquer pessoa remotamente envolvida com a DSS, então nenhuma medida é exagerada. E eu diria que nenhum de nós está seguro."

"Eu quero esses caras, Beau", disse Zack em um tom baixo e feroz. "Eu quero o sangue deles."

"Se depender de mim, você conseguirá", prometeu Beau. "Eu mesmo tenho algumas contas a acertar com eles pelo que tentaram fazer com a Ari."

"Certifique-se de que ela não esteja culpando a si mesma", disse Zack.

Beau assentiu e então deu um tapinha no ombro de Zack.

"Ok, então estou saindo agora mesmo. Ver Gracie me faz desejar voltar para Ari e garantir a mim mesmo que ela esteja bem. Isso me apavora, Zack", admitiu Beau. "Se alguma coisa acontecesse com a Ari..."

"Eu entendo", disse Zack, por sua vez. "Acredite em mim, eu entendo. Ei, me faça um favor... Quando ligar para Eliza para falar do jantar, peça que me avise quando estiver a caminho, para que eu possa sair e conversar com ela."

"Farei isso", disse Beau, soltando um longo suspiro. "Sinto muito sobre isso, cara. Sobre tudo. Eu sei que deve ser uma droga. Eu realmente queria que houvesse alguma coisa que eu pudesse fazer, alguma maneira de ajudar."

"Você pode. Ajudando a acabar com as pessoas que fizeram isso a ela. Não vou descansar até que cada um deles esteja comendo grama pela raiz. De preferência, em pedaços."

Beau assentiu e, em seguida, se afastou calmamente. Zack se virou de costas para entrar no quarto e voltar para o lado de Gracie, ansioso, mas ao mesmo tempo hesitante que ela acordasse novamente. Talvez agora conseguisse algumas respostas. Havia muito que Zack queria compreender, e isso estava acabando com ele.

DOZE

Zack ficou na porta de Gracie enquanto esperava por Eliza. Depois de verificar com a enfermeira para ver se Gracie estava sob alguma dieta restrita, ele pediu para a amiga trazer sopa. A enfermeira havia lhe dito que, ainda que não houvesse nada que não pudesse comer, seria bastante dolorido para Gracie mastigar e talvez ela não se sentisse bem o suficiente para manter qualquer coisa no estômago.

Zack iria sentar-se com ela na cama e alimentá-la ele mesmo se fosse preciso. Odiava pensar que Gracie passava algum tipo de desconforto. Ele não conseguia afastar a dor que vinha das feridas dela, mas ao menos podia aliviar qualquer fome que ela tivesse.

E, se tivesse sorte, a ideia de Beau de que outra mulher talvez a fizesse se sentir melhor estivesse certa, e Eliza fosse ajudar com destreza. Ninguém podia resistir ao charme caloroso e amável de Eliza. Ela era capaz de deixar qualquer um se sentindo confortável com sua presença.

Zack apenas rezava para que hoje não fosse o dia do primeiro fracasso dela.

Um tempo depois, ele viu Eliza entrando no corredor e caminhando acelerada em sua direção. Quando ela se aproximou, com sacolas na mão, ela automaticamente o envolveu em um abraço forte.

"Como você está?", Eliza perguntou gentilmente enquanto se afastava.

"Não muito bem", Zack respondeu. Não havia motivos para mentir a ela. Qualquer idiota podia ver que ele não estava bem. Eliza fez uma expressão de compaixão e entregou um saco plástico para ele.

"Eu trouxe a sopa que você pediu e te trouxe um sanduíche completo. E também tem uma garrafa do meu chá caseiro na sacola."

Zack sorriu para ela.

"Obrigado, Lizzie. Você é a melhor."

"Beau me deixou a par da situação, então você não precisa falar nada. Espero poder ser de alguma ajuda para você, Zack. Eu sei que isso deve ser terrível para você, não saber o que está chateando tanto a Gracie e vê-la te odiando. Cara. Eu mal posso imaginar o que você está pensando agora, pelo que está passando. Mas escute: você sabe que estou apenas a uma ligação de distância e, se você precisar de qualquer coisa, e quero dizer qualquer coisa mesmo, me ligue. Entendeu? Dia ou noite. Eu não dou a mínima para a hora que for."

Zack a pegou e a puxou para outro abraço de quebrar ossos. Por mais patético que parecesse, ele apenas precisava de mais um abraço. Eliza dava os melhores.

Ela o beijou na bochecha e seguiu com a mão gentil no rosto dele, dando tapinhas de leve ao se afastar.

"Então, vamos lá. Vamos ver a Gracie."

"Ela está dormindo na maior parte do tempo desde que Beau foi embora. Ela acordou brevemente, mas estava com tanta dor que eu tive de chamar a enfermeira para dar mais analgésicos."

"Eu farei o meu melhor."

"Eu sei, Lizzie. Eu sei. Eu te amo, querida. Você e Beau, e os outros... Vocês são os únicos amigos que tenho. Quer dizer, eu mantenho contato com alguns companheiros do ensino médio, mas nos vemos mais ou menos uma vez por ano, apesar de eu não tê-los visto pelos dois últimos."

"Não tem como se livrar de mim", ela disse suavemente, enquanto colocava a sacola que carregava na mesa sobre a cama. "Uma vez meu amigo, meu amigo você sempre será."

Eliza se virou para a cama e a estudou por um momento.

"Acredito que seja uma cama ajustável e que você possa levantar as costas um pouquinho. Vai ficar bem mais fácil para ela comer."

"Sim, vai mesmo. Apenas preciso tomar cuidado para que esse movimento não lhe cause mais dor. O médico disse que ela teve algumas costelas quebradas. Não acredito que vá se sentir bem com qualquer tipo de pressão sobre o abdômen."

Eliza pareceu pensativa por um momento.

"Na verdade, ficar totalmente deitada como ela está provavelmente é menos confortável do que sentar-se um pouco mais reclinada. Eu fiz uma cirurgia abdominal muitos anos atrás e, pela semana que se seguiu, a única forma em que conseguia dormir era reclinada. Deitar reta em uma cama? Era uma agonia."

Zack franziu o cenho.

"Droga. Eu não pensei nisso. Eu espero muito que ela não tenha ficado desconfortável por todo esse tempo."

"Você quer acordá-la ou quer que eu faça isso?", perguntou Eliza calmamente.

Zack hesitou, encarando os olhos fechados de Gracie por um bom tempo. Então, lentamente, ele assentiu.

"É, vamos tentar. Talvez se você for a primeira pessoa que Gracie vir quando acordar, em vez de mim, ela não vá pirar tanto."

"Eu sinto muito, Zack. Sei que isso deve doer."

Ele não negou, mas também não respondeu.

"Ok, bem, você se afaste e deixe a sopa preparada. Eu verei se consigo fazer Gracie acordar para falar comigo."

Zack tomou posição ao lado da pia, de onde não estaria diretamente no campo de visão de Gracie, mas ainda assim poderia observar as duas sem dificuldade. Ele se pegou prendendo a respiração quando Eliza se inclinou sobre Gracie e envolveu-lhe a mão com a sua.

"Gracie. Gracie, querida, você pode acordar?"

Eliza era infinitamente paciente e manteve seu tom baixo e suave o tempo inteiro.

"Gracie, tenho sopa para você. Você provavelmente está faminta a ponto de comer um cavalo a essa altura, mas aposto que sua mandíbula está doendo pra caramba..."

O pulso de Zack acelerou quando Gracie piscou e foi virando a cabeça lentamente na direção da voz de Eliza. Ela sorriu e estendeu a mão livre para colocar para trás o cabelo que caía sobre a testa de Gracie e encobria parte de sua visão.

"Ora, aí está você", disse Eliza afetuosamente.

Para um estranho, pareceria que as duas se conheciam, que eram amigas próximas. Mas essa era a habilidade de Eliza.

O rosto de Gracie enrugou com a confusão. Ela piscou novamente e moveu cabeça de leve para o lado, como se estivesse tentando entender Eliza.

"Eu te conheço?", perguntou, com a voz rouca e tensa.

Sua garganta ficou provavelmente inchada com o trauma e parecia doer muito para engolir. Zack estava duplamente agradecido por ter pedido para Eliza trazer sopa. Mastigar e engolir não seriam tarefas fáceis.

O sorriso de Eliza aumentou.

"Não. Ou ao menos não conhecia até agora. Meu nome é Elizabeth Cummings. Como está se sentindo? Ok, não responda. Péssima pergunta, eu sei. Claro que você está se sentindo mal. E, querida, sem querer ofender, mas parece que alguém te atropelou, deu ré, e te atropelou de novo."

Gracie parecia assustada por um instante, até que visivelmente relaxou e soltou uma risada curta que terminou com uma tosse e um gemido.

"Você acha que poderia colocar no estômago um pouco de sopa? Está boa e quente, mas não tão quente a ponto de queimar a boca. Tenho certeza de que seus lábios estão bastante sensíveis. Não tive muito tempo para esfriá-la um pouco no caminho para cá."

Gracie assentiu.

"Isso parece bom. Obrigada."

"Zack", Eliza chamou suavemente. "Você pode trazer a sopa?"

O olhar de Gracie imediatamente examinou o quarto, e ela congelou quando parou em Zack. Dor e confusão brilharam nos olhos dela e ela lançou um olhar para Eliza como se tivesse sido traída pela outra mulher.

"Querida, não olhe assim", disse Eliza. "Zack é um bom homem. Ele me pediu para vir. Ele achou que você poderia sentir-se melhor com outra mulher por aqui. E, ora, nós precisamos aproveitar cada oportunidade para ter uma luta justa, não acha?"

"Você é a esposa dele?", perguntou Gracie, seu olhar voltando a Zack.

Foi o momento mais longo que ela passou olhando para Zack de uma única vez. Gracie parecia avaliá-lo imparcialmente. Quase como se o estivesse analisando. O que o surpreendeu, porém, foi o olhar de pena que Gracie deu à Eliza quando perguntou se ela era sua esposa. Céus, que tipo de louco ela pensava que ele era?

Eliza soltou uma risada.

"Esposa? Ah, Deus, não. Eu o amo demais, mas nós nos mataríamos nas primeiras 24 horas de casados. Nós trabalhamos juntos. Há algum tempo, já."

Sua expressão ficou confusa novamente. Zack podia ver questionamentos nos seus olhos, mas ela apertou os lábios e virou seu rosto para longe dos dois.

Com um suspiro, ele segurou a tigela para Eliza, e quando ela a pegou, ele andou até o lado oposto da cama, com Gracie entre eles. Gracie desviou seu olhar para o teto, como se estivesse se fechando para os dois.

Com uma sobrancelha arqueada, Eliza lançou um olhar para ele que claramente dizia: *E agora?*

Zack puxou a outra única cadeira do cômodo e sentou-se tão perto da cama que poderia apoiar o braço no ferro de proteção...

"Coma, Grace. A Eliza não vai morder. Ela é o melhor tipo de pessoa que existe. Se não acredita em mim, ao menos dê a ela o benefício da dúvida."

Mas primeiro ele precisava elevar a cama para que ela não acabasse coberta de comida.

Ele manipulou os botões ao lado da cama até encontrar um que levantava a cabeça.

"Vou te levantar um pouco para que você possa comer", ele disse. "Avise-me quando devo parar e diga-me se te causa mais dor."

Sem esperar por uma resposta, ele apertou o botão, e o som de zumbido começou conforme a metade de cima da cama foi lentamente se elevando. No primeiro momento, a mão de Gracie voou para a barra, como que para se firmar. Em seguida, ela relaxou mais, esperou um momento, e disse:

"Está bom."

Ela caiu contra o travesseiro e emitiu várias respirações fracas.

"Dói?", ele perguntou.

Ela meneou a cabeça.

"Não. Está... melhor, na verdade."

Como devia ter sido difícil para que Gracie cedesse e falasse diretamente com ele. E não gritando, ou acusando-o de fazer seja lá o quê. De qualquer forma, ainda assim, gritar com ele seria melhor do que manter aquele silêncio gélido.

Zack estava silenciosamente implorando que Gracie falasse com ele. Que contasse o que deu tão horrivelmente errado no relacionamento deles.

"Acha que consegue fazer isso ou quer que eu lhe dê na colher?", perguntou Eliza gentilmente.

Uma cor rosada tingiu as bochechas de Gracie, ou ao menos os poucos lugares que não estavam roxos. Ela abaixou seu olhar como se estivesse envergonhada. Então, olhou para cima novamente e, devagar, entendeu a mão para a tigela.

"Eu posso fazer isso", ela disse baixinho.

Gracie se mexeu um pouco, reposicionando-se antes de pegar a tigela de Eliza. Em seguida, se afundou novamente na cama, parecendo exausta depois de uma tarefa tão pequena.

Zack acataria as instruções do médico nos mínimos detalhes. E usaria o período de recuperação dela para lutar contra quaisquer que fossem os demônios que Gracie tivesse. Sem mencionar os seus próprios, já que era óbvio que *ele* era o demônio dela.

Cada colherada era lenta e cuidadosa. A mão que segurava a colher tremia, jogando um pouco de sopa no lençol que cobria seu colo. Eliza imediatamente se levantou e correu para o banheiro para pegar uma toalha. Então, ela a colocou no colo de Gracie para que, se ela derramasse novamente, seus lençóis não molhassem.

"Você gostaria de conversar sobre o que aconteceu?", perguntou Eliza depois de um longo período de silêncio.

Gracie estava tão abalada pela pergunta dela que deixou a colher cair. Felizmente ela já havia bebido do conteúdo e estava em seu caminho para outra colherada.

"A polícia já chegou aqui", interrompeu Zack. "Eles me pediram para ligar assim que Gracie acordasse e pudesse fazer sua declaração."

Gracie fechou os olhos e uma fina corrente de lágrimas escorreu pelo seu rosto machucado. Eliza imediatamente pegou a mão que estava segurando a colher, apertou-a e não a soltou. Em vez disso, ela apoiou as mãos unidas sobre o colchão ao lado de Gracie.

"Você prefere esperá-los chegar para que você não tenha que repetir a história?", perguntou Eliza.

"Eu não sei de nada", disse Gracie com uma voz sem vida. "Em um minuto eu estava lá. Sozinha. No minuto seguinte eles estavam lá. Eu nem me lembro da maior parte do que aconteceu depois disso. Só lembro do medo terrível de que aquilo pudesse acontecer novamente."

Zack imediatamente enrijeceu.

"Que o que acontecesse novamente?"

Gracie fechou os olhos e apertou a mão que Eliza segurava, até que ela ficasse pálida com a força do aperto. Mas Eliza não pestanejou e agiu como se nem tivesse notado.

Toda a cor havia sumido do rosto de Gracie e parecia que ela passaria mal de novo. Eliza deve ter percebido isso também porque imediatamente tentou agarrar a bacia ao lado da cama.

Ela simplesmente deslizou a bacia para o colo de Gracie, pegando a tigela que ainda estava pela metade e colocando-a de lado.

"Gracie?", Zack chamou. "O que poderia acontecer novamente?"

"Nem nos meus piores pesadelos eu imaginava que você pudesse ser capaz de fazer as coisas que fez, mas sentar aqui e agir como se não soubesse, como se você fosse inocente..."

Ela virou seus olhos calorosos de cor chocolate para ele, que ardiam de emoção e brilhavam pelas lágrimas não derramadas.

"Por quê, Zack? Você me odiava *tanto* assim? Você não poderia apenas ter terminado comigo? Você estava com medo que eu me tornasse psicótica e ficasse te perseguindo? Ou ficou com medo de que eu falasse mal de você quando entrasse para um time profissional? Meu Deus, o que você deve ter pensado de mim."

Ela se virou novamente, agora com lágrimas correndo em um fluxo interminável. Zack estava tão aturdido por sua enxurrada de perguntas raivosas que ele mal conseguia formular uma frase coerente. Eliza imediatamente o encarou. Seu questionamento era evidente, mas não foi proferido. Será que ele queria que ela saísse?

Por mais que Zack desejasse que Eliza saísse e deixasse que ele e Gracie ficassem sozinhos para botarem tudo para fora, ele sabia que se apressasse as coisas, colocaria tudo a perder. Ele precisava ganhar a confiança dela de alguma forma. Não importava o que fosse necessário.

Zack meneou rapidamente a cabeça, mas manteve o olhar preso em Gracie e em seu rosto ferido manchado de lágrimas.

"Gracie, olhe para mim, por favor", disse Eliza em um tom firme, porém gentil.

Com aparente relutância, Gracie obedeceu.

Eliza deu-lhe outro aperto em sua mão.

"Escute-me, querida. Eu não sei o que aconteceu no seu passado. Apenas você sabe disso. Mas o que sei é que Zack te procurou e pensou em você em cada um de seus dias pelos últimos doze anos. Ele é um homem bom. Um dos melhores. E está preocupado com você desde então. Você ao menos pode conversar com ele?"

"Eu apenas quero me esquecer. De tudo", sussurrou Gracie, despedaçada.

O coração de Zack estava na garganta. Não importava que ele soubesse que não tinha feito nada errado. *Gracie* pensava que sim. Ela estava convencida disso. E estava de coração partido. Como a coisa deve ter sido terrível, para ela nem mesmo conseguir confrontá-lo depois de doze anos? E Gracie não conseguia nem mesmo falar sobre isso. Ela o odiava. Ela não queria ter *nada* a ver com ele.

Zack levantou de sua cadeira e caminhou até o pé da cama, sua mão segurando a parte de trás de seu pescoço. Ele fechou os olhos em total frustração e desespero. Zack não estava chegando a lugar algum. Ele nunca quis algo com tanta vontade quanto queria a confiança dela. O amor dela. Como diabos ele conseguiria fazer os dois voltarem quando estava claro que Gracie não confiava nele, muito menos o amava?

"Estou cansada", sussurrou Gracie. "E dolorida. Você pode apertar o botão que chama a enfermeira?"

A questão foi obviamente direcionada a Eliza. Ela nem sequer olhou na direção dele enquanto fez o pedido. Mesmo assim, Zack foi em frente e apertou o botão ele mesmo.

Por um breve momento, seus olhares se encontraram enquanto ele se levantava. Os lábios dela tremeram e seus olhos ainda estavam brilhando com as lágrimas. O olhar de derrota nas feições dela quase o desequilibrou e partiu seu coração ao mesmo tempo.

"Escute-me, Gracie", ele disse em uma voz calma e firme.

Zack aguardou até que ela finalmente levantasse seu olhar para ele e então ele estremeceu com a emoção crua nos olhos dela. A pureza. Como um deserto.

"Eu preciso que fale comigo, mas entendo que neste momento você está chateada e machucada. Eu não vou embora. Não até que tenhamos isso, seja lá o que for *isso*, resolvido entre nós. Eu não vou deixar que você fuja de mim novamente. Não quando eu te procurei por tanto tempo. Então, é assim que vai acontecer. Enquanto você estiver aqui, no hospital, eu ou alguém do meu trabalho estará aqui com você, 24 horas por dia. E quando você for liberada, vai para casa. Comigo."

Gracie soltou um protesto sufocado, e ele gentilmente tocou a ponta de seu dedo sobre os lábios inchados dela.

"Shhh, me escute."

Gracie ficou em silêncio e Zack deixou seu dedo cair em vez de traçar o contorno dos lábios dela e imaginar o sabor que eles tinham, se ainda eram tão doces quanto da última vez em que ele a beijou. Se ao menos Zack soubesse que seria a última vez, se ele pudesse ter aquele momento de volta...

"Os homens que te atacaram foram atrás de você por minha causa... Por causa das pessoas com quem eu trabalho. E você não estará segura enquanto eles estiverem por aí, procurando pela próxima vítima. E eu não permitirei que você corra o risco. Terão de passar por cima de mim para chegar a você. Agora, podemos fazer isso da maneira fácil, que seria você concordar em vir comigo. Ou podemos fazer da maneira difícil e eu te carrego para fora daqui."

"Para que tipo de pessoa você trabalha?", ela perguntou, o medo reluzindo em seus olhos.

"Para as melhores, Gracie. Absolutamente as melhores. Eliza trabalha comigo." Ele apontou para a direção de Eliza. "Eu trabalho para a Devereaux Security Services. Nós protegemos as pessoas. Providenciamos segurança. Fazemos qualquer trabalho que requeira poder de fogo e alta tecnologia."

"Irônico", ela soltou, os olhos queimando como fogo pela primeira vez.

Bem, Zack aguentaria qualquer coisa para aliviar o medo e a desolação que pareciam permanentemente gravados naqueles olhos vívidos. Gracie ergueu o queixo e olhou diretamente para ele.

"Esta é sua penitência?", ela perguntou suavemente.

Zack soltou um palavrão, quase incapaz de segurar todos os xingamentos que estavam na ponta da língua. Respirou pelas narinas algumas vezes enquanto tentava manter seu temperamento sob controle.

Ele nunca tinha ficado bravo com Gracie. Nunca teve razão para isso. Zack não tinha certeza de que havia uma razão para isso *agora*, mas a raiva estava ali mesmo assim.

"Diga-me que diabos foi o que eu supostamente fiz", ele exigiu. "É meio difícil de se defender de uma ação quando você não faz ideia de qual ela é!"

"Você está falando sério?", Gracie perguntou incrédula.

Eliza inclinou-se para frente, interrompendo a tensão. Ela apertou a mão de Gracie como um gesto de tranquilidade, mas Gracie parecia estar tão nervosa quanto Zack. Mas novamente, Zack estava disposto a aceitar a raiva em vez da derrota e tristeza, a qualquer hora.

"Gracie, ao expiar os pecados, a pessoa deve saber qual pecado foi cometido", disse Eliza calmamente. "Você e Zack obviamente têm versões muito diferentes do que aconteceu doze anos atrás. Converse com ele. Conte-lhe por que está zangada. Ou, mande-o para o inferno, mas ao menos dê a oportunidade de ele se defender. Zack com certeza merece isso."

"Merece?"

A voz de Gracie ficou esganiçada sob o peso da emoção, e lágrimas rapidamente encheram seus olhos de novo.

"Ele merece. Por Deus, isso é tão... Eu nem mesmo tenho palavras!", disse Gracie chorosa. "Eu com certeza não mereci o que ele *fez comigo*. Eu nem posso pensar naquela noite, senão fico com ânsia."

Como se quisesse enfatizar o que tinha dito, Gracie gesticulou agitada para a bacia, que Eliza prontamente colocou na bandeja da cama. Bem a tempo de Gracie expelir o conteúdo de seu estômago lá.

TREZE

Mais uma vez, Zack foi forçado a sair do quarto de Gracie enquanto a enfermeira fazia uma avaliação e a deixava mais confortável. Eliza estava ao lado dele, observando o que acontecia através do estreito painel de vidro acima da maçaneta.

Ela balançou a cabeça, seus olhos inundados de compaixão.

"Eu nem sei o que dizer", Eliza murmurou. "Eu mal consigo imaginar. Sinto muito, Zack. Isso deve estar sendo um inferno para você."

"Certamente, está sendo um inferno para ela também", disse Zack com tristeza.

Ele esfregou o rosto cansado, a falta de sono já o estava afetando. Talvez ele nunca mais dormisse. Como ele poderia se, sempre que fechava os olhos, tudo o que conseguia ver era o terror nos olhos de Gracie? As sombras sob os olhos dela. O quanto ela parecia frágil e quebradiça.

Quebradiça.

Não, isso não estava certo. Na verdade, ela já havia se despedaçado. Qualquer pessoa era capaz de ver isso.

Meu Deus, Zack ficava muito assustado por vê-la nesse estado. Que diabos tinha acontecido doze anos atrás? Ele estava ficando de saco cheio do fato de ninguém falar do problema e de Gracie se recusar a deixá-lo saber daquele grande segredo maldito. Especialmente quando ele parecia ser a única pessoa que não sabia que merda estava acontecendo.

"Eu me pergunto se você não deveria trazer um psicólogo", Eliza disse em uma voz baixa, garantindo que o som não passasse pela porta. "Gracie parece tão… frágil."

"Eu usei a mesma palavra para descrevê-la mais de uma vez desde que a vi no ateliê de arte."

"É evidente que ela está muito apavorada. Seja lá o que ela pensa que você fez, é muito real para ela."

"Nem me fale", Zack murmurou. Então, ele segurou a parte de trás de seu pescoço e cravou os dedos no músculo dolorido. "Você pode fazer algumas pesquisas? Você sabe de onde eu sou. De onde nós somos. Você pode voltar uns doze anos mais ou menos, antes e depois da última vez em que a vi, e ver se aparece alguma coisa? Algo grande? Se algo aconteceu em nossa cidadezinha insignificante, então pode ter certeza de que todo mundo estava falando nisso."

"Posso tentar, apesar de eu ter bisbilhotado um pouco mais depois que você saiu do meu apartamento hoje de manhã. E, até agora, todos os caminhos estão dando em becos sem saída. Parece que estou dando murros em ponta de faca."

Que era exatamente como Zack se sentia, só que era como se ele estivesse *batendo* sua cabeça contra a ponta de uma faca. E estava começando a sentir a dor por toda a sua alma.

"Oh, aí vem ela agora", disse Eliza, movendo-se depressa da frente da porta.

Zack ficou atento, esfregando os pelos de seu rosto com a barba por fazer. Ele precisava tomar um banho. Ele parecia – e cheirava como – uma cabra. Ficou surpreso que a equipe de enfermagem não o tivesse expulsado nem o colocado debaixo de algum chuveiro nas proximidades.

A enfermeira fechou a porta silenciosamente atrás de si, conforme entrava no corredor para juntar-se a Eliza e Zack.

"Como ela está?", perguntou Zack, ansioso.

O rosto bonito da enfermeira transformou-se em uma careta.

"Exausta. Dolorida. Amedrontada. No seu limite. Tudo isso se aplica um pouco aqui."

Zack segurou um palavrão.

"Eu lhe dei um sedativo para ajudá-la a relaxar. Ela deve dormir profundamente pelas próximas horas. Você deveria ir para casa e se cuidar. Não há mais nada que você possa fazer aqui por hoje."

"Eu não vou deixá-la", disse Zack.

A enfermeira hesitou e então soltou a respiração com um longo suspiro.

"Ela não quer visitantes. Pelo menos, não por hoje. Então, você deveria ir. Deixe-a descansar. Descanse você também."

Eliza cutucou as costelas dele e ficou olhando incisivamente para o queixo de Zack, com a barba por fazer, e para suas roupas desalinhadas.

"Deixe-me tornar isso claro, moça", disse Zack, forçando uma calma que ele não sentia em suas palavras. "Gracie não tem ninguém. E quero dizer *ninguém*, mesmo. Ela estaria completamente sozinha no mundo se não fosse por mim. Agora, você realmente acha que é uma boa ideia deixar a mulher que acabou de passar por um evento traumático e horroroso completamente sozinha? E se ela acordar enquanto eu estiver fora? Quem estará aqui para tranquilizá-la de que aqueles filhos da mãe não vão machucá-la mais?"

O rosto inteiro da enfermeira se suavizou e ela estendeu a mão para apertar o braço de Zack.

"Então, ela é muito sortuda por ter você. E ela não ficará sozinha. Eu prometo. Estamos monitorando-a bem de perto e continuaremos a fazer isso pela noite. Mas ficar aqui enquanto ela dorme não fará bem a nenhum de vocês. Vá para casa. Tome um banho e veja se come algo. Tente dormir se conseguir, ainda que seja por apenas algumas horas. Então, quando voltar amanhã, todos estarão em um estado de espírito melhor."

Zack balançou a cabeça.

"Você não está entendendo. Gracie foi atacada e brutalmente espancada de maneira metódica e planejada. E você quer que eu a deixe sozinha. Desprotegida. Onde qualquer um poderia entrar em seu quarto e matá-la. Que inferno, eles poderiam até tentar sequestrá-la. Quem, neste lugar, seria capaz de detê-los? E eu posso garantir a você que virão armados. Eles não têm nenhum remorso quanto a usar de violência para conseguir o que querem. Você viu o que eles fazem com uma mulher indefesa. Eles torturaram e mataram outra jovem que tinha acabado de ter um bebê. Então, por mais que eu aprecie a sua preocupação por Gracie e pelo seu bem-estar mental, neste momento estou mais preocupado com a segurança física dela."

A enfermeira ficou pálida e engoliu nervosamente.

"Por que ninguém nos avisou disso? Ninguém nos falou nada!"

Sua voz estava aumentando, à beira da histeria. Zack fez um gesto para diminuir o pânico dela.

"Eu não permitirei que eles machuquem qualquer um aqui. A polícia virá quando Gracie acordar novamente. No meio-tempo, alguém da minha companhia de segurança estará aqui por todo o tempo, e ninguém que não seja da equipe médica ou empregado da DSS terá a permissão de acessar o quarto dela. Alguém ficará aqui por todo o tempo."

"Entendo suas prioridades, senhor", disse a enfermeira, com sinceridade ressoando em sua voz. "Mas assim como o senhor deve levar em consideração o que é melhor para ela para que possa fazer seu trabalho de forma eficaz, eu também devo priorizar o bem-estar dela, tanto emocional quanto físico, enquanto ela for uma paciente do meu andar. E ela foi bastante firme quando disse que não queria mais visitantes por hoje. Então, se alguém ficar por aqui – e serão mais do que bem-vindos, já que a equipe aqui se sentirá muito melhor com uma segurança rígida – então eles devem tomar suas posições do lado de fora do quarto."

"Ai", disse Eliza, divertindo-se e mordendo os lábios. "Eu acho que você recebeu uma lição agora."

Zack lançou um olhar para ela. Ele não estava com humor para brincadeiras. Antes que pudesse ficar minimamente tranquilizado, ele precisava de 24 horas de sono, um banho quente, um bule de café e, principalmente, colocar suas mãos nos canalhas que machucaram Gracie.

"Não era a minha intenção ser rude", a enfermeira começou.

"Ah, não, você não foi rude", disse Eliza, entretida e com os olhos cintilando. "De maneira alguma. É bom ver os homens da DSS serem colocados em seu devido lugar uma vez ou outra. Evita que o ego deles fique muito inflado."

A enfermeira sorriu.

"A coisa é nesse nível, hein? Deixe-me adivinhar: você é a única mulher entre eles."

"Acertou de primeira", disse Eliza com um sorriso.

"Eu sou Jacquie", a enfermeira cumprimentou, estendendo a mão para Eliza.

"Oi, Jacquie", Eliza respondeu. "Eu sou Eliza e esse cara ranzinza é Zack. Nós dois trabalhamos para a Devereaux Security."

A cabeça de Zack estava prestes a explodir. Ele estava quase perguntando a Eliza se ela estava chapada ou coisa do tipo. Como ela poderia estar lá, brincando, provocando, *fazendo piadas*, enquanto Gracie estava deitada do outro lado da porta, encolhida feito uma bola. Ela ficou chorando lágrimas silenciosas até a enfermeira aplicar o analgésico, quando enfim suas pálpebras tremularam e seus olhos finalmente se fecharam de vez.

Jacquie deu a Zack uma avaliação completa, encarando-o com intensidade, a ponto de ele ficar enrubescido. Zack odiava ser examinado.

"Vou lhe dizer, Zack", ela disse, usando o nome que Eliza lhe deu. "Eu cheguei há uma hora, então estarei aqui pelas próximas onze. Você e Eliza vão para casa, se troquem, arrumem algo para comer. Eu ligarei para a segurança e os colocarei de guarda no final do andar, para que eu possa ficar de olho nela até que todos vocês voltem."

Ok, então Eliza era um gênio que agora tinha a equipe de enfermagem comendo na mão dela. Zack silenciosamente lamentou-se quando Eliza virou o sorriso presunçoso em sua direção. Ele levantou o dedo do meio quando a atenção de Jacquie estava voltada para Eliza – e seu sorriso atrevido de vitória. Garotinha abusada... Zack meneou a cabeça.

"Bom, você escutou a moça. E nós *estamos* invadindo o território dela", disse Eliza objetivamente. "A diferença é que não ficamos todas eriçadas e mijando em tudo para marcar território, como vocês, homens."

Jacquie riu. Zack apenas revirou os olhos. Que Deus o salvasse daquelas mulheres incorrigíveis.

***

Zack não perdeu tempo quando chegou a seu apartamento. Eliza insistiu em ir junto, assim ele teria reforço, já que sua segurança havia sido violada. Mas Zack se apressou mesmo assim, porque não gostaria de expor Eliza – ou a si mesmo – a um risco maior. Se Gracie não estivesse em cena, então com certeza ele faria uma tocaia. Ele e Beau iriam vigiar o local atentamente dia e noite até que aqueles malditos mordessem a isca. Mas Gracie *estava* em cena e precisava de Zack – não que ela fosse admitir ou aceitar esse fato, independentemente das negações que saíam pela sua boca.

O único pensamento de Zack era voltar para Gracie. Ele poderia ser incansável. Ele *era* incansável. Ele não tinha chegado tão longe se acovardando. Era preciso ser implacável para que a sorte o favorecesse. Se alguém o considerava selvagem e obcecado, totalmente focado em uma meta, então esse alguém saberia que Zack estava com um alvo fixo na sua mente e nada o impediria de cruzar a linha do gol desta vez.

É o terceiro down e eles precisam avançar. Aí vem a jogada. Fazendo a finta para a lateral. Observando... observando. Ele protegeu a bola! Cortou por dentro. Outra finta! Opa, esperem! Ele conseguiu passar pela barreira de defesa! Amigos, esse rapaz tem uns truques ou não? Ele não foi derrubado e escapou do defensor! Está correndo... correndo... Senhoras e senhores! Ele vai conseguir. Até. O. Fim! Touchdown! Restando 28 segundos para o final do jogo, Zack Covington acaba de marcar o que é, provavelmente, o touchdown da vitória!

As lembranças daquela noite, a primeira rodada da fase eliminatória, os *playoffs*. Eles estavam vivendo um conto de fadas desde o começo da temporada. Ninguém esperava que eles fossem para os *playoffs*. Eles estavam remontando o time, substituindo jogadores importantes, que tinham saído por causa de trocas, aposentadoria e lesões.

Até mesmo o treinador admitia que eles tinham ultrapassado suas maiores expectativas. Com um time composto em sua maioria por jogadores estreantes, com mais alguns veteranos insubstituíveis, eles invadiram o campo no início da temporada e não olharam mais para trás. Dezesseis vitórias e zero derrotas, um começo de temporada perfeito. Começaram como cabeças de chave e não precisaram passar pela primeira rodada. Em seguida, conseguiram a vitória na segunda rodada. Faltava mais uma semana para o grande jogo.

Foi uma noite longa. Talvez a maior da sua vida. Da sua *antiga* vida. Ele não era tão sonhador e otimista como a criança que já havia sido. E a breve trégua de tanto gelo e frieza que envolviam seu coração havia sido gloriosa. Durou mais ou menos dois minutos. Dois minutos maravilhosos onde a escuridão não conseguiu encontrá-lo.

Então, ele viu alguns de seus colegas de time olhando para o camarote nas arquibancadas. Um deles fechou os dedos em um punho cerrado, bateu-o contra o peito antes de beijá-lo e erguer para o céu, em linha reta na direção onde a esposa do jogador e seu bebê sentavam-se em algum lugar no meio do mar de fãs.

Levou um instante para Zack colocar seus pés novamente em terra firme. Não havia ninguém com quem ele pudesse compartilhar esse momento. Gracie havia partido.

Desta vez, seu sonho não iria iludi-lo. Desta vez, a primeira, ele queria algo para si.

Zack não queria que Gracie o olhasse como se ele fosse algum monstro. Ele queria que o medo nos olhos dela fosse substituído por gargalhadas e felicidade. Ele queria amá-la.

E ele queria que ela o amasse.

Zack terminou de colocar as roupas que precisava em uma bolsa de viagem e então pegou os poucos produtos de higiene pessoal que necessitaria do banheiro. Teria que fazer compras para Gracie depois que ela saísse do hospital. Ou talvez Eliza estivesse disposta a pegar algumas coisas para ela.

Zack apressou-se novamente para a área da cozinha, onde Eliza havia se colocado para que tivesse uma visão clara da porta da frente.

"Está pronta?", ele perguntou.

Eliza assentiu.

"Mas, Zack, Jacquie está certa. Você precisa comer. Você está horrível."

"Puxa, obrigado", ele resmungou.

Eliza encolheu os ombros.

"Só estou sendo honesta."

"Eu pego algo no hospital quando a cafeteria abrir. Gracie provavelmente vai precisar de alguma coisa também, caso ela consiga comer."

"A garganta parecia bastante machucada. Eu manteria a sopa ou caldo por enquanto. Eles provavelmente colocarão isso na bandeja, de qualquer maneira."

"Vamos ficar ligados, Lizzie", ele murmurou enquanto eles saíam do apartamento.

"Sempre", ela disse despreocupadamente.

Caminhavam quase sem emitir sons na calçada de concreto. No portão, Zack deu um empurrão gentil, mas se irritou com o rangido alto. Os malditos obviamente o haviam quebrado quando invadiram para descarregar Gracie.

Eles estavam próximos à SUV de Zack quando uma silhueta escura apareceu a apenas alguns passos.

"Para baixo!", Eliza vociferou, empurrando Zack.

Zack caiu e rolou. Antes que voltasse a ficar em pé, foi atingido por algo que lhe pareceu ser um caminhão cheio de concreto. Ele soltou um grunhido e imediatamente perdeu o impulso.

Surpreso pelo movimento, seu agressor tropeçou, incapaz de aguentar o peso de Zack, que se aproveitou disso batendo com o ombro na barriga do oponente e derrubando-o com força no asfalto.

Zack estava irritado demais, e já tinha sido obrigado a conter sua fúria pelo dia inteiro, então agora deixaria a fera sair da jaula com tudo.

O som da raiva dele ecoou pelo estacionamento. O agressor caiu no chão, Zack em cima dele. Ele sentia a forte expiração do outro homem contra o seu pescoço. Zack balançou, socando violentamente. Ele cambaleou para trás quando o punho do seu agressor acertou sua mandíbula. Maldição.

Zack recuou, permanecendo em movimento para não se transformar em um alvo muito fácil.

Ele foi agarrado e sua movimentação cessou abruptamente. E, em seguida, antes que mais golpes fossem dados de ambos os lados, a voz de comando de Eliza irrompeu pela noite.

"Mãos para cima onde eu possa vê-las, babaca! Me dê um motivo para atirar. Vá em frente. Essa vai ser a alegria da minha semana", ela rosnou.

Zack foi solto e o homem, lentamente, se afastou. Zack levantou-se e foi para cima do oponente em uma fração de segundo. Agarrou-lhe um braço e o torceu fortemente atrás das costas, obrigando o sujeito a se virar. Aquele impulso tornou a rotação mais fácil, e Zack prendeu o braço do cara no alto de suas costas para deixá-lo imóvel.

"Jogue alguma luz aqui, Lizzie."

Um segundo depois, uma lanterna foi acesa e o feixe iluminou o corpo do agressor e depois o seu rosto.

"Mas que merda é essa?", disse Zack. "*Sterling?* Que diabos você pensa que está fazendo?"

CATORZE

Sangue escorria pelo nariz de Sterling e seus olhos ardiam de raiva, refletidos de forma assustadora pela luz da lanterna de Eliza, cegando-o temporariamente.

"Qual é o seu problema?", berrou Zack. "Que tal você fazer uma viagem até o centro para registrar uma queixa de agressão? *Depois* de eu encher você de porrada."

Os lábios de Sterling se fecharam com desprezo.

"Seu covarde bundão. Você nunca me venceria em uma briga. Você é afeminado demais para sujar suas mãos. Não, você arruma outras pessoas para bater em mulheres *por* você."

Zack lhe deu um soco em cheio no queixo, fazendo o outro homem cambalear para trás. Sterling recuperou o equilíbrio e se lançou contra Zack, levando os dois para o asfalto do estacionamento.

Um tiro soou, levando Zack a se jogar. Sterling não reagiu de maneira diferente, caindo no chão com uma rapidez que indicou a Zack que o homem era treinado. Seus instintos eram muito bons, ele tinha prática naquilo. O exterior cortês, rico e culto que ele exibia encobria o homem que ele era por dentro, duro e com a malandragem das ruas.

"Que porra é essa, Lizzie?", Zack berrou. "Está tentando me matar?"

Eliza bufou exasperada.

"Olhe, não temos tempo para essa merda. Nós estamos a céu aberto. Isso não é bom. Vocês estão chamando atenção para nós. Isso não é bom. Preciso continuar?"

"E você não acabou de disparar fogos de artifício no céu?", perguntou Zack incrédulo.

"Alguém tinha que fazer alguma coisa", ela salientou. "Agora, o que você me diz sobre termos esta conversa em algum outro lugar que não no meio de um estacionamento público?"

"Nós terminamos por aqui", disse Zack sem rodeios.

Não sabia qual era o problema de Sterling, mas aquela insinuação de que ele era o responsável direto pelo espancamento de Gracie? Que droga era essa? Zack mal conseguia olhar em linha reta, sua visão estava muito embaçada pela ira.

"Não, o *cacete* que terminamos por aqui", disse Sterling. "Onde está Anna-Grace? O que você fez com ela?"

Zack observou Sterling como se lhe tivesse crescido uma segunda cabeça. "De que merda você está falando?"

"Ela está desaparecida, mas isso não deve ser novidade para você. Coincidentemente, ela sumiu um dia depois de você aparecer no meu ateliê, perseguindo-a e assustando-a como nunca. Não é preciso muito esforço para conectar os pontos aqui. Mas você se ferrou desta vez, Covington. Talvez antes Anna-Grace não tivesse ninguém que se importasse com ela, mas ela tem agora. Ela é importante para mim. E vou protegê-la, ainda que isso signifique acabar com você de vez."

O berro nos ouvidos de Zack era quase ensurdecedor. Ele estava cansado de Gracie – e agora Sterling – sugerirem algum evento terrível do passado. Ele estava cansado de ser considerado culpado por algo que sabia muito bem não ter feito.

Ele tinha *perseguido* Gracie? Desde quando querer saber se a mulher que amava mais do que tudo no mundo estava bem era perseguição? E agora esse maldito almofadinha desgraçado vinha ameaçá-lo? Acabar com ele? Que *merda* era essa?

"Eu já fui enrolado demais sobre essa questão de merda", Zack resmungou. "Alguém vai me contar que droga é essa que eu supostamente fiz à Gracie doze anos atrás. Porque, olhando a situação pelo meu lado, eu levei um fora. Não apenas levei um fora como nem recebi a cortesia de um 'se cuide' ou 'adeus'. Nem mesmo um 'vá se danar, nunca mais quero ver você de novo'. Eu não tive nada. Então, por doze anos – *pela porcaria de doze anos* – eu pensei no pior. E acredite em mim quando digo que tenho uma imaginação vívida. Então, finalmente a localizei, porém Gracie não está ferida. Ela não precisa de nada. Ela está feliz. Começou uma nova vida. Mas o melhor de tudo? Ela age como se eu fosse algum tipo de monstro. Como se eu fosse machucá-la quando ela sabe que é a última coisa que eu faria. Eu teria dado o mundo todo para Gracie, mas ela jogou isso aos ventos quando desapareceu e me deixou pensando que o pior tinha acontecido."

Sterling agitou-se e parecia muito que ele desejava começar o terceiro round. Zack se eriçou, cada músculo de seu corpo enrijecendo em prontidão. Sterling queria uma briga, e Zack estava louco para lhe dar uma das boas.

"Droga, você dois!", Eliza exclamou. "Eu juro por Deus, o próximo que der um soco vai levar um tiro. Eu nem mesmo serei processada. Vão considerar que eu salvei o mundo do Debi e do Lóide."

"Você não está ajudando, Eliza", disse Zack com a mandíbula cerrada.

"Escutem, porque não temos muito tempo", ela disse em uma voz enérgica. Eliza apontou o dedo – o que não estava sobre o gatilho da pistola – para Sterling, com irritação evidente em seus olhos e palavras. "Você vai vir conosco."

"Não!"

A recusa automática foi dita simultaneamente por ambos os homens. Zack lançou um olhar a Sterling e então se voltou para Eliza.

"Você tem razão. Não temos muito tempo, e é por isso que não vou perdê-lo com ele", disse Zack, gesticulando na direção de Sterling.

"O único lugar em que vou junto com você é para o inferno", soltou Sterling. "Apenas para ter certeza de que você ficará por lá."

"Calem a boca! Meu Deus. E depois falam por aí que as mulheres é que nunca ficam quietas", Eliza queixou-se. "Agora, entrem. *Vocês dois!*"

Ela gesticulou com a arma, indicando para os dois que eles deveriam entrar na SUV.

"Você dirige, Zack. Não ligo a mínima para onde. Mas por tempo o suficiente para que possamos ter uma conversinha com nosso amigo aqui. Vou manter minha arma apontada para ele, caso decida fazer algo realmente estúpido, como me irritar ainda mais."

"Você está falando sério?", perguntou Zack, claramente espantado.

"Eu pareço estar brincando?"

Sterling não parecia mais contente do que Zack, mas estava claro que ele tinha um respeito saudável pela arma que Eliza segurava.

Eliza abriu a porta para o banco de trás e apontou a arma para Sterling. Então, bateu ao lado, sinalizando para ele entrar.

Sterling soltou uma torrente de palavrões, e Zack podia jurar que escutou o outro homem balbuciando algo sobre mulheres loucas com uma arma. Se aquela não fosse uma situação bizarra, Zack estaria rindo do espanto do outro homem. Era sempre engraçado ver as pessoas percebendo que Eliza não era uma coisinha fofa e indefesa. Ela sempre era subestimada, um fato que a beneficiava frequentemente, conforme ela mesma tinha contado a Zack.

Balançando a cabeça e tendo seus próprios pensamentos amargos sobre mulheres – uma mulher em particular – com armas, Zack subiu para o banco do motorista e ligou o motor.

"Para onde estamos indo, Lizzie?", perguntou Zack, resignado. Acreditava piamente que Eliza iria dar um tiro em um deles ou talvez em ambos.

Ela não os mataria, mas certamente causaria um estrago. Tinha boa mira e era capaz de atingir um alvo do tamanho de uma moeda de dez centavos, bem no meio. Então, se Eliza quisesse modificar as bolas de um cara permanentemente, Zack sabia que ela seria capaz disso, sem dúvida.

"Não me importo", ela murmurou, ainda irritada. "Só preciso de alguns minutos, e depois você pode largá-lo a um quarteirão daqui para deixá-lo andar até o carro dele. Até lá, os policiais provavelmente já terão chegado."

"E eu devo explicar como cheguei a pé a um condomínio onde não moro para pegar meu carro que está estacionado lá?", Sterling rebateu.

"Isso é problema seu, não meu", ela disse carinhosamente. "Tenho certeza de que você não tem o menor interesse em conversar com os policiais, levando em consideração que agrediu um dos moradores. Uma noite na cadeia poderia te fazer bem, apesar de que você certamente seria liberado em menos de uma hora."

"Trinta minutos, no máximo", ele grunhiu. "Então vamos logo, mocinha. Isso não aqui não acabou, e nem vou me esquecer."

"Aaahn", Eliza disse arrastando a palavra para que parecesse que estava bocejando.

"Então fale, Lizzie", disse Zack impacientemente. "Nós não temos a noite toda."

Houve uma pausa. O silêncio preencheu o interior da SUV e, em seguida, Eliza finalmente falou.

"Zack está ficando bem cansado das punhaladas sobre algum evento misterioso que aconteceu há doze anos. Saco, *eu* estou cansada disso, e tenho certeza de que ele tem martelado a cabeça contra a parede bem mais do que eu."

Essa era a grande verdade. E então Zack percebeu o que Eliza estava fazendo. Ele estava tão focado em entrar e sair de seu condomínio que a informação de Sterling sobre o que tinha acontecido doze anos atrás entrou por um ouvido e saiu por outro. Droga.

Seus dedos apertaram o volante com força. Zack foi cuidadoso para não emitir nenhum som. Sua respiração ficou até mais curta conforme ele se esforçava para ouvir seja lá o que fosse que Sterling tinha para falar.

"Você está brincando, certo?", perguntou Sterling incrédulo.

"Eu pareço estar brincando?", Eliza falou entredentes. "Comece a falar, Sterling. É isso ou eu vou começar a atirar. Dessa distância, não posso garantir que não atingirei nenhum órgão vital, embora preferisse não ter que limpar seu sangue de dentro do carro. Sangue me faz passar mal."

"Inacreditável", murmurou Sterling. "Eu me pergunto como ele conseguiu que todos vocês acreditassem nessa atuação de vítima inocente?

Vocês sentem pena desse desgraçado? Ele disse a vocês que Anna-Grace foi embora sem dar explicações, sem dizer uma palavra, e que ele nunca a viu novamente?"

"Eu quero escutar a *sua* história", Eliza insistiu. "Nós já conhecemos a história de Zack. Agora queremos ouvir a sua. Ou o que você *diz* que realmente aconteceu. Pode contar tudo."

Zack ficou completamente silencioso. Com sorte, Sterling iria ignorar os problemas com seu desafeto por tempo o suficiente para dar a informação que Zack queria – e tanto precisava. Mas, ao mesmo tempo, ele se preparou, segurando a respiração, porque aquilo tinha que ser algo ruim.

Instintivamente, Zack sabia que não era algo pequeno. Tinha de ser algo gigante para fazer Gracie fugir dele. E doze anos de silêncio? Pensando que ele a traiu? Zack sempre deixou claro que Gracie podia contar com ele para qualquer coisa. Ele pensava que ela contava. Mas parecia que, quando ela mais precisou dele, decidiu virar as costas e partir sem dizer uma palavra.

"Meu Deus", murmurou Sterling.

"Conta logo, saco", pressionou Eliza.

Zack conhecia aquele tom de voz. Sabia que Eliza estava perdendo a paciência e, se Sterling não começasse a falar logo, ela provavelmente perderia a cabeça e iria causar lesões corporais no homem.

"Ele fez com que a *estuprassem*", disse Sterling com desgosto.

Zack pisou no freio com tanta força que a SUV derrapou, balançando para a esquerda e para a direita antes que ele conseguisse controlar o volante o suficiente para parar no acostamento da rodovia. Ele se virou em seu assento, e o cinto de segurança voou quando ele o desengatou. Zack sentia a raiva arder em suas veias e fixou seu olhar em Sterling com toda a força de sua ira.

"De que *diabos* você está falando? É melhor não deixar de contar uma única palavra e é melhor ter uma boa razão para sugerir algo assim. Eu a *amava*. Eu a *adorava*. Gracie era a minha *vida*! Eu idolatrava o chão que ela pisava. Eu seria capaz de matar qualquer desgraçado que colocasse as mãos nela. Me diga que isso não é verdade. *Me diga que ela não foi estuprada.*"

Sterling franziu a testa e olhou confuso para Zack. Seus olhos piscaram enquanto ele continuava a analisar aquele homem nervoso diante de si. O ar na SUV crepitava de tensão. Zack nunca quis tanto acabar com alguém com suas próprias mãos como agora.

Sterling estava falando a verdade? Gracie tinha sido estuprada? E que merda o cara estava dizendo sobre *ele* ter feito ela ser estuprada? Zack estava prestes a explodir, e Eliza deve ter percebido, porque interveio rapidamente, apertando a mão de Zack agarrada na parte de trás do banco.

"Não deixe nenhum detalhe de fora", disse Zack com a mandíbula cerrada. "Deus me ajude, se você mentir para mim sobre isso, vou transformar sua vida num inferno."

Sterling continuou encarando-o, e Zack podia ver as engrenagens girando dentro da cabeça dele. E Zack estava ficando impaciente sendo analisado por Sterling. Quase como se Sterling estivesse julgando Zack. Dane-se. Ele não precisava da aprovação ou da confiança desse canalha afetado. Zack não dava a mínima para o que Sterling pensava dele. A única pessoa por quem Zack precisava ser compreendido era Gracie.

"Jesus Cristo", Sterling soltou, finalmente respondendo depois de sua análise intensa. "Você não fez isso, não é?"

"Não fiz *o quê*?", gritou Zack. "Ninguém *me conta* que merda aconteceu! Estou cansado de todo mundo falando em círculos. Apenas me conte o que supostamente aconteceu doze anos atrás!"

Sterling passou a mão sobre o rosto, encostando de volta no banco do carro.

"Meu Deus", murmurou Sterling. "Anna-Grace está convencida de que você a traiu. Não é algo que ela simplesmente suspeita. Ela não tem dúvidas de que você orquestrou toda aquela história nojenta."

"Então, por que você não acha mais que Zack fez isso?", Eliza perguntou curiosa.

"Ninguém consegue fingir esse tipo de reação", disse Sterling em uma voz baixa. "Esse tipo de choque e surpresa. Merda. Ele nem sabia. Estou certo, Covington?"

Zack deu um pequeno aceno com a cabeça.

"Mas *você* sabe o que aconteceu", pressionou Eliza. "Ela confiou a história a você."

"Finalmente", Sterling admitiu. "Levou muito tempo. Quer dizer, eu sabia que algo ruim havia acontecido com ela. Anna-Grace era tão frágil. E triste. Existia tanto sofrimento em seus olhos que às vezes doía olhar para ela."

"Meu Deus", disse Zack, quase engasgando com o nó que se formou em sua garganta. "Ela acha que eu fiz isso? Que eu armei para cima dela?"

Ele não conseguia colocar isso na sua mente. O que diabos ele tinha feito para que Gracie um dia achasse que ele seria capaz de algo assim?

"Ela disse por que acha que Zack estava por trás disso?", indagou Eliza.

Sterling balançou a cabeça.

"Eu perguntei. Quer dizer, pelo jeito que ela descreveu a relação de vocês, eu mesmo achei difícil de acreditar. Mas ela foi tão incisiva. Disse que não tinha dúvidas de que você a tinha traído de forma horrível. E depois, ela nunca mais falou sobre isso. Ela se recusava. Posso dizer que essa história ainda a machuca mesmo depois de doze anos."

"Dã", Eliza murmurou. "Mulheres não superam coisas assim da noite para o dia."

"Mas eu não fiz nada!", disse Zack, subindo o tom de voz. "Você não pode achar que fiz algo assim, Lizzie."

Ela apertou a mão de Zack novamente.

"Não, eu não acho isso de maneira alguma, Zack. Mas ela acha. E ela é a pessoa mais importante desta equação. Não importa o que eu penso. Gracie é a pessoa que está convencida de que você lhe arruinou a vida. Até que você a convença do contrário, nada muda."

"Eu tenho que voltar até ela", disse Zack, decidido.

Seu olhar tremulou em direção a Sterling.

"Nós o deixaremos em seu carro e iremos embora."

"Ei, espere um minuto. Então você *está* com ela", disse Sterling.

Zack suspirou e rapidamente atualizou Sterling sobre os eventos que aconteceram nas 24 horas anteriores. Ele não tinha certeza de quando havia deixado de ver Sterling como um inimigo – um competidor –, mas estava claro que aquele homem se importava com Gracie. Ela havia confidenciado a ele algo que ela provavelmente nunca contou a ninguém. Então, Zack gostando ou não, parecia que Sterling era uma figura importante na vida de Gracie. Talvez seu único amigo e aliado.

"Filhos da puta!", Sterling proferiu. "Quem diabos espanca uma *mulher* inocente apenas para enviar uma mensagem?"

"Covardes. É isso o que eles são", disse Eliza, sua expressão encrespando com o desgosto.

"Como ela está?", questionou Sterling. "Eu gostaria de vê-la."

Zack hesitou. A última coisa que queria era que Sterling tivesse acesso a Gracie. Mas, por outro lado, permitir talvez ajudasse no longo caminho que ele teria para reconquistar a confiança dela.

"O que há entre você e Gracie?", perguntou Zack cuidadosamente. Ele não iria concordar com coisa nenhuma até que tivesse uma visão mais clara do relacionamento dos dois.

Sterling o estudou por um longo momento.

"Não é bem assim", Sterling começou. "Eu sou amigo dela. Eu me importo muito com ela. Ela é como uma irmã mais nova para mim."

Os olhos de Zack se estreitaram em descrença. Gracie dificilmente seria o tipo de mulher que os homens veriam como uma irmã. Ela era linda. Tão linda que doía olhar.

Sterling bufou irritado.

"Ok, claro, no começo eu estava interessado. Mas depois de conhecê-la, eu percebi que a última coisa de que ela precisava era de um relacionamento. O que Anna-Grace realmente precisava era de um amigo. Alguém em quem pudesse confiar. E levou bastante tempo para que ela confiasse em mim."

Zack sentiu um respeito relutante pelo outro homem. Certamente parecia que ele tinha sido bom para Gracie. Esteve ao lado dela quando Gracie precisou de alguém. Mas a mente e o coração de Zack queimavam como ácido por não ter sido ele a pessoa. Ele não foi sua fortaleza, seu amigo, seu amante. Zack não foi... nada. Enquanto Gracie tinha sido tudo no mundo dele, ela pensou que ele a traiu da pior maneira possível.

Ele queria vomitar.

"Eu preciso saber de tudo", disse Zack em voz baixa. "Nós o deixaremos na sua caminhonete para você nos seguir até o hospital. Você poderá ver Gracie. Talvez ver um rosto familiar apazigue os medos dela. Talvez ela até entenda que eu não irei... machucá-la."

Zack quase sufocou ao dizer a última palavra. Como se um dia fosse feri-la. Mas ela não acreditava nisso. Ela acreditava que ele *já* a havia machucado.

"Ok, mas eu realmente não sei muita coisa. Sinto muito. Ela não foi muito aberta nos detalhes. Tudo o que Anna-Grace disse foi que o homem que amava tramou para se livrar dela. Em seguida, ela me disse que você armou para que ela fosse estuprada por..."

Ele interrompeu e lançou um olhar cauteloso para Zack, como se estivesse com medo da explosão iminente.

"Apenas diga", falou Zack entredentes.

O que poderia ser pior do que o que Sterling já tinha contado?

Zack devia saber que as coisas sempre podiam ficar piores. *Sempre* podiam ficar piores.

"Ela foi estuprada por três dos seus amigos", disse Sterling suavemente.

A boca de Zack oscilou abrindo e fechando. Ele estava sem palavras. Sua mente era uma névoa vermelha de fúria tão densa que ele não conseguia respirar. Zack não achava que a coisa podia ser pior do que Gracie ser estuprada e acreditar que ele instigou tudo. Mas ela não foi simplesmente estuprada. Ela foi estuprada por um bando. Por pessoas em quem ele confiava! Pessoas que chamava de *amigos?* Zack estava a um fio de cabelo de perder totalmente o controle e de virar o mundo de ponta-cabeça para encontrar os filhos da puta que violaram Gracie da maneira mais degradante e desumana possível.

"*Que amigos?*", ele questionou asperamente.

"Eu não sei. Juro", disse Sterling. "Ela não entrou em muitos detalhes. Tudo o que ela disse foi que três dos seus amigos a estupraram a seu pedido.

Que você queria se livrar dela de vez. Isso aconteceu enquanto você estava na faculdade. Um dia antes de ser liberado para voltar para casa novamente. Ela disse que você queria o serviço feito e que ela tivesse ido embora quando você voltasse para casa."

Lágrimas de raiva e angústia rolavam caoticamente nos olhos de Zack. Aquilo tudo era loucura. Era algo que só podia ter saído diretamente da ficção ou de algum filme bizarro. Essas merdas não aconteciam na vida real, aconteciam?

Seus amigos estupraram a mulher que ele amava? Supostamente por sua ordem? E Gracie *acreditou* naquilo? Como ela pôde ter tão pouca fé nele? Ela deveria ter ido até ele. Imediatamente. Meu Deus, ele teria matado um por um. Ele teria feito qualquer coisa no mundo para protegê-la, para deixar tudo melhor. Zack passaria com prazer o resto da sua vida na cadeia se isso significasse ter feito justiça pelo crime terrível cometido contra ela. Não sentiria nenhum remorso e teria se certificado de que Gracie ficaria segura para o resto de sua vida. Que ela tivesse tudo de que precisasse. E ela saberia muito bem que ele a amava com cada pedaço de sua alma.

Que amigos?

Alguém em quem ele confiava tinha estuprado a mulher que ele amava? Não era nenhum segredo que Zack era completamente apaixonado por Gracie. Que ele tinha planejado toda a sua vida ao redor dela. Todos sabiam disso. Até mesmo o desgraçado do seu pai. Até mesmo ele tinha se conformado com o fato de que Gracie não iria a lugar nenhum. Que ela seria para sempre uma parte da vida do seu filho. Que para Zack tudo, tudo, girava em torno dela e da felicidade dela. Não havia nada que ele não fizesse ou sacrificasse por isso.

"Então, você não sabe nada além de que ela foi estuprada. Pelos meus amigos. Porque eu pedi para eles."

Ele mal conseguia colocar as palavras para fora. Elas o asfixiavam. O sabor em sua boca era tão amargo que Zack ficou quieto.

Aquilo tudo não estava acontecendo. Depois de doze anos sem ela, Zack sonhava com esse momento. O momento em que se reuniram. Talvez ele tivesse imaginado as coisas de maneira muito otimista. Talvez ele houvesse pensado de verdade que qualquer mal-entendido que os tivesse separado seria superado com poucas palavras e que tudo daria certo. Que eles retomariam suas vidas juntos e viveriam felizes para sempre.

Como diabos eles, *um dia*, seriam capazes de superar isso? Zack nem sabia por onde começar.

Por que seus amigos a estuprariam? Por que eles tentariam separá--los? Bem, eles certamente não tentaram. Eles tiveram mais sucesso do que poderiam imaginar. Mas isso continuava levando de volta ao... por quê? Eles a odiavam tanto assim? Eles o odiavam tanto assim? Era inveja? Ressentimento por considerarem sua vida perfeita? Como alguém poderia fazer algo tão desprezível?

Zack buscou em suas memórias, tentando se lembrar de como seus amigos agiam ao redor dela. Ainda menor de idade, ela não convivia muito com eles. Zack não queria dividi-la com seus amigos ou com qualquer um. Ele era extremamente possessivo com Gracie e com seu tempo com ela. Será que eles ficavam ressentidos por estar em segundo plano em relação a uma simples garota? Armaram para arruinar não apenas a vida de Gracie, mas também de Zack? Ele não conseguia aceitar nenhuma dessas possibilidades.

Mas não se lembrava de nenhuma animosidade contra Gracie. Seu grupo de amigos sempre foi educado e respeitoso. Eles até brincavam com ela em tentativas de fazê-la sentir-se confortável. Gracie era terrivelmente tímida. Sua autoestima e autoconfiança não eram muito fortes, e ele aproveitava cada oportunidade para ajudá-la. Para deixá-la segura com o conhecimento de que ela era perfeita para ele. Que ele a amava, *sempre* a amaria.

A única pessoa abertamente hostil em relação à ela e que nunca fez nenhum esforço para disfarçar sua antipatia foi seu pai. Mas depois da primeira vez que Zack a levou para casa para conhecê-lo, ele se certificou de que os dois jamais se encontrassem novamente.

Ele não podia apontar o dedo para um único cara de seu grande grupo de amigos em quem ele acreditasse que realmente faria algo tão desprezível. E ainda assim, Sterling disse que ela foi estuprada por *três* deles.

Oh, meu Deus.

A bílis subiu para a garganta de Zack, ameaçando jorrar de seu estômago revirado. Gracie tinha sido estuprada por três homens. Um já era ruim o suficiente para qualquer mulher. Mas três? Era insuportável pensar nisso. Ele estava devastado. Tão despedaçado que nem sabia o que fazer, o que dizer. Como Zack poderia fazer algo ruim assim ir embora? Gracie passaria o resto da vida revivendo o trauma daquele evento e não havia uma única coisa que ele pudesse fazer para deixar as coisas melhores.

Será que ela chorou enquanto eles a seguravam? Ela chamou por ele? Implorou que ele a salvasse? O que ela sentiu quando se convenceu de que ele tinha orquestrado aquela coisa toda? E o que a fez achar isso, em primeiro lugar?

Zack estava prestes a perder a cabeça. Suas mãos tremiam ao redor do volante enquanto ele voltava para a estrada. Sua pulsação estava batendo descontroladamente em seu coração, em seu pescoço, em suas têmporas.

A estrada esticava e embaçava sua visão. Lágrimas arderam em suas pálpebras e ele as esfregou com as costas de um dos braços.

Precisava manter a sanidade. Não podia confrontar Gracie dessa forma. Não quando ele queria despejar sua raiva no mundo. Zack queria destruir alguma coisa. Queria o nome dos homens que fizeram aquilo, porque ele não iria descansar até que todos pagassem por ter ferido Gracie. Zack destruiria cada um deles. E não descansaria até que a justiça fosse feita.

A doce, bela e bondosa Gracie. Que tipo de monstros fariam aquilo com ela? E que a convenceriam de que Zack estava por trás de tudo? Que ele queria se livrar dela da pior forma possível? Era tão doentio e demente que Zack mal conseguia compreender tanta maldade. Vinda dos seus amigos. Dos caras que ele chamava de amigos. Que eles iriam atacar em grupo uma garota indefesa e atormentá-la impiedosamente, degradando-a e destruindo-a, levando-a para longe de Zack para sempre.

Como diabos ela conseguiu continuar sozinha? Sem diploma, sem treinamento, sem habilidades. Sozinha, tão jovem, sem ninguém no mundo para se apoiar. Meu Deus, Zack tinha vontade de chorar como um bebê.

Quantas noites ela passou chorando até dormir? Como deve ter sido difícil se curar de tal devastação sem ninguém para ajudá-la, amá-la e apoiá-la? Zack tinha sido a única fonte de apoio para Gracie. Ninguém mais dava a mínima para ela, e na sua juventude exuberante e otimista, Zack tinha se convencido de que ele era tudo de que ela precisava. Que ele poderia fornecer tudo para ela. Que ela não precisava de mais ninguém, assim como ele.

Deus, como ele estava errado.

Porque Gracie não teve ninguém.

Gracie pensava que o homem que dizia amá-la tinha armado um horror que nenhuma mulher deveria um dia suportar. Ela pensava que o homem que ela amava havia mentido. Brincado com ela e a manipulado e, por fim, a traído e a jogado fora, como se ela não fosse nada além de um pedaço de lixo. Sem importância. Como se ela não fosse ninguém. Como se fosse um incômodo e um obstáculo para a vida de Zack.

"Zack", disse Eliza suavemente, tirando-o de seus pensamentos torturantes. "Você está bem?"

"Não", ele disse, sua voz rachando com emoção. "Não, o cacete que estou bem. Eu *nunca* estive bem. Como poderia depois de escutar isso? Ela pensa que eu mandei três dos meus *amigos* estuprá-la, Lizzie. Ela pensa que eu a descartei como lixo. Como eu poderia superar isso? Como vou poder ganhar a confiança de Gracie, quanto mais recuperar seu amor de novo?"

Eliza suspirou.

"Sinto muito, Zack. Eu nem sei o que dizer. Essa é uma situação de merda. Tem alguma ideia de quais 'amigos' poderiam ter feito isso?"

"Não. Mas descobrirei", Zack respondeu em um tom frio e apático que prometia vingança como jamais havia feito. "Então Deus me ajude, porque quando eu descobrir quem a tocou, quem a machucou, quem colocou as mãos imundas nela, eu irei arrancar suas bolas fora e enfiá-las goela abaixo."

"Ficarei feliz em te ajudar", disse Sterling suavemente. "Eu tenho alguns recursos, e como não sou você, então talvez eu tenha mais sorte descobrindo o que precisamos saber, já que os três em questão estariam mais alertas ao seu redor."

"Talvez eu possa colocá-lo nisso", disse Zack.

"Pode me chamar a qualquer hora. Gracie é minha amiga. Sim, uma vez eu alimentei a ideia de que gostaria que ela fosse mais do que isso. Mas era óbvio que ela precisava mais de um amigo, então foi isso que me tornei. E agora? Eu honestamente a vejo como uma irmã caçula, então você não precisa se preocupar comigo a influenciando de uma forma ou de outra."

Como era irônico que, um dia antes, Zack teria prazerosamente dado um tiro em Sterling só de mencionar nome de Gracie e, agora, os dois estavam unindo suas forças. Mas se tudo o que Sterling disse era verdade, então Zack devia estar agradecido por Sterling estar ao lado de Gracie quando ela precisava desesperadamente de alguém. Quando ela não tinha mais ninguém no mundo.

Isso tinha acabado agora.

Gracie podia não querer Zack, mas ela o tinha. Zack era seu.

E, por Deus, antes que aquilo tudo acabasse, independentemente de Gracie ser capaz de perdoá-lo pelo que ela pensava que ele tinha feito, os canalhas que a machucaram iriam pagar.

Ele não descansaria até levar sua própria justiça aos seus "amigos".

QUINZE

"Meu Deus", disse Sterling com uma expressão de horror, enquanto ele olhava para Gracie dormindo.

Ele voltou seu olhar para Zack, que estava do outro lado da cama, com choque e descrença espelhados em seus olhos.

"Que tipo de animal faz isso a uma mulher indefesa?"

A incredulidade em sua voz encontrava eco em Zack. Ele também não conseguia entender. Talvez jamais conseguisse. Ele via violência e absurdos variados todos os dias em seu ramo de trabalho. Mas isso? Uma mulher espancada a sangue-frio pelo simples propósito de enviar uma mensagem? O que aconteceu que não podiam escrever uma carta? Ou fazer uma ligação ameaçadora, pelo amor de Deus. Ou, melhor ainda, que tal não serem covardes malditos e encararem alguém que poderia se defender de um ataque daqueles?

Que apenas viessem direto à fonte. Que viessem lutar com *ele*. Zack estava claramente louco para dar o troco.

"Eles são covardes de merda!", disse Zack, as palavras retumbando em seu peito.

Sterling inclinou-se, com a preocupação marcada no rosto, e acariciava gentilmente Gracie com dedo, da testa até a bochecha, seguindo pelo maxilar. Zack podia se lamentar sobre o relacionamento de outro homem com Gracie, mas ao menos ele parecia se importar genuinamente com ela – não conseguia reclamar por Sterling ser uma fonte de amparo a Gracie quando ela mais precisava. Mesmo assim, Zack morria de ciúmes por Sterling ter o que ele não tinha: uma conexão com Gracie, fosse ela romântica ou não.

Gracie obviamente confiava em Sterling, enquanto Zack talvez jamais tivesse ou merecesse a confiança dela novamente. Esse pensamento caiu como uma bola de chumbo em seu estômago. Seu amor por Gracie não tinha diminuído em doze anos, como seria o caso com a maioria das pessoas. Ele não foi capaz de deixar tudo para trás ao ser confrontado com a possibilidade de jamais vê-la novamente. De nunca mais tocá-la, beijá-la ou simplesmente segurá-la.

Seu maior arrependimento foi nunca ter feito amor com Gracie. Ela teria se entregado – e entregado sua virgindade – para ele, mas Zack queria esperar pela santidade do casamento. Um casamento que jamais aconteceu.

Ele nunca desrespeitaria Gracie aproveitando-se dela. Zack era quatro anos mais velho, 20 anos contra os doces 16. Ele pensava que tinham todo o tempo do mundo e que quando fizessem amor, seria como marido e mulher. A virgindade de Gracie seria como o mais valioso dos presentes. E, agora, saber que isso foi arrancado dela, sem cuidados, sem arrependimentos, sem nenhum dos carinhos que ele tinha planejado? Isso machucou Zack no fundo da alma, uma ferida que nunca se curaria. Tanto nele como nela.

"Zack."

Eliza chamou suavemente da porta e ele levantou a cabeça, tirando sua atenção de Gracie e Sterling.

"A polícia está aqui", ela disse em uma voz baixa. "É a segunda vez que vieram para cá e eles não irão embora desta vez. Eles querem interrogar Gracie."

Zack bufou. Ele não queria aborrecer sua amada, mas a polícia realmente precisava interrogá-la para que pudessem fazer alguma coisa. Apesar de Zack duvidar seriamente de que os policiais encontrariam alguma pista dos homens que tinham feito aquilo com Gracie. Isso realmente não importava e, de fato, Zack quase desejava que os policiais *não* encontrassem os desgraçados. Ele preferia aplicar sua própria justiça e destruir pessoalmente cada uma das pessoas envolvidas com o abuso de Ari e Gracie. Isso com certeza iria economizar dinheiro dos contribuintes.

"Mande-os entrar", disse Zack discretamente. "Sterling está aqui, então talvez isso deixe a Gracie mais à vontade. Parece que ela confia nele, mais que em qualquer outra pessoa."

Eliza estremeceu de compaixão.

"Essa situação é ruim demais."

"Nem me fale."

Eliza saiu e, logo em seguida, retornou com os detetives Briggs e Ramirez. Eles silenciosamente cumprimentaram Zack e se apresentaram a Sterling quando ele se afastou da cama de Gracie para conhecê-los.

"Seria melhor se você a acordasse", disse Zack, quase engasgando com as palavras. "E permanecer com ela enquanto a interrogam. Eu ficarei aqui, mas Gracie provavelmente vai estar mais confortável com você ao seu lado."

Sterling assentiu e então levou os detetives à cama. Ele lançou um olhar de dúvida a Zack, que assentiu para indicar a Sterling que acordasse Gracie naquela hora.

Eliza aproximou-se de Zack, na soleira da porta. Ele estava inclinando-se contra a parede, de onde tinha uma visão clara de Gracie. Eliza colocou o braço em torno de sua cintura e lhe deu um forte abraço.

"Eu sei que deve estar sendo muito difícil para você, Zack", murmurou.

Ele a abraçou e a beijou no topo da cabeça. Por um momento, Zack apenas a segurou. Ele precisava desse contato pessoal. O fato de que não estava sozinho foi a única razão pela qual ele ainda não tinha se perdido completamente. Sua sanidade estava se mantendo presa pela mais fina das cordas.

Zack tinha que ser forte para Gracie. Ele não lhe faria nenhum bem transformando-se em uma bola de fúria irracional e furiosa. Sem mencionar que ele a deixaria apavorada, sendo que ela já estava mais do que amedrontada.

O peito de Zack doía. Seu coração estava *ferido*. Ele queria ficar sozinho, para poder processar tudo o que descobriu – e perdeu – nas últimas 24 horas. Mas ele não podia fazer nenhuma dessas coisas, porque o tempo era escasso e ele não se atrevia a dar à Gracie a chance de escapar, ou então ele talvez jamais fosse vê-la novamente. Estava bem claro que ela havia planejado nunca mais cruzar seu caminho com o dele. Zack teria passado o resto da vida sem nunca saber o que aconteceu com ela, se não fosse pela casualidade de reconhecer a paisagem no quadro.

"E se ela me odiar para sempre?", sussurrou Zack, confidenciando seu medo mais profundo e devastador.

Eliza o apertou em um abraço reconfortante.

"Shhh, não faça isso com você. Não tem nenhum sentido se torturar com a pior hipótese possível. Você terá de ser paciente e viver minuto a minuto, hora a hora, um dia de cada vez. Gracie está fragilizada. Não apenas os eventos do passado estão bem vivos e profundos na mente dela, como também terá que lidar com o que lhe aconteceu agora. Uma única vez já seria o suficiente para arruinar uma mulher. Mas ser atacada duas vezes, estando completamente desamparada?", Eliza interrompeu, balançando a cabeça.

"Sim, eu sei", Zack disse em voz baixa. "Droga, Lizzie. Eu não sei o que fazer! Como irei convencê-la de que eu não tenho nada a ver com o estupro?" Ele levou as mãos aos cabelos, agitado. "Eu nem mesmo sei quais supostos amigos fizeram isso a ela e por quê. Por quê, pelo amor de Deus? Ela nunca fez nada a ninguém. Ela não era nada além de doce, amável e gentil. Por Deus, fico doente só de pensar no que aconteceu com ela. E eu *não estava lá*", ele disse trêmulo. "Eu não estava lá para protegê-la. Eu jurei que nunca permitiria que nada a machucasse. E eu fracassei com ela, porra!"

"Não tinha como você saber, Zack. Especialmente se eram amigos seus. *Como* você poderia saber? Você não pensaria que pessoas – muito menos pessoas que foram seus amigos – teriam a capacidade de tanta maldade. Você não pode se culpar pelo que aconteceu."

Zack ficou imóvel e se endireitou, olhando para o leito de Gracie, enquanto Sterling gentilmente começava a sacudi-la para despertar. Os dois policiais permaneceram do outro lado de Gracie, com a cara fechada enquanto examinavam seu rosto machucado e surrado.

***

O mundo de Gracie era uma grande neblina de confusão e inquietação. Ela havia retornado para uma névoa induzida por remédios, na qual a dor e o medo desvaneceram, substituídos por um falso senso de segurança. Ali ela era capaz de bloquear a realidade e evitá-la. Coisas que ela havia jurado deixar para trás voltaram tempestuosamente à vida no momento em que ela *o viu de novo*.

Ela não achava que poderia sentir tanta dor novamente. Pensou que ficaria imune a qualquer coisa em relação a Zack Covington. Achou que tinha deixado para trás a sua traição que ele não poderia machucá-la novamente. Mas algumas feridas simplesmente não se curavam. Algumas feridas continuavam a sangrar, a despeito de quanto tempo tivesse passado. O pior de tudo foi Gracie perceber agora que tinha estado em negação por todos esses anos. Aquele momento foi como se o curativo tivesse sido arrancado de uma ferida, fazendo-a sangrar outra vez.

Ela esteve errada. Não chegou nem remotamente perto de estar preparada para a onda de angústia que a consumiu ao ficar cara a cara com o homem que ela amou com cada pedacinho de sua alma e coração. O homem que a traiu de uma forma tão terrível que ela ainda não tinha conseguido compreender o motivo.

Aquilo a deixava paralisada, aquilo roubava-lhe o fôlego. Gracie tinha vergonha de ser tão fraca. Vergonha pelo dia em que Zack apareceu em seu ateliê e ela se mostrou completamente desamparada, incapaz de falar ou de fazer qualquer coisa, paralisada pelo medo. Se Wade não tivesse aparecido, Gracie não sabia o que teria feito. O que Zack teria feito. Um homem que ela jamais imaginou que precisaria temer. Um homem que ela jamais imaginou ser capaz de tanta... maldade.

E agora? O passado se repetia. O que os dois eventos tinham em comum? Zack.

Por que ele a odiava tanto? O que ela fez para que ele a desprezasse tanto? Que tipo de pessoa iria tão longe como ele só para passar uma mensagem? E que mensagem? Se ele não a queria mais, se não a amava mais, então por que simplesmente não terminou com ela? Por que puni-la por pecados dos quais ela não sabia nada a respeito? Que ela não tinha cometido!

Por favor, por favor Deus, que Zack já tivesse ido embora quando ela acordasse novamente. Gracie não podia passar por isso de novo. Não podia encará-lo, não depois de doze anos. Ela, que tanto lutou para deixar o passado para trás, para recuperar-se de algo que nem tinha certeza de que iria conseguir sobreviver. Mas ela *sobreviveu*. Levou anos, mas ela juntou seus cacos. Gracie tinha uma vida, agora. Mas assim que seu passado retornou e a alcançou, ela foi arremessada em um mundo de dor, violência e... desgosto. Novamente.

"Anna-Grace. Vamos lá, querida. Eu preciso que você acorde. Tem pessoas que precisam falar com você."

Gracie franzia a testa, confusa. Ela não queria deixar seu casulo aconchegante criado pelos analgésicos. Ali era seguro. Ali ela não sentia nada. Apenas um vazio completo, preenchido por calor e uma luz agradável.

Ela se afastou mais uma vez, ignorando a voz que tinha se infiltrado na neblina à sua volta.

Mas o som era persistente. Alguém chamou seu nome novamente. Mais alto dessa vez. Ela franziu as sobrancelhas e balançou a cabeça, estremecendo de dor quando o movimento pareceu lançar farpas através de seu crânio. Por que eles não a deixavam sozinha? Isso era tudo o que Gracie queria. Apenas ser deixada sozinha. Ela viveu sozinha por tanto tempo, era a única forma de viver que conhecia. A única vida. Ela não se arriscava a confiar em ninguém. Não depois da traição de Zack.

Ele tinha sido seu mundo inteiro. Todo o seu amor, esperança e confiança estavam voltados para Zack. Se Gracie não podia confiar nele, então em quem poderia? Ninguém. E essa era uma determinação que ela seguiu estritamente pela última década. Exceto...

Wade conseguiu se tornar seu amigo, apesar de todos os esforços para mantê-lo a uma distância saudável. Ele vinha sendo persistente e não permitia que Gracie continuasse indiferente a ele. Mas a parte triste era que ela estava apenas aguardando que Wade a traísse também. Até mesmo na amizade tranquila que tinham, ela era cautelosa, convencida – tinha aprendido da pior maneira – de que a traição era inevitável.

"Anna-Grace, você precisa acordar. Você já dormiu por tempo o suficiente."

Wade?

Gracie foi tomada por uma onda de alívio. Ah, graças a Deus. Wade estava ali. Ele não iria machucá-la, iria? Será que ela estava sendo tola por confiar em um homem?

Levou muito tempo para que Gracie conseguisse relaxar ao lado dele. Estava sendo cautelosa. Mas Wade aguardou pacientemente por ela, superando suas barreiras de proteção devagar e cuidadosamente, até que ela o permitisse entrar.

Mas, ainda assim, ela nunca tinha lhe contado de seu passado até recentemente. Algumas feridas eram íntimas demais, dolorosas demais. Contar a Wade seu passado não foi um alívio, do tipo que é arrancar um curativo bem rápido. Foi a coisa mais difícil e dilacerante que ela já havia feito. E depois, Gracie não conseguiu mais olhar na cara dele por dias. Ela se escondeu, envergonhada e mortificada pelo que tinha lhe contado.

Somente depois que Wade a confrontou e foi firme ao dizer que nada mudaria entre os dois, que ele permaneceria sendo seu amigo, foi que Gracie finalmente agiu de forma racional e aceitou sua oferta de... amizade.

Ela não era tola. Ela sabia que o interesse de Wade era mais pessoal quando os dois se conheceram. Mas depois que lhe confidenciou seu passado terrível, ele nunca mais sugeriu algo a mais do que uma amizade íntima.

Dali para frente ele veio sendo sua fortaleza. Seu melhor amigo. Mesmo quando ela se repreendeu por permitir intimidade a alguém, por confiar em alguém de novo, Gracie foi incapaz de se conter. Ela precisava de contato humano. Doze anos de isolamento a desgastaram, deixaram-na derrotada e a arrastaram para bem longe da humanidade. Wade se recusou a permitir que ela se escondesse por mais tempo. Ele a apoiou, a encorajou e não deixou que ela o expulsasse de sua vida.

Ele a chamou pelo nome novamente.

As pálpebras de Gracie se abriram, e ela franziu o cenho pelo esforço que isso exigiu. O quarto inteiro estava distorcido e, por um momento, ela esqueceu onde estava. Gracie olhou para o lado, procurando por Wade, e a dor que se espalhou pela sua cabeça a lembrou de onde estava. E por que estava lá.

Lágrimas brotaram, fazendo arder seus olhos. Ela levantou a mão debilmente, balançando-a para fora em uma tentativa de agarrar o braço de Wade. Então sentiu a mão quente dele pegar a sua, e a força e o apoio do amigo.

"Graças a Deus", ela sussurrou com a voz rouca.

Gracie fez uma careta quando escutou a aspereza de sua própria voz. Ela levou a mão livre à garganta para massagear distraidamente os músculos doloridos. Era como se sua garganta estivesse relativamente inchada.

Lembrando-se das mãos gigantescas que a esmagaram, apertando-a, quase sufocando-a algumas vezes, ela entendia porque doía tanto agora.

O agressor queria que Gracie acreditasse que ela estava morrendo. Ele a esganava até que estivesse prestes a desmaiar, para então relaxar o estrangulamento e permitir que respirasse um pouco. Então ele fez isso de novo e de novo, por tantas vezes que Gracie perdeu a conta e já estava rezando para perder a consciência e poder escapar do inferno que estava vivendo.

"Wade?", ela resmungou.

Ele inclinou-se e pressionou os lábios em sua testa.

"Sim, Anna-Grace, sou eu. Você está segura agora. Eu juro pela minha vida."

Lágrimas escorreram pelas suas bochechas e marcaram seu rosto, e Gracie engoliu um soluço inesperado.

"A polícia está aqui, querida. Eles precisam conversar com você, fazer algumas perguntas. Sei que está ferida. Sei que está cansada. Mas é importante pegarmos os canalhas que fizeram isso com você. Se eu a ajudar a sentar-se um pouco, você pode tentar responder a, pelo menos, algumas perguntas?"

O coração de Gracie batia violentamente e sua boca inteira ficou seca. Polícia? Perguntas?

Ela lançou seu olhar temeroso para o lado apenas para dar de cara com dois homens altos e de aparência sombria. Ambos usavam os cabelos curtos, de maneira que os fazia parecer mais militares do que detetives à paisana.

"Srta. Hill", um dos detetives falou educadamente. "Eu sou o detetive Briggs e este é meu parceiro, detetive Ramirez. Nós gostaríamos de conversar com senhora sobre a agressão. Está disposta a responder algumas questões para nós?"

Gracie quase deixou a covardia tomar conta e disse *não*. Mas havia um brilho de determinação nos olhos dos policiais e ela teve a impressão de que, mesmo dizendo não, eles não iriam simplesmente desistir e dar as costas.

Assim, Gracie assentiu, insegura.

"Eu não estou certa de que vou conseguir ajudar", disse em uma voz baixa. "Tudo aconteceu tão rápido. Quer dizer, por um lado parecia durar para sempre. Pensei que me matariam. Pensei que morreria. Eu queria morrer", disse dolorosamente, fechando seus olhos com vergonha.

Ao seu lado, Wade xingou, e ela poderia jurar que ouviu o palavrão ecoar do outro lado do quarto.

"Quando tento lembrar, tudo não se passa de um grande borrão. Eu não sei quem eles são ou o que eles queriam."

Gracie queria acusar Zack, isso estava na ponta da língua. Dizer aos policiais que deveriam estar fazendo perguntas a *ele*. Mas ela estava com muito medo de vingança. Ela precisava sair da cidade. Não estava segura ali. Zack sabia onde ela estava. Céus, ele disse que ficou procurando por ela. Por quê? Ele estava determinado a se livrar dela? Ou talvez os homens que a estupraram deveriam tê-la matado. Silenciá-la de um vez por todas. E por quê? Por amá-lo? O que ela havia feito de tão errado para Zack reagir de modo tão terrível?

Gracie fechou os olhos, e mais lágrimas caíram de seus olhos inchados. Wade envolveu-lhe a mão com a sua e lhe deu um aperto tranquilizador. Em seguida, passou o braço atrás de Gracie e a deslizou para cima enquanto falava aos detetives para que elevassem a parte de trás de sua cama.

Fez-se um zumbido ruidoso e logo a cama estava elevada o suficiente para que ela pudesse sentar-se sem muita dor ou desconforto.

Então ela deu uma boa olhada em seu quarto de hospital. Seu olhar pousou nas duas pessoas próximas da porta e ela congelou, o medo paralisando cada músculo de seu corpo.

Completamente arrasada, encarou, impotente, o monstro que assombrava tantos de seus sonhos. Em pé, ao lado de uma mulher que era vagamente familiar. Ela deixou escapar um pequeno ganido de terror e agarrou desesperadamente a mão de Wade, sua única âncora naquele mar de loucura. Seu pesadelo em pessoa estava parado ao pé da cama, olhando fixo para ela.

O homem que ela havia amado com cada fibra do seu ser. O homem a quem ela entregou seu coração e alma. O homem para quem tinha se guardado, a quem tinha prometido jamais estar com nenhum outro, apenas para ter sua dádiva preciosa arrancada em um ato violento, horroroso, devastador.

Zack.

DEZESSEIS

Zack sentiu como se tivesse levado um soco direto no estômago. Ficou sem fôlego e sentiu o peito e o coração serem tomados pela dor, que sentia em cada uma de suas terminações nervosas. Assim que Gracie olhou para ele, sua expressão se transformou em pavor... e em seguida virou repulsa absoluta.

Meu Deus, Zack não podia suportar o fato de que ela pensava... Zack não podia sequer repetir isso para si mesmo. A mera ideia de orquestrar o estupro de Gracie – o estupro de qualquer mulher – era tão repulsiva que a náusea subiu das profundezas de seu estômago e chegou até a garganta. Que tipo de doente desgraçado faria uma coisa dessas?

E então a ficha caiu: pessoas que ele conhecia, em quem confiava, que chamava de amigos, tinham violentado Gracie de maneira terrível, e ele, de alguma forma, *era* responsável. Afinal foi Zack quem apresentou aqueles "amigos" a Gracie. Ele a expôs para eles. Que tipo de ameaça ela representava para que eles tivessem feito algo tão extremo contra ela? Ou será que eram apenas pessoas doentes, canalhas de mentes perturbadas que ele tinha julgado mal, muito mal?

Zack não podia suportar a maneira como Gracie o olhava. O horror estampado na cara, a forma como ela apertou a mão de Sterling ainda mais forte e olhava para ele como se fosse para... protegê-la?

"Tirem ele daqui!", falou Gracie quase com um grito agudo, sua voz rompendo sob a tensão.

Ela engasgou com as palavras e terminou com um ataque de tosse doloroso.

Os detetives se viraram como se esperassem encontrar alguém novo no quarto. Seus olhares tornavam-se confusos quando viram que apenas Zack e Eliza estavam ali. Detetive Briggs ficou encarando Zack, depois olhou de volta para o rosto branco feito papel de Gracie, e voltou a olhar de novo para Zack, apertando os lábios.

"O que está acontecendo aqui?", Ramirez perguntou.

Agora Gracie estava tremendo sem parar, e seu medo tinha se transformado em um ataque de pânico total. Ela levou a mão livre para a boca, mas estava tão agitava que seus dedos ficavam tocando os lábios em um ritmo nervoso.

"Façam ele sair!", Gracie disse, cada vez mais histérica.

"Shhh, Anna-Grace", disse Sterling serenamente. Ou melhor, tentando acalmá-la. Mas Gracie estava perdida. Ela era um ser aterrorizado, tomado pela angústia, e isso partia o coração de Zack.

Ela meneou a cabeça, seus dentes tiritando tão violentamente que, quando tentou falar algo, as palavras se perderam em uma confusão incompreensível.

Sterling virou-se para Zack, com uma expressão pesarosa.

"Talvez você devesse ir", ele disse em voz baixa. "Por enquanto. Até que Anna-Grace responda às perguntas dos detetives."

"Por que está com tanto medo dele, Srta. Hill?", questionou o detetive Briggs, ainda encarando Zack.

Em qualquer outro momento Zack teria apreciado – e elogiado – a presteza do detetive e sua atenção aos detalhes. Mas naquele momento ele apenas queria que os dois homens fizessem suas perguntas e dessem o fora. Eles precisavam pegar alguns desgraçados, e Zack não estava incluído entre eles.

Para a surpresa de Zack, Sterling olhou para o detetive, enquanto acalmava Gracie com uma das mãos, e disse:

"Ela está compreensivelmente com medo de muitos homens neste momento. Você pode culpá-la? Ela foi brutalizada e estou certo de que gostaria de acabar com isso o quanto antes. Então, por favor, façam suas perguntas e depois deixem-na descansar."

Ramirez franziu as sobrancelhas, mas decidiu não se aprofundar no assunto. No entanto, Zack ainda assim prendeu a respiração enquanto os detetives voltavam suas atenções novamente a Gracie. Sterling cruzou o olhar com Zack e indicou com o queixo que ele deveria sair naquele momento.

Droga. Por mais que odiasse a ideia de não ficar para ouvir a explicação de Gracie do que tinha acontecido, Zack não podia estressá-la ainda mais com sua presença.

Eliza o cutucou mostrando a direção da porta aberta e Zack afastou-se, relutante, na direção da entrada. Quando estava longe o suficiente da sala, ele bateu o punho contra a parede, emitindo um som de raiva que estava contido havia muito tempo.

Lágrimas escorriam pelo rosto de Zack, deixando uma trilha gravada em sua pele. Então, após três socos sucessivos – o último acabou lascando a tinta –, ele inclinou-se para frente, e deixou a testa apoiada contra a parede.

Eliza colocou a mão nas costas dele e simplesmente a deixou ali, como um gesto de amparo silencioso. Por fim, quando Zack sentiu-se capaz de encontrar palavras, engoliu o nó latejante que havia na garganta e virou-se para encarar Eliza.

"O que eu faço, Lizzie?", ele perguntou arrasado. "Céus, eu nem ao menos sei qual tempo que um caso de estupro com agravantes leva para prescrever no Tennessee. E se Gracie decidir prosseguir com a investigação, pelo amor de Deus? Quer dizer, eu *quero* que ela faça isso. Eu gostaria de ver aqueles canalhas apodrecerem na prisão pelo que fizeram, mas com ela acreditando que eu arquitetei tudo? Eu poderia acabar na prisão junto com aqueles desgraçados."

"Ninguém jamais conseguiria provar isso no tribunal", disse Eliza em um tom pesado.

"E isso era para fazer eu me sentir melhor? *Quero* justiça para Gracie. Mas eu que não vou receber a culpa por algo que eu nunca e jamais faria. Só que como posso convencê-la da minha inocência? Por doze anos, Gracie pensou que armei para ela. Isso é quase a metade da vida dela! Ela acreditou, de corpo e alma, por mais de uma *década*, que eu a traí da pior maneira possível. E como é que Gracie iria ter essa ideia tão absurda, a menos que eles a tivessem feito acreditar nisso? Então, em essência, fui traído por caras que considerava amigos. Não consigo imaginar nenhum dos meus amigos fazendo uma coisa tão doentia e perversa. E ainda armarem para cima mim? Isso tudo é maluquice. É como algo que só acontece nas porcarias das novelas. Uma merda dessas não acontece na vida real. A não ser pelo fato de que *está* acontecendo. Comigo e com Gracie."

Eliza suspirou.

"Não sei o que dizer, Zack. Eu gostaria de saber. Eu gostaria mesmo de poder deixar tudo isso mais fácil para você."

"Eu só quero conversar com ela e poder explicar tudo. Queria ter uma oportunidade de fazê-la confiar em mim de novo." Zack parou e hesitou antes de dizer a última parte. "De fazê-la me amar de novo", ele sussurrou. Ele levantou seu olhar para Eliza mais uma vez. "Eu sou um idiota. Pode ir em frente, fale. Que tipo de imbecil continua apaixonado por sua namoradinha da escola por doze anos?"

"Não existem regras quando se trata de amor", disse Eliza com suavidade. "Infelizmente, nem sempre podemos escolher quem amar ou por quanto tempo. Amor é... inexplicável. Pode arruinar sua vida e deixar você de joelhos, ou ao menos é isso o que as pessoas dizem. Não posso dizer que eu alguma vez já tive o prazer de saber o que é amar, nem posso dizer que sinto falta disso também. Parece que amar alguém é se abrir para toda sorte de sofrimento. Não, obrigada."

O nariz de Eliza enrugou em uma demonstração de distância e por um momento, Zack sinceramente concordou com ela. O amor era uma droga. O amor nos tornava vulneráveis e nos fazia entregar muito do controle de nós mesmos para outra pessoa.

O celular de Zack tocou, e ele olhou de relance para baixo, tirando-o do bolso e vendo o nome de Beau brilhando na tela.

"E aí, cara", Zack cumprimentou sem a menor vontade, sabendo que ele soava, naquele momento, como um homem cuja menor das vontades era conversar ao telefone.

"Já deixei tudo certo para você e Gracie. Uma casa que ninguém poderia rastrear. Completamente abastecida e segura. Depois que você e Gracie se instalarem, pelo menos dois dos nossos homens ficará à paisana, com um terceiro fazendo passagens periódicas. Eu também pedi um favor à Polícia de Houston e eles vão incluir a casa nas patrulhas rotineiras dia e noite."

"Talvez eles não queiram me prestar um favor por muito tempo", murmurou Zack.

Se Gracie decidisse fazer as acusações contra Zack para os dois detetives, ele poderia muito bem ir parar atrás das grades, para em seguida ser enviado de volta ao Tennessee, onde toda essa história suja começou.

"Por que você diz isso?", perguntou Beau.

"Nada. Prossiga. Eu preciso voltar para Gracie", mentiu.

"Alguma ideia de quando irão liberá-la?"

Zack foi tomado pelo pânico. Ele não estava pronto para Gracie receber alta. Ela iria ficar maluca se tivesse que ir para a casa de Zack. Mas, ao mesmo tempo, talvez isso fosse exatamente o que ele estava precisando: um tempo sozinho com Gracie para convencê-la de sua inocência. Desde que ela não gritasse sem parar nem o fizesse ser preso por sequestro.

Talvez Zack devesse repensar na possibilidade de ter Eliza e Gracie junto com ele ou até mesmo em levar Gracie para a casa de Eliza.

Zack bufou, fechando seus olhos.

"Não. Mas eu não acho que vão dar alta para ela antes de amanhã à tarde. Ela está bastante abatida e com uma aparência horrível."

"Nós estamos correndo com isso tudo, Zack", disse Beau com a voz séria. "Não deixaremos pedra sobre pedra. Nós *iremos* acabar com esses canalhas. Custe o que custar."

"Obrigado, cara. Eu agradeço."

Zack hesitou antes de trazer à tona o assunto que mais pesava na sua consciência. Ele quase não fazia confidências a Beau, mas Beau era confiável. Ele era a coisa mais próxima de um melhor amigo que Zack tinha, após viver a maior parte de sua vida na solidão e no exílio. Entristecido com Gracie por anos, ele se manteve propositalmente distante de outras pessoas. Não permitia a ninguém que se aproximasse. E foi assim até ele ir trabalhar para os Devereaux. E, bem, Eliza sabia, então logo os outros saberiam também, embora Zack duvidasse de que ela fosse contar seu segredo.

"Preciso da sua ajuda com outra coisa."

"Qualquer coisa, cara. Você sabe que é só falar."

Zack colocou a mão atrás do pescoço e olhou para Eliza, que lhe devolveu um olhar de apoio, como se ela soubesse exatamente do que ele iria pedir.

"Eu preciso de uma pesquisa discreta sobre algumas pessoas do Tennessee. Velhos... amigos meus."

Zack quase engasgou com as palavras. O ódio o consumia.

Ele jamais soube antes o que era odiar alguém, antes de passar a odiar as pessoas que fizeram aquilo a Gracie. Ele tremia de raiva, mal podia enxergar através da névoa de fúria que embaçava sua visão.

"Ok. O que devo procurar, Zack?"

A voz de Beau tinha um tom pesaroso, como se ele sentisse a importância do pedido.

Rezando para que não começasse a chorar ao telefone com seu parceiro, Zack recontou com calma tudo o que Sterling tinha lhe falado mais cedo. No final, houve um silêncio chocante e prolongado. Zack podia visualizar Beau boquiaberto processando tudo o que tinha escutado.

Depois de uma pausa longa, Beau elevou a voz e disse:

"Mas que porra é essa?"

Zack podia senti-lo fervilhando pelo telefone e imaginou o encorpado Beau eriçado de raiva.

"Isso é loucura!", balbuciou Beau, antes que Zack pudesse falar qualquer outra coisa. "Meu Deus, isso é... maluquice! Ela acredita nisso? Ela sinceramente *acredita* nessa merda toda?"

Novamente, Zack fechou os olhos, tomado pelo cansaço – e pelo alívio. Era bom ter a confiança incondicional das pessoas com quem ele trabalhava. Não apenas trabalhava como também considerava amigos próximos. Seus únicos amigos, ironicamente, dado que ele tinha rompido com certo grupo de "amigos" em sua cidade natal. O mesmo grupo de garotos com quem ele ainda mantinha contato, os mesmos filhos da puta que destruíram a vida dele e de Gracie. Os mesmos homens que violentaram horrivelmente a mulher que amava.

"Ela acredita nisso", disse Zack calmamente. "Fica histérica toda vez que me vê."

"Droga. Sinto muito, cara. Isso é uma merda. O que você vai fazer?"

"Convencê-la de alguma forma que eu não tive nada a ver com o estupro", Zack disse em voz baixa. "É tudo o que posso fazer. E, nesse meio-tempo, preciso fazer tudo o que for possível para encontrar a verdade e fazer justiça para Gracie. Para mim. Para… *nós*. E por todo o tempo que perdemos."

DEZESSETE

Zack se remexia e caminhava impacientemente pelo corredor na frente da porta de Gracie. Ele conferiu seu relógio pela sexta vez e bufou. Já fazia uma hora desde que a polícia tinha chegado para interrogá-la. Por que diabos estavam demorando tanto? Ele odiava estar ali, do lado de fora, como se não fosse uma figura importante na vida e no bem-estar de Gracie.

Ela até podia querer que Zack não estivesse por lá, mas ele não iria recuar, e com toda certeza não daria as costas para Gracie, ainda que fosse o que ela exigia repetidamente. Talvez fizesse dele um canalha. Talvez devesse obedecer aos desejos dela e desaparecer. Era óbvio que sua presença estava causando uma extrema angústia emocional. Mas, que droga, Zack não podia simplesmente fazer isso. Ele não podia abandoná-la sem lutar. Tinha que encontrar uma maneira de fazê-la acreditar que ele não havia feito aquela coisa terrível. Se ao menos Gracie pudesse ler sua mente...

Zack parou de andar e ficou imóvel.

Eliza imediatamente percebeu uma mudança de humor, porque se aproximou cheia de preocupação no olhar.

"O que foi, Zack?"

Ele bufou, lembrando-se do discurso emotivo de Gracie: de que ela não podia mais ler mentes e que leria mesmo que pudesse. Gracie disse que Zack lhe tirou isso também. Que diabos ela queria dizer? Essa seria a solução mais fácil. Se ao menos ela entrasse na mente dele, então *saberia* o inferno que em que ele viveu pelos últimos doze anos. Gracie saberia que Zack passou mais de uma década procurando por respostas – por ela. E teria a certeza de que ele não tinha nada a ver com o estupro, de que Zack morreria antes de pensar em fazer qualquer mal a ela.

"Você se lembra de quando estava rolando aquela merda toda com Ari, quando eu disse que conhecia alguém que lia mentes?", ele perguntou em voz baixa.

Eliza franziu a testa, pensativa, e ficou em silêncio por um momento, como se estivesse tentando se lembrar da ocasião. Então os olhos dela brilharam, mostrando que ela evidentemente se recordava daquela antiga conversa.

"Sim, eu me lembro. Mas você nunca falou quem era. Eu me esqueci completamente disso, para ser honesta."

"Eu estava falando de Gracie, ela podia ler mentes. Sei que parece maluquice, mas, de todas as pessoas, você não deve ter dificuldade para acreditar nisso. Quer dizer, depois de Ramie e Ari e de todos os casos malucos que tivemos."

A expressão de Lizzie indicava que ela estava confusa.

"Mas, Zack, se ela pode ler mentes, então certamente..."

"Sim, eu sei", disse Zack, cortando-a no meio da frase. "A segunda vez que a vi, no ateliê de arte quando ela perdeu o controle e entrou em pânico, quando ela estava morrendo de medo de mim e insinuou sobre essa coisa horrorosa que eu teria feito, eu falei para ela ler minha mente. Seria bem simples, certo? Eu falei para Gracie ler a minha mente se ela duvidava de mim. Ela saberia rapidamente a verdade e que, seja lá que diabos ela pensou que eu fiz, iria saber que eu não tinha feito nada daquilo!"

Eliza ainda parecia confusa.

"E então, Gracie fez isso? Você estava certo, se ela realmente tivesse essa habilidade seria uma solução simples. Aí ela não estaria do outro lado desta porta aterrorizada por estar no mesmo ambiente que você. Obviamente Gracie não conseguiu, ou não pôde, pois de outra maneira ela saberia a verdade, certo? Por que ela não fez isso, Zack? Ela *não gostaria* de saber a verdade?"

Zack arrastou a mão pelo seu cabelo.

"Gracie me disse que não podia. Disse que mesmo se pudesse, ela não o faria. Então disse que eu tirei isso dela também, e que essa era a única coisa pela qual podia me agradecer. Que diabos ela quis dizer com 'não podia'? Ela mencionou que nunca mais queria ler a mente de ninguém novamente. Disse algo sobre as pessoas serem cruéis."

Eliza estava com uma expressão e um olhar inquietos.

"Seja lá o que for, não é nada bom. Acho que você deveria começar a partir daí. Descobrir como ou por que ela perdeu sua habilidade. E você tem certeza de que era real? Quer dizer, era algo que Gracie alegava que podia fazer, ou você sabia, de fato, que ela realmente podia?"

"Ah, era real", disse Zack suavemente. "Ela escondia de todos, menos de mim. Ela ficava aterrorizada com o que poderia acontecer se as pessoas descobrissem. Tinha medo de que a tratassem como uma aberração e acabar isolada socialmente. Você precisa compreender, Gracie tinha problemas de autoconfiança. Ela era incrivelmente tímida e sua autoestima não era das melhores. Sua habilidade de ler mentes era o que a fazia acreditar em meus sentimentos."

Zack parou de falar e riu com amargura.

"Surpreendente, não? Ela era capaz de me ler como um livro aberto. Gracie sabia, e na verdade estava segura, de que eu a amava. Que o que eu sentia por ela era genuíno. Sua habilidade de ler mentes foi o que a convenceu de que eu não estava querendo apenas me divertir ou só tentando levá-la para a cama. Meu Deus, como nós esperamos. Nunca fizemos amor. Ela era muito jovem e eu achava que tínhamos todo o tempo do mundo. Ela teria se entregado para mim. Gracie confiava em mim e acreditava totalmente no meu amor por ela. Mas eu queria esperar. Nunca quis que ela tivesse dúvidas de que eu, aos 20 anos de idade, iria me aproveitar de uma garota de 16. Então, foi minha decisão esperar. Queria que nossa noite de núpcias fosse especial. Era muito importante para mim que eu fosse o primeiro – e único – homem dela. Eu deveria ser o único homem a fazer amor com ela."

Zack começou a chorar e cobriu o rosto com as mãos.

"Céus", ele disse, suas palavras abafadas pelas mãos. "A primeira vez dela foi horrorosa, violenta, dolorida. Nada parecido com o que eu tinha planejado. Eu queria ser afetuoso, delicado, amoroso. Ser a expressão definitiva do meu amor por ela. Em vez disso, a virgindade de Gracie foi brutalmente tirada dela por animais filhos da puta."

Eliza colocou os braços em torno de Zack, circundando-lhe a cintura, enquanto ela se inclinava e pressionava o rosto contra o peito dele. Ela simplesmente o segurou enquanto seu corpo arfava com emoção. Zack queria chorar como um bebê. Ele queria chorar por tudo o que tinha perdido, por tudo o que Gracie teve de suportar – e perder. E pelo que eles jamais teriam de volta.

"Então ela era capaz de ler mentes, incluindo a sua, e agora ela não consegue mais?"

O tom de Eliza era cético. Zack também tinha achado difícil de acreditar. Será que Gracie estava apenas se fechando para evitar mais dor e tristeza? Talvez ela estivesse com receio de confirmar suas acusações. Talvez ela não conseguisse suportar ter suas piores suspeitas comprovadas.

Não, não podia ser. Gracie sempre foi capaz de ler cada parte de Zack. Capaz de ler seus sentimentos mais profundos e queridos. Ela conhecia seu coração – sempre o compreendeu. E Gracie saberia que ele foi completamente sincero sobre seu amor. Ela dizia risonha que ser capaz de ver o amor de Zack por ela era o melhor dos presentes. Que nunca teria de duvidar, porque tudo o que precisava fazer era abrir sua mente a Zack, para que o amor por ela preenchesse seu coração, sua mente e sua alma.

E ainda assim, apesar de ter testemunhado os pensamentos mais íntimos dele, apesar de ver a totalidade – e a sinceridade – de seus sentimentos, sabendo que ele a amava com todo seu coração, Gracie acreditava de verdade que ele havia feito parte de algo tão terrível? Que seria capaz de fazer tal atrocidade com *qualquer* mulher, ainda mais com a garota a quem adorava... Como ela podia acreditar nisso por um momento que fosse?

Zack ficava com mais raiva a cada minuto que passava. Ele estava chocado, devastado, desequilibrado. Tinha ficado destruído ao descobrir a chocante verdade. Mas agora, depois de ter digerido isso completamente, depois que o entorpecimento inicial passou, Zack estava com raiva. Não, com raiva não. Estava *furioso*.

Ele tinha dado tudo à Gracie. Tinha dado seu coração, sua alma. Ela *sabia* o quanto Zack a amava. Então como ela pôde, ainda que fosse por um único minuto, acreditar para valer que ele faria três de seus *amigos* a estuprarem daquele jeito? Que tipo de doente Gracie achava que ele era? E como... como ela podia alegar que o *amava* se estava tão disposta a acreditar – a aceitar – que ele havia feito algo tão terrível?

Zack se sentiu tão traído quanto ela acreditava ter sido. Aquilo tudo não fazia o menor sentido.

"Estou furioso, Lizzie. Deus me ajude. Eu sei que isso provavelmente está errado, mas estou tão furioso que quero atravessar aquela parede com um murro. Como Gracie pôde acreditar nisso? Como ela pôde ter tão pouca fé em mim a ponto de acreditar que eu fiz isso?"

"Entendo", Eliza murmurou. "Eu queria muito que houvesse algo que eu pudesse fazer, qualquer coisa, para ajudar. Isso é tão confuso. Quer dizer, eu nunca passei por algo assim, e acredite em mim quando digo, eu realmente achava que já tinha visto de tudo."

Zack a apertou mais forte em seu abraço.

"Obrigado por isso. Eu me sinto tão culpado por estar bravo, mas que droga! Sempre volto a como ela pôde pensar na possibilidade de que eu teria armado isso. Gracie me conhecia melhor do que qualquer um!"

Eliza elevou um olhar sério e melancólico para ele.

"Tem algo faltando nesta história, Zack. Alguma coisa de que ainda não estamos cientes. Algo grande. Até que você descubra que peça está faltando nesse quebra-cabeça, nada vai fazer sentido. Vamos esperar que ela se abra. Para que vocês dois possam conversar e fazer as pazes com o passado. Nenhum de vocês um dia será capaz de deixar isso para trás até que tudo seja revelado."

"Eu queria tanto saber o que foi isso", murmurou Zack. "Ela não está exatamente disposta a falar muito. Eu só descobri o que aconteceu por causa de Sterling. Acho que Gracie *nunca* iria me contar. E agora não sei o que fazer.

Eu finjo que não sei o que aconteceu? Faço-me de desentendido e espero até quando, ou *se*, Gracie decidir que vai me contar? Ou eu falo logo o que sei e exijo saber por que ela está tão convencida de que eu fiz parte disso?"

"Essa é difícil", admitiu Eliza. "Eu não sei o que te dizer. Talvez você deva ficar quieto, pelo menos por enquanto. Faça-a confiar e se abrir para você. Tente começar por aí. Mas se ela continuar a se afastar e não quiser saber de conversa nem de falar nada, então acho que deve abordar a situação de vocês dois com a informação que conseguiu de Sterling. Porque o problema é que, ainda que ela tenha se confidenciado com ele, Gracie não disse muito. Sterling não sabia muito além do fato de que ela foi estuprada por seus amigos, incitados por você. Gracie não lhe contou como ou por que ela *sabe* que você estava envolvido. Isso me dá a entender que ela falou muito pouco sobre tudo o que aconteceu."

Zack fez uma careta.

"Se eu pressioná-la, vou estar agindo como um completo babaca. Se eu me afastar, jamais vou saber a verdade. Então, de qualquer forma, saio no prejuízo."

"Talvez não", murmurou Eliza. "Não será fácil, querido. Mas se provar que ela pode confiar em você, se estiver ao lado dela para o que precisar todos os dias, então uma hora ela vai relaxar e baixar a guarda. Se Gracie não estiver disposta a confiar em você relativamente rápido, então nesse caso acho que você deve abrir o jogo com ela e contar o que sabe. Talvez seja demais para ela contar toda a história. Não a história resumida que contou a Wade. Em algum ponto, Gracie terá de colocar isso para fora. O fato está apodrecendo dentro dela há doze anos. E nesse tempo todo, se ela não confiou em ninguém ou se não lidou com seus demônios por conta própria, então cedo ou tarde ela irá desabar. E não vai ser nada legal. E Gracie vai precisar de você mais do que nunca."

"Se eu conseguir fazer as coisas do meu jeito, ela nunca mais ficará sozinha", disse Zack calmamente.

A porta abriu e os dois detetives saíram no corredor, olhando de relance como que se estivessem procurando por Zack.

"Conseguiram alguma pista?", ele perguntou, se apressando na direção deles, com a expressão preocupada.

O detetive Briggs fez uma careta.

"Não. Infelizmente, não conseguimos muito. Acredito que você será de muito mais ajuda do que a Srta. Hill. Parece que ela era apenas uma mulher inocente que estava no lugar errado, na hora errada. Foi um crime cometido porque havia a oportunidade."

Zack tentava manter sua raiva mortífera fora de suas feições. Mas estava difícil.

"Foi uma oportunidade que eles nunca mais terão", disse ele firmemente.

"Podemos conversar na lanchonete e pegar uma xícara de café?", Ramirez perguntou. "Eu e meu parceiro temos várias perguntas para você e para a Sra. Cummings." Ele assentiu mostrando reconhecer Eliza e o fato de que se lembrava do nome dela.

"É, nós fizemos merda", bufou Eliza, como se doesse admitir os fracassos da DSS. "Depois da última vez, esses desgraçados ficaram na moita, e Beau e Ari estavam felizes por poder deixar essa história para trás. Com a aniquilação completa da matriz da empresa e, Ari eliminando a maioria dos homens da organização, nós presumimos erroneamente que eles não eram mais um problema. Obviamente, eles estão por aí aguardando e observando, querendo vingança."

Briggs assentiu.

"Vamos encontrar um lugar mais confortável para conversar. Precisarei de uma hora do tempo de vocês."

Zack hesitou. Ele olhou de volta em direção ao quarto, mas Sterling ainda não havia saído.

"Como Gracie estava quando vocês terminaram?", ele perguntou aos dois detetives com uma voz baixa.

"Com raiva", disse Ramirez honestamente. "Com medo. Confusa. Mandou chamar a enfermeira quando terminamos. Ela estava realmente sentindo muita dor."

"Dê-me apenas um minuto", murmurou Zack. "Apenas quero vê-la antes de irmos à lanchonete. Preciso ter certeza de que Sterling pode ficar com ela para que não fique sozinha até Eliza e eu voltarmos."

Os detetives assentiram e Zack afastou-se. Ele abriu devagar a porta, espiando na cama onde Gracie descansava, Sterling ainda ao seu lado.

Sterling levantou o olhar e se virou em direção à porta quando a escutou se abrir. Zack olhou para ele com um olhar inquisidor, perguntando tacitamente como Gracie estava. Sterling fez uma careta e meneou a cabeça para Zack, indicando claramente que ele não deveria entrar.

Eu vou ficar.

Sterling pronunciou as palavras sem fazer som algum. Zack ainda ficou ali por um bom tempo, debatendo-se internamente sobre o que deveria fazer. Finalmente, assentiu e recuou para longe do quarto, fechando a porta atrás de si.

No dia seguinte, Gracie iria para casa. Eles em breve estariam vivendo em proximidade forçada. Até a hora em que pudesse levá-la para sua casa, onde, para todos os efeitos práticos, ela seria obrigatoriamente uma espectadora, Zack se forçaria a ser paciente. Essa era a coisa mais importante que ele já havia feito em sua vida e ele não podia se dar ao luxo de estragar tudo e perdê-la para sempre.

DEZOITO

Anna-Grace emitiu um gemido suave ao tentar sentar-se na cama. Levou uma eternidade mover suas pernas até a beirada, para que pudesse colocar seus pés no chão.

Após realizar essa façanha, ela ficou por longos e demorados segundos agarrando a proteção da cama com força, enquanto tentava recuperar o equilíbrio. Quando a tontura diminuiu um pouco, ela largou da barra cuidadosamente e testou o equilíbrio.

Apesar da dor que vinha de seus músculos doloridos e rígidos e das costelas fraturadas, ela estava relativamente estável sobre os próprios pés. Deu um passo, estremecendo com o esforço. E então mais um. Meu Deus, nesse ritmo ela levaria uma eternidade para sair dali. Como diabos ela conseguiria passar pelas pessoas encarregadas de mantê-la no hospital? Mas eles não podiam obrigá-la a permanecer ali, podiam? Com certeza isso devia ser ilegal.

Tudo o que Gracie sabia era que, se ficasse, Zack iria sequestrá-la do hospital e a levaria para casa com ele. Ele *contou* que era isso o que iria acontecer. E para quê? Para que ele pudesse protegê-la dos animais que a atacaram? E quem diabos a protegeria *dele*? A ideia de ficar sozinha com ele a assustava. Isso *deveria* assustá-la. No entanto, havia algo diferente em Zack. Algo que ela não entendia completamente. Talvez fosse a confusão genuína em sua cara quando ela falou do passado.

Gracie meneou a cabeça, recusando-se a pensar naquilo e arrependendo-se, na mesma hora, do que tinha feito. O quarto girava e o chão parecia chegar até ela e engoli-la. Ela rapidamente fechou os olhos e inspirou fundo pelo nariz.

"Droga, Gracie. Que diabos você pensa que está fazendo?"

As pálpebras dela tremularam ao abrir, e Gracie viu Zack bem à sua frente, com os olhos brilhando de preocupação. Ela ficou tensa quando ele estendeu a mão para lhe dar apoio, mas seu aperto era infinitamente gentil.

Com ternura total, Zack começou a guiá-la de volta para a cama, mas Gracie fincou os pés no chão e levantou a mão, para impedi-lo.

Ele franziu a testa, porém mais por preocupação do que por desgosto. Zack percorreu o olhar por ela, captando cada detalhe, cada ferida e machucado.

"Preciso ir ao banheiro", disse Gracie em uma voz baixa, envergonhada.

Era verdade. Sim, tinha planejado fugir, mas não antes de fazer uma ida muito necessária ao banheiro. Observando em retrospecto, Gracie viu que era idiota pensar que poderia realizar a tarefa de escapar dali por si só. Era melhor esperar e pedir ajuda a Wade. Meu Deus, onde ele estava? Por que ele não estava ali?

As feições de Zack suavizaram e então ele colocou os braços em volta da cintura dela e firmou seu corpo.

"Aqui, segure-se em mim", ele disse. "Eu ajudo. Por que não chamou a enfermeira?"

Gracie ficou ruborizada e foi tomada por uma onda de culpa. Em seguida, ela ficou aborrecida consigo mesma. Por que deveria sentir-se culpada? E daí se ela planejou fugir sem que Zack jamais descobrisse? Sim, tinha planejado desaparecer e, se possível, nunca mais ver Zack. Doía demais olhar para ele e pensar em tudo o que nunca mais poderia ser. O que costumava ser e o que ela perdeu.

Um tipo diferente de dor a atacou. Uma dor mais profunda e mais aguda do que todos os hematomas que ela sofreu. Por tanto tempo, Gracie tinha se afastado da agonia, da traição, de sentir qualquer coisa que fosse. Sua vida tinha ficado vazia, desprovida de qualquer emoção, porque se permitir sentir significava se abrir para uma vida de sofrimento e mágoas.

Um soluço brotou do seu peito, na parte mais profunda de sua alma, e ela rapidamente o abafou, obrigando-se a retomar a frieza que a envolvia de modo permanente. Gracie não podia se permitir uma única recaída. Não podia dar nenhuma oportunidade para o passado machucá-la nem para ser assombrada pelas traições. Era muito melhor não sentir absolutamente nada.

"Gracie? Você está bem?"

A voz preocupada e ansiosa de Zack a tirou de sua batalha interna. Gracie piscou e então percebeu que eles já estavam parados dentro do banheiro.

"Você precisa de ajuda?", perguntou Zack gentilmente.

Suas bochechas estavam coradas, e ela se sentia completamente mortificada. Meneou a cabeça, enquanto o afastava.

"Eu vou ficar bem", disse, firmemente.

Zack lançou a ela um olhar de dúvida, mas não discutiu, graças a Deus. Nem insistiu em deixar a porta aberta.

"Estarei logo aqui fora. Grite se precisar de mim", disse suavemente.

Gracie preferia morrer a pedir qualquer coisa para ele.

Enquanto terminava de usar o banheiro, devagar e dolorosamente, trabalhava rápido em um plano para se livrar de Zack. Ela pediria ajuda a Wade. Ele era seu amigo – seu único amigo. Mas talvez Gracie tivesse sido uma tola ao confiar nele. A primeira pessoa em quem confiou ou que permitiu se aproximar desde... Zack.

Se ao menos ela estivesse acordada quando Wade saísse. Ela poderia desaparecer antes que Zack retornasse. Ela devia ter raciocinado mais. Não apenas Zack, mas as pessoas da empresa de segurança – sem falar nos guardas do hospital e a polícia – eram presença constante.

Gracie iria receber alta pela manhã e então Zack a levaria para sabe-se lá onde, e ela não fazia ideia de quais seriam suas chances de escapar. Por quanto tempo ele pretendia mantê-la enclausurada – prisioneira – em qualquer que fosse o lugar para onde a levaria?

Ser forçada a ficar em sua presença, sozinha, por um período indeterminado de tempo, era a mais cruel das punições. E o que ela havia feito para merecer isso?

Lágrimas queimavam as pálpebras de Gracie como ácido. Ela enrubesceu furiosamente, tentando aliviar qualquer sinal de choro. O olhar atento de Zack não deixava passar muita coisa, e ele perceberia isso logo de cara.

Gracie não iria chorar. Ela se recusava a permitir que Zack a fizesse derramar lágrimas novamente. Tinha passado semanas e meses sem fazer nada além de chorar, sofrendo pela perda de algo verdadeiramente mágico. Mas ela era apenas uma garota de 16 anos. Não tinha como saber direito. Agora, aos 28, Gracie estava acima daquela paixão juvenil. Ela já não sonhava mais com o *felizes para sempre*. Ela aprendeu da maneira mais difícil que essas coisas não existiam.

Fechou a tampa do vaso sanitário e, em seguida, sentou-se, escondendo o rosto entre as mãos. Talvez, se ficasse ali por bastante tempo, Wade voltaria e ela não ficaria sozinha com Zack.

Se a tornava uma covarde, ela certamente poderia conviver com isso. Gracie mal podia encará-lo sem que isso quase a destruísse. Ela, de fato, tinha achado que deixou o passado para trás. Até Zack aparecer inesperadamente na galeria e de novo no ateliê. Em apenas alguns segundos, tudo o que ela havia feito para sobreviver aos últimos doze anos desabou.

Doze anos de torpor pela tristeza e pela dor de um coração partido. E pela mágoa.

Porque ainda que odiasse Zack pelo que fez, Gracie ainda sofria por aquela garota de 16 anos sonhando com o "felizes para sempre". Ela lamentava a perda da inocência e da crença de que havia bondade no mundo.

Ironicamente, sua infância terrível não conseguiu derrotá-la. Ela não teve pai e tinha uma mãe alcoólatra que, na maioria das vezes, nem ao menos lembrava da existência de Gracie, muito menos de que ela era sua filha. Gracie deveria estar acostumada a ser abandonada pelas pessoas. A ser traída. Mas nem mesmo ser abandonada pela mãe e enviada para a casa do tio, também alcoólatra, e ser abusada verbal e fisicamente, foram capazes de derrubá-la.

E quando seu tio morreu, deixando-a sem teto, Zack veio e a tirou de lá.

Zack queria muito que Gracie se mudasse para sua casa, mas ele sabia e lamentava o fato de que seu pai a desprezava. Parecia que ninguém no mundo se importava se Gracie estava viva ou morta. Exceto Zack.

Ele até mesmo queria mudar-se para um quarto minúsculo de hotel por Gracie, para que ela não precisasse ficar sozinha, mas o pai ficou louco de raiva. Zack não ligou, mas seu pai ameaçou cortar o dinheiro e acabar com os planos de ele ir à Universidade do Tennessee.

Mais uma vez, Zack não se importou. Ele ameaçou desistir totalmente da faculdade, o que só serviu para enfurecer seu pai ainda mais. Apenas quando Gracie implorou para que ele ficasse em casa, fizesse as pazes com o pai e fosse à faculdade foi que Zack aceitou, com alguma relutância.

Zack odiava o fato de Gracie ter ficado sozinha, de ter vivido só e sem ninguém para cuidar dela. Ele tentou encontrar uma maneira de fazê-la se mudar para Knoxville com ele para que Gracie estivesse próxima durante o ano letivo. Assim, Zack nunca teria de ir para casa nos fins de semana ou feriados.

Mas encontrar um lugar que eles pudessem pagar foi impossível, e não havia jeito de ela ir à escola, a menos que Zack a levasse e a buscasse, e com os treinos de futebol isso seria impossível.

Gracie não se importava com a solidão de viver no hotel com apenas os cuidadores de idosos como companhia cotidiana. Pela maior parte do tempo, ela fazia seu trabalho, quieta e eficiente. O gentil casal que administrava o hotel e restaurante se ofereceu para levá-la à escola todos os dias.

Mas os melhores momentos eram quando Zack voltava para casa. Eles não saíam muito. Ele a ajudava a limpar os quartos para que terminasse mais cedo e eles passassem a tarde e a noite em seu pequeno quarto assistindo à minúscula televisão, aconchegados juntos na cama de solteiro. Sempre sonhando com o futuro, fazendo planos para quando Gracie terminasse o ensino médio e Zack fosse contratado pelos times profissionais.

Ele lhe prometeu o mundo, mas ela só queria uma coisa. Ele, o seu amor por ela.

E no fim, nada daquilo tinha sido real.

Apesar de todos os seus esforços, uma lágrima quente escorreu pelo seu rosto. Em vez de limpá-la, Gracie encolheu seus joelhos, colocou seus braços em volta das pernas e afundou o rosto contra suas coxas enquanto mais lágrimas caíam.

Ela deveria odiá-lo, mas apesar de pensar assim, apesar de dever desprezá-lo completamente, Gracie continuava apaixonada pelo garoto que um dia conheceu. Ela se entristeceu com a perda do sonho como se Zack tivesse realmente morrido. E na essência, Zack *tinha* morrido. Porque o jovem que ela havia amado como jamais nunca amaria outro homem, nunca teria feito algo tão horroroso como aquilo. O que o fez se voltar contra ela? Ele tinha conhecido alguém na faculdade?

O que Zack fez foi loucura! A maioria das pessoas apenas terminavam com suas namoradas e seguiam a vida sem pensar nisso ou sem remorso. Suas ações pressupunham um profundo e duradouro... ódio. Como se ele quisesse que ela pagasse por algo e sofresse por algum pecado imperdoável.

O que Gracie podia ter feito para fazê-lo odiá-la tanto, a ponto de ele ir tão longe para se vingar? E por que agora ele negava veementemente ter feito qualquer coisa errada e fingia ser inocente? Temia alguma represália? Ou Zack apenas procurava miná-la e fazer parecer que era louca e delirante?

Como ele podia parecer tão... *sincero*... ao alegar que a procurou pelos últimos doze anos que se passaram? Meu Deus, será que ele estava querendo... perdão? Será que ele buscava ser perdoado pelos seus pecados? Ele sentia culpa pelo que fez?

A ideia de que Zack podia achar, por um minuto que fosse, que Gracie iria perdoá-lo por tal traição fez o vômito subir à sua garganta, queimando enquanto ela engolia de volta.

E, no entanto, ele parecia tão... assombrado. Ninguém podia fingir a dor que ela viu nos olhos dele, nem as sombras que haviam lá. Zack agia como se fosse *ela* quem o tivesse machucado. E ele parecia tão sincero.

Gracie meneou a cabeça. Zack era um ator consumado. Ele já não havia provado isso? Ela não podia se permitir ser sugada para o mundo doentio dele. Se tinha dúvidas de quem ele realmente era, tudo o que tinha de fazer era recordar o terrível dia em que foi atacada, violada e descartada como lixo.

Mais lágrimas caíram de seu rosto enquanto ela fechava os olhos com força por causa das memórias dolorosas. Eles riram dela. Falaram o quanto era patética. Falaram que alguém como ela nunca seria boa o suficiente para Zack.

E Deus que a ajudasse, quando Gracie se via tomada por esses pensamentos, quando eles a consumiam como se aquele momento estivesse acontecendo novamente, ela sabia a verdade horrível e devastadora.

Foi Zack quem tinha instigado tudo.

Uma forte batida na porta pegou Gracie de surpresa e a assustou, a ponto de ela quase cair pelo banheiro.

"Gracie? Gracie, você está bem? O que está acontecendo aí? Você precisa da minha ajuda?"

Ela apressadamente esfregou o rosto, mas, antes que pudesse responder, a porta se escancarou e Zack apareceu na entrada, com uma expressão séria e preocupada. Então, ele viu o que Gracie tanto tinha tentado esconder e seu rosto se mostrou mais aliviado. Ele se ajoelhou no chão do espaço pequeno fechado, e pegou as mãos dela.

"Ei, você está bem?", Zack perguntou gentilmente. "Você está com dor? Precisa de alguma ajuda para voltar para cama?"

Gracie fechou os olhos de novo, fazendo Zack desaparecer de sua frente. Os anos lhe fizeram bem, porém seus olhos mudaram. Pareciam mais velhos, assustados, como se tivessem passado pelo inferno. Como se Zack houvesse atravessado muita tristeza – e ainda estivesse triste. Mas por quê?

A cabeça de Gracie martelava e doía, mas não tinha nada a ver com seus hematomas e machucados. Algumas lesões iam além do físico. Algumas chegavam até as profundezas da alma e provocavam muito mais estragos do que os ferimentos causados por seus agressores.

Aqueles hematomas e machucados iriam se curar, sumir e sarar como se nunca tivessem existido. Mas as feridas que Zack tinha aberto jamais desapareceriam, jamais deixariam de doer, e Gracie nunca iria se recuperar delas.

"Gracie, fale comigo."

Ela abriu os olhos e viu Zack observando-a cheio de preocupação. Meu Deus, não havia nada que ela pudesse fazer. Nenhuma maneira para poder evitá-lo.

"E-eu estou bem", Gracie gaguejou.

"Não parece", ele murmurou.

"Olhe, Zack, isso é difícil para mim. Você pode me culpar? Depois do que você fez? Como você pode se sentar lá e olhar para mim e esperar que eu aja como se nada tivesse acontecido? Por Deus, você é algum tipo de psicopata?"

Ela falou com dificuldade as últimas palavras de sua declaração e então, com raiva, limpou as novas lágrimas que escorriam pelo rosto. Droga. Gracie odiava estar tão vulnerável na frente dele, odiava que Zack a visse tão fraca. Odiava que velhas feridas estivessem mais uma vez reabertas e sangrando, como se elas nunca tivessem realmente fechado. E ela imaginava mesmo que não tivessem se fechado, que jamais iriam se fechar. Gracie podia mentir para si mesma e manter-se firme em sua negação, só para passar os dias em pé, mas no fim, nada tinha mudado. Ela jamais teria de volta tudo o que perdeu.

Zack apertou os lábios e tensionou a mandíbula. A raiva ardia em seus olhos e ele parecia muito querer dizer algo, mas permaneceu em silêncio. Então, Zack se levantou e simplesmente estendeu a mão, pegando-a cuidadosamente.

Ignorando a reclamação de Gracie, que foi pega de surpresa, ele a carregou de volta até o quarto e a deitou na cama. Em seguida, Zack ajeitou e afofou o travesseiro dela, e arrumou com rapidez os lençóis, como se o incidente no banheiro não tivesse ocorrido.

Quando terminou, ele tirou o cabelo do rosto e da testa de Gracie, deixando os dedos lhe tocarem a pele. A expressão no rosto de Zack ficou triste e distante. Parecia muito que os olhos dele estavam marejados, mas Gracie devia estar imaginando coisas.

Ele alisou o rosto dela com a pontas dos dedos, como se não pudesse resistir a tocá-la de alguma maneira. Gracie deveria se afastar, sentir-se enojada. No entanto, ela fechou seus olhos, tentando conter as lágrimas. Já não tinha chorado o suficiente? Até quando o passado iria continuar fazendo-a chorar?

O toque de Zack a levou para outra época, uma época mais doce e feliz, quando os dois estavam juntos e Gracie estava convencida de que ficariam juntos para sempre. Antes que perdesse tudo o que importava para ela. Antes que sua vida fosse arruinada e ela fosse deixada sozinha e destruída para juntar seus pedaços. Mas quando Zack se inclinou e pressionou os lábios contra a testa dela, aquilo foi demais. Gracie se afastou, e as lágrimas correram mais rápido.

Zack emitiu um som de dor, como se *ele* fosse a pessoa ferida. Gracie queria rir – ou chorar ainda mais – com a ironia. Ele não sofreu como ela.

"Nós iremos dar um jeito nisso, Gracie", Zack disse em voz baixa, cheia de angústia. "Agora que finalmente a encontrei, não deixarei você ir. Nem que leve o resto da minha vida, vou fazer você entender."

Entender o quê? A pergunta estava na ponta da língua, mas Gracie mordeu os lábios para impedir que as palavras saíssem. Ela não queria entender por que Zack tinha feito o impensável. Gracie só queria que ele saísse e que jamais voltasse novamente.

Será que era pedir muito?

DEZENOVE

Gracie tinha cochilado depois de uma noite sem dormir, mas foi acordada pelo barulho no quarto. Era impossível dormir com Zack sentado em uma poltrona no canto. Gracie podia sentir o olhar sobre ela mesmo quando não estava olhando para ele.

Conversar com Wade foi impossível, e então o quarto ficou em um silêncio constrangedor até que os dois homens finalmente adormeceram. Ela passou a noite inteira angustiada sobre a situação e especulando se havia uma saída.

Por debaixo dos olhos semicerrados, ela observava Zack esfregar o rosto cansado e sair do quarto. Seu coração disparou, e Gracie olhou agitada ao seu redor até encontrar Wade, que estava acordado e usava o laptop na sua cama.

"Wade", ela chamou suavemente. Ele levantou a cabeça ao mesmo instante e seus olhos mostravam preocupação.

"Você está bem, Anna-Grace? Precisa de alguma coisa?"

"Eu preciso da sua ajuda", ela sussurrou.

Wade franziu a sobrancelha, levantou-se e andou até o lado da cama, sentando-se na beirada para que pudesse encará-la. Ele pegou uma das mãos de Gracie e a segurou de uma maneira reconfortante.

"Você sabe que farei tudo o que estiver ao meu alcance", ele respondeu.

Gracie lambeu os lábios, olhando de relance para a porta, para ter certeza de que Zack não tinha retornado e nem iria ouvir a conversa por acaso.

"Eu preciso sair daqui. Quer dizer, agora, antes de receber alta. *Ele* está insistindo para que eu vá com ele, para que eu *fique* com ele."

Gracie mal podia falar o nome de Zack e engasgou quando o mencionou. O rosto de Wade ficou marcado pela desolação, e ele suspirou enquanto segurava a mão dela com mais força.

"Você *deveria* ir com ele, Anna-Grace", Wade disse em voz baixa, deixando-a chocada com sua resposta. Ela ficou boquiaberta, mas antes que pudesse responder – como ela podia dar uma resposta àquilo? – ele continuou: "Você está em perigo. Até que os animais que a agrediram sejam pegos, você não pode ficar sozinha. Zack pode te proteger. É o que ele e seus colegas fazem. Ele tem os recursos necessários para garantir sua segurança".

Gracie se obrigou a inspirar e puxar o ar para dentro dos pulmões. Tinha prendido a respiração inconscientemente e já estava ficando atordoada e com vertigem. As feições de Wade começaram a se mover diante dela, ficando borradas, esticando de uma forma assustadora.

"Você se esqueceu do que ele *fez*?", Gracie disse, incrédula. "Você realmente acha que eu poderia suportar ficar no mesmo ambiente que ele? E, pior ainda, *ficar sozinha* com ele, sabe-se lá onde, por um período indeterminado de tempo? Quem pode garantir que devo ter mais medo dos homens que fizeram isso comigo do que dele?"

Gracie gesticulou agitada na direção das feridas de seu rosto.

"Ele pode fazer qualquer coisa comigo, e quem vai garantir que ele não fará isso? Você é a única pessoa que conheço, o único amigo que tenho. Eu podia desaparecer para sempre e ninguém sequer se importaria em me procurar."

O peito de Gracie arfava ansioso, e o tom de sua voz já estava ficando histérico.

"Fique calma, querida", disse Wade, tentando tranquilizá-la. Ele agarrou a mão de Gracie e esfregou o polegar sobre as juntas em uma tentativa de dispersá-la de sua crescente histeria. Até parece que isso ia acontecer.

Gracie podia admitir que não se *sentia* ameaçada por Zack *nesse momento*. Ou, ao menos, ela não pressentia nenhum perigo vindo dele. Ele não estava sendo nada além de... gentil. Como o homem que era quando os dois estavam juntos – e essa era a pior parte, porque era como provocá-la com a lembrança de algo que eles nunca mais seriam novamente. Mas o comportamento atual de Zack não importava. Gracie não podia se permitir acreditar em seus instintos, porque ela nunca tinha imaginado, doze anos atrás, que Zack seria capaz de orquestrar um crime tão horripilante. E ainda assim, depois do que fez, ele escolheu seguir uma carreira na área de segurança? Protegendo pessoas do tipo de gente que ele coagiu a fazer o trabalho sujo por ele?

Isso era uma piada. A ironia era hilária. Talvez ele tivesse se arrependido de suas escolhas. Talvez fosse sua maneira de se redimir. Mas para Gracie já era tarde demais. Zack podia procurar se redimir e amenizar sua culpa por conta própria. Ela jamais aceitaria ser a forma que ele usaria para encontrar a paz interior. Alguns pecados eram perdoáveis. Esse, não.

"Eu quero que você me escute", disse Wade em uma voz firme. "Você sabe que eu me importo com você. Você *sabe* que eu nunca faria nada para machucá-la, não sabe?"

Gracie inspirou agitada, com os lábios trêmulos, temendo o que ele iria dizer. Mas ela assentiu, concordando que Wade não iria machucá-la, ainda que fosse difícil confiar em alguém. Era óbvio que ela não podia confiar em seus instintos. E de maneira alguma Gracie se permitiria a voltar a ser aquela ingênua garota de 16 anos que via Zack com admiração. Uma garota que achava que ele a via da mesma forma. O quanto os amigos dele riram enquanto ela chorava. A parte realmente humilhante não foi o fato de ela ter sido violentada repetidas vezes. Não, o que mais a machucou foi a traição de Zack e perceber que ele não a amava.

"Eu acho que você deveria ir com Zack."

Quando Gracie estava prestes a reclamar e a rejeitar aquela ideia imediatamente, ele pôs os dedos nos lábios dela para silenciá-la.

"Deixe-me terminar", Wade a repreendeu. "Eu também acho que você deveria escutá-lo, Anna-Grace. Você pode se surpreender ao ouvir o que ele tem a dizer. Você deveria confrontá-lo, conversar com ele, e falar *tudo*. E então escutar, realmente escutar, tudo o que ele tem a dizer."

Gracie estava boquiaberta enquanto olhava para Wade estupefata. Que diabos estava acontecendo? Ele tinha ficado furioso quando ela lhe confidenciou o que tinha acontecido. Wade quase acabou com Zack quando entrou no ateliê e viu os dois lá. E, de repente, Wade estava tomando o lado de Zack? O mundo todo havia endoidado? Ou era algum código de honra masculino? Homens defendendo seus irmãos de gênero?

"Wade, você *sabe* o que aconteceu", ela disse. "Como você pode sugerir que eu escute o que ele tem a dizer? Não há pretexto, desculpas ou *perdão* para o que ele fez. Você tem alguma ideia do quanto fico apavorada só de pensar em ficar presa em algum lugar, *qualquer lugar*, com ele?"

Gracie estava tremendo violentamente. Estava suando muito e reconhecia os sinais de um iminente ataque de pânico. Podia sentir seu coração batendo freneticamente, seu peito se contraindo e sua garganta fechando as entradas de ar.

Gracie tentou inspirar para estabilizar a respiração, tentou fazer o pânico horrendo desaparecer. Fazia oito anos ela não sofria com ataques de pânico intensos. Gracie levou quatro anos após aquele evento traumático para aprender a controlar os ataques e a evitá-los.

Wade soltou um palavrão e inclinou-se para frente, segurando o rosto dela com as mãos.

"Olhe para mim, Anna-Grace", ele ordenou com severidade.

Reagindo ao tom autoritário na voz de Wade, Gracie focou-se em observá-lo, atentando-se às feições dele.

"Você precisa se acalmar. Está respirando muito rápido. Olhe para mim e respire comigo."

Ele ficou silencioso e, de maneira exagerada, respirou o ar ruidosamente pelo nariz, segurou-o por um momento, e então soltou-o pela boca. Wade acariciava o rosto dela com o polegar, e colocou um braço atrás dela, mantendo uma mão em seu rosto. Ele acariciou as costas dela para cima e para baixo, espalhando calor e conforto com sua mão.

"Tente relaxar", ele murmurou em um tom mais gentil. "Você está muito tensa. Isso apenas fará a dor dos seus machucados piorar."

Os olhos de Gracie se encheram de lágrimas e ela os fechou, odiando sua fraqueza, odiando não poder controlar suas emoções teimosas. Ela passou tanto tempo vivendo em um vazio. Foram tantos anos se recusando a sentir qualquer coisa e vivendo os dias roboticamente, no piloto automático, recusando a aproximação de qualquer um até conhecer Wade. Naquele momento, Gracie sentia como se o gelo tivesse quebrado e estivesse rapidamente desmoronando, permitindo que a dor e mágoa voltassem a consumi-la.

E agora, mais uma vez, Gracie sentia a ferroada da traição. Mais uma vez, alguém em quem confiava a estava abandonando. O que havia de errado com ela para que isso continuasse acontecendo?

"Querida, não olhe assim pra mim", disse Wade, com os olhos cheios de pesar.

"Por que está fazendo isso?", ela sussurrou. "Por que você se recusa a me ajudar? Por que me encoraja a escutar *qualquer coisa* que ele tenha a dizer?"

Ela podia sentir as rédeas do controle escorregando. A tristeza a consumia pela perda de alguém que confiava. Mais uma vez. Ela fechou os olhos enquanto as lágrimas continuavam a correr pelo rosto.

"Você está partindo meu coração, Anna-Grace. Eu não estou te abandonando, juro. Eu quero você a salvo, e Zack pode mantê-la em segurança. Se achasse por um minuto que ele iria machucá-la de alguma maneira, eu jamais permitiria que ele ficasse perto de você. Você compreende isso?"

Wade levantou o queixo de Gracie, forçando-a a cruzar o olhar com ele.

"Olhe para mim, Anna-Grace. Você entende isso de verdade? Está realmente escutando o que estou dizendo?"

A seriedade do tom de voz de Wade a fez parar, e os olhos dela refletiram confusão.

"Há coisas que você precisa discutir com Zack, Anna-Grace. Coisas que estão acabando com sua vida. Você procurou afastá-las e tem se recusado a encará-las há muito tempo. Não pode continuar assim. Isso não é bom para sua saúde. Eu quero mais do que tudo que você seja feliz. E você *não está* feliz. Nunca foi feliz desde que te conheci e me dói te ver triste. Você ainda é uma mulher jovem, com uma vida inteira pela frente. Por que negar a si mesma o direito básico de ter paz interior? Eu *sempre* serei seu amigo e basta fazer uma ligação que eu estarei ao seu lado. Não quero que você fique brava comigo por estar te encorajando a conversar com Zack, porque estou te encorajando a fazer o que é melhor para *você*."

Gracie o encarou perplexa. A intuição de Wade sobre ela a fazia sentir-se horrivelmente exposta, como se ele pudesse ver cada um dos pensamentos – e lembranças – que havia em sua cabeça. O queixo dela tremia nas mãos de Wade, e o olhar dele ficava cada vez mais carinhoso, demonstrando compreensão. Por que Gracie nunca conseguiu retribuir a atração que Wade sentia por ela? Ele era um bom homem. Ela não podia estar errada quanto a isso. Não errada como ela esteve com Zack. Mas, de várias maneiras, Gracie ainda era aquela garotinha perdidamente apaixonada, e ela nunca sentiu a menor atração por Wade. Talvez ela estivesse estragada para todos os homens, menos Zack, o que significava que ela estava destinada a viver uma vida sozinha, desprovida de amor, de companheirismo. Desprovida de família, de filhos.

"Fale com ele, Anna-Grace", disse Wade com firmeza. "Prometa-me que vai conversar com ele. Não faça isso por mim. Faça por você. Se você espera um dia ter paz, conseguir aceitar seu passado e ser capaz de seguir em frente, então você precisa dar um ponto final nessa história."

Ele passou-lhe o dedo em uma lágrima no rosto, e Gracie segurou sua mão em torno do pulso, absorvendo a força e o consolo que Wade lhe oferecia.

Um barulho a alertou da presença de Zack, e Gracie se virou para ele, com o olhar assustado, preocupada com quanto tempo ele estava ali e com tudo o que tinha escutado.

A expressão no rosto dele era sombria e lhe apertou o coração. Ele devia ter escutado a maior parte – senão tudo – da conversa com Wade. Se ela esperava que Zack ao menos fingiria que não ouviu nada, ficou decepcionada.

"Ele deu um conselho muito bom a você, Gracie", disse Zack, com a mandíbula cerrada. "Espero que você o aceite."

Gracie engoliu em seco e Wade tirou a mão de seu queixo. Ela olhou para ele de forma suplicante.

"Não me deixe", sussurrou despedaçada. *"Por favor."*

Zack passou a mão pelo cabelo e bufou. Ele parecia sem esperanças, como se ele tivesse perdido... o quê? O que ele podia ter perdido? Gracie era a única que tinha perdido tudo. Como ele ousava agir como uma vítima aqui nessa história?

"Se Wade ficar com a gente, você concorda em ir para casa comigo?", Zack perguntou exausto.

Wade olhou espantado para Zack, como se aquela fosse a última coisa que ele esperava ouvir.

"Quer dizer, se ele concordar", adicionou Zack. "Se fizer você se sentir melhor, Gracie, então não tenho nenhum problema com isso. Mas significa ir para casa comigo e ficar lá. Sem fugir, sem se expor a nenhum perigo em potencial. Eles podem muito bem te matar da próxima vez apenas para enviar um *recado*."

O coração de Gracie estava batendo acelerado. Zack estava tornando cada vez mais difícil ela se livrar de uma situação inevitável. Wade já havia tomado o lado de Zack por alguma razão desconhecida. Ela podia sentir suas opções diminuindo cada vez mais rápido e isso a deixava desesperançada. Gracie *odiava* a sensação de impotência.

"Eu vou junto, se for o que a Gracie quiser", disse Wade a Zack, apesar de ficar olhando para Anna-Grace o tempo todo. Em seguida, ele falou com ela como se Zack não estivesse no quarto. "Eu vou sob uma condição."

Ela levantou uma sobrancelha curiosa, ainda que soubesse que não iria gostar. Mas como poderia recusar e acabar sozinha com Zack por sabe-se lá quanto tempo?

"Você precisa me prometer que vai falar com Zack e vai contar *tudo*, sem deixar nada de fora. Não deixe nada de fora, Anna-Grace. Você precisa fazer as pazes com o que aconteceu com você. E poderá se surpreender com os resultados. Depois de ser completamente honesta com ele, e ele com você, se você quiser sair, então eu irei tomar medidas para levá-la de lá e providenciar proteção a você eu mesmo."

"Mas se você é capaz de providenciar proteção, então por que eu preciso ir com Zack?", Gracie reclamou, sentindo o pânico crescer novamente ao perceber que estava presa, sem ter como sair daquela situação. "Por que está me obrigando a ir com ele?"

Gracie soava como se estivesse implorando, como se fosse alguém no fim de suas energias, e meu Deus, talvez ela fosse mesmo. Talvez Wade estivesse certo, e ao abafar aqueles sentimentos por tanto tempo sem lidar com eles, ela iria criar um incêndio explosivo quando as coisas, enfim, chegassem ao limite.

"Porque você e ele precisam disso", disse Wade gentilmente. "Talvez você não ache isso agora. E sei que está com medo. Mas estarei com você e prometo que nada vai lhe fazer mal."

"Isso é o que ele sempre prometia também", Gracie retrucou chorosa.

Ela viu Zack estremecer e ficar pálido, como se tivesse recebido um golpe.

"Eu sou seu amigo", Wade a lembrou novamente. "E sempre serei seu amigo. E juro pela minha alma que ninguém vai te machucar dessa vez."

"Acho que não tenho escolha", Gracie disse em um estado de torpor.

Wade inclinou-se sobre ela e beijou sua testa.

"É o melhor a ser feito, Anna-Grace. Você pode não achar isso agora, mas compreenderá logo. Eu prometo. Agora, se estou indo para um esconderijo com você e Zack, então preciso correr para casa e parar no meu escritório para fazer os preparativos e ficar fora por um certo tempo."

"Quando você vai voltar?", Gracie perguntou amedrontada.

"Uma hora. Talvez uma hora e meia."

"Nós vamos esperar", Zack interveio. "Não deixaremos o hospital até que você volte. Meu parceiro está preparando o transporte e uma escolta disfarçada vai nos proteger enquanto saímos daqui."

"Anna-Grace vai precisar de roupas e outros itens pessoais, tenho certeza disso."

Ela ficou corada enquanto eles alegremente discutiam como se ela não estivesse presente.

"Eliza está cuidando disso. Ela tem um bom olho para o tamanho das pessoas e está comprando roupas, sapatos e todos os acessórios femininos de que Gracie precisará. Ela deve estar aqui dentro de uma hora", disse Zack. "A exposição de Gracie precisa ser limitada ao máximo e de jeito nenhum vou deixá-la voltar para a casa dela. Tenho certeza de que os desgraçados estão vigiando o lugar."

"Eles sabem onde eu moro", sussurrou Gracie. "Foi onde me atacaram. Eu nem posso mais voltar lá."

Gracie fechou os olhos enquanto era tomada por lembranças dolorosas. Coisas que ela tentou de todas as formas tirar de sua mente, tanto quanto as memórias de doze anos atrás que ela tentou bloquear. E, no entanto, agora Gracie estava sendo inundada por lembranças de ambos os incidentes ao mesmo tempo, como se eles tivessem emergido e se tornado um. *Flashbacks* do seu estupro eram tão claros como se ele tivesse acontecido ontem. A clareza de cada uma das lembranças rasgou mais um pedaço da alma de Gracie.

O palavrão que Zack soltou a fez estremecer e, quando ela abriu os olhos, viu que fúria ardia no olhar dele. Gracie o encarou, verdadeiramente estupefata pela reação de Zack. Nada fazia sentido, e sua cabeça doía ao tentar pôr tudo aquilo em ordem.

"Vou mandar alguém arrumar as coisas em seu apartamento, Anna-Grace", Wade assegurou. "Quando tudo isso acabar, eu vou ajudá-la a encontrar outro lugar." Ele lançou um olhar de relance para Zack e então acrescentou: "Isto é, se você ainda precisar de um."

VINTE

Anna-Grace deu um enorme suspiro de alívio quando Zack finalmente se dirigiu para a longa e sinuosa entrada de uma grande casa que ficava no topo de uma colina. A viagem tinha sido interminável e ela ficou imóvel e tensa o trajeto inteiro, o que não ajudava em nada seus músculos doloridos e machucados.

Quando ela insistiu em ir junto com Wade para onde fosse que eles estivessem indo, ambos os homens agiram como se não a tivessem escutado. Wade caminhou apressado para pegar seu carro, enquanto Zack a ajudava a entrar na SUV que ele estacionou na entrada do hospital, para que Gracie não precisasse andar muito. Foi algo atencioso da parte dele, Gracie relutantemente admitiu. Mas a verdade era que Zack não foi nada além de cuidadoso com ela desde que reapareceu em sua vida. Isso era um mistério, e tentar entender os motivos e as justificativas apenas a deixava mentalmente esgotada.

Para evitar o constrangimento – apesar de ter lastimavelmente falhado – Gracie deitou a cabeça no encosto do banco e fechou os olhos, fingindo dormir. Pelo menos Zack não a chamou em nenhum momento, talvez por causa disso, ainda que Gracie duvidasse de que ele tinha acreditado que estava dormindo. Talvez ele estivesse apenas contente por fazer as coisas de seu jeito depois que ele foi bem-sucedido ao obrigá-la a concordar com o seu pedido. Era inteligente escolher as batalhas certas, e parecia que Zack seguia esse lema.

Gracie o observava por uma abertura quase imperceptível nas pálpebras, e Zack parecia sério e completamente focado a viagem inteira. Seu olhar se alternava entre os espelhos retrovisores com a precisão de um relógio, como se ele estivesse mesmo esperando que alguém fosse segui-los ou tentar tirá-los da estrada.

Certamente Zack parecia ser bom em seu trabalho, mas até aí, se ele e seus colegas eram especialistas em segurança altamente capacitados, como é que os "inimigos" de quem ele falava foram capazes de chegar até Gracie assim que Zack fez contato com ela? Até o momento ela estava muito impressionada com as "habilidades" deles.

Gracie não compreendia aquela paranoia exagerada ou o fato de Zack e seus parceiros estarem tão preocupados com a possibilidade de ela ser novamente um alvo ou até mesmo ser morta. Não fazia nenhum sentido. Se eles pretendiam matá-la, por que já não fizeram isso? Eles certamente tiveram todas as oportunidades quando a estavam espancando. Parecia muito mais arriscado espancá-la, deixá-la ir embora e então voltar para matá-la em outro momento, quando ela estivesse sendo vigiada. Qual o propósito disso? Era arriscado, sem mencionar ineficiente. Mas talvez protegê-la fosse algum motivo oculto e a maneira de Zack obrigá-la a falar com ele.

Zack disse que ela foi usada para servir de mensagem para as pessoas que trabalhavam com ele. Então, em essência, foi um crime ocasião, uma vez que todos associados com a empresa de segurança evidentemente estavam muito bem protegidos. Não era nada pessoal com ela – graças a Deus. Contudo, a agressão havia ocorrido graças a Zack, já que eles souberam da ligação dos dois porque ele foi visitá-la na galeria *e* no ateliê. Se ele tivesse se mantido afastado, ela provavelmente não teria passado os últimos dois dias no hospital.

Gracie mal conteve o desejo de torcer o nariz enquanto Zack estacionava. Deus, ela odiava o quanto estava amarga e cínica. Mas a vida nunca a ensinou a ser de outra maneira. Gracie nunca soube o que era o ódio antes de ser estuprada. Ela nunca odiou o pai por abandoná-la junto com a mãe. Ela nunca odiou sua mãe alcoólatra e negligente. Ela também nunca odiou seu tio abusivo. Foi preciso a traição definitiva de alguém que ela *amava* – a única pessoa que ela já amou – para fazê-la odiar de verdade pela primeira vez na vida.

Isso tinha transformado Gracie? Era isso o que ela era agora? Uma pessoa cautelosa. Afastada. Miserável. Medrosa... Ela estava tão cansada de viver com ódio *e* medo. Talvez o perdão não fosse para ser dirigido à pessoa que cometeu o pecado contra ela. Talvez o perdão fosse realmente para *ela*, para permitir que ela seguisse em frente, para livrá-la do peso e da tormenta de tantos anos de raiva.

Em sua opinião, foi uma epifania que demorou tempo demais para chegar até ela, porém uma muito necessária, sem dúvidas. Depois de viver tanto tempo acorrentada pelo passado, e com o propósito de conseguir paz, ela teria de dar a paz a si mesma. Ninguém podia fazer isso por ela.

"Gracie, chegamos", disse Zack, tocando-a levemente no braço.

Ela esteve tão perdida em seus pensamentos que foi como se tivesse cochilado e estivesse voando a quilômetros de distância. Gracie abriu os olhos e piscou várias vezes para perceber onde estava. Wade parou o carro ao lado de onde eles estacionaram e saiu, tirando seus óculos de sol de grife.

Gracie o encarou por um longo tempo e, em seguida, suspirou com tristeza. A ficha tinha caído e ela sabia por que permitiu que Wade se tornasse tão próximo. Ela não se sentia atraída por ele, então o considerou alguém seguro, incapaz de machucá-la como já tinha acontecido antes.

Mesmo depois de tudo que Zack tinha feito, estava ficando cada vez mais óbvio que jamais haveria outro homem para ela. Isso não se tratava apenas de problemas de confiança. Ela simplesmente era incapaz de olhar para um homem e sentir desejo, felicidade. Era incapaz de ver seu futuro nos olhos de outro homem. Apenas Zack tinha provocado esse tipo de reação nela. Maldito seja ele por ter arruinado sua vida – seus sonhos. E sua única chance de ser feliz.

"Gracie? Você está bem?"

A pergunta dita suavemente a tirou de seus pensamentos depressivos e ela pegou, sem jeito, a maçaneta da porta, destravando-a após perceber que Wade tinha tentado abrir a porta do lado de fora, mas não conseguiu. Gracie estava viajando nos próprios pensamentos e nem tinha percebido.

"Estou bem", ela resmungou. A mentira estava na cara. Zack sabia disso, mas deixou quieto.

Gracie empurrou a porta com mais força, e ela se abriu. Wade estendeu a mão para gentilmente ajudá-la a sair do veículo. Ela desceu devagar e aos poucos, depois de perceber, ainda no hospital – quando ficou em pé por aqueles poucos segundos entre sair da cadeira de rodas e entrar na SUV –, que estava sem o menor equilíbrio.

Sentiu cada um dos ferimentos naquela hora e soltou um gemido baixo – pela dor e pela frustração de não conseguir andar direito – que deixou seus lábios antes que ela pudesse segurá-lo. Zack apareceu logo atrás de Wade, com uma expressão carregada de preocupação.

Gracie levantou uma sobrancelha enquanto olhava diretamente para ele. A preocupação que Zack demonstrava era real, não falsa. Sua aflição era muito autêntica e isso a intrigava demais. Zack continuava jurando que...se importava... e ainda assim ela não acreditou nessa "mentira" até... *agora*.

Era como se os olhos dela tivessem se aberto de verdade apenas agora e ela pudesse ver a verdade. Ou talvez Gracie não quisesse ver a verdade antes. E ela não fazia ideia do que fazer com essa revelação.

Gracie não estava disposta a considerar as consequências daquilo e deu mais um passo adiante, direcionando seu foco para Wade, em vez de analisar a sinceridade de Zack. Ser sincero *agora* não compensaria de forma alguma as traições passadas.

Wade estava ao lado de Gracie, com um braço firmemente preso em volta da sua cintura, e Gracie passou pelo portão da garagem aberto e depois pela porta que dava para a casa. Levou aparentemente uma eternidade para fazer o curto trajeto até o interior aquecido da casa. Gracie suspirou com prazer ao sentir uma corrente de ar quente soprar em seu rosto, dissipando o frio que ela sentia depois de ter saído do veículo.

"Você está se sentindo bem o suficiente para comer, Gracie?", perguntou Zack. Ele ainda estava com aquela expressão preocupada no rosto. "Você precisa comer. Você mal comeu qualquer coisa nos últimos dois dias."

Ela queria se afastar da incômoda companhia de Zack e do cabo de guerra que estava acontecendo com suas emoções, que estava se tornando cada vez mais intenso quando se tratava dele. Como seria fácil cair de volta na velha rotina. Com Zack cuidando dela, tomando conta dela. Ele a amando, e ela o amando.

Gracie sentiu dores que nada tinham a ver com seus hematomas. Ela não tinha imaginado que Zack poderia afetá-la com tanta força. Não depois de tanto tempo. Mas junto com a dor vinha mágoa; mágoa sobre como poderia ter sido a vida dos dois juntos.

"Anna-Grace?", Wade disse bruscamente. "O que foi?"

Ela meneou a cabeça, fechando os olhos brevemente.

"Nada, estou bem. Sério."

Wade apertou os lábios em desaprovação, mas ao menos ele não chamou aquilo de mentira descarada. Então, para a desolação de Gracie, ele se retirou para tomar banho e colocar suas coisas no lugar, depois de perguntar a Zack em que quarto deveria ficar.

Ela ficou lá, paralisada, incerta do que deveria fazer naquele momento. Eles estavam em pé na cozinha e o silêncio tornou-se constrangedor. Assim tinha sido a viagem do hospital até ali.

Então, Zack colocou a mão debaixo do cotovelo de Gracie, enquanto Wade colocava o outro braço em volta da cintura dela. Os dois ajudaram-na a chegar até a mesa pequena na copa, onde havia uma janela com vista para o quintal, que tinha um detalhado projeto paisagístico.

"Apenas sente-se aqui e pegue leve. Eu darei uma olhada no que temos na despensa e prepararei alguma coisa bem rápido."

Zack passou a mão no topo da cabeça de Gracie e, por um instante, ela podia jurar que ele tentaria *beijá-la*. Mas então ele soltou sua mão depois de passar seus dedos por suas longas tranças até o final, deixando-as cair fora do seu alcance. Zack cerrou o punho e depois abriu as mãos, como se estivesse tentando se afastar do desejo de continuar passando a mão pelos cabelos dela. Em seguida, Zack se virou e voltou para a cozinha, deixando-a sentada ali com os lábios formigando, como se ele a *tivesse* beijado.

Gracie levou as mãos à boca apressadamente, esfregando os lábios para esconder de si mesma aquela sensação. Meu Deus, ela estava perdendo a cabeça. Como ela pôde pensar naquilo, mesmo que fosse por um minuto? Pior ainda, se Zack tivesse tentado beijá-la, ela não teria feito nada para impedi-lo. Isso a tornava o pior tipo de pessoa e Gracie logo foi tomada por uma culpa e autodesprezo incessantes. Assim como ela foi tomada pela saudade dos beijos de Zack, e se recordava dos doces beijos que trocaram antes de sua vida se tornar um inferno.

Zack foi o único homem que Gracie beijou na vida. Ele era o único homem que ela amou. Que sempre amaria, mesmo que essa emoção agora estivesse morta para ela. Mas ela ainda podia se lembrar de como era maravilhoso sentir-se jovem e apaixonada, ter o mundo inteiro aos seus pés e sonhar com coisas lindas, juntos.

Zack foi seu sonho. E depois se tornou seu pesadelo.

Depois de alguns longos minutos, que Gracie passou olhando para a mesa à sua frente como se estivesse hipnotizada, Zack voltou carregando dois pratos. Ela nem mesmo tinha percebido que ele estava cozinhando, não fazia ideia do que ele tinha preparado. Os pratos tinham um aroma divino, no entanto, e o estômago de Gracie imediatamente começou a roncar, depois de ter sido negligenciado por tanto tempo.

Zack colocou o prato na frente dela e pôs a mão em seu ombro, dando um aperto gentil antes de tomar seu lugar em frente a ela na mesa. O corpo idiota de Gracie ainda reagia como se não tivesse conhecimento da traição de Zack. Seu corpo agia como se estivesse faminto por aquele toque, depois de ter ficado privado dele por tanto tempo. Ela sentiu os arrepios desceram por seu braço e o calor sair de seu peito e seguir para baixo, em direção ao seu ventre. Gracie estava tão aborrecida que não tinha certeza de que seria capaz de comer.

As lágrimas queimavam como ácido em seu rosto, brotando do nada. Gracie estava completamente destruída emocionalmente, em conflito interno, e tão despedaçada que se sentia nitidamente à beira do abismo. Estava ficando louca? Gracie manteve sua sanidade por tanto tempo só para deixá-la ir escorregar agora, quando mais precisava?

"Gracie."

Ela se recusou a levantar a cabeça, envergonhada demais para deixar Zack vê-la banhada em lágrimas. Gracie devia saber que ele iria ver as lágrimas, de qualquer forma.

"Olhe para mim, droga", disse ele ferozmente.

Fechando os olhos, Gracie levantou devagar a cabeça e, depois de inspirar fundo diversas vezes, ela os abriu de novo e viu Zack novamente através de seus olhos marejados. Ele parecia furioso... mas também parecia tão triste e machucado quanto ela. Alguma coisa tinha que mudar. Gracie não sobreviveria a tal proximidade com Zack sem desmoronar completamente. Se ela não tivesse certeza de que daria de cara com o chão ao se levantar por conta própria, Gracie já estaria correndo e tentando fugir em um piscar de olhos.

"Nós temos de conversar." Zack estava nitidamente fervilhando. Como podia haver tanta ira e sofrimento, ambos competindo pelo controle no olhar dele? "Isso já foi longe demais. Já chega. Tentei esperar. Tentei ser paciente. Eu esperei uma eternidade para que você viesse falar comigo, mas obviamente isso não vai acontecer. Parece que você vai desabar e se despedaçar em um milhão de pedaços a qualquer segundo e *eu já estou me sentindo assim*. Torturar a si mesma e a mim, caramba, a nós dois, não faz bem a ninguém; estou farto. Depois de comer, você e eu teremos uma longa e sincera conversa, e eu não deixarei você ir até isto acontecer."

Gracie o encarava totalmente perplexa, absorvendo a exaltação raivosa de Zack. Ele estava furioso, sim, mas, estranhamente, não com ela. Seu tom e suas palavras diziam uma coisa, porém seus olhos diziam outra completamente diferente. Havia dor e angústia dentro dele. E... arrependimento? Preocupação por ela? Talvez ela estivesse imaginando tudo, mas Gracie sempre foi especialmente intuitiva com Zack. Ela achava que era assim porque podia ler a mente dele, mas ela não tinha mais essa habilidade agora, e, ainda assim, podia captar as suas emoções facilmente.

Gracie sabia o que estava se passando na cabeça de Zack, não porque podia ler os pensamentos dele, mas porque seus olhos e sua expressão transmitiam tudo com surpreendente clareza. Gracie estava paralisada e confusa porque ele parecia estar sendo completamente sincero. Se deixasse a raiva e a amargura de lado por apenas um breve momento, Gracie seria capaz de ver que Zack se importava de verdade com ela. Talvez até visse que ele a amava?

Um suspiro quase escapou de seus lábios, mas ela os deixou bem fechados para prevenir sua reação audível. Sua mente estava zumbindo com tantas emoções diferentes, ela estava atordoada.

Confusa não servia nem para começar a descrever o estado de Gracie. Ela baixou o olhar porque era desconfortável ver as emoções puras gravadas lá fundo no rosto de Zack e espelhadas em seus olhos. Os olhos eram o espelho da alma, é o que costumam dizer. Os olhos não mentem. E se tudo isso fosse verdade, então ela tinha uma contradição enorme em suas mãos. Porque se tudo o que ela estava captando era verdade, então Zack *se importava* com ela. Profundamente.

A mente de Gracie estava um caos, em um completo turbilhão enquanto ela repassava rapidamente a sequência de eventos desde que Zack invadiu sua vida novamente. Ela se lembrou de cada palavra que ele disse. Cada expressão em seu rosto. Seu olhar. Todos eles diziam a mesma coisa, mas será que ela podia confiar nesses sinais? Ou tudo não passava de uma farsa bem elaborada?

Os lábios de Gracie se retorceram de ansiedade. Zack teria de ser um ator muito bom para desempenhar aquilo com aquela consistência, e ele não era nenhum ator. Ele sempre foi claro e direto, incapaz de esconder os pensamentos ou sentimentos verdadeiros. Você nunca tinha de se perguntar em que pé as coisas estavam com ele. Se tivesse dúvidas, bastava perguntar. Ele certamente nunca se esquivava de avaliar qualquer coisa de forma honesta, mesmo correndo o risco de ferir os sentimentos de alguém.

A cabeça de Gracie doía demais, suas têmporas estavam latejando. Tudo aquilo era coisa demais para ela aceitar. Gracie estava à beira do precipício, agarrada na beirada por seus dedos, balançando a esmo. Um pequeno descuido e ela já era. Gracie não estava certa de quanto mais podia aguentar.

Ela arriscou olhar novamente para Zack e viu preocupação e ansiedade reais nos olhos deles, mas ao mesmo tempo a expressão no rosto dele era dura. Ele não iria ceder e Gracie o conhecia bem o suficiente para saber que Zack não mudaria de ideia uma vez que já tivesse definido seu objetivo.

O que significava que os dois estavam prestes a ter um momento de revelação muito sério e, pela segunda vez desde o horrível pesadelo de doze anos atrás, ela iria contar a alguém o que aconteceu, nos mínimos detalhes.

Que Deus a ajudasse, mas Gracie não estava certa de que seria capaz de sobreviver a esse encontro com o homem responsável por destruí-la, tendo de recontar em detalhes a dor, sofrimento e humilhação que sofreu por culpa dele.

VINTE E UM

O coração de Zack batia violentamente dentro do peito. Depois de sua declaração contundente, ele e Gracie terminaram a refeição em silêncio. Ele podia sentir o medo emanando dela. Caramba, era evidente, ela estava completamente apavorada. E isso partia o coração de Zack.

Nunca, *nunca* ele teria imaginado que Gracie teria medo dele. Zack era de longe a última pessoa que ela deveria temer. Ele sempre foi seu protetor, sempre lidou com ela com o máximo de preocupação e respeito.

Ele a colocava em um pedestal e adorava o chão onde ela pisava. Não havia nada no mundo que Zack não faria por ela, e ele tinha o cuidado de falar isso para ela todo dia. Nunca deixava passar um momento sem garantir que ela estivesse inteiramente confiante em seu amor e devoção absolutos. Gracie foi a coisa mais preciosa do mundo para ele.

E continuava sendo.

Mas Gracie não era a única com medo. Zack também estava terrivelmente apavorado. Aquele era o momento mais importante da vida dele. Tudo estava caminhando para isso. Ali, naquele instante. Se Gracie se recusasse a acreditar nele... e, meu Deus, como ela foi capaz de acreditar naquilo para começo de conversa? Tudo era tão absurdo que aquela história não entrava na cabeça de Zack.

Será que seus supostos amigos que a estupraram disseram para ela que foi ele quem pediu para eles fazerem aquilo? Quem diabos pediria a alguém para estuprar outra pessoa como um favor, pelo amor de Deus? Isso deixava Zack enojado. Isso era tão repugnante que, só de pensar, ele sentiu a náusea apertar o estômago. E que tipo de doente pervertido Gracie pensava que ele era para acreditar nessa merda de história?

Zack passou a mão pelo rosto e olhou para baixo, para os pratos que tinha deixado na pia. Assim que terminaram de comer, Zack quebrou o silêncio absoluto avisando Gracie de que era hora de conversarem – conversarem de verdade. E então ele recebeu um soco no estômago quando viu o pânico dominar as feições dela.

Depois de ajudá-la a ir para a sala, ele retornou para limpar a mesa. Embora nada disso fosse importante, Zack precisava de tempo para se recompor e se preparar para a revelação dos demônios que assombravam o passado de Gracie – e também seu presente. E tempo para se preparar para a declaração de que ele era o maior demônio deles.

Zack se atormentou tentando descobrir quais de seus amigos da cidade teriam feito algo tão desprezível. E ele continuava vislumbrando um vazio. Gracie era um doce, e as pessoas gostavam dela à primeira vista. Zack certamente não tinha escapado do sorriso contagiante e dos risos dela. Ele se apaixonou para valer logo na primeira vez em que pôs os olhos nela. Zack sabia, sem dúvidas, que Gracie tinha sido feita para ele. E então ele deu os passos necessários para garantir que ela fosse dele.

Mas, de novo, quem – e por quê, meu Deus – machucaria Gracie? E o culparia por isso? Nada mais fazia sentido! Nada naquela droga de situação fazia um mínimo de sentido.

Zack fechou os olhos, apoiou as mãos na borda da pia e respirou fundo por alguns segundos, com o intuito de reunir forças para a provação a seguir. Sterling estava em seu quarto fazendo ligações de negócios, a pedido de Zack. Ele tinha planejado completamente o momento em que teria Gracie bem estabelecida em um local seguro, onde teriam privacidade, e os dois finalmente iriam resolver as pendências do passado. Ele não ficou contente por ter Sterling no mesmo ambiente que ele e Gracie, mas se isso lhe dava a cooperação de Gracie, Zack poderia suportar a situação. No entanto, ele garantiu que Sterling ficaria a maior parte do tempo fora do caminho.

Zack olhou por cima dos ombros para a sala, onde Gracie estava sentada como uma escultura de gelo no sofá, e – se antes ele se frustrava pela falta de informações – agora ele sabia que estava apenas adiando o inevitável.

Zack passou a mão sobre a barriga e fez uma careta. A refeição que consumiu estava girando em seu estômago feito uma roda gigante e seus nervos estavam completamente à flor da pele. Muita coisa dependia dessa conversa e de Gracie acreditar ou não na sua inocência. Se ela se convenceu de sua culpa por doze anos, quais eram as chances de ela mudar de percepção num futuro próximo?

Crie coragem e deixe de ser um bundão.

Zack bufou com a repreensão, mas ele a obedeceu, ainda assim. Virando as costas para a pia, ele andou de volta para a sala, onde Gracie estava sentada, no fim do sofá, encostada no canto, com almofadas à sua volta. Como uma barreira intencional ou uma muralha protetora.

Zack deu o espaço que ela estava buscando e sentou-se no mesmo sofá, mas na outra ponta, para que os dois pudessem ficar cara a cara, com um espaço inteiramente desocupado entre eles. Foi contra o instinto dele não ficar perto o suficiente para tocá-la e segurá-la. Para oferecer conforto, algo que Gracie sem dúvidas precisaria quando recontasse aquele evento tão traumático. Mas ela não era a única que precisaria ser reconfortada, e Zack sinceramente duvidava que iria encontrar algum conforto.

Ele trocou olhares com Gracie, observando a maneira como ela retorcia os dedos, obviamente ansiosa. O peito de Zack doía por tudo o que ela revelaria em breve. Ele ainda estava se recuperando da notícia estarrecedora que Sterling deu para ele. Zack estava carregando uma aura de tristeza em torno de si, e ele tinha se torturado interminavelmente, imaginando-a nas mãos de três homens que a violaram sem misericórdia. Homens que aparentemente ele *conhecia*.

"Conte-me o que aconteceu, Gracie", ele disse suavemente.

Mesmo já sabendo da história, Zack queria – precisava – ouvir diretamente dela. Ele não iria dedurar Sterling e magoar Gracie ao revelar que alguém em quem ela confiava tinha quebrado sua confiança. Ela precisava de pessoas em que pudesse confiar. Mas, que inferno, Zack queria ser uma delas.

Gracie estava pálida, e a tensão estava evidente em seu rosto. Os olhos dela estavam exaustos e repletos de dor, como se ela estivesse revivendo o inferno. A culpa o atormentou. Zack não queria que ela tivesse de recontar o horror por que passou, mas era a coisa mais importante no mundo fazê-la ela saber que ele não teve nada a ver com aquilo. Era a única chance de Zack fazer Gracie amá-lo novamente. E, que Deus o ajudasse, ele queria – precisava – do amor dela. Se havia qualquer dúvida sobre seus sentimentos por ela terem diminuído com o tempo e a distância – com ele ficando mais velho e bem diferente do jovem universitário que pensava ter o mundo em suas mãos –, agora não havia mais. No momento em que a viu novamente, mesmo com o inesperado medo que Gracie demonstrava, Zack foi dominado pela noção de que jamais haveria outra mulher para ele. Ele não poderia perder Gracie agora. Não depois de procurá-la por tanto tempo. Ele mal sobreviveu à primeira vez que a perdeu. Perdê-la novamente? Isso iria destruí-lo.

Zack olhava, desamparado, Gracie lutar para encontrar as palavras. Ela parecia completamente perdida e impotente e, apesar de ele estar fervendo de impaciência, não a apressou. Porém, Zack não podia mais tolerar a distância que os separava. Ele deslizou para a frente no sofá, preparando-se para ser rejeitado, mas determinado a mostrar que não era um monstro.

Zack pegou a mão de Gracie, que estremeceu e tentou puxá-la de volta. Ele não a deixou tirar sua mão, e gentilmente, para não machucá-la, apertou-a.

Ela se arrepiou, e seu rosto ficou cheio de vergonha.

"Não me toque", ela implorou suavemente, com os olhos molhados com lágrimas. "Por favor, não me toque."

Aquele pedido cheio de sofrimento rasgou o coração de Zack.

"Por que, Gracie?"

Ela fechou os olhos e então os abriu novamente, seus cílios encharcados com as lágrimas.

"Apenas... não faça isso."

Gracie esfregou o braço com a mão livre, para cima e para baixo, como se estivesse tentando limpar alguma mancha invisível. Era como se estar tão próxima dele a fizesse se sentir *impura*.

"Eu faço você se sentir suja?", Zack perguntou bruscamente.

Mesmo sabendo a resposta, ele precisava ouvir da boca de Gracie. De alguma forma, os dois tinham de navegar por uma infinidade de sofrimento e traição, e Zack *tinha* de convencê-la de sua inocência. Sua vida inteira dependia de Gracie confiar nele novamente. Ele era capaz de aguardar pelo dia em que ela o amaria de novo. Zack esperaria uma eternidade se fosse preciso. Mas sabia que jamais teria uma chance de estar ao lado dela se não conseguisse resolver esse mistério maldito e convencer Gracie de que ele não fez parte daquilo.

"Você não... Quer dizer, não agora. *Eles*. Oh, Deus..."

Gracie perdeu a voz na última parte e parecia que teria náusea. Ela estava tremendo violentamente da cabeça aos pés, como se estivesse congelando, e seus lábios estavam tensos e retorcidos. Cada palavra parecia lhe causar uma dor torturante; Gracie estava claramente exausta, ainda que eles só tivessem começado. E eles ainda tinham um longo caminho a percorrer.

"Eles quem? Conte-me o que aconteceu, Gracie. Alguém te machucou?"

Zack não conseguia controlar a ferocidade de sua pergunta, ainda que já soubesse a resposta. Ele mal podia pensar no que fizeram com Gracie sem ficar consumido pela raiva. Até mesmo agora ele tinha de esticar os dedos para evitar cerrar os punhos, mas Zack não queria demonstrar nenhum sinal de sua fúria. Ele não desejava deixar Gracie com mais medo dele do que ela já estava. Ela estava esperando dor e violência vindos dele quando, na realidade, Zack preferia morrer a fazer ou permitir qualquer mal a ela.

O rosto de Gracie desabou de aflição. Ela não fez nenhum esforço para esconder as lágrimas, e um soluço brotou de sua garganta. Um som que deixou o coração de Zack tremendo de desespero.

Gracie se virou na direção dele, e seus olhos brilhavam de raiva e angústia, que vinham de dentro dela como ondas.

"Como você pode sentar aí e me *perguntar* isso? *Você* me machucou", disse enfurecida. "*Você!* Como você ousa ficar aí sentado e fingir que não sabe o que aconteceu? Você tem prazer em ver os resultados do seu trabalho? Ou aquilo não foi o suficiente e você quer torcer a faca também?"

Zack agarrou a outra mão de Gracie quando ela a levou para o rosto, em uma tentativa de limpar os sinais de tristeza e raiva. Juntando as mãos – a mão de Zack tremia violentamente, assim como Gracie –, ele a olhou nos olhos, mas, meu Deus, como era difícil. Era devastador ver a agonia pura refletida no olhar dela. Zack daria qualquer coisa no mundo para voltar no tempo. Ele jamais a teria deixado sozinha. Se ao menos ele pudesse voltar à última vez que a viu. *Se ao menos conseguisse isso.* Havia tantos arrependimentos. Tantos erros. O maior de todos foi não tê-la levado à faculdade junto com ele ou simplesmente não ter ficado em casa com ela, até que Gracie terminasse o ensino médio.

"Eu nunca te machucaria, Gracie. *Nunca.* Eu te amava. Eu *sempre* te amei. Conte-me o que aconteceu. Nós temos que tirar isso a limpo ou as coisas nunca serão resolvidas entre nós. E nós vamos resolvê-las. Eu não aceitarei nenhuma outra alternativa", Zack disse determinado.

Gracie o encarou com descrença óbvia, e seu olhar tinha um brilho selvagem.

"Você realmente acha que eu poderia esquecer o fato de você ter mandado me estuprarem? Acredita que isso é algo que pode ser resolvido entre nós?"

O tom de voz dela subia para quase um grito, era estridente. As bochechas do rosto de Gracie estavam rosadas, e seu peito arfava com esforço.

Aquelas palavras cortaram Zack como uma faca. Trouxeram à mente dele imagens horríveis de Gracie: desamparada, sendo atacada. E ela pensando *o tempo inteiro* que *ele* era o responsável. Os olhos de Zack queimavam como se tivessem lhe jogado ácido, mas ele estava determinado a não perder o controle. Gracie precisava que ele fosse forte naquele momento. Zack tinha de ser forte *pelos dois.*

Mesmo já tendo escutado partes da história, ouvi-la dizer isso, ver a acusação e dor nos olhos dela quase o deixaram de joelhos. Zack ficou completamente pálido.

Ele ainda estava tremendo, com suas mãos desajeitadas e incompetentes, ao serem erguidos como barreira entre eles. Então, mais uma vez, ele a encarou diretamente nos olhos, rezando para que ela visse sinceridade – e *verdade* – nos seus.

"Eu não sei de que diabos você está falando, Gracie. Mas me escute, e escute com atenção. Você era *tudo no mundo para mim.* Você era a *melhor* parte da minha vida. Eu *nunca* faria nada para machucá-la. Eu destruiria qualquer um que fizesse isso. Eu não faço a menor ideia de onde você tirou uma ideia tão doentia como essa. Meu Deus. Então você tinha tão pouca fé em mim assim?", Zack perguntou, incapaz de afastar a pontada de dor de sua própria voz.

Ele tentou. Deus, como ele tentou manter o sentimento de dor e traição fora de sua voz. Mas Zack não conseguia entender por que Gracie acreditaria que ele era capaz de tamanha atrocidade. Ela não era a única que se sentia traída naquela história confusa.

"Eu acreditei em você mais do que em *qualquer* outra pessoa", Gracie disse, sua voz trêmula e rouca depois de seu desabafo comovente. "Se eu não tivesse provas irrefutáveis, nem sequer *consideraria* a possibilidade de você estar envolvido."

"Provas irrefutáveis?", Zack perguntou, a incredulidade evidente em suas palavras. "Que tipo de provas?"

Ele estava tão cansado de ficar enrolando e de não chegar logo ao cerne do problema. Sua frustração, que fervilhou por dias, estava próxima do ponto de ebulição e Zack sentia que estava prestes a explodir.

"Apenas me conte o que aconteceu. Quem fez isso com você? E que tipo de *prova* te faz pensar que eu algum dia tramaria estuprar horrivelmente *qualquer* mulher? Que dirá a garota que eu amava. A garota com quem eu planejava me casar. A garota que eu planejava que fosse a mãe de meus filhos. A garota que eu queria ter junto comigo para sempre. Eu compreendo que você me odeie, Gracie. Mas, pelo amor de Deus, o mínimo que você pode fazer é me contar que diabos aconteceu. Quem colocou as mãos imundas em você? Quem te machucou? *Quem te estuprou?*"

Os dentes de Zack ficaram firmemente cerrados e sua pulsação acelerada como nunca. Apesar de todos os seus esforços para permanecer calmo e manter as emoções sob controle, ele era uma bomba relógio prestes a explodir.

Zack não imaginava que algo pudesse machucá-lo mais do que chegar em casa e descobrir que Gracie tinha sumido. Desapareceu como se ela jamais tivesse sido a parte mais importante de sua vida. Achava que nada seria pior do que a desolação enraizada em sua alma pelos últimos doze anos quando, apesar das suas tentativas, ele não obteve sucesso na busca por Gracie.

Mas isso... Isso tinha o poder de destruí-lo mais uma vez. Gracie pensar algo tão baixo ao seu respeito e acreditar, todo esse tempo, que ele tinha se virado contra ela. Que inferno, agora aquela afirmação misteriosa sobre ele terminar o trabalho, fazia sentido. Gracie achava que ele tinha mandado espancá-la, além de tê-la estuprado há doze anos. Que tipo de desgraçado doentio e desajustado ela pensava que ele era?

"Não aja como se fosse a parte prejudicada aqui!", Gracie gritou, com as lágrimas escorrendo livremente pelo rosto. "*Você* não é a vítima aqui. Você acha que eu simplesmente cheguei à conclusão de que você orquestrou o estupro? Seus *amigos* me estupraram, Zack. *Seus* amigos. E não, eles não me contaram que foi você quem os mandou fazer aquilo. Eles não falaram nada. Eles estavam ocupados demais rindo enquanto eu *chorava*. Mas os pensamentos deles estavam nítidos como um letreiro luminoso. Era como ler o roteiro de um filme de terror. Todos os três tinham a mesma memória de você pedindo para eles te fazerem um pequeno *favor*. Como se eu fosse um maldito incômodo do qual você queria se livrar. Você não podia só ter terminado comigo como as pessoas normais fazem? Não podia apenas me *contar* que não me queria mais?"

Zack ficou em pé na mesma hora, soltando as mãos de Gracie enquanto ele a encarava em descrença, chocado. A sala estava girando ao redor dele em círculos estonteantes. O sangue subiu até suas orelhas e o som foi ensurdecedor. Zack procurou na expressão de Gracie algum sinal de que tinha escutado aquilo errado. Mas não, cada uma das palavras ficou marcada em sua mente com clareza dolorosa. Aquilo era um pesadelo. Um do qual ele não tinha esperanças de acordar. Naquele momento, Zack queria morrer.

"*Que amigos?*", ele perguntou com uma voz horrorizada.

Zack mal foi capaz de pronunciar as palavras enquanto seu peito se apertava a ponto de ele não conseguir mais respirar. Ele estava paralisado, incapaz de se mover, de pensar, de processar a terrível verdade.

Gracie se encostou no sofá, e foi como se toda a vida tivesse saído dela, deixando-a seca e apática. Ela estava com uma aparência tão aflita e desesperadora que olhar para ela partia o coração de Zack.

"Kevin, Stuart e Bryan", Gracie disse em um tom de voz sem emoção.

Zack ficou rígido com o susto. Não. *De jeito nenhum.* Isso só podia ser uma piada maldosa. Ele nem conseguia formular seus pensamentos de forma coerente para fazer mais perguntas. Kevin, Stuart e Bryan? Eles não eram apenas amigos de Zack, eles eram seus melhores amigos. Zack os conhecia desde o jardim de infância. Que maldição, ele ainda os via uma vez por ano, ou mais ou menos isso. Frequentou as casas, conheceu suas esposas e filhos.

E eles não apenas aterrorizaram e estupraram a garota que sabiam muito bem que ele amava, mas fizeram isso pensando nele? Meu Deus, Zack estava passando mal. Ele chorou na merda dos ombros deles quando Gracie desapareceu. Eles até o ajudaram a procurar por ela. Ninguém mais dava a mínima importância para ela, e na verdade, a maioria das pessoas da cidade nem ao menos sabia quem era Gracie. Seu pai riu quando Zack foi até ele em pânico e desespero. Ele disse a Zack que ela provavelmente fugiu, assim como a mãe dele, e que ele ficaria melhor sem ela.

Jesus Cristo, não era por menos que eles sempre perguntavam se Zack tinha conseguido encontrá-la ou não. Não admirava eles acreditassem de verdade que ela estava viva, quando a maioria das pessoas insinuaria sutilmente ao amigo que Gracie provavelmente estaria morta e que ele jamais saberia o que aconteceu com ela. Todas as vezes que Zack encontrou os amigos nos anos seguintes, eles sempre perguntaram se ele tinha conseguido encontrar Gracie. Eles provavelmente ficavam felizes por dentro com o fato de ele não ter conseguido, porque, do contrário, a verdade seria exposta. Assim como estava vindo à tona agora. E então Zack saberia cada detalhe do ato nojento. Especialmente a parte em que eles o envolveram no crime deles.

Houve um som terrível de angústia, que fez Zack estremecer. E então ele percebeu que foi ele quem emitiu o som.

"Não", ele sussurrou. "Oh, meu Deus, não. Não. Não. *Não!*"

Zack fechou os olhos e cerrou os punhos com força ao lado do corpo. Ele estava desmoronando pedaço a pedaço e estava a ponto de se desfazer completamente.

Ele cambaleou, suas pernas já não conseguiam segurá-lo. Zack caiu de joelhos, cobrindo o rosto com as mãos, enquanto sons guturais de desespero saíam de seu peito e fervilhavam para fora de sua garganta. Sua visão ficou embaçada pelas lágrimas e ele as esfregou com raiva, determinado a não perder o controle. Por Gracie. Pelos dois. Para que eles pudessem ter uma chance. Para que ele tivesse uma chance de ganhar a confiança dela novamente. Zack precisava *manter o controle*.

Sabendo que não tinha chance de ficar em pé, ele engatinhou até o sofá onde Gracie estava sentada, com os olhos encharcados de desespero, a angústia dela refletindo a dele.

O peito de Zack estava tão apertado que ele sentia como se estivesse prestes a explodir. Um nó se formou em sua garganta, tornando a respiração quase impossível. E ainda assim isso era importante. O momento mais importante que ele já viveu. Aquilo era sua vida. Seu amor. Sua felicidade. E a mulher que tinha essas três coisas em suas mãos pequenas e delicadas acreditava que ele havia cometido aquele ato indescritível.

VINTE E DOIS

Anna-Grace ficou estática, em choque, ao ver Zack devastado pela tristeza. A cabeça dela estava fervendo de confusão, e ela sentia-se da mesma maneira como no hospital, logo depois de lhe injetarem os analgésicos. Será que ela estava tendo alguma psicose induzida por drogas? Será que tudo aquilo era um sonho bizarro e ela *ainda* estava no hospital? Será que ela tinha imaginado toda a cadeia de eventos até agora?

Mas não, aquilo tudo era real. O toque de Zack era real, e ele entrelaçou as suas mãos com as dela com tanta força, que Gracie estremeceu. No entanto, ela abafou sua reação, já que não queria que Zack notasse que ele a havia machucado. Por que isso tudo era tão confuso? Gracie não devia gostar de ver Zack magoado? Gostar de vê-lo sangrar, assim como o coração dela sangrava sempre que se recordava dos tempos felizes? De quando ela estava apaixonada e pensava que *era amada* por ele?

Entorpecida, Gracie olhava enquanto Zack, trêmulo, puxava as mãos dela até seus lábios e, fechando os olhos, abaixou um pouco sua cabeça para que sua boca tocasse os dedos dela. Foi um gesto tão terno, tão cheio de emoção e dor, que Gracie prendeu a respiração e ficou assim até a hora em que foi forçada a expirar, porque seu peito doía pela falta de oxigênio.

Nada daquilo fazia sentido. Ela não tinha se enganado. Os pensamentos e memórias de seus agressores tinham sido idênticos. Zack mandava-os acabar com a vadia e se livrarem dela. Ela era um peso morto que ele não queria mais carregar. Cada palavra e cada imagem a machucaram mais do que a dor física e a humilhação. Gracie chorou, mas não pela dor. Não, ela ficou desnorteada com o choque e totalmente desolada, e nem sentia a violência que sofreu. Suas lágrimas foram por Zack. E pelo que ela tinha e sabia que perdeu. Na verdade, o que ela nunca *teve*, porque foi tudo uma *mentira*.

Zack jamais a amou. Ele não sabia o que era amor. E talvez aos 16 anos Gracie também não soubesse, mas ela sabia o que o amor não era. O amor não era vergonhoso e degradante. O amor não era descartá-la insensivelmente como lixo, depois de reduzi-la àquele nível.

Gracie ainda podia se lembrar de como se sentiu, deitada naquele chão, chorando, completamente despedaçada, rezando para morrer. Lembrou como, mais tarde, quando se arrastou até seu minúsculo quarto de hotel, ela se esfregou por horas em um chuveiro que não tinha água quente. Mas sentir a água fria na pele não era nada comparado ao frio de gelar os ossos que vinha das profundezas de sua alma.

Gracie jamais se esqueceu de quando sentou-se na cama, nua, trêmula, com a pele vermelha e em carne viva de tanto esfregar e desejando o que apenas alguém sem esperanças contempla. E pior, naquelas horas sombrias, quase cedeu à tentação avassaladora que sussurrava insidiosa por sua mente destruída.

E Zack estava pedindo não pelo perdão de Gracie, pois algumas coisas não eram perdoáveis, mas sim para que ela acreditasse em algo que contradizia o que seu dom a permitiu ver e *saber*.

A reação dele não era de vergonha, remorso ou culpa, ou até mesmo de aflição por ter sido descoberto. Ela via alguém que estava completamente... *arruinado*. Desespero e amargura completos estavam evidentes em cada traço de seu rosto. Havia uma devastação tão esmagadora nos olhos de Zack que *doía* olhar para ele.

Gracie começou a tiritar, e isso rapidamente se transformou em tremores que se espalharam por seu corpo como um incêndio. Sua garganta parecia fechar, a ponto de cada respiração ser um ciclo torturante de inspiração e expiração. Um estranho barulho de chiado ecoou em seus ouvidos e ela levou um momento para perceber que era o som de sua respiração – ou melhor, sua tentativa de respirar.

Zack abriu os olhos e o barulho ficou mais nítido. Por um momento, ela simplesmente parou de tentar buscar mais ar para os seus pulmões sedentos enquanto tentava encontrar um sentido para a reação dele. As lágrimas de Zack eram facilmente visíveis e ele não fez nenhum esforço para disfarçar sua tristeza. Uma tristeza tão terrível. Gracie nunca viu emoções tão puras refletidas nos olhos de outra pessoa. Foi algo arrasador para ela. A dor de Zack refletia a tristeza dela, era como uma janela para sua alma e para seu próprio sofrimento. Um sofrimento pelo qual ele era o responsável.

"Gracie", Zack disse, com a voz repleta com as mesmas emoções tão visíveis em seu rosto. "Você precisa acreditar em mim, querida. *Por favor.*"

Ele colocou as mãos dela para baixo, no colo dela, e então se inclinou para frente, com os dedos tremendo tanto quanto os dela também tremiam. Zack levantou suas mãos até a face de Gracie, hesitando, como se temesse que ela recuasse, e então, cuidadosamente, segurou-lhe o rosto.

"Eu não ligo para o que você leu ou *pensa* que leu daqueles canalhas doentes de mentes perturbadas. Isso não importa. Eu não tive *nada* a ver com o que eles fizeram a você. Eu juro pela minha vida! Eu *nunca* iria fazer nada para machucá-la. Eu poderia matá-los pelo que eles fizeram. Então que Deus me ajude, porque eu *irei* matá-los, nem que seja a última coisa que eu faça na vida."

A voz de Zack ficou rouca, cada palavra era intensa e exaltada. Os olhos dela estavam arregalados com a surpresa por vê-lo implorar. Zack nunca implorava por nada. Ele era muito orgulhoso e muito determinado a fazer as coisas do jeito dele. E ela nem podia compreender por que ele estava implorando! Ele estava negando? Tudo? Ele estava louco? Ou ele estava dizendo que *ela* estava louca?

"Eu te amo. Eu nunca amei e nunca vou amar alguém como amei você. Você sabe o que *aconteceu* comigo ao chegar em casa e descobrir que você se foi?", ele perguntou, com os olhos ardendo. "Você simplesmente sumiu, não deixou vestígios. Não havia nenhuma pista de onde você podia ter ido. E eu procurei. Eu procurei você por todos os lugares. Nunca parei de procurar."

A expressão no rosto de Zack ficava cada vez mais feroz, mais séria. Seu olhar era penetrante, desejando que ela entendesse – que acreditasse nele.

"Eu não sei o que aconteceu naquele dia ou por quê. Mas eu vou descobrir, Gracie. Porque aqueles filhos da puta não só colocaram as mãos em você" – ele se interrompeu e estremeceu, e então respirou fundo várias vezes para se recompor –, "eles te levaram para longe de mim. Eles sabiam que eu te amava. Eles sabiam que eu planejava passar o resto da minha vida com você."

Zack encerrou seu apelo exaltado e ficou em silêncio, estudando o rosto de Gracie. Ela tinha certeza de que o que ele viu não foi bom. Todo o sangue já havia fugido do rosto dela. Seus olhos estavam arregalados de choque. E ela ainda estava tremendo como uma vareta e respirando com dificuldade.

"Gracie?", Zack sussurrou hesitante. Com o olhar, ele implorava, suplicava silenciosamente para que ela aceitasse aquele apelo emotivo. Suas mãos acariciaram levemente as bochechas dela, atento às feridas. Então, com o polegar, Zack enxugou gentilmente as lágrimas que ela não tinha percebido que caíram.

"Por favor, diga que acredita em mim."

Gracie fechou os olhos e sentiu-se cedendo levemente, sentindo a tênue ligação que tinha com a compostura se perdendo. Ela tentou responder, mas não conseguia respirar, muito menos articular seus pensamentos caóticos. Abriu os olhos em pânico quando seu peito se contraiu a ponto de não conseguir mais respirar de forma curta, como antes fazia. Seus braços se agitaram freneticamente, empurrando as mãos de Zack, que ainda seguravam seu rosto.

Ela escutou um xingamento distante e abafado, mas não conseguia pensar em mais nada, já que o ruído em seus ouvidos se intensificou a ponto de parecer um trem de carga passando sobre ela.

E então Gracie fez algo que ela jurou *nunca* mais fazer.

Olhou desesperada para Zack, pedindo por ajuda e conseguiu dizer o nome dele antes do ambiente ficar totalmente escuro ao seu redor.

A última coisa que ela captou foi a seriedade no rosto de Zack – uma expressão carregada de preocupação – que a segurou nos braços. Aquele perfume familiar, inalterado em doze anos, envolveu Gracie. Estar nos braços dele lhe dava uma profunda sensação de… volta ao lar.

E nada nunca pareceu tão bom quanto isso.

VINTE E TRÊS

Zack segurou Gracie nos braços, apreciando os momentos de silêncio no quarto escuro. Ele se certificou de deixar a luz do banheiro acessa, e a porta aberta o suficiente para que, se Gracie acordasse, não entrasse em pânico ao se ver aninhada firmemente nele. Algo com que Zack tinha sonhado em mais noites do que poderia contar. E finalmente suas orações foram atendidas, ainda que os dois tivessem um longo caminho a percorrer na jornada que os levaria de volta um ao outro.

Zack tinha esperança, entretanto. Ele tinha de fazer isso, ou então a fina corda que os unia iria romper, deixando-o desesperadamente agarrado aos seus últimos vestígios de sanidade e mergulhando-o em um mundo sombrio de desespero.

Afundou o nariz nos cabelos dela e inalou seu perfume, e em seguida percorreu com os dedos as suas mechas. Lembranças de tantas noites que passaram assim como aquela estavam bem claras em sua mente. Gracie nos seus braços, com seu pequeno corpo colado ao seu. Zack olhando para o futuro, para as muitas outras noites que passariam da mesma maneira, assim que estivessem casados e ele fizesse amor com ela pela primeira vez.

Zack sentiu uma nova onda de aflição bater novamente por tudo o que Gracie perdeu. Por tudo o que *ele* perdeu. Ela era apenas uma garota de 16 anos, que foi brutalmente violentada por homens em quem Zack confiava. Que chamava de amigos. Não, ele não tinha nada a ver com o crime doentio deles, mas de certa forma era culpado da mesma forma, porque Gracie jamais estaria exposta a eles se não fosse por Zack.

Com a cabeça apoiada em seu ombro, ela dormia profundamente – Zack torcia para que ela não estivesse sonhando com algo que envolvesse memórias do passado. Ao forçá-la a relatar tudo o que tinha passado, Gracie se viu levada de volta àquele terrível dia. Ela foi empurrada novamente ao horror de seu pior pesadelo. E Zack viveu isso bem ao lado dela. Isso levou embora um pedaço de sua alma que ele nunca teria de volta. Zack viveria o resto de seus dias sabendo que Gracie sofreu o inimaginável, todo o tempo pensando que foi ele quem lhe causou aquilo. Zack mal podia pensar nisso sem se sentir completamente despedaçado.

Ele não tinha certeza se o que desencadeou o ataque de pânico e o desmaio foi fazê-la relembrar seu sofrimento daquele dia ou... se ele ter defendido sua inocência finalmente levou Gracie além de seus limites.

Zack nunca sentiu tanta falta de esperança na vida. Exceto quando teve de encarar o fato de que Gracie tinha partido e que jamais voltaria para casa. Ele não podia sobreviver à perda dela uma segunda vez. Se ela se recusasse a acreditar, se ela fugisse o mais rápido e para o mais longe que pudesse, Zack ficaria vazio. Ele seria eternamente uma concha vazia, vagando sem rumo pela vida, sem nenhuma finalidade, sem esperanças. Sem a alegria que apenas Gracie podia trazer.

Mas antes que Zack pudesse sequer pensar em recuperar a preciosa dádiva que era a confiança de Gracie e que ela acreditasse na palavra dele de que ele não fez aquilo, havia outras coisas importantes a serem tratadas.

A mandíbula de Zack estava cerrada e, sua mão, ainda apoiada nas costas magras de Gracie. O ódio o consumia, nublando sua mente e criando uma névoa vermelha em seus olhos. Enquanto seus amigos desgraçados aproveitavam suas vidas, com esposas e filhos, Gracie estava por aí sozinha, arruinada, carregando cicatrizes invisíveis e *permanentes*. A Zack foram negadas as mesmas coisas que seus amigos tinham garantido em suas vidas. Porque eles se certificaram de que ele e Gracie não teriam nada do futuro que Zack tinha planejado.

Por quê? Maldição, *por quê*? Aquilo era tão bizarro e doentio que Zack nem conseguia começar a compreender. Qual seria o propósito deles para fazer algo tão vil? Inveja? Eles ficavam ressentidos por Zack dividir seu tempo entre Gracie e a escola, e não ter tempo para mais nada no meio? E se era esse o caso, quem diabos tomava medidas tão extremas e criminais por causa de inveja? Isso era maluquice.

Não, Zack ainda não tinha as respostas. Ainda não.

Mas ele iria consegui-las.

Odiava ter de deixá-la, era a última coisa que queria fazer. Mas até que encontrasse os homens que arruinaram uma garota inocente, Zack e Gracie não teriam nenhuma chance. Porque ela não acreditaria nele apenas pela sua palavra. Ele encontraria a verdade, não importava o que precisasse fazer. Zack os faria sangrar, assim como fizeram Gracie sangrar. Ele iria feri-los, assim como feriram Gracie. Eles logo iriam descobrir como era enfrentar alguém do tamanho deles, em vez de abusar de uma garota muito menor e delicada.

Isso deixava Zack com ânsia de vômito. Os homens que estupraram Gracie tinham 20 anos de idade, eram quatro anos mais velhos que ela. Uma *menor de idade*, pelo amor de Deus.

Ele bufou sem querer, e o ar saiu fazendo um som parecido com o de um choro soluçado.

Zack deveria ter sido seu primeiro homem. Eles não iriam fazer amor até a noite de núpcias.

Porque, mais que tudo, Zack queria dar a Gracie o respeito que ela merecia e não iria precipitar seus votos. Ele pretendia fazer da primeira vez deles juntos algo especial. Uma noite que ela se lembraria pelo resto de sua vida. Uma da qual ele também se lembraria.

Zack queria dar a ela tempo para crescer e amadurecer mais, para se tornar plenamente a mulher que ela viria a ser. E assim como Gracie iria se casar sem nunca ter sido tocada, então Zack também queria honrá-la se entregando *somente* a ela.

Gracie ficava adoravelmente tímida quando falavam de fazer amor, e eles falavam disso com frequência, compartilhando suas esperanças e sonhos. Ele sussurrava para ela como estava contente por ser o único homem com quem ela faria amor e como ele iria honrar aquele presente dando o mesmo a ela. Gracie seria a única mulher com quem *ele* faria amor.

Na noite em que perdeu sua virgindade, no seu primeiro ano como jogador profissional, Zack dormiu ao lado de uma mulher cujo o nome ele nem se lembrava, e ele jamais se sentiu tão mal em toda a sua vida. Ele olhou para o teto, com os olhos ardendo como se ele tivesse passado uma lixa neles, e ficou triste com a perda de Gracie novamente. Em seguida, ele rolou para fora da cama e mal conseguiu chegar ao banheiro antes de vomitar na privada.

Zack só foi fazer sexo de novo depois de abandonar o futebol americano, quando já trabalhava como um policial. Com o tempo, a coisa tornou-se um pouco mais fácil. Por fim, Zack até conseguia apreciar o sexo, no sentido físico. Mas nenhuma vez ele chegou a se envolver emocionalmente. Ele nunca teve a experiência da euforia e da satisfação mental de fazer amor com alguém com quem se importava. Alguém que *amava*.

Será que Gracie tinha conseguido ter uma relação saudável com outro homem depois de uma experiência tão traumática? A imagem de outro homem segurando-a, tocando-a, beijando-a, amando-a... deslizando pelo seu corpo macio e doce. Isso fazia o peito de Zack apertar até doer de verdade, e o deixava cheio de inveja pelo hipotético amante dela.

Zack reconhecia a hipocrisia de sua reação e, na verdade, apesar de desejar de todo seu coração que ele tivesse sido a pessoa a reconfortá-la, amá-la e lhe dar prazer – e mostrar à Gracie a beleza de fazer amor para varrer as lembranças de dor, degradação e estupro –, ele realmente esperava que ela *tivesse encontrado* alguém que se importava o suficiente para fazer com que esta experiência fosse bonita e prazerosa para ela.

A ideia de que Gracie se fechou para qualquer tipo de intimidade e viveu sozinha – temerosa – relutante em confiar em qualquer pessoa por causa de *suposta* traição dele, partia o coração de Zack.

Apesar da sua esperança de que Gracie tivesse sido capaz de superar um incidente terrível aos *16 anos*, uma época tão frágil e emotiva para qualquer garota, ele tinha dentro de si o sentimento de que ela nunca permitiu que ninguém se aproximasse o suficiente para estabelecer o tipo de confiança necessária para tal intimidade.

Embora Zack certamente não tivesse tido uma impressão muito favorável de Sterling desde o primeiro encontro que tiveram, ele estava errado. Parecia que Sterling era um bom homem e que ele foi bom para Gracie. Mas Sterling deixou claro que ele e Gracie eram apenas amigos. Nada mais. Não que Sterling não tivesse ficado interessado. Ele admitiu. Mas Gracie o rejeitou e, ainda assim, eles se tornaram amigos.

Ela parecia confiar nele, ainda que não tivesse permitido mais do que amizade, o que dizia a Zack que ela provavelmente nunca tinha ido tão longe com mais ninguém.

Essa informação deveria ter lhe deixado satisfeito, mas tudo o que ele sentia era um pesar oco pelo fato de Gracie nunca ter estado com alguém que lhe mostrasse ternura e... amor.

Zack queria ser esse homem. Ele queria isso mais do que desejava viver. Mas a não ser que pudesse de alguma forma entregar à Gracie provas tangíveis de sua inocência e não apenas sua palavra, ele sabia no fundo do coração que a perderia novamente.

Ao pensar nisso, Zack ficou paralisado, sua mandíbula tensa a ponto de quase quebrar os dentes. Ele não podia – e não devia – permitir que aquilo acontecesse novamente. Uma fúria assassina cresceu dentro dele, e sua mente foi consumida por desejo de vingança. De justiça por Gracie. De descobrir a verdade. De liberdade para ambos, para que então talvez – *talvez* – eles pudessem superar o passado, juntos.

Os fios macios do cabelo de Gracie, que estavam envoltos nos dedos dele deslizaram das mãos de Zack enquanto ele cerrava o punho. Ele sabia o que tinha de ser feito. Ele queria buscar a vingança. Por Gracie. Pelos dois. Seus pensamentos foram tomados por violência e pelo desejo de fazer os merdinhas que machucaram sua Gracie *implorar* pela morte.

Zack os faria confessar cada detalhe sórdido daquela agressão horrível a uma garota que legalmente ainda era uma criança. E então as esposas deles poderiam decidir se elas queriam permanecer casadas com um estuprador ou se algum dia elas deixariam as próprias filhas com eles.

Suas têmporas latejavam e Zack se obrigou a acalmar os pensamentos raivosos e o desejo de vingança. Apenas por ora. Ele deitou o rosto sobre a cabeça de Gracie e a puxou para mais perto de si.

"Eu te amo, Gracie", ele sussurrou. "E para que eu possa ter esperanças de fazer você me amar novamente, há algo que preciso fazer. Tenho que te deixar por um momento, mas eu volto. Eu juro."

Zack virou o rosto, deslizando sua bochecha nos cabelos de Gracie o suficiente para conseguir pressionar os lábios na testa dela. Fechando os olhos, ele inalou profundamente, captando as sensações que emanavam dela, tão macia e quente, e também tão preciosa.

Zack pretendia guardar aquele momento com ela em seus braços, um momento em que, por apenas um lapso de tempo, tudo estava bem e perfeito. Aquilo seria suficiente para mantê-lo firme até que a justiça fosse feita e ele pudesse retornar à Gracie com as respostas que ambos precisavam – e mereciam – desesperadamente. Porque apesar de Gracie ser indiscutivelmente a maior vítima nessa tragédia, os dois eram vítimas de algo maior, que tinha alterado suas vidas por completo. E levaria tempo – e compreensão – para poderem corrigir os erros do passado e seguir em frente, deixando para trás algo que os assombraria para o resto de suas vidas.

VINTE E QUATRO

Gracie acordou sentindo-se bastante letárgica. As pernas e braços estavam pesados e sem energia e foi preciso muito esforço até mesmo para se virar na cama. Ela se sentia exausta, como se tivesse chumbo correndo nas veias, e seus reflexos estavam lentos e atrasados. Era como se ela tivesse sido drogada ou profundamente sedada.

Torceu o nariz, tentando lembrar se tinha tomado algum dos remédios que o médico prescreveu quando ela foi liberada, mas não, ela não lembrava. Desde que ela e Zack chegaram àquele lugar, as coisas aconteceram como em um turbilhão.

Ficou parada enquanto as memórias começavam a deslizar de volta para o lugar, como pedaços de um quebra-cabeça. Encaixando-se em uma velocidade que a deixou momentaneamente desorientada. Então um pouco da confusão se dissipou e a neblina se desfez, revelando com clareza dolorosa tudo o que tinha acontecido na noite anterior.

Gracie estendeu a mão com hesitação e se virou, imaginando que Zack ainda estava do seu lado na cama. Ela não se lembrava dele colocando-a para dormir depois do ataque de pânico devastador, mas em algum momento da noite ela acordou brevemente e se viu firmemente aninhada no corpo de Zack, cercada por seus braços como uma se fossem uma parede protetora. Isso tudo parecia... bom. Pela primeira vez em anos, ela se sentiu *segura*. E isso era perturbador. Nada tinha sido resolvido. Nada mudou. Ou será que sim?

Tudo o que a mão de Gracie conseguiu encontrar foi um espaço vazio. Não sentiu nem mesmo um lençol amassado ou calor para indicar que ele tinha acabado de sair da cama. Ela franziu a sobrancelha e ficou confusa ao se pegar instantaneamente desapontada por descobrir que Zack tinha saído. Tudo o que Gracie queria era ficar próxima dele novamente, com seus braços em volta dela, para experimentar, apenas por um momento, a certeza de que nada poderia machucá-la de novo.

Mas ele foi a pessoa que *mais* a machucou.

Gracie não seria convencida por palavras, independentemente do quanto elas fossem persuasivas. Mas... e se... Não, ela não voltaria atrás. Seu dom era infalível – quando ela ainda possuía a habilidade de ler mentes. Mas isso sumiu, junto com sua inocência e sua crença no bem.

Ela *não* tinha se enganado. Não havia como os três estupradores terem as mesmas lembranças idênticas do mesmo evento. E, ainda assim, Zack ficou extremamente devastado com a revelação. Ninguém conseguiria simular aquele tipo de reação. Ele parecia completamente amargurado e não havia fingimento em suas lágrimas de angústia. Gracie nunca viu tamanha agonia em alguém.

Ela podia ficar louca tentando compreender o incompreensível. Não havia sentido nem em começar a tentar. Mas Gracie *podia* garantir que jamais se colocaria em uma posição onde seria traída por alguém que confiava. A solução era simples. Ela não daria a Zack – ou a ninguém mais – a oportunidade de traí-la. E isso não era um bom jeito de viver. Nunca se permitir ficar próxima de alguém. Nunca ter amizades, relacionamentos íntimos, nem partilhar sua vida com alguém com quem ela se importasse. Gracie já não tinha passado boa parte da sua vida vivendo dessa maneira? Em um vazio imposto por si própria, guardando as emoções de cada dia, jamais sonhando com o futuro, sem nunca sonhar de forma alguma?

Essa ideia a encheu de tristeza, e, aborrecida consigo mesma por já ter sido enfraquecida pela influência de Zack em apenas 48 horas, Gracie empurrou as cobertas e sentou-se cautelosamente, deslizando as pernas e trazendo-as para a beirada da cama.

Devagar, Gracie se levantou, segurando na cabeceira para que não desabasse no chão. Sentiu dores ao fazer isso, e um calor percorreu seu corpo. A tensão dos músculos e a dor a deixaram levemente ofegante enquanto ela cambaleava como uma universitária bêbada. Gracie parou por um momento para se orientar e, depois de se equilibrar o suficiente para se sentir confiante – o bastante para não cair de cara no chão –, ela deu um passo intencional, satisfeita por não ter oscilado muito.

Gracie ainda vestia as roupas que tinha usado no dia anterior. Aborrecida com esse fato, ela caminhou até o armário. Zack tinha dito que Eliza fez compras para ela, e Gracie estava curiosa para ver que roupas tinham sido escolhidas.

Se ela chegou a se preocupar, foi em vão. As peças eram um exemplo de conforto. Calças jeans macias e leves foram dobradas cuidadosamente e organizadas na prateleira. Havia diversos tops à disposição para ela escolher, assim como sapatos, meias e, para seu constrangimento, uma seleção de calcinhas e sutiãs. Parecia que Eliza tinha pensado em tudo.

Ignorando o jeans, porque não estava disposta a lutar para entrar nas calças justas, Gracie decidiu vestir calças esportivas e em seguida escolheu uma das camisetas de aparência confortável.

Gracie daria qualquer coisa por um banho quente e para ficar de molho durante umas duas horas, mas ela sabia que não existia uma oração específica para ajudar a sair de uma banheira depois de já estar nela, e ela não pretendia pedir ajuda ao Zack. Mais tarde, ela tentaria tomar um banho e torcer para que estivesse forte o suficiente para não escorregar e cair.

Depois de escovar os dentes e domar seus cabelos embaraçados ajeitando-os em um rabo de cavalo mais discreto, Gracie tomou coragem para sair do quarto e andou cuidadosamente em direção à sala. Para sua surpresa, ela viu Wade e Eliza – e não Zack. Onde ele estava? Nos últimos dias, ela não podia dar um único passo sem que ele estivesse no máximo a um metro de distância.

Eliza estava animada fazendo café, e Wade... bem, ele não parecia feliz com a companhia de Eliza. Gracie ficou imaginando por quê. Wade com certeza gostava de uma mulher bonita e Eliza era bastante atraente. Sem falar que era competente e autossuficiente. Tudo o que Gracie desejava ser.

Wade recusou o café que Eliza ofereceu e, dando de ombros, Eliza sentou-se no sofá, segurando sua xícara nas mãos como se tivesse um copo de ambrosia. A expressão de êxtase no rosto dela chegava a ser cômica.

Então Eliza olhou de relance e viu Gracie na porta. Ela imediatamente ficou em pé, colocou o café na mesa à frente do sofá e apressou-se para onde Gracie estava.

"Como está se sentindo?", perguntou Eliza. Ela colocou a mão sob o cotovelo de Gracie para guiá-la pela sala e então fazê-la sentar com segurança em uma das poltronas. "Você gostaria de um pouco café? Eu acabei de passar, então está gostoso e quentinho. E eu faço um cafezinho matador, como costumo dizer para mim mesma."

Wade também foi até Gracie, com uma expressão preocupada no rosto.

"Você está bem, Anna-Grace?", ele perguntou em voz baixa. "Está com fome? Tem alguma coisa que eu possa fazer por você?"

Para a sua própria surpresa, Gracie *estava* com fome. Depois de alguns dias apenas bebericando umas poucas colheradas de sopa, na melhor das hipóteses, seu estômago estava roncando ruidosamente.

"Tomar café e comer algo seria muito bom", ela disse suspirando.

Eliza sorriu.

"Eu diria que isso é um bom sinal, você está começando a melhorar."

Wade se virou para Eliza e perguntou de má vontade:

"Você também gostaria de algo para comer?"

Os olhos de Eliza tinham um brilho malicioso, quase como se ela soubesse que tinha irritado Wade – e não ligasse a mínima para isso. Ela sorriu docemente, forçando inocência.

"Ora, muito obrigada, Wade. Eu adoraria algo para comer. Gracie e eu podemos comer juntas."

"O *nome* é Anna-Grace", Wade resmungou.

Eliza virou-se para ela, com um pedido de desculpas evidente no olhar.

"Desculpe-me. É que Zack sempre te chamou de Gracie, e é desse jeito que te conheço. Você prefere que eu te chame de Anna-Grace?"

Gracie sorriu para tranquilizá-la. Eliza era tão boa e gentil, e a última coisa que Gracie queria era fazê-la achar que tinha feito algo errado.

"Pode me chamar das duas maneiras. De verdade. Eu não ligo. Zack é o único que me chamava de Gracie. Era o jeito como ele gostava de me chamar."

Gracie não conseguiu controlar o espasmo de dor que fez seu rosto se contorcer ao mencionar Zack, e se recordou do pequeno prazer que tinha quando ele a chamava por aquele apelido carinhoso.

Eliza olhou para Gracie com compaixão e impulsivamente pegou a mão e deu um aperto.

"Onde... onde está Zack?", perguntou Gracie com hesitação.

Ela não queria parecer ansiosa, mas após ficar ao lado dela cada minuto depois da agressão, parecia estranho Zack não estar ali por perto. Será que ele ficou descontrolado com a revelação do dia anterior? Será que ele decidiu parar de se fazer de inocente e decidiu ir embora de vez?

Mas Zack estava sendo tão... incisivo sobre não ter feito nada. E ele sempre foi teimoso. Gracie não conseguia imaginá-lo simplesmente desistindo e indo embora.

Eliza e Wade olharam inquietos um para o outro e tentaram disfarçar, mas Gracie não deixou de notar a rápida troca de olhares. Ela franziu a testa e encarou Wade, já que Eliza provavelmente era mais leal a Zack e talvez não contasse o que estava acontecendo.

Wade suspirou e passou a mão por seus cabelos imaculadamente penteados e, por incrível que parecesse, não bagunçou um fio sequer. Este era Wade: sempre vestido de maneira impecável e elegante. Gracie não tinha a menor ideia de como ele fazia isso. Mas a aparência de Wade – assim como tudo em sua vida – era bem organizada, sem nada que estivesse fora do lugar.

"Ele saiu", falou Wade com hesitação.

Gracie ficou perplexa, mas o mais inquietante era o fato de que ela estava... chateada? Desapontada? Depois dos eventos da noite anterior, ela não podia simplesmente imaginar Zack saindo, mas talvez ela não devesse ficar nem um pouco surpresa.

"Ah, pelo amor de Deus", disse Eliza exasperada. "Os homens sabem mesmo arruinar qualquer explicação."

Wade olhou irritado para Eliza, que o encarou de volta. A animosidade que havia entre os dois era nítida, e isso intrigava Gracie. Eles não gostaram um do outro logo de cara, mas tiveram contato antes que Gracie aparecesse ali, então talvez algo tivesse acontecido. Algo de que ela não tinha o conhecimento. Seja lá o que fosse, devia ter sido sério, para causar uma reação tão intensa.

"Vamos lá, Gracie", Eliza disse, pegando-a pela mão e gentilmente levando-a em direção à mesa.

Ela encarou Wade com um olhar autoritário.

"Vá fazer algo útil e traga algo para a Gracie comer, enquanto eu lhe sirvo uma xícara de café *e explico* tudo a ela."

Wade não pareceu nem um pouco contente em receber ordens de Eliza, já que era um homem acostumado a dar as ordens. Mas ele não discutiu e começou a pegar coisas da geladeira e a mexer em panelas e bandejas até encontrar duas frigideiras. Eliza preparou uma xícara fumegante de café na frente de Gracie e, em seguida, sentou-se na diagonal dela com sua própria xícara de café.

"Primeiramente, e o mais importante, você *não* ficará aqui desprotegida", disse Eliza enfaticamente. "Wade e eu estamos aqui com você, e membros da minha equipe irão se revezar para que sempre haja uma terceira pessoa presente também. E bem, também porque Wade é um civil, então ele não chega a contar."

Wade bateu uma das frigideiras e se virou com uma carranca feroz no rosto.

"Eu mediria minhas habilidades contra qualquer um dos seus agentes frangotes em qualquer hora, qualquer lugar", ele disse em um tom gelado. "E eu, com toda a certeza, posso proteger Gracie melhor do que *você*. Você nem é muito maior do que ela, pelo amor de Deus. O que exatamente você poderia fazer se precisasse encarar dois ou três homens muito maiores e mais fortes, que não iriam pegar leve pelo fato de você ser uma mulher? Está *tentando* acabar morta, é isso?

Gracie levantou a sobrancelha, porque ela podia jurar que, no meio da óbvia irritação de Wade, havia também *preocupação* por Eliza.

"Eu não estava tentando te diminuir, Wade", disse Eliza, seca. "Nem estava insinuando que você era um covarde ou um bunda-mole."

Gracie tossiu tentando abafar a risada e acabou chiando quando o gole de café desceu errado.

"Eu apenas estava sugerindo que, por ser tão refinado e intelectual como você é, provavelmente não está acostumado ao que eu – eu e meus colegas – lidamos todos os dias."

Os olhos de Wade reluziram e seu rosto assumiu uma expressão mortal, dando à Gracie a súbita impressão de que, apesar da aparência, ele era alguém bem diferente por dentro. E as palavras que Wade disse depois confirmaram aquele pensamento fugaz.

"Não deixe os sinais exteriores te enganarem nem mesmo por um só momento, Eliza", disse Wade, com um tom de voz que parecia... *letal*. E perigoso.

Gracie sentiu calafrios, porque, de repente, Wade parecia alguém que você *não* queria ver irritado. Jamais.

"Você pode se surpreender muito com as coisas de que sou capaz. Eu não cheguei até onde estou só com minha beleza e charme."

Eliza não pareceu ficar nem um pouco afetada com as declarações de Wade.

"E talvez você fique surpreso com tudo o que sei sobre você e seus diversos negócios", ela retrucou alegremente. "Então, quanto a isso, não; eu duvido que vá ficar muito surpresa com qualquer coisa vindo de você. E que ego você tem aí, hein? Quem disse que você é bonito e charmoso? Pessoalmente, eu te acho um puta pé no saco."

Wade apertou os olhos com o insulto.

"Que diabos isso quer dizer? O que exatamente você sabe sobre mim? E há muitas mulheres que discordam de você", ele adicionou com uma voz sedosa e zombeteira.

Eliza riu, ignorando sua retrucada sobre outras mulheres – que eram incontáveis, Gracie tinha certeza. Sempre foi um mistério o fato de Wade ter se interessado em ficar mais próximo dela do que ficaria se o relacionamento deles fosse apenas uma amizade casual.

"Eu sou muito boa em descobrir informações das pessoas, coisas que elas não fazem questão, necessariamente, de que o resto do mundo saiba. É útil na minha área de trabalho. Isso deixa meu chefe *nerd* – um dos meus chefes – frustrado com o fato de eu ser melhor com tecnologia do que ele. E ele sabe que isso é verdade, ainda que não admita."

Wade ficou mais carrancudo.

"Eu não estou nem um pouco interessado", ele resmungou e então se voltou para o fogão, praguejando sobre mulheres intrometidas e sabichonas.

Os olhos de Eliza mostravam que ela estava se divertindo com a situação, quando então voltou para Gracie.

"Agora que colocamos certos egos em seu devido lugar, vou continuar a contar sobre Zack."

Gracie teve a impressão de que Eliza gostou muito de baixar a bola de Wade, e era ainda mais interessante o fato de que ela claramente conseguisse incomodá-lo quando quase nada parecia irritá-lo. Ele era a frieza e tranquilidade em pessoa, e Anna-Grace nunca o viu remotamente perturbado.

A expressão no rosto de Eliza ficou mais séria quando ela colocou sua mão sobre a de Gracie. Ela a apertou de leve em um gesto reconfortante.

"Zack pediu especificamente para mim... caramba, na verdade ele exigiu... que você ficasse protegida 24 horas por dia e, se possível, que você não fosse a lugar nenhum. E se for absolutamente necessário sair, então você terá um esquema de segurança completo. E ele me pediu para te falar que tinha coisas a fazer, assuntos que tinha de resolver e que ele estaria de volta o mais rápido possível. Mas, Zack foi bem enfático quanto a isso, ele me pediu para falar que ele *vai* voltar para você, não importa o que aconteça."

Eliza hesitou, com seu belo rosto visivelmente preocupado. Gracie foi tomada por uma sensação de pavor, enquanto escutava as palavras de Eliza. E tudo o que elas significavam. Com certeza... *com certeza* ele não iria fazer *aquilo* que ela estava pensando. Mas Zack tinha ficado com tanta raiva... *tão furioso*.

"Gracie, você tem alguma ideia de onde ele pode ter ido?", perguntou Eliza. "Eu estou realmente preocupada com ele. Não consigo imaginar o que poderia ser *tão* importante para Zack sair sozinho, por conta própria, quando o foco principal dele é, e *sempre foi*, você. Ele não disse nada além de que tinha algo para fazer. Ele não pediu por ajuda ou reforços. E nós nunca fazemos nada sem alguém no apoio. Na DSS é só assim que operamos. Isso me diz que se trata de algo muito pessoal e que Zack não queria revelar a ninguém o que ele pretende fazer."

Gracie fechou os olhos, sentindo-se esmagada pela vergonha e pelo constrangimento. Como ela poderia contar à Eliza – alguém que obviamente se importava e respeitava muito Zack – o que ela suspeitava que Zack iria fazer?

"Gracie?"

Ela abriu os olhos e viu o olhar suplicante e fixo de Eliza, um apelo silencioso feito com os olhos.

"Você pode me contar", disse Eliza suavemente, "Eu sei que você não me conhece, e sei que é difícil para você confiar em qualquer um. Mas pode me contar qualquer coisa. Eu não vou julgá-la, nem trair sua confiança. Mas Zack é muito importante para mim – para todos nós na DSS. E se ele estiver com problemas, nós queremos ajudá-lo. Assim como nós faremos tudo o que pudermos para ajudar *você*. Você é importante para Zack, e por isso é importante para nós também."

Os olhos de Gracie ficaram marejados, e ela olhou para baixo por um instante, sentindo-se completamente indecisa. Em seguida ela respirou fundo e olhou na direção de Wade.

"Se você quiser falar em particular, eu posso pedir para ele sair", disse Eliza em voz bem baixa, para que Wade não conseguisse ouvir.

"Não", disse Gracie suavemente. "Ele sabe parte da história e precisa ouvir o resto, ou ao menos o que eu contei a Zack. Wade odeia Zack por causa do que eu contei a ele algum tempo atrás, mas agora…"

"Mas agora o quê?", Eliza perguntou.

Gracie levantou a cabeça, olhou diretamente nos olhos de Eliza e admitiu o que a incomodava desde que ela testemunhou a reação de Zack na noite anterior.

"Agora não tenho mais tanta certeza de que eu estava certa. Talvez… talvez eu estivesse enganada." As lágrimas inundaram os olhos de Gracie e começaram a transbordar, escorrendo por seu rosto e deixando uma trilha úmida. "E se eu estava errada… Oh, meu Deus, Eliza. Se eu estava errada, então cometi um erro terrível, imperdoável. Se eu estava errada, então eu puni Zack durante *anos* por um pecado que ele não cometeu. Eu não sei mais *no que* acreditar."

"Oh, querida", disse Eliza com a voz repleta de compaixão.

"Ele vai me odiar", sussurrou Gracie. "Assim como eu *o odiei* pelos últimos doze anos."

VINTE E CINCO

Zack parou o carro alugado no estacionamento, saiu e caminhou rapidamente pela calçada que levava até a casa de Stuart, o elo fraco da corrente, aquele que nunca teve vontade própria, uma ideia própria, e ia na onda de seja lá o que o grupo estivesse fazendo. Mas ainda assim, Zack se perguntava o quanto Kevin e Bryan tiveram de ser persuasivos e insistentes a fim de convencê-lo a participar do estupro coletivo de Grace.

Zack sentiu vontade de vomitar mais uma vez e precisou segurar sua reação visceral ao que três homens que ele chamava de amigos fizeram com uma garota inocente de 16 anos, ou então ele perderia a cabeça por completo.

Se Zack tinha esperanças de conseguir uma confissão de todos os três – e ele arrancaria deles na marra se fosse preciso –, era ali que ele precisava começar. E na verdade, Zack gostava da ideia de trazer punição e vingança a sangue-frio, fazer justiça para Gracie e para ele também. Muito mais pela Gracie, já que foi ela quem mais sofreu. E que perdeu tudo, assim como ele.

Com a mão coçando, Zack cerrou os punhos para bater fortemente à porta. Nunca na vida ele sentiu uma necessidade tão intensa de derramar sangue. E, mais do que tudo, ele queria saber *por quê*. O que poderia ter inspirado homens – de quem ele jamais suspeitaria tal depravação – a atacar uma jovem indefesa de maneira tão horrível, degradante?

A porta se abriu, e a visão de Zack ficou nublada de raiva, quando Stuart olhou para ele, bastante confuso. E em seguida, para a completa surpresa de Zack, os olhos de Stuart ficaram opacos, e ele murchou como um balão furado. A culpa e a resignação estavam nítidas, e ele simplesmente ficou ali, imóvel, sem falar nada. Quase como se soubesse exatamente o que estava por vir.

A fúria de Zack chegou ao limite e ele enfiou um murro na cara de Stuart, esmagando-lhe o nariz com os nós dos dedos. O rapaz simplesmente ficou no chão, olhando para Zack com tanta culpa e remorso que Zack ficou até enojado.

"Pode se levantar, seu filho da puta", rosnou Zack.

Com um suspiro derrotado, Stuart lentamente rastejou até os pés de Zack e, cambaleando, se levantou. Seu nariz e boca estavam manchados de sangue, e ele não fazia nenhum esforço para estancá-lo. Stuart mal olhava para Zack, como um homem condenado esperando por sua execução.

Em seguida, ele fechou os olhos e, quando os abriu novamente, havia um certo brilho neles.

"Eu sabia que esse dia iria chegar", disse Stuart em uma voz cansada.

A vergonha estava evidente em cada traço de seu rosto. Ele parecia querer muito vomitar. Bem, isso significava então que os dois compartilhavam da mesma vontade. A fúria de Zack era tão grande que ele nem conseguia pronunciar as palavras que queria jogar na cara de seu antigo amigo.

"Por quê", Zack finalmente conseguiu falar entredentes. "Pelo amor de Deus, por quê?"

"Você não tem ideia do quanto estou arrependido", sussurrou Stuart. "Isso tem me consumido por anos. Ainda está acabando comigo. Às vezes, não consigo comer. Não consigo dormir. Tem horas que só consigo ver as lágrimas dela. Tudo o que consigo ouvir são os soluços. E ela perguntando por quê, de novo e de novo. Meu Deus, eu vou vomitar."

Zack o socou novamente e então ficou sobre o corpo caído, de punhos cerrados, sentindo-se dilacerado por cada uma das palavras de Stuart.

"Seu cretino filho de uma puta", Zack disse. "Você gostou de estuprar uma garota de 16 anos? Você ficou com tesão vendo e ouvindo ela chorar? Quantas vezes ela te implorou para parar? Onde é que estava a porra da sua consciência *naquela hora*?"

"Pode me matar, eu mereço", disse Stuart debilmente. "Não tenho nada pelo que viver mesmo. Minha mulher me largou, ela levou as crianças. Eu contei para ela o que fiz. Meu Deus, eu tinha de falar. Aquilo estava me comendo vivo. Eu não podia continuar vivendo uma mentira. Ela nunca vai me perdoar. Eu também não espero que você perdoe."

"E nunca te ocorreu contar para *mim* o que você fez?", Zack berrou. "Você sabia que Gracie era a minha vida. Meu mundo! E você sabia muito bem o inferno que passei quando ela desapareceu. Você sabia que eu a procurei por anos... Que jamais parei de procurar por ela! E você aí preocupado se sua esposa vai perdoar, quando a pessoa a quem você devia estar implorando por perdão é a mulher cuja vida você arruinou completamente!"

Stuart arrastou-se para cima e se deixou cair no sofá, afundando o rosto ensanguentado nas mãos. Seus ombros balançavam com os soluços, e Zack não achou que seu desprezo poderia ficar ainda maior. Ele devia ficar com pena daquele patético pedaço de merda por ele ter perdido a esposa e os filhos? E a família que Zack e Gracie perderam? E os filhos que Gracie jamais teve nos braços? A esposa e filhos que Zack teria exatamente agora se não fosse pela interferência desse demente de merda.

"Você me deixa com nojo", Zack disse com uma voz quase descontrolada. Ele estava chegando perigosamente perto de perder o equilíbrio e de ficar completamente alucinado. Tantas vidas arruinadas. E por quê?

Zack se pôs diante de Stuart e o agarrou pela camiseta, erguendo-o até que ficassem cara a cara.

"Você vai me contar detalhe por detalhe. Você vai me contar por que raios vocês três pensaram durante o tempo todo em que estupravam Gracie que fui eu que pedi para vocês fazerem isso. E vai me dizer como diabos vocês sabiam que Gracie podia ler mentes. Porque isso foi uma armação completa, é muita coincidência. Vocês armaram para Gracie *pensar* que eu tinha planejado me livrar dela, vocês queriam fazê-la pensar que eu estava de saco cheio dela. Por que vocês fariam algo assim? Me odiavam tanto assim? Vocês guardavam rancor por eu ter uma ótima garota e um futuro como atleta profissional? Que merda há de errado com vocês?"

A cara de Stuart estava abatida e inchada, com hematomas se formando rapidamente pelos socos que levou de Zack.

"Essa história é nojenta, cara. Você *não tem* ideia do quanto."

Zack o empurrou de volta, soltando a camisa de Stuart. Este caiu com um baque contra as costas do sofá, sua cabeça balançando para trás e depois para frente.

"Então, que tal você me explicar tudo?", Zack rosnou.

"Foi o seu pai", Stuart murmurou. "Meu Deus. Como ele estava obcecado em se livrar da Gracie."

Zack ficou imóvel, seus joelhos dolorosamente tensos enquanto ele sentia o choque se espalhar por sua coluna. Ele balançou a cabeça, certo de que não tinha escutado bem. Em seguida, Zack avançou sobre Stuart, pronto para enchê-lo de pancadas por ter vindo com uma justificativa tão imbecil, uma desculpa tão esfarrapada para tirar de si responsabilidade por seu ato.

Stuart colocou as mãos para afastar Zack e começou a falar rápido.

"Escute, Zack. Só me dê um minuto para explicar tudo, ok? Eu não tenho motivos para mentir para você, cacete. Eu sou culpado. Culpado até não poder mais. Mas não estou mentindo sobre seu pai. Só quero que me dê uma chance para explicar. Eu vou contar toda essa história nojenta."

"Então, que Deus me ajude, se você estiver mentindo para mim, vou arrancar seu saco e enfiá-lo goela abaixo", disse Zack em um tom de voz baixo e ameaçador.

Stuart estava visivelmente alterado. Pálido, tremendo feito um viciado em crise de abstinência e suando muito. Ele lambia os lábios, nervoso, e seus olhos estavam agitados e sem foco.

"Seu pai estava com raiva por você estar tão obcecado por uma caipira pobretona – palavras dele, não minhas. Ele via você como a passagem para uma vida fácil. Ele já tinha tudo planejado. Iria te convencer a deixá-lo ser seu agente e empresário e, quando você fosse para a liga profissional, ele iria se aposentar como chefe de polícia e viver a boa vida. Iria viver do seu dinheiro e sua fama. Mas quando Gracie surgiu, seu foco mudou completamente e você só se importava com ela, só pensava no seu futuro com ela. E de repente seu pai se viu jogado para escanteio."

Até agora, Zack conseguia compreender exatamente o que Stuart dizia. Isso certamente combinava com as ações e palavras de seu pai. Mas sugerir que ele tinha algo a ver com o estupro de Gracie? Independentemente de suas falhas, ele ainda era um policial. Ser um babaca não era contra a lei, e seu pai era bem correto quando se tratava de obedecê-la.

"Ele foi ficando cada vez mais nervoso e, juro por Deus, ele saiu dos limites. Ele começou a fazer todo tipo de pergunta para mim, Bryan e Kevin. Ele ficava perguntando se você e Gracie já tinham brigado, se Gracie estava te manipulando, se você já tinha falado em terminar com ela. E quando nós contamos que o relacionamento de vocês era sério mesmo, ele perdeu a cabeça."

"E depois, meu Deus, ele nos contou uma coisa estranha. Disse algo sobre Gracie poder ler mentes, mas que isso era um grande segredo e que nem você nem ela sabiam que ele estava ciente disso. Seu pai escutou você conversando com Gracie no telefone ou algo assim. E então ele veio com esse plano demente."

O rosto de Zack ficou pálido, e seu estômago ficou tão embrulhado, que parecia ter virado do avesso. Sem chance, aquilo era... maluquice demais. Aquela história era tão forçada que ninguém jamais acreditaria naquela porcaria.

"Seu pai falou que Gracie estava te transformando em um bundão e fazia você comer na mão dela. Disse que vocês ainda nem tinham transado porque ela estava querendo esperar o casamento. Disse que ela estava te manipulando e fazendo de tudo para vocês casarem. Caramba, ele foi tão convincente com os exemplos – coisas que nós todos tínhamos testemunhado – e nós começamos a nos perguntar se ele tinha razão ou não. E então..."

Stuart fechou seus olhos e cobriu seu rosto com as mãos.

"E então o quê?", disse Zack agressivamente, embora já soubesse, merda. Ele sabia que aquilo tudo era verdade e estava enojado até não poder mais.

Mas ele precisava ouvir. Tinha de ouvir aquilo em voz alta. Tinha de *ouvir* como o seu pai era um desgraçado completamente transtornado.

"Então, ele armou uma para nos chantagear", disse Stuart arrasado.

"Como?", Zack perguntou.

Ele estava perdido e sua mente girava fora de controle. Toda a sua vida era uma farsa. A única coisa real nela tinha sido Gracie. E ele a perdeu. Ele a perdeu da maneira mais terrível, repulsiva e desoladora possível. Zack estava totalmente destruído e sua dor era esmagadora. Ele jamais iria se recuperar disso. E como poderia?

"Ele nos parou em uma blitz falsa de trânsito e plantou drogas o suficiente no carro para nos incriminar como traficantes. Isso não é um delito, é um crime bem sério. Ele nos prendeu e disse que ia usar todo o peso da lei contra nós. A não ser que fizéssemos um 'favor' a ele. Ele então explicou exatamente o que queria que fizéssemos e, Zack, ele estava totalmente fora de si. Seu pai estava desequilibrado e incoerente, ficava murmurando sobre como aquela vadia ia arruinar as coisas para *ele*. Ele tinha enlouquecido, tipo, tinha perdido *completamente* a cabeça e qualquer noção da realidade. Ele ameaçou arruinar nossas vidas assim como Gracie arruinou a dele.

"Meu Deus, todas as coisas que ele nos contou. No início pensamos que ele estava tendo alucinações paranoicas. Mas seu pai estava falando muito sério quando disse que Gracie podia ler a mente das pessoas. Bem, imagine o quanto isso nos deixou apavorados. Quer dizer, que porra era aquela que ele estava falando? Então, seu pai disse que tinha um plano para fazer parecer que você estava por trás daquilo tudo, e que era a nossa parte sermos convincentes o suficiente para fazê-la acreditar."

"E vocês simplesmente aceitaram tomar parte disso", disse Zack amargurado. "Foram lá e estupraram uma garota, e para quê? Nem ocorreu a vocês virem a mim contar que diabos o meu pai estava planejando? Nem pensaram que eu poderia colocar um ponto final nisso?"

"Nós íamos ser acusados de um crime bastante sério e passaríamos um bom tempo na cadeia", Stuart disse cansado. "Nós éramos jovens e estávamos apavorados. Tínhamos a vida inteira pela frente."

"E não se apavoraram com a possibilidade de Gracie prestar queixa e vocês serem presos por terem estuprado uma menor de idade?", perguntou Zack, incrédulo.

Stuart olhou para ele, inquieto.

"Seu pai disse que a gente não precisaria se preocupar com nada. Disse que providenciaria um álibi para todos nós. Ele diria que estávamos todos na casa dele naquela noite e que ninguém iria acreditar na palavra de uma garota que morava em um trailer, mas sim na palavra do chefe da polícia.

Ele estava convencido disso. Ele mesmo se congratulava por ter criado um plano tão infalível."

"E vocês baixaram a cabeça", disse Zack, ficando cada vez mais irado. "Vocês três a estupraram. E obviamente vocês forjaram os pensamentos para que, quando Gracie entrasse na mente perversa e doentia de vocês, ela me visse lá, por trás de tudo. Vocês a fizeram pensar que eu os induzi a cometer uma violência completamente condenável e imperdoável."

"Eu não consegui fazer aquilo", disse Stuart em um tom cheio de dor. "Quero dizer, eu tentei. Mas não consegui... Meu Deus, fiquei tão enojado com aquela situação. Eu não consegui terminar."

O estômago de Zack se embrulhou e ele fechou os olhos, respirando fundo em uma tentativa de acalmar os nervos à flor da pele.

"Você acha que isso torna as coisas melhores?", perguntou Zack bruscamente. "Eu devia me sentir melhor por você não conseguir ficar de pau duro para estuprar a garota que eu amava? Espero que você apodreça no inferno, Stuart. Lá é o seu lugar."

O rosto de Stuart não tinha vida.

"Eu já estou no inferno."

Zack não conseguia pensar de forma coerente. Suas mãos tremiam, seus joelhos estavam moles e foi necessário toda a sua concentração e foco para que ele continuasse em pé. Zack foi derrubado pela revelação de que seu pai tinha orquestrado a coisa inteira. Meus Deus, o esforço e a energia que ele colocou naquele plano eram estarrecedores. E como ele sabia da capacidade de Gracie ler mentes?

Seu pai devia ter escutado Zack no telefone com ela em algum momento, mas ele sempre tomou cuidado para guardar bem esse segredo. Perceber que obviamente tinha falhado deixou Zack sentindo-se muito mal. Foi ele quem deu ao pai os meios para atacar Gracie de uma forma que poderia destruí-la. Que a *destruiu*, de fato. Não era surpreendente que Gracie acreditasse no pior, que tivesse ficado tão convencida da culpa de Zack. As evidências estavam completamente contra ele.

Zack não conseguia nem mais olhar para aquele patético arremedo que ele costumava chamar de amigo. Era repulsivo. Toda aquela história sórdida era repugnante.

"Eu espero que você durma à noite ouvindo o som das lágrimas de Gracie", disse Zack com raiva. "Espero que vá dormir vendo a cara de nojo da sua esposa, sabendo que você nunca terá ela ou seus filhos de volta. E espero que, quando você morrer, o inferno esteja te esperando de braços abertos."

VINTE E SEIS

Zack encarou a ampla vastidão do lago Kentucky, com as mãos enfiadas nos bolsos, e seus pensamentos na mais absoluta turbulência. A paisagem mudou drasticamente desde a época em que ele e Gracie costumavam ir ali, tantos anos atrás. E a árvore deles tinha sido cortada, restava apenas um toco que estava apodrecendo. Aquele era um lugar onde eles passaram muitas noites contemplando as estrelas e sonhando com o futuro. Um futuro que jamais aconteceu.

Em diversos aspectos, aquela paisagem irrevogavelmente devastada era simbólica para os sonhos despedaçados de Zack.

Ele tirou um pequeno gravador de voz do bolso, que tinha todas as provas que Stuart confessou. E foi bom Zack ter pensado em gravar a conversa, porque, de outra forma, quem diabos seria capaz de acreditar naquela história absurda e inimaginável? Caramba, nem mesmo ele acreditaria em alguém que viesse com esse tipo de história. Era inconcebível que alguém pudesse ser tão diabólico. E pensar que seu próprio pai, apesar das diferenças que havia entre os dois, foi tão longe para arruinar o futuro do filho? Para obter vantagens pessoais para si?

Isso ia contra o bom senso. Seu pai era um psicopata no sentido mais amplo da palavra.

À distância, faróis brilharam, e o som fraco de um motor se fez notar. Então ele foi desligado e seguido pelas luzes. Zack ficou tenso, a raiva pulsava em suas veias enquanto ele se preparava para o confronto iminente com o pai.

Zack se recusou a voltar para a casa onde cresceu. Ele não quis deixar nenhuma evidência física de que esteve naquele local. Em vez disso, ligou para o pai e lhe pediu para que se encontrasse com ele ali. Zack não respondeu aos questionamentos do pai sobre quando voltou à cidade ou por quê. Ele simplesmente disse que tinha algo importante para contar e desligou, deixando que o pai pensasse o que quisesse daquela declaração enigmática. Zack nem mesmo sabia se o pai *viria*.

A curiosidade parecia ter levado a melhor. E, como dizia o velho ditado, a curiosidade matou o gato.

Algum tempo depois, seu pai moveu-se desajeitadamente, uma sombra na escuridão que cobria a área sobre o lago.

"Zack?", ele chamou.

"Aqui", disse Zack com um tom de voz sério.

O feixe de uma lanterna vasculhou o chão de maneira irregular e então seu pai apareceu. Sua aparência era chocante. Ele parecia estar tão velho quanto sua idade indicava, se não mais. Ele tinha uma barriguinha de cerveja que se projetava bem acima do cinto apertado, e tinha a aparência de um alcoólatra de longa data. O cabelo estava consideravelmente mais ralo, ele estava careca na parte superior, e os fios que restavam estavam completamente brancos.

Os anos não foram bons para ele, um fato que deixou Zack bastante satisfeito.

Rugas grossas cortavam o rosto de seu pai, que tinha a aparência abatida de alguém que não dormia à noite. Talvez seus demônios – e sua culpa – atormentassem seus sonhos. Zack apenas podia torcer para que ele tivesse passado por metade do inferno que Gracie passou, apesar de duvidar que seu pai fosse capaz de sentir culpa ou remorso.

"Que diabos está acontecendo, filho? Por que você pediu para me encontrar aqui, pelo amor de Deus? Você deveria ter ido para casa. Nós poderíamos tomar uma cerveja e colocar a conversa em dia. Faz três anos que te vi. Você não me fez nem mesmo uma ligação nesse meio-tempo. Nada no Natal, nos aniversários... É dessa maneira que você trata seu velho pai?"

Zack estava fervilhando. Foi preciso cada gota do autocontrole que ele possuía para não enfiar um murro na cara do pai, ali mesmo.

"Eu sei o que você fez, seu filho da puta", Zack começou. "E nem pense em ficar aí, me olhar nos olhos e negar. Porque, juro por Deus, vou te *encher de porrada* até arrancar a verdade de você, seu desgraçado. Eu vou descobrir cada mentira que você já contou. Vou descobrir cada lei que quebrou e cada pecado que cometeu. E quando eu acabar, você não vai ter nada e você não *será* mais nada."

Seu pai ficou corado de raiva. Suas bochechas ficaram avermelhadas de ira, e seus olhos arregalaram, em claro nervosismo.

"Malditos bundões covardes", seu pai grunhiu, a saliva acumulando nos cantos dos lábios. "Quem foi que falou? Aposto que foi Stuart. Eu já devia saber que aquele idiota molenga não tinha estômago para isso. Deve ser por isso que a esposa dele o abandonou um tempo atrás. O imbecil provavelmente não podia viver com a consciência pesada e contou tudo para ela... Que homem mais patético."

Zack olhou para seu pai, aterrorizado, chocado e completamente incrédulo. Meu Deus, ele nem ia tentar negar. Não havia o menor remorso, a menor culpa. Ele só ficou com raiva por ter sido delatado. E ainda chamou Stuart de homem patético? Que tipo de homem era ele, que arquitetava o estupro de uma adolescente? Uma garota jovem o suficiente para ser a filha dele. A garota por quem seu próprio filho estava apaixonado e planejava se casar.

Zack se sentiu como se estivesse preso em algum pesadelo bizarro do qual ele não conseguia acordar.

"Você nem ao menos vai *negar*?", ele perguntou com raiva. "Que tipo de canalha transtornado você é? Como pôde fazer aquilo a uma garotinha? Ela era virgem, pelo amor de Deus. A primeira vez dela foi um estupro coletivo brutal incitado por você! Um homem crescido, adulto. Um homem que jurou defender a lei e proteger as pessoas de sua cidade como o chefe de polícia. Ou essa proteção valia apenas para aqueles que você considerava dignos?!"

Seu pai bufou incrédulo, ignorando a indignação de Zack e o assunto em questão.

"Espera que eu acredite que você já não tinha arrancado a calcinha dela? Acha mesmo que ela não estava abrindo as pernas para qualquer um que olhasse duas vezes pra ela? Se acha isso, você é uma besta ingênua."

Zack perdeu a calma. Ele derrubou o pai com um soco forte no queixo. Seu pai foi para o chão com um baque e simplesmente ficou lá, esfregando o maxilar com uma expressão de descrença. Como se não pudesse acreditar que Zack tinha ficado furioso com aquilo nem por quê. Então, também ele achava que Zack deveria agradecê-lo por arruinar a vida de uma garota inocente e de um garoto, seu filho, a quem ele supostamente amava?

"Sinceramente, você está *defendendo* aquela vadiazinha? O que há de *errado* com você? Não foi o suficiente ela ter arruinado sua carreira? Você podia estar jogando profissionalmente até hoje! Você podia ter ganhado um Super Bowl, meu Deus. Você levou um time de bosta até os *playoffs* nos dois primeiros anos em que foi o *quarterback* deles. E então simplesmente largou tudo! Se sua cabeça não estivesse tão virada por causa dela e tivesse mantido o foco no jogo, você nunca nem teria se lesionado, para início de conversa."

A fúria de Zack explodiu. Ele puxou o pai e deu-lhe um soco na barriga, em seguida, o fez cambalear com outro golpe, dessa vez no nariz. Barulho de osso sendo esmagado e o jorro de sangue indicavam que o nariz provavelmente tinha sido quebrado, mas, naquele momento, Zack podia matá-lo e não teria o menor remorso.

Ele estava fora de si de tanta raiva. O ódio fervia e entrou em erupção como um vulcão. Doze anos de preocupação, tristeza e raiva de repente foram expelidos como um tornado violento de puro ódio pelo homem que o criou. Meu Deus, Zack faria qualquer coisa no mundo para se purificar do sangue de seu pai. Ele desejava de todo o coração que eles não estivessem ligados biologicamente. Zack jamais seria o tipo de homem que seu pai era. Ele preferia morrer antes.

"Você vai se ferrar por isso", seu pai bufou enquanto dava um passo cauteloso, hesitante, para se afastar de Zack. "Eu vou te prender por agressão a um policial. Não ligo a mínima se você é meu filho ou não."

"Faça isso", Zack retrucou. "Só perceba que você tem muito mais a perder do que eu. Eu não tenho mais nada para abrir mão porque já perdi tudo que tinha alguma importância para mim, graças a você. *Você* tirou tudo de mim. Mas se eu cair, pode apostar, vou levar você comigo. E não vou ter o menor arrependimento por isso. Vou me certificar de que você passe o resto da vida atrás das grades. Sem falar que a cidade inteira vai descobrir o completo doente que você é, e pode dizer adeus à sua reputação, à sua carreira e à sua pensão."

"Você não pode provar porra nenhuma", seu pai disse em um tom presunçoso que apenas enfureceu Zack ainda mais.

"Não posso?", perguntou Zack suavemente.

As duas palavras e o silêncio que se seguiu deixaram o pai de Zack visivelmente perturbado. Seus olhos refletiam preocupação e ele ficou agitado, assim como suas bravatas foram desaparecendo diante da confiança com que Zack falava.

"Aquele caso de estupro com agravantes não prescreveu", continuou Zack. Ele puxou o pequeno gravador do bolso e apertou play. A confissão de Stuart começou a preencher o silêncio da noite. "Se você não acha que os outros vão dar as costas para você rapidamente, é melhor pensar de novo. Você os chantageou para cometer um crime desprezível e o promotor vai se interessar muito mais em pegar um policial corrupto do que três perdedores que não chegaram a lugar nenhum na vida. Pense no que isso significaria para a carreira dele. Capturar um homem da lei desonesto, o chefe de polícia de uma cidade pequena. Esse é o tipo de história sensacionalista que vai atingir a mídia como um incêndio. Em questão de dias, você não vai mais poder dar as caras em lugar nenhum, porque todo mundo vai saber o que você fez. Eu me certificarei disso. Nem que leve o resto da minha vida, eu farei você sofrer tanto quanto Gracie e eu sofremos pelos últimos doze anos.

E com Deus como minha testemunha, você vai pagar pelo que fez, pai", Zack esbravejou. "Você vai pagar."

"Você está blefando", seu pai tentou retrucar. Mas era óbvio que a promessa de Zack era convincente, porque todo aquele ar ameaçador do pai tinha desaparecido, e agora ele parecia estar se borrando de medo.

"Ah, é? Você já devia me conhecer bem o suficiente para saber que eu não blefo. Mas se você não acha que estou falando sério, *pague para ver*."

O desafio no tom de voz de Zack era nítido e havia uma clara expectativa para que seu pai desconsiderasse a ameaça que ele mesmo tinha feito. E seu pai percebeu isso rapidamente.

"O que posso fazer?", perguntou o pai, com o pânico crescente. "Eu farei o que você quiser, mas você *não pode* levar isso a público. Essa história vai me arruinar e eu já não tenho muita coisa. Apenas minha pensão e, se isso for exposto, vou perdê-la também e não terei mais nada. Você não pode fazer isso comigo, filho."

A raiva de Zack ainda faiscava.

"Nunca mais me chame assim. Eu não sou seu filho. E com certeza eu não acho que tenho o mesmo sangue que você." E então Zack riu, um som quebradiço, frágil como o gelo. "Acha que dou a mínima para você? Você com certeza nunca se importou comigo. Eu não passava de um meio para você tirar a sorte grande na vida. Você estava contando em ser o pai de um jogador de futebol americano e pretendia viver montado no meu talento, sugando de mim cada centavo que podia. Como deve ter doído quando abandonei uma carreira multimilionária, porque você deve ter visto a vida que gostaria de ter derretendo em um piscar de olhos. Mas você nunca se importou com a vida que eu queria. Com o que *me* fazia feliz. Você destruiu a melhor coisa da minha vida, e eu *nunca* vou te perdoar por isso. Torça para você ter uma vida longa, porque quando morrer, eu vou dançar no seu túmulo, e Satanás vai estar lá para recebê-lo e conduzi-lo pessoalmente até as entranhas do inferno."

Seu pai empalideceu e então começou a suplicar. Ele perdeu qualquer resquício de controle e começou a chorar feito um bebê, implorando misericórdia ao filho. E tudo no que Zack conseguia pensar era em Gracie implorando pelo mesmo. Implorando para que eles não a machucassem. E eles a machucaram mesmo assim. O coração de Zack exigia que a vingança fosse feita, exigia que ele fizesse com que cada um envolvido no estupro de Gracie se machucasse tanto quanto ela, que sofresse tanto quanto ela sofreu. Exigia que eles não tivessem mais nenhum dia de paz em suas vidas.

"Você vai confessar tudo enquanto eu gravo", disse Zack com frieza. "Vai contar cada detalhe sórdido e os motivos de você ter feito isso. Se deixar algum detalhe de fora, eu vou te pregar contra a parede e vou arruinar sua vida. Você irá admitir que sabia da habilidade de Gracie ler mentes e vai dizer como manipulou a situação para fazer parecer que eu estava por trás do estupro dela. E então, eu nunca mais quero te ver, ouvir seu nome. Nada. Você não é nada para mim. Você não é meu pai."

"O-o q-que v-você vai fa-fazer c-com a confissão", seu pai balbuciou, os olhos nervosos e esbugalhados de medo.

"Eu vou entregá-la a Gracie, para que ela saiba que canalha sem coração você é."

"E se ela decidir prestar queixa?"

Seu pai estava suando agora, o fedor do medo dele era perceptível no ar. E ele ainda estava choramingando, o que deixou Zack aborrecido e mais envergonhado ainda por compartilhar o mesmo DNA que aquele pedaço inútil de merda, prestes a molhar as calças.

"Esta será a decisão dela", disse Zack. "Estou torcendo mesmo para que ela queira dar queixa, mas jamais irei forçar Gracie a fazer nada que possa causar dor no futuro, assim como irei apoiá-la cem por cento se ela quiser buscar justiça pelos crimes que você e os outros cometeram contra ela. Porque não tenha dúvidas: você é tão culpado, se não mais, quanto os homens que a estupraram de fato. Seu destino agora está inteiramente nas mãos da mulher que você prejudicou irremediavelmente. Nas mãos da mulher que você maltratou de forma doentia, cujo único crime foi me amar."

As bochechas de seu pai estufaram e ele explodiu em raiva.

"Eu apenas queria o melhor para você! O mesmo que qualquer um gostaria para seu único filho!"

"Para com essa besteira! Nenhum pai faz a namorada do filho ser estuprada e abusada e ainda a faz pensar que foi o filho quem armou tudo, seu desgraçado! O melhor para mim era *ela*!" Zack gritou. "E o que é melhor para mim *agora* é esquecer que você já foi parte da minha vida e que de todas as formas você não é nada mais do que um doador de esperma. Eu costumava sentir mágoas da minha mãe por ter nos abandonado, mas não posso mais culpá-la, agora que sei o grande babaca que você é de verdade."

"Então é isso. Você simplesmente vai deixar as coisas assim e me tirar da sua vida", disse seu pai com amargura.

Zack avançou, colocando o dedo na cara do pai.

"*Você* fez isso. Você fez isso há doze anos quando deu início a uma violência inominável contra uma garota inocente, por motivos puramente egoístas. Como eu queria que você *nunca* tivesse feito parte da minha vida e que tivesse sido você quem me abandonou, e não minha mãe, ou então que ela tivesse me levado junto. Porque você foi provavelmente a pior coisa que aconteceu na vida dela e eu *sei* que você é a pior coisa que aconteceu na minha."

***

"Por que você demorou tanto para dar notícias?", Beau perguntou ao atender a ligação de Zack. "Você faz ideia do quanto ficamos preocupados? Não é assim que funciona, cara. Você não pode sair sozinho por aí para dar uma de justiceiro."

Zack suspirou.

"Eu sei. Já entendi, ok? Mas isso era algo que eu precisava fazer. Eu não queria nenhum de vocês envolvidos nessa minha situação de merda."

"Besteira", disse Beau rudemente. "Eu sou seu amigo, não apenas seu colega. Você precisa saber que eu estou com você independentemente do que aconteça."

"Eu sei disso", disse Zack em voz baixa. "Mas algumas coisas são particulares demais, cara. E, como eu disse, isso era algo que eu precisava fazer. Isso tinha de ser feito."

Houve uma longa pausa.

"E você resolveu a parada?"

Zack suspirou cansado.

"Sim. Não. Ah, que se dane. As coisas jamais vão ficar bem, mas eu consegui as respostas que queria. Só que se Gracie não aceitar isso ou não me perdoar, então todo o esforço terá sido em vão."

"Tem algo que eu... que nós possamos fazer?", perguntou Beau, em voz baixa.

"Apenas mantenha Gracie em segurança, até que eu volte para casa e para ela", disse Zack em uma voz suave. "Eu não posso perdê-la, Beau. E sei que pareceu babaquice minha deixá-la por lá depois que ela acabou de ser espancada até quase morrer, mas isso... isso tinha precisava ser feito ou eu nunca teria uma chance de tê-la de volta."

"Você não precisa se preocupar com Gracie", Beau disse com firmeza. "Ela tem que voltar ao médico para poder conferir sua recuperação e precisa de outra receita médica para os analgésicos. Ela é teimosa e tem se recusado a tomar os remédios, mas Lizzie e Sterling estão cuidando dela, garantindo que ela tome tudo o que precisa. Gracie tem sentido muita dor, e caramba, quem é que não sentiria depois de ter apanhado tanto quanto ela? Então eles irão se certificar não apenas de que ela receba os remédios como também que os esteja tomando direito."

O medo revirou o estômago de Zack, só de pensar em Gracie deixando os confins da casa segura onde eles tinham se instalado, ainda que esse fosse um mal necessário.

"Certifique-se de que ela vai estar segura. Aqueles desgraçados estão por aí, observando e aguardando outra oportunidade de atacar. Caramba, eles esperaram por meses depois de toda aquela merda que rolou com Ari. Eles não vão desistir, e já provaram isso.

"Ela terá uma equipe de segurança completa", Beau assegurou. "Vamos para uma clínica particular. Ela precisa dar seguimento aos exames de raio X e de sangue, ou teríamos de fazer o médico vir a ela."

Zack falou um palavrão.

"E quando é a consulta?"

"Amanhã de manhã. Antes de a clínica abrir."

Droga. Não tinha como ele voltar a tempo de ir junto com ela. E, bem, Zack não queria que seu primeiro encontro cara a cara depois que ele foi embora fosse em público ou com outras pessoas presentes. Tampouco queria fazê-la passar pela dor de ouvir as pessoas que abusaram dela tão insensivelmente admitindo e explicando tal atrocidade.

"Eu chegarei amanhã à tarde. Cuide dela por mim, cara. Ela é a minha vida."

"Você sabe que vou cuidar dela. Você deu o sangue por Ari, e nunca esquecerei daquilo. Eu sei como você se sente. Ari também é minha vida, e eu não sobreviveria se algo acontecesse com ela."

Zack relutantemente desligou, frustrado pelo tempo que levaria até voltar para Gracie. Ele ficou tentado a alugar a droga de um carro para dirigir a noite toda e voltar logo para ela, mas ainda assim ele não chegaria a tempo da consulta, e também não estaria em condições mentais ou físicas para levá-la de volta para o passado infernal. Não que Zack estivesse preparado para descer até as entranhas do inferno também, mas um dos dois precisava ser forte, e Zack com certeza não esperava que Gracie assumisse esse papel, ainda mais sendo ela a mais afetada pelos eventos do passado.

Zack precisava descansar para pegar o voo matinal de volta a Houston, mas já sabia que seria difícil pregar os olhos. Ele nunca mais conseguiria dormir outra noite até Gracie estar de volta aos seus braços definitivamente.

VINTE E SETE

Gracie sentou-se na sala de espera quase vazia da clínica do médico que lhe recomendaram para fazer seu acompanhamento. Ela foi assegurada de que a DSS costumava usar aquele médico por ser extremamente discreto. Além disso, ele frequentemente os atendia na própria casa, mas – como era o caso dela – quando precisava de acesso a equipamentos hospitalares, o médico agendava a consulta quando a clínica estava fechada ou antes de abri-la ao público. E, bem, pelo que Beau Devereaux tinha dito a ela, a maioria de seus pacientes era gente que precisava de anonimato completo, então o médico não tinha pacientes "normais". Julgando pela elegante sala de espera, de decoração cara e refinada, não parecia que estavam faltando clientes.

Apesar de não ter pacientes de verdade, a sala de espera estava lotada porque estavam lá Eliza, Wade, Dane, Isaac e Coop. Havia outros dois a quem Gracie foi apresentada, mas ela não conseguia lembrar-se dos seus nomes.

E então havia mais um homem na sala de espera, que Gracie primeiro presumiu ser só mais uma pessoa em sua ridiculamente grande escolta. Bem, e por mais tolo que soasse estar cercada por montanhas de testosterona – com exceção de Eliza, claro, apesar de ela ser mais durona que a maioria dos homens – isso *realmente* a fazia se sentir mais protegida. Especialmente com Zack longe.

Mas aquele homem tinha atraído olhares desconfiados dos outros e deixou sua equipe de segurança com a pulga atrás da orelha, como se eles não estivessem gostando da sua presença.

Mas ele era discreto e não prestava nenhuma atenção à grande quantidade de homens com aspectos ferozes que o cercavam.

Vadia arrogante. Todos eles pensam que são invencíveis.

Gracie levantou a cabeça na hora e ficou boquiaberta com o som que surgiu do nada, mas nenhuma pessoa da sala reagiu àquela declaração curta e raivosa. De fato, todos lá agiam como se não tivessem ouvido nada.

Tão convencidos. Eles pensam que vão conseguir pegar os melhores de nós. Eles não têm ideia de nossos recursos ou do que somos capazes. E a vadia folgada que trabalha para eles precisa baixar bem a bola.

Um tom de alegria triunfante acompanhava a declaração seguinte:

Logo ela vai descobrir que não é tão invencível quanto pensa que é. É uma lição que estou ansioso para dar a ela.

Gracie percorreu com o olhar os ocupantes da sala de espera, convencida que alguém estava conversando ao celular sem se preocupar nem um pouco se todo mundo ia ouvir ou não. Mas, novamente, ela não viu nada que indicasse que alguém estava *usando* um telefone. Nem mesmo aqueles aparelhos que não precisavam das mãos.

E então seu olhar se postou no outro lado da sala de espera, onde o homem que ela estava observando não tinha mudado de posição. Ele encarava Eliza atentamente, sua mandíbula mexendo em agitação, enquanto todos os outros estavam inexpressivos e pareciam entediados.

Será que Gracie estava ficando louca? Será que tinha ficado ultraparanoica depois de sua agressão e da sequência traumática dos eventos dos últimos dias? Será que ela havia chegado ao seu limite emocional?

Era quase como se... Gracie balançou a cabeça. Não, isso era ainda mais loucura. Tinha perdido a capacidade de ler mentes doze anos atrás e não sentia a menor saudade dessa habilidade. Ela estava claramente imaginando tudo aquilo.

Tudo ficou quieto em sua mente, e Gracie se convenceu de que tinha imaginado a coisa toda, mas então ela foi instantaneamente inundada com imagens horríveis de Eliza deitada de costas com algum tipo de pano sobre seu rosto e alguém despejando água sobre ele.

Ela não conseguiu evitar a reação e fechou a cara. Dane captou imediatamente a mudança em seu comportamento. Ele era quem estava sentado mais perto dela e se inclinou, olhando para Gracie cheio de preocupação.

"O que há de errado, Gracie? Está com dor?"

Ela meneou a cabeça, incapaz de formular as palavras para explicar sua reação. Como conseguiria? Em vez disso, Gracie negou com um movimento de mão e, cuidadosamente, melhorou a expressão no rosto, para que Dane soubesse que ela estava bem.

Para seu alívio profundo, a porta se abriu e uma jovem enfermeira animada gesticulou para que Gracie entrasse. Ela se levantou tão rápido que quase caiu, e teria caído, se Dane não tivesse mergulhado para segurá-la, abraçando-a com força para firmá-la em pé.

"Cuidado agora", ele murmurou. "Vá com calma e devagar."

Eliza veio até o outro lado de Gracie.

"Você quer que eu vá com você?"

Implicitamente a pergunta era se Gracie iria se sentir mais confortável com outra mulher na sala de exame, em vez de estar com um homem ou homens que ela nem conhecia.

Gracie assentiu porque ela foi repentinamente tomada pelo desejo de ter Eliza por perto. Não por estar com medo, mas porque as imagens terríveis que ela viu envolvendo Eliza a fizeram temer por ela.

Dane franziu as sobrancelhas.

"Claro, nós não iremos à sala de exames com você, Gracie, e sim, eu acho que é uma boa ideia ter Lizzie lá dentro. Mas teremos alguém do lado de fora da porta, assim como em cada local de entrada e saída."

"Está bem", Gracie disse com fraqueza. "Você pode ir agora, Dane. Eu estou bem. De verdade. Eu só me levantei muito rápido. Mas consigo fazer isso sozinha."

Dane olhou para ela inseguro, mas soltou Gracie e lançou um olhar à Eliza que dizia claramente: *ajude-a*.

Eliza gentilmente abraçou Gracie pela cintura e a ajudou a caminhar até a porta aberta, onde a enfermeira estava. Assim que passaram por ela, a enfermeira começou a fechar a porta, mas não antes que Dane e Wade entrassem também, surpreendendo a enfermeira.

Então, Dane se virou e garantiu o bloqueio da porta para que ninguém mais tivesse acesso.

A enfermeira começou a abrir sua boca para reclamar, mas ficou quieta diante do olhar frio de Dane.

"Gracie não vai a lugar nenhum sem nós. Nós estaremos em posição fora da sala de exame. Acredito que não há janelas ou entradas e saídas alternativas na sala em que ela estará, certo?"

A enfermeira meneou a cabeça vigorosamente e balbuciou um *não*.

Dane assentiu.

"Muito bem. Leve Gracie até a sala dela para que possamos terminar logo com isso e levá-la de volta para casa para que ela possa descansar e se recuperar."

O médico avaliou Gracie rápida e eficientemente, e declarou que ela estava se recuperando depressa, com apenas alguns hematomas à mostra ainda. Ele disse em um tom que sugeria que ela era sortuda. Que o médico a perdoasse, mas Gracie não se sentia sortuda por ter sido espancada por bandidos, independentemente de terem a *intenção* de matá-la ou não.

Quinze minutos mais tarde, eles já estavam voltando e Gracie procurou ansiosamente pelo homem que esteve na sala de espera com eles. Mas ele não estava mais por ali. Será que a enfermeira o chamou para alguma outra sala?

Gracie não conseguia se livrar da sensação de desconforto, e a lembrança das vozes – pensamentos – também não iam embora. Elas ainda estavam fortes na sala de espera, e ela tremeu involuntariamente, o que fez Dane ficar ainda mais preocupado.

"Eles verificaram ao menos se ela estava com febre?", Dane perguntou, apesar de direcionar a pergunta à Eliza, e não à própria Gracie.

"Eles a examinaram fisicamente por inteiro", Eliza respondeu, parecendo se divertir com aquilo. Ela olhou para Gracie com um olhar de compaixão que as mulheres compartilhavam quando se deparavam com um homem forte e dominador. Então, ela revirou os olhos e Gracie teve de segurar a risada.

Dane fez uma careta.

"Então por que diabos ela está tremendo? Gracie parece estar morrendo de frio."

"Bem", Eliza falou medindo as palavras. "Pode ser o clima. Está um pouco gelado hoje. Ou pode ser o fato de que ela foi brutalmente atacada recentemente, e não apenas ainda esteja machucada pela agressão, mas também receosa por não estar em um lugar mais seguro e longe do céu aberto." Em seguida, ela deu de ombros. "Ou talvez ela apenas esteja com medo de você e de suas caretas temperamentais. Faça sua escolha."

Gracie mordeu o lábio inferior, imaginando como ela poderia achar graça em algo tão sombrio quanto a sua situação. E contando com as últimas pessoas de quem ela aceitaria ajuda. Os amigos de Zack. Conhecidos, colegas de trabalho, ou seja lá o que ele os considerava. O fato de elas estarem ligadas a ele devia fazer Gracie sair correndo dali, depois do primeiro encontro que ela teve com Zack.

Mas Wade conseguiu acalmá-la, sempre razoável e imperturbável. E friamente perigoso. No entanto, Gracie sabia que se não tivesse se tocado de que Wade tinha razão sobre a necessidade de ela parar de fugir e abraçar a vida que tinha construído para si mesma, ele a teria ajudado se ela realmente quisesse se mudar para outro lugar. Tudo o que tinha de fazer era pedir.

Talvez fosse a teimosia dela. E... bem... os eventos recentes a fizeram questionar tudo em que tinha acreditado pelos últimos doze anos. Zack ficou completamente devastado e tão enfurecido que, naquele momento, Gracie realmente sentiu medo. Não medo de que ele fosse machucá-la – o que era loucura depois do que Zack supostamente tinha feito com ela. Não, Gracie temia que ele fosse matar cada um dos homens que tomaram parte em seu estupro. E isso não lhe trouxe nenhuma alegria, nenhuma sensação de justiça sendo feita. Porque isso significava que Zack teria de arcar com as consequências, assim como ela teve de suportar as consequências daquele dia por mais de uma década. E Gracie não desejava isso nem para seu pior inimigo. Quer Zack a tivesse traído ou não.

Ela abriu a boca para fazer uma pergunta e parou porque estava parecendo muito… ansiosa. E Gracie queria parecer indiferente, como se nada disso importasse. Especialmente Zack. Ela conhecia o suficiente de si mesma para saber que nunca amaria outro homem da maneira que amava Zack. Tivesse 16 anos ou não, ela sabia que ele tinha sido feito para ela. Cada vez que olhava para Zack, Gracie via a eternidade em seus olhos, assim como quando lia seus pensamentos. Deus, eles estavam explodindo de amores. Tanto amor e orgulho. E sensação de posse.

Gracie pertencia a Zack. Ele foi a única pessoa a quem ela já pertenceu de verdade. E Zack pertencia a ela.

Então o que tinha acontecido?

Nada disso estava fazendo sentido!

Não havia falsidade na tristeza e mágoa de partir o coração que Gracie viu no rosto Zack quando ela disse o que tinha acontecido. Ele ficou sem palavras e, quando conseguiu falar, lágrimas rolaram pelo seu rosto e ele se rastejou até ela, incapaz de permanecer em pé. Um homem orgulhoso, arrogante, dominador, se rastejou até ela apenas para poder tocá-la gentilmente no rosto. Então, Zack pôde pedir desculpas e implorar por perdão por algo que ele jurou a Gracie não ter feito.

Nada disso fazia o menor sentido em um mundo que já não fazia o menor sentido. A única dúvida que pipocava em sua mente era: e se Zack não fez aquilo? E se, por ela ter fugido dele doze anos antes sem ouvir a versão dele da história, agora Zack a odiasse tanto quanto ela o odiou?

Gracie fechou os olhos e lágrimas quentes escorreram silenciosamente pelo seu rosto. Aquela única palavra carregava um grande significado. Rendição. Renúncia. Admissão do erro. Meu Deus. Será que ela estava maluca?

Gracie disse que o odiou. No tempo passado. Como se agora isso não fosse mais o caso e ela o amasse ainda. Mas será que era isso mesmo? Gracie chegou a realmente deixar de amar Zack, mesmo nos piores momentos de sua tristeza e desespero? Era uma pergunta que a perturbava de diversas formas.

Mas a coisa que continuava pesando na consciência de Gracie, apesar de todos os esforços para mantê-la distante, era o fato de Zack ter sido tão veemente ao negar ter feito parte do estupro. E meu Deus, ele parecia estar sendo tão sincero. E se Gracie esteve enganada? Por todos esses anos?

Ela sentiu o estômago se revirar de náusea e aflição.

"Gracie?"

A voz suave de Eliza deu uma pausa na volátil combinação dos pensamentos de Gracie.

"Eu sei que está chateada, mas, por favor, apenas dê uma chance a Zack. Ele estará em casa em algumas horas. O voo dele atrasou e ele está furioso, porque queria estar aqui para a sua consulta médica. Mas está vindo."

Os pensamentos de Gracie imediatamente se voltaram para Eliza e ela foi tomada por um medo e ansiedade esmagadores. Será que ela devia contar para Eliza o que tinha "escutado"? E será que ela ouviu mesmo alguma coisa ou foi só sua própria imaginação alucinada?

Gracie mordeu os lábios, sem saber o que fazer. Ela se perguntava se estava perdendo o juízo depois de tanto tempo tentando sobreviver e se manter sã.

"Gracie?"

Dessa vez foi Wade quem chamou o nome dela, com uma voz tranquila. Havia preocupação e uma leve tensão no seu tom da voz. Gracie olhou para cima e viu o olhar aguçado de Wade, prestando atenção em cada detalhe de sua aparência, quase como se ele estivesse lendo os pensamentos *dela*.

Mas Wade não precisava da habilidade de Gracie para ler as pessoas. Ele era bastante sagaz e tinha um estranho dom para desvendar as pessoas e suas intenções. Perceber se elas representavam uma ameaça ou não. E levando em consideração que ela foi a única pessoa que ele permitiu alguma proximidade, até onde sabia, então ela devia ter passado pelo exame minucioso dele.

Várias coisas chegaram até Gracie de uma só vez. Vozes. Ecos aleatórios. Ela não conseguia suportar aquilo e pressionou as orelhas com as mãos, como se isso fosse calar a enxurrada de pensamentos à sua volta. Oh, meu Deus. Ela não estava ficando louca. Sua habilidade estava voltando.

Gracie fechou os olhos com força, porque se ela pudesse escolher entre as duas opções, teria preferido enlouquecer.

VINTE E OITO

Gracie passeou pelo interior da casa que servia de esconderijo, sentindo uma tensão crescente, que estava cada vez mais difícil de suportar. As palmas de suas mãos suavam, sua pulsação estava acelerada, e a respiração rápida e curta, o que a deixava zonza.

Onde estava Eliza?

Elas tinham se separado fazia algumas horas, depois que saíram da clínica. Eliza disse que precisava pegar o laptop em sua casa, passar no escritório para fazer algumas pesquisas e então voltaria para fazer seu turno de vigilância na casa. Ela previu uma hora e meia, duas horas no máximo. Já fazia quatro horas.

Gracie tinha a sensação ruim de que não estava louca. Ela sentia que tinha recuperado um pouco de seu poder e tudo o que tinha "escutado" na clínica foi, de fato, direcionado à Eliza.

Gracie olhou para Isaac. Na ausência de Eliza, foi ele quem ficou de guarda ali. Ele não parecia perturbado ou, ao menos, preocupado. Wade, no entanto, estava com uma expressão séria e parecia estar afundado em seus pensamentos. Ele estava preocupado assim como Gracie? Ou estava pensando em algo totalmente diferente?

Havia pelo menos mais um agente da DSS fora da casa. Onde exatamente, Gracie não tinha certeza. Mas ela sabia que ele estava observando cuidadosamente a casa. Isso devia fazer com que se sentisse segura, mas Gracie não conseguia se livrar da sensação horrível de que ela já não era mais o alvo e que o foco agora era Eliza.

E se agora Eliza já estivesse nas mãos das pessoas que sequestraram e espancaram Gracie, e além dela, também tinham raptado e causado muito mal à Ari, esposa de Beau Devereaux?

Gracie acelerou o ritmo e começou a andar para frente e para trás rapidamente, tentando encontrar alguma solução viável. Se ela falasse para

Isaac que costumava ler mentes, mas que depois perdeu essa habilidade – só que, ah, espera, de repente agora ela parecia estar recuperando os poderes e bem, falando nisso, parece que Eliza está correndo grande perigo – ele pensaria que ela era uma completa lunática.

Sem mencionar que se ela os deixasse em polvorosa, preocupados e atentos em Eliza e algo realmente acontecesse, Gracie seria a responsável.

E ainda assim ela não conseguia evitar uma preocupação crescente, que apertava seu peito cada vez mais, a ponto de ficar difícil respirar. As cenas que viu de Eliza a deixaram apavorada. Será ela estava sofrendo aquilo mesmo?

Gracie meneou a cabeça. Ela não conseguia – e não iria – simplesmente deixar isso quieto. Eliza foi gentil com ela e arriscou à própria vida para proteger alguém que ela nem conhecia. Eliza era leal a Gracie porque, de acordo com suas próprias palavras, Gracie era importante para Zack, de forma que ela era também importante para o resto da DSS. Gracie não honraria uma atitude tão abnegada permanecendo em silêncio com medo de estar errada ou de pensarem que estava louca.

Uma ideia surgiu em sua mente, tão louca e ridícula que era absolutamente... brilhante. Ela ficou tão empolgada que até prendeu a respiração. Claro! Gracie sabia exatamente como descobrir se Eliza tinha sido sequestrada ou se ela estava sofrendo de alguma forma. E eles com certeza tinham as ferramentas para realizar uma ofensiva em larga escala e acabar com cada um dos responsáveis pelos ataques contra a DSS, bem como qualquer pessoa associada a eles.

E Gracie não estava se referindo a nenhum agente da DSS. Não, o verdadeiro poder e habilidade por trás dessa operação estava nas mulheres que se casaram com os agentes da DSS: Ramie, que podia descobrir a localização de Eliza simplesmente tocando um objeto que pertencesse a ela; e Ari, cujos poderes eram enormes e nem mesmo tinham atingido o máximo de seu potencial. Não havia como dizer do que Ari era capaz, mas ela já tinha enfrentado esses homens uma vez e aniquilado a base inteira deles. E Gracie... Seus poderes não eram tão espantosos ou úteis quanto os de Ramie e Ari, mas ela podia ler mentes. E se houvesse informações importantes, uma maneira de acabar de vez com essa loucura, então ela poderia ajudar de alguma forma.

Gracie olhou para Isaac. Considerando tudo o que Eliza tinha dito a ela, tentar chegar até Ramie era tão inútil quanto tentar invadir o Fort Knox sem ser descoberta. Ela mordeu o lábio entre os dentes e então olhou para Wade. O compromisso de Wade não era com a DSS, era com ela. Era por isso que ele estava ali. E... Gracie sabia, no fundo, que Wade nem sempre era um bom homem – apesar de ela escolher ignorar isso. Ele tinha negócios escusos e contatos que nenhum homem comum devia ter.

Mas ela jamais o questionou. Na verdade, Gracie não queria saber dessas respostas. Ela preferia permanecer feliz na ignorância e considerá-lo como um amigo, algo que, de fato, Wade se tornou.

Wade se virou para ela, atento, como se pudesse sentir seu olhar. Em seguida, ele olhou para Isaac, como se soubesse que Gracie tinha algo em mente que não queria que o agente da DSS escutasse.

Ele foi até Gracie e colocou sua mão por baixo de seu cotovelo, e gentilmente a guiou para o quarto que ele ocupava, deixando Isaac sozinho na sala de estar. Ele não fechou a porta, o que provavelmente despertaria suspeitas, mas levou Gracie ao banheiro, o ponto mais distante dos outros.

"O que está errado?", ele perguntou sem rodeios.

Gracie engoliu em seco.

"Wade, se eu te pedisse..." Ela respirou fundo. "Se eu te pedisse para fazer algo por mim sem fazer nenhuma pergunta, você faria?"

Wade apertou os olhos enquanto a avaliava. Então, como se estivesse chegado a uma decisão, ele apenas disse:

"Sim, claro. Diga."

Gracie ficou visivelmente relaxada.

"Eu preciso entrar em contato com Ramie e Ari Devereaux. Eliza está correndo grande perigo, Wade. Eu não deveria ter esperado tanto tempo. Meu Deus, se ela estiver ferida ou morta, vai ser por culpa minha. Mas eu não acreditei que meu poder tinha voltado. Eu fiquei em dúvida. Mas não posso esperar mais nem um minuto sequer, e as únicas duas pessoas que podem me ajudar são Ramie e Ari. E os maridos delas não podem saber disso, porque eles nunca permitiriam que elas se envolvessem no que eu planejo fazer."

Wade franziu as sobrancelhas.

"Eu gostaria muito de saber exatamente o que você está pensando em fazer."

Ela colocou a mão no braço dele e apertou gentilmente, um gesto de amizade e gratidão por tudo que Wade tinha feito por ela.

"Eu preciso que confie em mim", ela disse em uma voz baixa. "Não tenho tempo para explicar uma dúzia de vezes. Eu prefiro fazer de uma vez, assim poderemos agir o mais rápido possível. Eu sei que estou pedindo muito, mas, Wade, tenho certeza de que Eliza está com problemas e que está ferida. E eu não posso – nem vou – simplesmente ficar aqui sentada e não fazer nada só porque isso pode me colocar em algum risco", disse Gracie, determinada.

Wade segurou o queixo de Gracie e acariciou seu rosto com ternura.

"Sim, tudo bem. Contanto que você me conte tudo antes de dar início a seja lá qual for seu plano, eu vou dar um jeito de conseguir o que você precisa."

"Eu juro", ela disse. "Mas rápido, por favor. Estou tão preocupada com ela, Wade... Você sabe como Eliza é confiável. Ela disse que estaria fora por no máximo duas horas e já se passaram quatro. Ela não iria se atrasar dessa forma."

A expressão no rosto de Wade era sombria.

"Eu sei. Também estava preocupado."

O alívio fez Gracie relaxar um pouco mais. Ótimo, então ela não era a única pessoa que suspeitava que Eliza estava correndo grande risco. Apesar de já ter certeza disso, era bom ter mais alguém para confirmar.

"Eu preciso que você conte para elas como chegar aqui", Gracie disse em voz baixa.

Wade assentiu.

"Sem problemas. Eu posso enviar um veículo para buscá-las, já que as chances de elas saírem por conta própria sem os maridos perceberem é zero."

Gracie apertou novamente.

"Obrigada por acreditar em mim, Wade. Por não pensar que estou maluca."

Sua expressão inteira se suavizou.

"Eu nunca vou deixar de acreditar em você, Anna-Grace. Agora, deixe-me fazer algumas ligações para que possamos encontrar nossa Eliza."

VINTE E NOVE

Ramie e Ari Devereaux olhavam curiosamente para Gracie, sentadas na sala de estar da casa. Isaac tinha ficado furioso ao ver as duas mulheres aparecerem, escoltadas por três guarda-costas corpulentos que *não* eram funcionários da DSS. Wade tinha tomado as devidas precauções, e Gracie não esperava por menos.

E Isaac com certeza estava ao telefone com Caleb ou Beau, ou ambos, naquele exato momento, então Anna-Grace imaginou que tinha no máximo 15 minutos para convencer essas mulheres de que ela não estava louca e que elas precisavam ajudar Eliza. Tudo isso antes que seus maridos explodissem e perdessem a cabeça pelo fato de suas esposas terem fugido de suas temporárias zonas restritas de segurança.

Apesar de Gracie perceber um toque de impaciência nas duas mulheres, nenhuma delas tinha pensamentos negativos sobre a ligação enigmática que as tinha chamado. Estavam preocupadas por Eliza e confusas por terem sido chamadas em vez de seus maridos.

Gracie juntou as mãos, agitada, e cerrou os punhos com força, até os nós dos dedos ficarem brancos.

"Nós não temos muito tempo, então eu explicarei rapidamente. Não estou louca. Vocês duas, mais que qualquer outra pessoa, devem ter mais facilidade para acreditar em mim. E vocês duas são as únicas pessoas que podem ajudar Eliza agora."

Os olhos de Ramie ficaram escuros de preocupação.

"Tem certeza de que ela está em perigo?"

Gracie hesitou por um breve segundo e então se repreendeu. Ela não estava maluca. Ela sabia bem o que tinha ouvido, o que tinha visto na cabeça daquele homem. E então Eliza desaparece logo em seguida? Não existia esse tipo de coincidência. Eliza tinha sido feita prisioneira e estava sofrendo.

Gracie sentiu o estômago se revirar, relembrando do próprio sofrimento e do terror que passou na mão deles. Seu espancamento tinha sido uma mensagem, eles não queriam matá-la. Mas será que ela podia dizer o mesmo de Eliza? O ódio nos pensamentos do homem deixavam claro para Gracie que eles poderiam matar Eliza só para provar que a DSS não era imune à ameaça que eles representavam.

"Tenho certeza", Gracie murmurou.

Da maneira mais concisa e direta que conseguiu, Gracie explicou tudo: sua habilidade de ler mentes, como ela perdeu essa capacidade depois de ser brutalmente atacada e por que ela acreditava que sua mente simplesmente abafou o poder como uma medida de segurança. Explicou que o poder agora estava voltando, Gracie não tinha tanta certeza, mas que ela notou que podia ser por causa de sua preocupação com Eliza. Gracie se sentia relaxada com ela. E sua consciência captou a ameaça direcionada a ela.

"Ela está desaparecida há três horas", disse Gracie com seriedade. "Isso não parece a Eliza que vocês todos conhecem tão bem, né?"

Ambas as mulheres responderam a Gracie com um franzir de testa preocupado.

"Não", murmurou Ramie. "Eliza nunca dá furos. E ela se sacrificou por todas nós. Qual é o seu plano? Estou dentro."

Gracie piscou. Ela não tinha explicado seu plano ainda nem mencionado que ele poderia causar uma dor imensurável à Ramie. E ainda assim, Ramie já tinha entrado de cabeça.

"Eu também", disse Ari com um grunhido. "Eu ainda preciso dar o troco nesses desgraçados e estou morrendo de vontade de arrasar com eles pra valer."

Gracie quase sorriu. E então olhou para Ramie.

"Estou pedindo muita coisa, eu sei disso. Sei o que acontece quando você usa seus poderes, sei do preço que você paga. Mas eu também acredito que é a única forma de localizarmos Eliza a tempo de salvá-la. Acredito que eles pretendam matá-la, para enviar uma mensagem mais forte do que a que enviaram quando me usaram."

Ramie simplesmente assentiu.

"Eu farei isso. Tem algo aqui que pertença à Eliza?"

"Deve ter algo no quarto dela", disse Wade, falando pela primeira vez. "Eu vou encontrar alguma coisa."

Gracie olhou para Ari.

"Você é poderosa. Magnífica. Eles não têm a menor chance contra você." Em seguida, ela deu de ombros com alguma tristeza. "Minha habilidade não é tão instintiva ou tão poderosa quanto a de vocês, então não sei bem quanto poderei ajudar. Mas posso ler mentes, e se houver alguma informação que nos ajude a localizar os outros membros dessa... organização... então eles poderão ser eliminados e não vão representar ameaça para nós."

Ari deu um passo adiante e colocou sua mão fria sobre o braço de Gracie, como um gesto de solidariedade silenciosa.

"Sua habilidade é tão poderosa quanto a minha e a de Ramie. Nós apenas temos poderes diferentes, e isso é uma coisa boa. Porque se nós três nos juntarmos, aqueles babacas não terão chance alguma contra nós."

"Ninguém vai para lugar nenhum, droga!", Isaac esbravejou.

Ele surgiu da sala adjacente, onde estava, sem dúvidas, chamando os reforços. Isaac irradiava fúria em ondas.

"Vocês honestamente acham que qualquer um de nós deixaria vocês três ficarem expostas ao perigo? Caleb e Beau ficaram malucos quando eu avisei que era bom eles virem aqui depressa, porque suas esposas *não* estavam onde deveriam estar."

Gracie olhou desamparada para as duas mulheres cujos maridos provavelmente arrombariam a porta a qualquer momento. Será que elas desistiriam diante da pressão dos maridos, que apenas queriam mantê-las a salvo? Gracie não os culpava por isso. Mas ela se recusava a deixar a sorte de Eliza ao destino, e apenas Ramie poderia ajudar a localizá-la, porque Eliza podia estar em qualquer lugar.

As impressões que Gracie conseguiu extrair da mente do homem não entregavam uma localização. Não mostravam nenhum lugar reconhecível. Tudo o que ela viu foi Eliza com aquele pano sobre o rosto e água sendo despejada repetidamente.

"Nós não vamos desistir", disse Ramie baixinho. "Vamos encontrar e resgatar Eliza independentemente do que nossos maridos bem-intencionados pensem ou falem para nós. Além disso, se nos encherem muito o saco, Ari vai dar um jeito neles."

Os olhos de Ramie tinham um brilho travesso enquanto Ari deu risada e, em seguida, abriu um sorriso confiante para Gracie.

"Ela tem razão, então pare de se preocupar. Assim que descobrirmos a localização de Eliza, vamos dar o fora daqui. Com ou sem nossos maridos."

Isaac soltou uma série ininteligível do que Gracie presumiu ser uma mescla de palavrões e reclamações, mas nenhuma das mulheres prestou atenção.

Em seguida, enquanto Wade retornava do quarto de Eliza carregando uma peça da última roupa que ela tinha usado antes de sair, Caleb e Beau invadiram a casa, com expressões sombrias no rosto, e olhares cheios de medo.

"Não se atreva a dar isso para ela", Caleb vociferou, colocando-se entre sua esposa e Wade.

Wade encarava Caleb com tanta firmeza quanto Caleb o encarava, e nenhum dos dois iria ceder.

Gracie admitia estar intimidada por Caleb Devereaux. Ela também ficava intimidada por Beau, até certo ponto, apesar de ele não ter sido nada além de gentil e terno com ela. Mas Wade não se perturbou nem um pouco pelo brilho perigoso nos olhos de Caleb. E, bem, ele ainda tinha três seguranças enormes, que eram leais a ele e não à DSS, então as chances em uma luta estavam iguais. A vitória seria decidida pelo lado que Ari escolhesse, já que ela podia incapacitar todo mundo, se desejasse.

Gracie olhou rapidamente para Ari, só para ver se ela tinha vacilado com a chegada do marido. Mas o que ela viu foi um bom sinal. Ou, ao menos, Gracie esperava que fosse.

Ari parecia ter ficado aborrecida, apesar de tentar disfarçar. Mas Gracie podia captar impressões fugazes na sua mente, incluindo seus esforços repetidos para demonstrar que estava à altura de Beau, que se ressentia do fato de ele a ter colocado em uma gaiola, onde nada poderia feri-la, quando, na verdade, era ela quem podia impedir qualquer um de um dia machucá-lo. Ou de machucar qualquer outro agente da DSS.

E havia mágoa nos pensamentos dela, porque uma pequena parte de Ari considerava a teimosia de Beau como falta de confiança nela e em suas habilidades, e ela já tinha demonstrado diversas vezes que não era fraca. Ari era capaz de fazer coisas espantosas. Poderia proteger Eliza melhor do que qualquer homem naquela sala. As mulheres sabiam disso, reconheciam esse fato. Mas os homens tinham medo demais por elas para aceitarem esse fato.

Ramie empurrou Caleb com força para o lado, para poder ficar novamente à frente de Wade. Ela não pegou imediatamente a peça de roupa que ele segurava, mas ela mordia os lábios determinada, mesmo depois de Caleb entrar de novo em sua frente.

Ramie se dirigiu ao seu marido, com um olhar duro.

"*Não* interfira", ela disse com um tom de voz tão intenso que seria capaz até de quebrar uma rocha. "Eliza está em dificuldades, ela pode morrer. Talvez ela até já esteja morta. E eu sou a única que pode rastreá-la rápido o suficiente para termos uma chance de resgatá-la. Você não toma as decisões por mim. Eliza me ajudou sem perguntar nada. Ela nunca pediu nada em troca. Eu não vou abandoná-la por causa de sua noção equivocada de que sou fraca demais para sofrer uma agonia temporária enquanto encontro uma pessoa muito querida por todos nós."

Caleb ficou completamente imóvel. Gracie nem mesmo tinha certeza de que ele estava respirando. Ele parecia estar travando uma batalha mental dentro de si, porque seus pensamentos estavam tão caóticos e misturados que Gracie não conseguia captar um sentido claro no que ele estava pensando. A única palavra que veio do subconsciente de Caleb foi *não!* Em uma repetição infinita. Como se ele não conseguisse suportar a ideia de Ramie sofrer, nem mesmo por um segundo.

"Isso explica por que Ramie está aqui", Beau disse rispidamente enquanto ele encarava sua esposa de cima a baixo. "Mas não explica por que *você* está aqui."

Ela lhe enviou um sorriso tão alegre quanto suas palavras, que apesar de ter dito com leveza, ainda causava um frio pela espinha de Anna-Grace enquanto elas preenchiam a sala.

"Porque eu vou acabar com esses desgraçados. Eles não são páreo para mim e para meus poderes. Eles estão com um dos nossos. Não posso ficar escondida, ou então estarei permitindo que façam mal a alguém importante para mim."

Beau abriu a boca para retrucar, mas Ari deu as costas a ele e se voltou para Ramie.

No início, os movimentos de Ramie foram hesitantes, mas logo em seguida se tornaram mais determinados e então ela pegou a peça de roupa da mão de Wade.

Gracie logo captou um pensamento compartilhado por Caleb e Beau: assim que Ramie determinasse onde Eliza estava, eles não iriam, de maneira alguma, permitir que nenhuma das mulheres fosse a lugar algum e colocariam seus homens para mantê-las quietas. O que era bem estúpido, considerando que ninguém seria capaz de manter Ari em algum lugar que ela não quisesse estar. Gracie revirou os olhos, mas também olhou para as mulheres de modo que elas pudessem sentir o que estava querendo dizer com sua expressão.

Um pequeno sorriso surgiu nos cantos da boca de Ari. Ela estava longe o suficiente de Beau para poder sussurrar a Gracie sem ser ouvida.

"Eu posso não ter a capacidade de ler mentes, mas conheço meu marido muito bem, e sabia desde o início que ele iria dar o maior chilique se eu quisesse ir para algum lugar. Embora eu seja capaz de causar mais morte e destruição do que qualquer um dos homens dele."

A expressão no rosto de Ari se suavizou por um breve momento, enquanto ela olhava para o marido.

"É só que...", ela falava com preocupação. "Eu não posso culpá-lo por ter medo. Eu temo por Beau toda vez que ele sai em uma missão perigosa.

Eu quase não escapei com vida da última vez que encontramos esses fanáticos. Então, entendo o medo dele. Mas eu fiquei mais forte desde aquele dia, estou mais consciente. Conheço melhor minhas limitações, ou ao menos aquelas que já descobri. Mas eu também sei que há mais coisas sobre meus poderes das quais ainda não sei nada, coisas que que ainda nem descobri. Beau vai ter que dar um jeito, porque eu não vou ficar em casa desta vez."

A admiração de Gracie por Ari crescia ainda mais. E bastava observar a determinação no rosto de Ramie para saber que ela estaria na linha de frente junto com Gracie e Ari.

Se ao menos Zack estivesse de volta...

Gracie ficou paralisada. Por um momento, ela nem mesmo conseguiu respirar enquanto o espanto daquele pensamento inconsciente flutuava por sua mente. Quando foi que ela deixou o ódio e o medo de lado para não se sentir mais segura quando ele estava fora?

Gracie esfregou as têmporas, mas rapidamente baixou a mão quando percebeu que estava tremendo. Aquele pensamento a deixou perturbada e, naquele momento, ela não podia se permitir ficar abalada. Não enquanto a vida de Eliza estava em jogo.

No momento em que Ramie finalmente pegou a peça de roupa da mão de Wade, foi como se todo mundo tivesse parado de respirar naquela sala. Caleb imediatamente deu um passo à frente, colocando-se entre sua esposa e Wade. E se transformou em uma barreira para o resto daquele grupo também.

"Não façam nada que a distraia", Caleb sussurrou baixinho. "Não toquem nem falem com ela. Não vai ser fácil, principalmente se Eliza estiver mal, mas todos precisam se manter calmos ou Ramie vai sofrer ainda mais."

Um arrepio correu pela espinha de Gracie. Era uma coisa imaginar os horrores que Eliza poderia estar sofrendo naquele momento. Gracie tinha vislumbrado algo que ela não compreendeu muito bem. Tudo o que sabia era que Eliza estava sofrendo. Mas era um pensamento, ou mais uma fantasia, que aquele homem teve. Ela ainda não tinha sido realizada, então não havia modo de saber se o que ela vislumbrou chegaria a se tornar realidade.

Mas era algo totalmente diferente ver ao vivo o que estava acontecendo com Eliza – e Ramie – e saber que era real. Não mais uma conjectura.

Ramie engasgava e arfava. Ela levou as duas mãos ao rosto e lutava violentamente. Ela cambaleou e teria caído se Caleb não a tivesse pegado e colocado com cuidado no chão.

Ramie ficou deitada de costas e estava claro que ela não conseguia respirar. Se debatia ferozmente, e os sons indicavam que ela estava engasgando e asfixiando. Gracie ficou paralisada onde estava, enquanto o pavor tomava conta de seu corpo inteiro. Aquela cena lembrava assustadoramente a imagem que ela captou na mente do homem. Eliza com um pano sobre a cabeça, um pano molhado. O que aquilo significava?

"Droga", Caleb praguejou violentamente. "Respire, droga. Respire, Ramie!"

Ramie, que, parecia estar prestes a sucumbir e desmaiar, de repente conseguiu respirar fundo, arfando, como se ela estivesse desesperada por oxigênio.

"Vá se foder", disse Ramie com a voz rouca, em um tom estranho. A voz dela parecia a voz de... Eliza. Era como se ela fosse Eliza naquele momento, transmitindo para todos os presentes exatamente o que Eliza estava sentindo, ouvindo e dizendo.

As palavras mal escaparam de seus lábios e Ramie voltou a se debater novamente e a fazer aqueles horríveis sons de asfixia, levando as mãos ao rosto até Caleb contrariar a própria ordem e segurar as mãos dela para impedi-la de se machucar.

O corpo de Ramie se contorcia. Seu peito arqueava e lágrimas escorriam pelo cantos de seus olhos e desapareciam nos cabelos.

"Que porra está acontecendo com Eliza?", sussurrou Beau. A fúria terrível dele era algo assustador de olhar.

"Eu não sei muito bem", disse Gracie em voz baixa. "Mas hoje mais cedo, quando estávamos na clínica, eu captei alguns pensamentos de outro homem que estava na sala de espera."

Por um momento, a atenção de todos se voltou totalmente para ela. Todo mundo ficou com a expressão atenta à Gracie. Isso a deixou desconfortável, mas Gracie ignorou a sensação porque Eliza precisava da ajuda deles antes que fosse tarde demais.

"Ele odiava Eliza e estava completamente focado nela. E os pensamentos que ele tinha não eram bons. Eles estavam repletos de violência. E na mente dele, vi Eliza deitada no chão como Ramie está agora, mas ela tinha um pano sobre a cabeça. Um pano molhado. E ela lutava para respirar. Eu não sei o que isso significa, mas parece corresponder ao que está acontecendo agora com Ramie."

"Eles estão fazendo a tortura da água com uma mulher?", Wade grunhiu.

A reação dele assustou Gracie e ela se virou para ele rapidamente. Wade estava eriçado de fúria, sua mandíbula cerrada de tensão, seus olhos tão frios quanto gelo. Ele fechava e abria os punhos ao lado do corpo. Para um homem que sempre estava no controle, ele parecia estar à beira de perdê-lo naquele instante.

"Meu Deus", murmurou Isaac. "Porra!"

"Ramie. Ramie!", Caleb disse preocupado. "Volte para mim, querida. Eu preciso que volte para nos contar onde está Eliza."

Ele acariciou os cabelos dela gentilmente, com uma expressão preocupada e furiosa ao mesmo tempo.

A partir do momento em que Gracie explicou o que tinha visto, a sala inteira vibrava com uma raiva terrível. E havia medo, medo por Eliza. Havia um imenso senso de urgência. Todos estavam tensos e prontos para entrar em ação.

Levou um longo momento até que Caleb fosse capaz de trazer Ramie de volta à realidade, puxando-a de volta do pesadelo de Eliza. Lentamente, seus olhos foram se focando em Caleb e então o rosto dela se encheu de aflição, e as lágrimas vieram mais rápidas do que antes.

"Nós temos que ir *agora*", disse Ramie com a voz rouca.

Ainda enquanto falava, ela empurrou Caleb para afastá-lo e se colocou em pé. O rosto de Beau tinha uma expressão implacável enquanto ele estendia as mãos.

"Diga-nos onde, Ramie. Nós vamos pegá-la, mas você, Ari e Gracie vão ficar aqui, onde é seguro."

As três mulheres trocaram olhares rápidos, mais uma vez reforçando sua solidariedade. Em seguida, Ramie abriu a boca.

"Nós não ficaremos aqui ou em lugar nenhum", disse calmamente. "Nós iremos pegar Eliza. Ela precisa de nós, e não vamos decepcioná-la."

TRINTA

O rosto dos homens na sala era tão duro que era possível quebrar uma pedra neles. E isso incluía Wade, o que surpreendeu Gracie, porque ela achou que ele tinha concordado com o plano das mulheres. Mas talvez ele, assim como Beau, achasse que as mulheres só iam fornecer as informações necessárias e depois ficariam para trás, enroladas em seus cobertores, enquanto os homens cuidavam das coisas perigosas.

Gracie ficou um pouco aborrecida, mas deixou isso quieto. O que os homens queriam não importava. Ramie sabia onde Eliza estava e ninguém era capaz de segurar Ari onde ela não quisesse estar, então independentemente de os homens a deixarem ir de boa vontade ou batendo o pé, o resultado final seria o mesmo;

"Eu acho que vocês não entenderam", disse Ramie em um tom de voz controlado. "Não estamos pedindo, nós vamos. Além disso, eu sou a única pessoa que sabe a localização dela, então, sem mim, vocês – e Eliza – estão perdidos."

"Você está fraca e debilitada", disse Caleb sem rodeios. "Você precisa descansar e se recuperar do seu transe. Eu não posso e não vou colocar você em perigo, Ramie. Não posso fazer isso, porque me deixa completamente apavorado."

"Minha habilidade pode não ser tão poderosa quando a de Ari ou tão instintiva quanto a de Gracie, mas eu posso ler as coisas ao tocar em objetos e talvez vocês precisem de mim para obter informação de que não teríamos acesso de outra forma. E nós precisamos reunir nossos recursos para que possamos derrubar cada pessoa dessa organização, pois assim ninguém mais será perseguido, torturado ou morto."

Ramie moveu-se para ficar ao lado de Gracie e Ari, e todas elas encararam os homens com firmeza.

"Eles não são páreo para os meus poderes", disse Ari em um tom calmo, confiante. "Eles não podem me machucar."

"Besteira!", explodiu Beau. "Eles *já* te machucaram! Ou você não se lembra do fato de que quase morreu! Eu cheguei muito perto de te perder."

Os olhos de Beau estavam tão assombrados que doía olhar para ele. Foi então que Gracie compreendeu as palavras de Ari, sobre entender a preocupação de Beau com ela. Estava muito claro nele o medo, o pavor completo.

"E posso ler os pensamentos deles", disse Gracie calmamente, tirando o foco da explosão de Beau. "O que significa que posso captar informações valiosas, que de outra forma não seríamos capazes de conseguir."

"E é por isso que estamos indo", disse Ramie firmemente. "Com ou sem vocês. A escolha é de vocês. Mas só eu sei onde está Eliza e nenhum de vocês é páreo para Ari. Sair daqui seria moleza e exigiria um esforço mínimo da parte dela."

Caleb fechou os olhos.

"Merda."

Wade olhou incrédulo para ele.

"Você não está realmente considerando esta loucura, está? Uma mulher ferida já não é o suficiente? Caramba, considere duas mulheres feridas, já que eles já pegaram Gracie."

A expressão no rosto de Beau era completamente severa.

"Ah, eles também pegaram Ari. Nós estamos lhes devendo uma vingança das boas."

"Então por que diabos vocês querem arriscá-las de novo?", Wade reclamou.

"Ok, Superman", Isaac falou de maneira sarcástica. "Você nos mostra o caminho então. Diga onde Lizzie está. Nós ficaremos mais do que felizes de acabar com eles e manter nossas mulheres fora de perigo."

Wade apertou o olhar enquanto encarava Ramie incisivamente.

"Cada minuto que você retém a informação que tem é mais um minuto que Eliza passa por uma dor indescritível. Um minuto que poderia significar a diferença entre a vida ou a morte dela. Esse não é o momento de reagir contra os limites que seu marido impõe em você."

Ari ficou agitada ao lado de Gracie, que estremeceu sentindo que Wade estava bem perto de ultrapassar os limites. Uma Ari irritada certamente não seria nada bom. Para Wade.

Ramie o encarou friamente de volta.

"Eu não dou a mínima para o que você acha ou pensa que sabe sobre o meu relacionamento com meu marido, mas coloque isto na sua cabeça. Não somos nós que estamos perdendo tempo. São vocês, homens, que estão. Nós estamos indo. Agora. Com ou sem vocês. Então, façam suas escolhas.

E façam rápido. Porque Eliza é nossa amiga e vamos fazer de tudo para trazê-la de volta."

O olhar de cada um dos homens presentes mostrava resignação.

"Merda", murmurou Beau. "Mas que droga."

Gracie compartilhou um olhar de triunfo com suas novas parceiras de crime. Elas sabiam que tinham ganhado essa.

"Opa, Superman", disse Isaac, estendendo a mão quando Wade se juntou aos outros. "As mulheres podem ter levado a melhor aqui, mas você não. Você não fará parte desta operação e não vai junto."

"Vá se foder", Wade disse grosseiramente. "Anna-Grace não vai a lugar nenhum sem mim. Agora pare de perder tempo, e vamos logo. Eu não vou ser um peso morto. Acredito que vocês vão me achar uma ajuda valiosa." Os olhos de Wade ficaram frios. "Eu não tenho o menor peso na consciência por matar um homem capaz de torturar uma mulher ou de espancar uma mulher como fizeram com Gracie. Na verdade, eu apreciaria fazer isso."

Os outros homens levantaram as sobrancelhas. Gracie captou uma corrente de surpresa e inquietação no pensamento dos homens, enquanto processavam a afirmação contundente de Wade.

"Ok, você está dentro", disse Beau. Então ele se virou para encarar Ramie. "Vocês ganharam. É a porra de um batalhão de resgate, todo mundo vai. Então, será que *agora* você pode nos falar onde estamos indo?"

* * *

Assim que o avião aterrissou em Houston, Zack ligou o celular e então franziu a testa quando a tela se encheu com mais de uma dúzia de notificações. Ele foi tomado pela inquietação ao ver que eram todas de Beau. O amigo sabia que ele estava viajando de avião, então para ter lotado o celular de Zack, não devia ter notícias boas.

Ele não se preocupou em ler as mensagens de texto ou em ouvir as mensagens na caixa de voz. Zack foi direto à fonte e apertou o botão para telefonar a Beau.

"Vamos lá, vamos lá", murmurava Zack depois que Beau não atendeu no primeiro toque. O estômago de Zack estava se revirando e ele apertava com força o apoio de braço com a mão livre. Os nós dos seus dedos estavam brancos de tanta força que ele fazia, e Zack não ficaria surpreso se acabasse quebrando aquela porcaria de pedaço de plástico.

"Você já está em terra firme?", Beau perguntou depois do terceiro toque.

"Acabei de pousar."

"Porra."

Zack não gostou nem um pouco de ouvir aquilo.

"Que diabos está acontecendo?", Zack perguntou.

"É Gracie." Beau falou um palavrão novamente. "E Ari e Ramie. É a merda de um motim e não tem nada que nenhum de nós possa fazer para mudar isso."

"Melhor você começar a falar", disse Zack com uma voz mortalmente séria.

Beau bufou.

"Eles pegaram Eliza. Tinha um cara na clínica quando levamos Gracie para o exame dela. Gracie disse que foi capaz de ler a mente dele."

Zack franziu a testa. Ela não disse que tinha perdido essa habilidade?

"O que ela viu não foi coisa boa e, pior, acabou se tornando realidade. O cara pensava em submeter Eliza à tortura da água. Ramie confirmou isso quando tocou em uma peça de roupa dela. As mulheres armaram esse plano, veja só. Elas uniram seus poderes e estão obcecadas em trazer Eliza de volta. Não que eu não seja a favor disso também, mas que droga! Eu só não quero elas por perto daqueles desgraçados."

"Para tudo", disse Zack. "Me diga que você não está dizendo o que eu acho que disse. Você não está deixando nenhuma delas, especialmente Gracie, participar da merda de uma operação de invasão e recuperação de refém, está!? Você ficou totalmente louco?"

"Nós não tivemos escolha", disse Beau resignado. "Ramie não queria dizer a localização de Eliza a não ser que elas viessem junto, e Ari ameaçou imobilizar todos nós para que as três mulheres fossem sozinhas. Então nossa única escolha real foi deixá-las vir conosco, para ao menos poder oferecer alguma proteção a elas."

Zack soltou uma sequência de palavrões que deixou os passageiros vizinhos assustados e o olhando com perplexidade.

"Me passe o local e, então, Beau, jure para mim que você vai manter Gracie em segurança. Jure pela sua vida. Você precisa me dar a chance de consertar as coisas com ela, e não vou conseguir fazer isso se ela acabar se matando."

"Eu sei, cara", disse Beau suavemente. "Acredite em mim, eu sei. E nós *iremos* protegê-la, todos nós vamos protegê-la, junto com Ari e Ramie, protegê-las com nossas vidas. Apenas chegue aqui o mais rápido que puder. Nós precisamos ter todos os reforços possíveis, porque não faço ideia do que vai acontecer quando Ari soltar os cachorros para cima deles."

TRINTA E UM

A escuridão envolvia aquele galpão aparentemente abandonado na periferia da cidade. Mas Gracie sabia da verdade: o local não estava vazio. Em algum lugar lá dentro, Eliza estava sofrendo.

Seu estômago estava embrulhado, e Gracie estava tomada pelo pavor, a ponto de mal ser capaz de respirar. Ela cerrou o punho, deixando a raiva correr como fogo por suas veias. Gracie estava bem familiarizada com o ódio – ou pelo menos era o que ela achava. Mas mesmo quando ela acreditava odiar Zack de verdade, Gracie sabia que ainda havia uma parte dela que jamais deixaria de amá-lo. Ou, na verdade, jamais deixaria de amar o jovem rapaz por quem ela havia se apaixonado antes de ele se transformar completamente em outra pessoa. Exceto... exceto que talvez ele não tivesse mudado? Mas o ódio que Gracie usou para sobreviver, para não cair na loucura nas diversas vezes em que ela quase desmoronou – porque ela sabia que, se realmente desabasse, jamais iria se recuperar – ... esse ódio nem chegava perto do que ela sentia relacionado às pessoas que a espancaram, que quase mataram Ari e que ainda agora estavam submetendo Eliza a uma tortura indescritível.

Em seguida, Gracie ficou completamente imóvel enquanto uma massa confusa de diversos pensamentos chegava à fronteira de sua mente. Ela fechou os olhos enquanto aqueles ao redor dela pararam. Gracie podia sentir as dúvidas e a impaciência deles. Todos estavam com tanta pressa de salvar Eliza quanto ela.

Ainda assim, Gracie voltou sua atenção apenas para aquelas vozes estranhas, focando o máximo que podia, já que sua habilidade – que há muito não era usada – estava meio enferrujada.

Finalmente Gracie conseguiu afastar todo o resto e passou a ouvir somente os pensamentos que estavam dentro do prédio. Soltando um palavrão, ela subitamente começou a andar para a frente, porque os sons estavam muito fracos. Ela precisava ficar mais perto da fonte.

"Anna-Grace", Wade sussurrou, segurando-a. "Que diabos está fazendo? Você não vai a lugar nenhum sem nossa permissão."

Mas Gracie não lhe deu atenção e começou a andar mais rápido, determinada a chegar perto o suficiente do galpão, embora ela continuasse nas sombras, evitando os poucos pontos onde a luz poderia deixá-la exposta. Os outros não tiveram escolha a não ser segui-la para não deixá-la sem proteção. Apesar de poder sentir o descontentamento do grupo, enquanto todos a cercavam para protegê-la, não deixando nenhuma parte de Gracie vulnerável, ninguém a mandou ficar lá atrás, ao contrário de Wade. Talvez eles tivessem entendido a urgência dela, porque cada um dos agentes da DSS a estava encarando penetrantemente, esperando que ela lhes dissesse o que estava conseguindo captar.

E então, assim como antes, Gracie parou. Ela parou tão bruscamente que Capshaw trombou em suas costas. Abafando um xingamento, ele a agarrou para que Gracie não tombasse para frente. Mas ela o ignorou, boquiaberta de pavor. Ela tentou falar, mas nenhuma palavra saía. Gracie colocou a mão na boca para segurar o grito silencioso. Ela encarava aquele galpão de aparência sinistra – *o inferno* – apavorada.

"Nós temos que entrar lá. *Agora*", ela sussurrou, com o corpo inteiro tremendo. Até mesmo seus dentes batiam, soando muito alto. "Eles vão matá-la. Eliza não foi de nenhuma utilidade para eles. Eles estão ainda mais furiosos do que antes, porque uma 'mera' mulher não cedeu, não importa o que fizessem com ela. Eles não conseguiram quebrá-la mentalmente, então agora vão matá-la e enviar o corpo em pedaços para a DSS. Eles sentem que estão perdendo tempo e que deveriam ir atrás de alvos mais fáceis e vulneráveis."

A expressão no rosto de Dane era assassina, dura e implacável. O rosto dele indicava o desejo de vingança. Um sentimento que encontrava eco em cada um dos companheiros de equipe de Eliza.

"Óbvio que eles nunca iriam quebrá-la", Caleb disse em uma voz suave, com um toque de dor e culpa. "Eliza é uma das mulheres mais fortes que conheço. E é leal até os ossos. Ela nunca nos entregaria, mesmo que acabasse morrendo por causa disso."

Ouvir aquelas palavras – uma confirmação do que Gracie já tinha descoberto sozinha – fez um tremor de pânico percorrer seu corpo. Suas vias respiratórias se contraíram a ponto de doer e o ar escapava de suas narinas dilatadas fazendo um chiado leve.

Ari pulou para a linha de frente, fazendo Beau sair correndo para alcançá-la, xingando por todo o caminho. Gracie seguiu rapidamente no encalço deles. Seu coração batia tão acelerado que ela ficou tonta e desorientada, mas Gracie não podia se dar ao luxo de atrasar o grupo. Não quando Eliza tinha tão pouco tempo restante.

Wade e Isaac logo alcançaram Gracie e a cercaram, de armas em punho, olhando sempre para frente e para trás, procurando por alguma movimentação ou por qualquer maneira possível de alguém localizar Gracie de dentro daquele galpão enorme e caindo aos pedaços.

Era espantoso ver Wade carregando uma arma e como ele se encaixava facilmente no grupo com os outros agentes, embora Gracie não devesse ter se surpreendido com isso. Ela já sabia que havia muito mais em Wade do que indicava a aparência elegante dele.

Caleb puxou Ramie para trás com ele, colocando-a atrás dele e de Capshaw. Mas ainda havia uma forte sensação de incômodo entre os homens. Colocar as mulheres que amavam em risco, ainda que só por um momento, estava acabando com eles.

Isso, de repente, fez Gracie sentir-se excluída de algo muito precioso e intenso. E ela se lembrou de quando tinha aquilo com Zack. E de como perdeu tudo: seus sonhos, sua paixão pela vida.

Mas nesse momento Gracie daria tudo para tê-lo ali, porque com todas as forças da DSS reunidas para trazer Eliza de volta para casa – sã e salva –, ela agora sabia no fundo do coração que Zack simplesmente não era capaz de fazer o que fizeram com ela doze anos atrás. Será que ela estava louca por simplesmente cogitar perdoá-lo, para que os dois pudessem seguir em frente, viver suas vidas e tentar encontrar o tipo de felicidade que um dia eles já compartilharam?

Gracie queria Zack ali com ela, porque sempre que estavam juntos ela sentia que nada poderia tocá-la ou machucá-la ou deixá-la mal. Porque ele a amava. Zack poderia ter tido qualquer garota que quisesse com um estalar de dedos e ainda assim ele escolheu uma garota quatro anos mais nova. E foi como... mágica. Foi como encontrar aquela pessoa especial, sabendo que ela acabou de mudar completamente seu destino.

E então, descobrir que esteve totalmente errada sobre o homem que amava – o homem com quem ela planejava se casar e passar o resto da vida, o homem que discutia com ela a vontade de ter um monte de filhos, pelo menos seis –, Gracie não poderia ficar mais feliz naquele dia.

Porque, pela primeira vez, Gracie realmente viu um futuro com Zack. Não apenas um futuro onde eles namoravam, passavam o tempo e faziam coisas banais e comuns. Ela já não se preocupava mais que, quando Zack fosse selecionado para um time profissional, ela acabasse sendo largada. Naquela época, estava subentendido – dado como *certo* – que o destino dos dois estava entrelaçado. Era algo inquebrável, interminável, eterno. Por toda a vida.

Beau fez o grupo parar perto de uma das entradas do armazém. Ele se virou para Gracie, olhando para ela de forma dura, mas sem maldade. Havia nele apenas determinação e a vontade de não querer esperar por um segundo mais do que o necessário.

"O que você sabe, Gracie?", ele perguntou em voz baixa. "Você viu em que *lugar* do galpão eles estão? Qual a posição deles? Quantos são?"

Lamentavelmente, Gracie meneou a cabeça.

"Havia tantos pensamentos, alguns mais fortes que outros, mas todos eles têm a mesma intenção."

Ramie deu um passo à frente, soltando a mão de Caleb.

"Eles estão no canto esquerdo, na parede oposta à da nossa posição atual. Mas tem muito entulho e lixo no chão e, apesar de não ser difícil chegar até lá, se ouvirem qualquer barulho e eles vão saber que têm companhia."

"Eu preciso ser a primeira a entrar", disse Ari em um tom duro.

Gracie captou facilmente o padrão de pensamento dela. Eram pensamentos barulhentos, como se Ari estivesse gritando na cabeça de Gracie. Sofrimento, culpa e arrependimento emanavam de Ari em ondas, assim como raiva, ódio e o desejo de fazer justiça para as mulheres que esses homens machucaram.

Ari sentia-se bastante responsável pelo que aconteceu com Gracie e Eliza. A força de seus pensamentos chegava a machucar Gracie, que tinha vontade de lhe dizer que ela não tinha culpa de nada. Ela tinha vontade de, de alguma maneira, oferecer conforto e consolo por algo que Ari não tinha feito. Mas elas não tinham tempo. Eliza não tinha tempo.

"Nem pensar, você não vai entrar primeiro!", Beau retrucou, com os olhos reluzindo enquanto encarava sua esposa.

O medo que Beau sentia era avassalador, e preenchia a mente de Gracie de tal forma, que ela não conseguia escutar os demais. Gracie precisou fechar os olhos e direcionar seu foco na tentativa de livrar sua mente da invasão dos pensamentos das pessoas ao seu redor. Ela precisava focar mais além e se reconectar com os homens que se preparavam para matar Eliza.

Quando reabriu os olhos, Gracie viu Ari olhando para o marido, com aqueles olhos verde-azulados com reflexos dourados, brilhando de ferocidade.

"Sim, eu vou. Porque assim que eles descobrirem que estamos aqui, eles vão matar Eliza. Se eu chegar perto o suficiente dela, posso criar uma barreira de proteção ao seu redor, e então Eliza estará a salvo enquanto o resto de vocês pega esses desgraçados."

O grupo ficou em silêncio. Gracie sabia que Ari tinha razão. Como eles poderiam mantê-la atrás se isso custaria a vida de Eliza? Mas ninguém gostava daquilo, ninguém queria saber de ficar atrás daquela mulher de aparência enganosamente frágil e permitir que ela fosse na direção do perigo.

Isso claramente ia contra o instinto deles, ficar escondidos atrás de uma mulher, ficarem protegidos enquanto ela se arriscava tanto. Eles eram guerreiros. Eram protetores. Eles lideravam, nunca seguiam.

Um pequeno sorriso apareceu no canto da boca de Ari.

"Eles não podem me machucar, lembra? Ou você se esqueceu do que aconteceu da última vez que eles tentaram me pegar?"

Beau hesitou, e em seu olhar era possível ver a lembrança da dor. Por um breve momento, antes de precisar se fechar novamente para os pensamentos ao seu redor, Gracie captou a memória de Ari deitada inerte e ensopada de sangue nos braços de seu amado, e Beau implorando que ela não morresse.

Um arrepio percorreu a espinha de Gracie enquanto ela tremia com aquela imagem tão clara na mente de Beau. Ela não o culpava por ficar relutante. Não quando ele chegou tão perto de perder a mulher que amava.

"Eu acho que a maioria de nós se lembra é de você bem perto de morrer", disse Beau com a voz rouca.

"Vamos logo com isso", disse Dane apressado.

Gracie deu um pulo, espantada com o quanto Dane parecia estar abalado. Ele era sempre tão... nada humano. Ele a lembrava mais um robô, programado para não sentir, apenas agir. Mas naquele momento ele estava extremamente irritado. Com as narinas pulsando, ele respirava fundo.

Assim como Wade. Gracie nem conseguia se lembrar dele alguma vez demonstrando emoção e, no entanto, cada parte do corpo dele parecia estar tensa de impaciência. Wade estava claramente nervoso e inquieto, como se a qualquer momento ele fosse passar pelas portas, com ou sem os outros.

Sem esperar pela aprovação de Beau, Ari andou até a porta, mas ficou parada a uma curta distância, para que não tocasse em nada. Mesmo conhecendo o dom da Ari, Gracie ainda assim ficou de olhos arregalados quando viu os cadeados e correntes serem erguidos silenciosamente e ficarem suspensos no ar, como se estivessem esperando pelo comando seguinte de Ari. Depois, eles simplesmente flutuaram para longe, facilmente, e caíram em silêncio no chão, bem longe de onde o grupo estava.

Ari fechou os olhos e as portas se abriram devagar e silenciosamente, apenas o suficiente para que eles pudessem passar por elas. Ela desapareceu dentro do galpão, e Beau foi junto, quase grudado em suas costas. Dane estava logo atrás de Beau e os outros os seguiram rapidamente. Gracie estava indo em frente, ela e Wade posicionados entre Isaac e Capshaw.

O suor escorria e rolava pelas costas de Gracie, enquanto ela se concentrava em não pisar no entulho espalhado pelo chão. Quanto mais perto chegavam de onde Eliza estava presa, mais fortes ficavam os pensamentos vindos dos sequestradores na cabeça de Gracie.

Silenciosamente, ela incitou Ari a se apressar. A pulsação de Gracie acelerou em resposta à dos sequestradores. Eles estavam se preparando para matar Eliza. O estômago de Gracie se contraiu e ela sentiu náuseas. Gracie precisou engolir o próprio vômito: eles estavam *cogitando* a ideia de desmembrar Eliza enquanto ela ainda estava *viva*.

Gracie colocou a mão sobre a boca e a manteve firmemente ali, com medo de vomitar com as cenas horrorosas que passavam na mente dos sequestradores. Cada um deles tinha sua própria ideia ou fantasia de como aquilo deveria ser feito. Nenhum deles queria que o fim de Eliza fosse rápido e misericordioso. Ela os deixou constrangidos ao se mostrar mais forte do que eles imaginavam ser possível, e agora eles queriam vingança.

Ari virou a cabeça, olhando diretamente para Gracie, obviamente percebendo a tensão repentina sendo emanada dela. Seus olhos tinham um brilho estranho, e iam ficando cada vez mais brilhantes enquanto ela invocava seus poderes para lutar pela vida de Eliza. Em seguida, como se tivesse entendido o tamanho da angústia de Gracie, e sabendo que cada segundo contava mais do que nunca, Ari se virou e saiu correndo em direção ao fundo do galpão.

Os homens da DSS correram atrás dela, sem mais se importarem se faziam barulho ou não. Ari parou e deslizou até frear completamente; em seguida, começaram os disparos de arma de fogo. O coração de Gracie quase explodiu. Ela não conseguia mais compreender os pensamentos que captava porque eles estavam todos em pânico e nenhum fazia sentido. Tudo o que podia captar era o medo deles. Aquilo devia ser um bom sinal. Eles não ficariam com medo se achassem que estavam em vantagem.

Gracie correu em direção à Ari, determinada a não deixá-la vulnerável, enquanto ela manipulava seus poderes como uma guerreira de tempos ancestrais. Wade tentou agarrar o braço de Gracie, mas ela o puxou de volta, para tentar ver por si mesma se Eliza estava viva.

E então, de repente, ela foi jogada no chão. Não por Wade, mas por Dane. O corpo dele, muito maior e mais pesado, a cobria completamente, imobilizando-a no chão.

"Não a distraia", Dane vociferou em seu ouvido. "Ari está segura, mas você é um alvo livre. E ela não pode proteger Eliza e a si mesma se tiver de se preocupar com você também."

Gracie virou seu olhar para cima, tanto quanto era possível, já que ela tinha uma montanha sobre si. Ela prendeu a respiração, observando espantada a verdadeira força da natureza que era Ari.

Era como se um tornado tivesse varrido o galpão, só que não havia destroços voando ao redor. Somente homens.

Homens gritando, berrando, apavorados. Homens que tinham aterrorizado uma mulher inocente.

Gracie assistia com espanto aos homens, um a um, serem jogados para o alto contra as paredes, parecendo ficar grudados nelas. Eles se debatiam contra amarras invisíveis, mas sem sucesso. Nada mais no local tinha sido alterado. Não havia nenhum destroço voador que podia feri-los acidentalmente. Na verdade, era como se ninguém tivesse nem passado por ali.

Onde estava Eliza? Apesar de tentar muito, Gracie não conseguia se mover de forma a observar a área inteira. E se eles tivessem chegado muito tarde? Mas não, espere. Não havia nenhum pensamento satisfeito. Não havia nenhuma satisfação por eles terem chegado tarde demais para salvar Eliza. Havia apenas medo e raiva...

A pulsação de Gracie ficou acelerada. Era difícil respirar sob o peso de Dane, mas ele não saiu de cima dela. Medo era o principal sentimento que havia na mente dos homens presos contra as paredes. Mas logo em seguida estava a fúria da frustração.

Eles ainda não tinham matado Eliza!

"Ela está viva", Gracie sussurrou para Dane. "Eles estão furiosos porque não a mataram a tempo."

Podia ter sido só imaginação, mas parecia que Dane até relaxou de alívio, fazendo ainda mais peso em cima dela.

"Graças a Deus", ele disse em uma voz quase inaudível.

Beau se levantou e imediatamente começou a dar ordens.

"Conforme eles forem caindo, um a um, garantam que eles fiquem imobilizados e não irão mais representar nenhuma ameaça. Ari não vai aguentar isso por muito tempo."

Gracie olhou ansiosa para Ari e prendeu a respiração. Estava escorrendo sangue do nariz e dos ouvidos dela, e seu rosto estava contraído, obviamente em dor. Dane rapidamente rolou de cima de Gracie e ficou de pé em um pulo. Caleb emitiu uma ordem dura para Ramie ficar atrás, e então ele também se apressou à frente, onde os homens estavam suspensos no ar.

Agora livre, Gracie se levantou, e seu único objetivo era chegar até Eliza. Com os inimigos incapacitados e os agentes da DSS prontos para dominá-los, *alguém* tinha de ver como Eliza estava.

O coração de Gracie batia acelerado conforme ela avançava para o canto do galpão onde Eliza estava deitada, imóvel como um cadáver. O pânico tomou conta do peito dela. E se eles chegaram tarde demais? E se

Eliza acabou morrendo antes que os sequestradores tivessem colocado em prática seus planos macabros?

Gracie tropeçou e quase caiu. Em seguida, ela se permitiu seguir em frente até parar sobre o corpo de Eliza. Ela estava bastante pálida e, por um momento, parecia que não estava respirando.

O medo e aflição fechavam a garganta de Gracie quando ela colocou o braço por baixo dos ombros de Eliza e a levantou ligeiramente, trazendo-a até seu peito.

"Não morra, Eliza", Gracie pediu. "Você está segura agora. Eu prometo. Por favor, não morra. Você precisa ficar bem. Você é mais forte do que eles. Não pode deixá-los vencer. *Não pode*."

Ali, ali estava. Gracie sentiu um sussurro suave de respiração em seu pescoço. Ela desmoronou com o alívio e as duas mulheres caíram no chão. Um gemido fraco escapou dos lábios de Eliza e, em seguida, as pálpebras dela se abriram com debilidade. Claramente lhe faltavam forças para abrir os olhos e mantê-los assim.

"Você está bem agora", sussurrou Gracie. "Nós estamos aqui para tirar você desse lugar. Eles pagarão pelo que fizeram com você. E comigo. E com Ari. Eles nunca mais machucarão ninguém."

Gracie sabia que ela podia muito bem não estar falando a verdade. Ela não sabia de que tipo de justiça a DSS era a favor quando se tratava de um assunto *pessoal*. Se eles simplesmente deixassem aqueles homens nas mãos da polícia e do sistema judiciário, eles poderiam acabar sendo soltos.

Um pensamento selvagem surgiu na mente dela: Gracie torcia para que a DSS matasse logo todos eles. E então ela ficou chocada por um pensamento desse tipo aparecer em sua cabeça. Ainda assim, Gracie não recuou. Eles não mereciam viver. O mal tinha de morrer.

Estava tão focada no bem-estar de Eliza que não notou o que estava para acontecer. Em um momento, ela estava com Eliza em seus braços, embalada com bastante cuidado. No momento seguinte, ela se viu puxada de maneira bruta pelo pescoço, por um braço forte. A força com que foi puxava a machucava e lhe causava dificuldade para respirar. O homem a puxou para cima e ficou de costas para a parede do galpão, para que ninguém pudesse atacá-lo pelas costas.

Gracie olhava freneticamente pelo cômodo, sem entender como um dos sequestradores conseguiu se livrar do poder de Ari. Mas quando olhou para Ari, ela entendeu. Ari teve um colapso diante da enorme pressão de manter uma barreira protetora ao redor de Eliza e manter os agressores presos na parede. Todos, menos o homem que agarrava Gracie pelo pescoço, tinham sido dominados.

Todos ficaram paralisados e o tempo parou, quando os agentes da DSS olhavam atentos para o homem que segurava Gracie. Beau estava sobre Ari, protegendo-a, embora ficasse olhando ao redor, para tentar detectar qualquer ameaça à sua esposa.

Gracie não deixou de notar que o homem que a puxava contra si tinha se posicionado de forma que ninguém poderia dar um tiro certeiro sem correr o risco de atingi-la também. O sequestrador a ergueu de modo que Gracie ficou nas ponta do pé e sua cabeça estava bem na frente da dele.

"Se qualquer um se mexer, ela morre", o homem rosnou.

E foi aí que Gracie sentiu o metal frio da faca entre o antebraço dele e o seu queixo. A lâmina estava firme contra sua garganta, tão apertada que sangue escorreu pelo corte superficial causado.

E os pensamentos do homem eram transmitidos para a mente dela como se ele estivesse falando alto. Ele com certeza a *mataria*. Se morresse, ele a levaria junto com ele. Na verdade, o sequestrador considerava que sua morte era inevitável. Ele não acreditava nem um pouco que escaparia vivo. Sua decisão de realizar uma pequena vingança antes de dar o último suspiro estava bem clara.

O pavor deixou Gracie paralisada. Ela estava tão assustada que nem mesmo sentia a lâmina no pescoço. Estava atordoada porque não via uma maneira de escapar daquela situação. Os outros não podiam se mover ou ele deslizaria a lâmina em seu pescoço. E Ari estava de fora naquele momento, então ela não podia usar seus poderes mortais naquele homem.

"Nos entregue a mulher e você fica livre", disse Dane, a expressão no rosto inflexível, os olhos brilhando de raiva. "Tudo o que queremos são as duas mulheres. Deixe-a livre e saia daqui."

O agressor soltou uma gargalhada cruel.

"Você pensa que sou idiota? Ela é a minha única segurança. Se eu deixá-la ir, eu morro. Isso não vai acontecer. O que vai acontecer é que eu e ela vamos sair devagar. Ninguém nos segue. Se um de vocês der um passo, ela morre. Quando eu chegar ao meu veículo, eu a deixo ir."

Mas Gracie podia ler os pensamentos dele claramente. Ele não tinha nenhuma intenção de libertá-la. Se o homem realmente conseguisse chegar a seu veículo – e ele ainda duvidava fortemente disso –, ele planejava cortar a garganta de Gracie quando entrasse no carro, e então fugiria.

Gracie olhou em pânico na direção dos outros, implorando silenciosamente para que não acreditassem nele. Para não deixarem que ele a levasse. Se eles deixassem, ela estava morta. Meu Deus, ela já estava morta, não importava o que acontecesse, independentemente de qual possibilidade ocorresse – liberdade ou morte –, *ela* não iria sobreviver. Gracie fechou os olhos em desespero e, de repente, desejou de todo o coração que pudesse ver Zack uma vez. Ela então lhe daria mais uma chance de explicar – e de se defender – da participação no estupro dela.

Gracie abriu os olhos novamente, mas o brilho das lágrimas lhe embaçava a visão. Wade assentiu quase imperceptivelmente, como que para dizer que tinham entendido. Os outros também não pareciam ter acreditado na mentira, mesmo sem Gracie tentar transmitir as intenções dele.

Todos estavam paralisados em seus lugares. Era como se estivessem segurando a respiração. Gracie não se atrevia a respirar fundo. Se tentasse, a lâmina se afundaria em sua carne. Então, ela começou a tremer.

Gracie fechou os olhos e tentou controlar seu pavor absoluto. Ela não podia perder o controle agora. Um movimento em falso e acabaria se matando sem a ajuda daquele imbecil segurando a faca contra sua garganta.

"Tenha calma e afaste um pouco a faca", disse Dane em um tom controlado.

As palavras tiveram o efeito oposto, porque o homem apertou ainda mais o braço em torno do pescoço dela, a ponto de Gracie ficar arfando em busca de ar.

E em seguida, a coisa mais estranha aconteceu. O sequestrador atrás dela estremeceu. O braço dele voou para longe da garganta de Gracie e a faca tombou sobre sua pele, mas conforme ele caiu, arrastando o braço por cima dos ombros dela, a lâmina fez um corte sob a escápula de Gracie, que sentiu o fogo percorrer suas veias e soltou um grito.

Ela sentiu o calor do sangue escorrendo por suas costas, e suas pernas bambearam. Gracie desabou, caindo em cima do homem que a tinha mantido sob a ponta de uma faca.

Todo mundo ali entrou em ação e ela, toda confusa, escutou uma palavra dita de modo explosivo.

"Gracie!"

TRINTA E DOIS

Zack assistiu, perplexo e apavorado, à faca cortar as costas de Gracie, com o sangue escorrendo imediatamente, brilhando em vermelho e rapidamente manchando a camisa dela. Meu Deus, o que foi que ele fez? Ele tinha certeza de que poderia dar o tiro sem colocar Gracie em perigo. Zack tinha a vantagem de ninguém saber que ele estava ali, então foi capaz de se posicionar em um ângulo perfeito. A única área onde era possível dar um tiro limpo na cabeça era através da têmpora, assim não haveria chances de a bala atingir Gracie depois.

E ele estragou tudo. Gracie foi esfaqueada mesmo assim.

Em volta dele, o local ficou agitado conforme seus companheiros de equipe se mexiam para avaliar as lesões de Eliza e Ari. Mas Gracie era só de Zack. Ninguém tocaria nela.

Ele correu na direção onde Gracie estava deitava sobre o homem que a feriu. Zack precisou conter sua raiva fervilhante, porque Gracie precisava de ternura naquele momento. Mas ele queria matar o desgraçado mais uma vez, queria rasgá-lo em pedacinhos por ter colocado as mãos no que era dele.

Zack ficou de joelhos ao lado de Gracie, inclinou ansiosamente sobre ela, entrando no seu campo de visão. Os olhos dela estavam abertos, mas ela parecia tonta e inconsciente. Aparentava estar em choque. Sem falar que Gracie estava sangrando sem parar.

Zack tocou-lhe o rosto dela em uma carícia, leve como pluma.

"Gracie?", ele chamou. A preocupação e o temor fizeram o nome dela sair quase inaudível.

Mas ela devia ter escutado, pois seu olhar procurou o dele, até que, finalmente, se cruzaram. Zack pegou a mão dela e a pressionou contra a sua boca, tão emocionado que estava, momentaneamente sem palavras.

"Oi", ela sussurrou. "Quando você chegou aqui?"

"Não cedo o bastante", ele disse, incapaz de manter afastada a amargura na voz.

Ele ainda estava furioso por Beau ter permitido isso. Por ele ter colocado Gracie em uma situação perigosa.

Gracie deu um sorriso amarelo, com a expressão ainda atordoada.

"Ah, não sei bem quanto a isso. Eu diria que você chegou aqui bem a tempo."

Ela ficou completamente solene.

"Ele ia me matar de qualquer jeito."

Zack fechou os olhos. Ele não percebeu que estava tremendo até Grace emitir um pequeno gemido e ele constatar que ainda segurava firmemente a mão dela e estava balançando seu corpo inteiro, agravando seu ferimento.

Gentilmente, Zack levou a mão de Gracie até a barriga dela e, em seguida, simplesmente apoiou sua mão em cima da dela. Ele não fazia ideia do que estava acontecendo ao seu redor e também não se importava. Zack apenas ficou ali, de joelhos, apreciando poder ver Gracie viva. Machucada, mas viva.

"Eliza", disse Gracie, com o rosto fechado de preocupação.

Zack se virou e viu Dane e Wade parados sobre Eliza. Wade parecia ter dentro de si uma fúria fria, mas ainda assim os movimentos dele eram extremamente cuidadosos quando tocava o rosto de Eliza, quase como se ele estivesse com medo de machucá-la.

Para a surpresa maior ainda de Zack, foi Wade que gentilmente pegou Eliza e a embalou em seus braços. Ele gritou uma ordem para um dos outros pegar um cobertor para cobri-la. Zack levantou uma sobrancelha ao ver os outros membros da DSS obedecendo a ordem dele. Mas, quando se tratava de um companheiro caído, ninguém estava preocupado em saber quem manda em quem.

Beau tinha enrolado Ari em um cobertor também e a segurava ali, no meio do caos, balançando-a para frente e para trás, murmurando:

"Nunca mais. Que se foda isso tudo. Você nunca mais vai fazer isso, Ari."

Ela sorriu exausta, sem abrir seus olhos, e sussurrou de volta:

"Você sabe que não é verdade, mas se falar isso faz você se sentir melhor, então pode continuar à vontade."

Zack sentiu um aperto no peito. Então, se voltou novamente para Gracie e gritou para que alguém trouxesse um kit de primeiros socorros. Ele precisava levá-la ao hospital logo. Os outros podiam finalizar as coisas e arrancar as informações que precisavam daqueles babacas.

Isaac, Capshaw e Caleb já estavam interrogando os homens. Eles começaram com o primeiro que caiu. Dane caminhava a passos largos, evidentemente satisfeito por Eliza estar em boas mãos, e a imagem dele era amedrontadora. Zack não se surpreenderia se Wade fizesse os caras mijarem nas calças antes que o interrogatório acabasse.

Mas quando eles questionaram o sequestrador sobre quantos mais deles havia, onde ficava a base deles e onde podiam ser encontrados, tudo o que receberam como resposta foi um sorriso convencido e arrogante.

Gracie ficou tensa sob Zack e lutou para se levantar, tentando ficar sentada, apesar de isso obviamente lhe causar dor.

"Opa, querida, onde você pensa que está indo?"

Gracie olhou para ele com sinceridade e disse em voz baixa:

"Fale para eles não desperdiçaram muito tempo com cada homem. Faça-os interrogar todo mundo. Independentemente do que falarem, eu posso captar o que eles pensam. E quando perguntaram para aquele primeiro homem onde estavam os outros e quantos eram, ele na hora pensou no lugar e no número, apesar de ter se recusado a dizer qualquer coisa. Todos eles precisam ser interrogados rapidamente para que eu possa pegar o máximo de informação possível."

Zack olhou para ela assustado. Aí estava Gracie, depois de ter sido espancada até não poder mais por aqueles desgraçados. Por causa de Zack e de seu histórico com esse grupo fanático. E ainda assim, ela se sacrificou por Eliza, colocando-se em grande risco. Meu Deus, se o tiro de Zack tivesse saído um pouco errado – e Deus sabia como ele estava tremendo feito uma vareta –, Gracie estaria morta.

Ele tocou o rosto dela novamente, sentindo as lágrimas jorrarem. Então Zack levantou a cabeça e calmamente chamou Dane.

Dane pareceu incomodado por ser tirado do meio do interrogatório, mas ele veio, com curiosidade no rosto.

"Gracie disse para interrogar todos e não perder muito tempo com cada um. Ela disse que, quando você falou com o primeiro, ele imediatamente pensou em onde estavam os outros e quantos eram. Se conseguirmos esse tipo de informação de todos eles, nós vamos acabar com o grupo de uma vez por todas."

Dane apontou seu olhar penetrante para Gracie. Seus olhos agora pareciam mais suaves e havia admiração neles.

"Tem certeza de que isso não será demais para você?", perguntou Dane calmamente. "Você deveria ir para o hospital agora mesmo. Você precisa levar pontos. E muitos", ele adicionou com seriedade.

Gracie meneou a cabeça.

"Isso é importante. Eles nunca vão abrir a boca. Mas eles não sabem o que posso fazer."

Dane simplesmente assentiu e caminhou de volta, chamando Isaac, Capshaw e Caleb. Depois de apenas alguns segundos de conversa, eles se afastaram do primeiro homem e foram para o segundo, fazendo as mesmas perguntas. Cada vez que Dane olhava para Gracie, ela assentia para confirmar a ele que tinha captado a informação.

Quanto mais a coisa demorava, mais Zack ficava preocupado. Gracie estava ficando visivelmente mais fraca e estava completamente pálida. Ela nem ao menos tinha forças para se manter em pé, então Zack colocou os braços em volta dela, firmando-a contra seu corpo, tomando o cuidado de não causar mais danos aumentando o corte dela.

A mandíbula de Zack estava tensa e dolorida de tanta força com que ele tinha cerrado os dentes. Era tudo o que ele podia fazer para não arrastar Gracie de lá naquele instante e levá-la a um hospital. Mas ela seguiu em frente, focando suas energias em cada um dos homens sendo interrogados.

Como ela disse, nenhum deles abriu a boca. A cada pergunta, eles faziam comentários irônicos e mandavam Dane se ferrar. Dane mal estava conseguindo se controlar. A tensão no ar era explosiva e parecia que o líder da DSS estava perto de matar cada um deles com as próprias mãos.

Depois de interrogar o último homem, Dane retornou até Gracie e então se agachou para poder olhá-la nos olhos. Ele pegou uma de suas mãos e a segurou gentilmente, com uma expressão amável no rosto.

"Diga-me, Gracie. Você pode identificar esses homens? Eles são os mesmos homens que te pegaram e te espancaram?"

Ela engoliu em seco, mas assentiu devagar.

"Sim, eu me lembro deles", ela sussurrou.

Dane parecia quase... desapontado. Ele bufou, com o rosto resignado.

"Eu preferia simplesmente matá-los", ele disse sem rodeios. "Deus sabe que é isso o que eles merecem. Mas se você e Lizzie podem identificá-los, então nós temos uma acusação firme contra eles. E temos os outros para ir atrás agora. Você foi capaz de conseguir informações o suficiente? Pode nos dizer o necessário para encontrá-los?", ele perguntou à Gracie.

Novamente, ela assentiu.

E em seguida, Dane voltou ao trabalho. Ele se levantou e começou a dar ordens para buscarem Ramirez e Briggs. Duas ambulâncias foram chamadas também, apesar de Gracie insistir que Eliza fosse primeiro.

Gracie continuava olhando ansiosamente para Eliza, com a preocupação marcada em seu rosto. Em resposta à pergunta implícita dela, Zack a segurou com mais força em seus braços e gentilmente a levou até onde Eliza estava recebendo cuidados.

Quando Gracie viu que Eliza estava consciente, ela perdeu o controle. Lágrimas escorriam pelo seu rosto enquanto ela lutava para desvencilhar-se de Zack e conseguir chegar até Eliza para abraçá-la.

"Graças a Deus", choramingou Gracie. "Graças a Deus. Eu estava com tanto medo de ter chegado tarde demais."

Eliza abraçou Gracie por um longo momento, com os olhos marejados. Em seguida, ela cuidadosamente se afastou, também ciente de que Gracie estava ferida, e olhou com bastante seriedade nos seus olhos.

"Pelo que entendi, eu preciso agradecer a você."

Gracie meneou a cabeça com veemência.

"Não. Foi Ramie quem conseguiu encontrar você. E Ari...", Gracie virou e gesticulou na direção aos homens prisioneiros nos diversos lugares do andar. "Ari fez o resto."

Dane bufou. E então fez uma careta cheia de sofrimento na direção de Caleb, Beau e Zack.

"Parece que temos três guerreiras Valquírias aqui, que adoram nos salvar sempre que podem."

Eliza sorriu.

"Essa é a parte onde eu digo 'um viva para as mulheres poderosas'?"

Ramie se adiantou, embora com bastante cuidado para não tocar Eliza. Para Ramie, aguentar uma vez a tortura que Eliza passou já era mais que suficiente. Ela não gostaria nem um pouco de repetir a experiência.

"Você está realmente bem, Eliza?", perguntou, ansiosa.

O rosto todo de Eliza mudou de feição depois de ela trocar olhares com Ramie e Gracie.

"Graças a amigas muito queridas, sim, estou bem. Não posso dizer que não vou ter pesadelos depois disso, mas me deem alguns dias e estarei de volta inteira."

Em seguida, ela encarou Dane de forma penetrante, quase como se estivesse desafiando-o a dizer não.

"Quero fazer parte da batida contra eles, Dane."

Dane cerrou a mandíbula como se essa fosse a última coisa que ele quisesse permitir, mas ele assentiu com firmeza.

"Claro. Mas só depois que você tiver alguns dias de descanso. Vai mesmo levar um tempo para organizarmos uma incursão desse tamanho. Eles não têm razão para suspeitar que sabemos onde estão se escondendo. Eles acreditam que são invencíveis e que estão acima de qualquer perigo."

"É aí que estão errados", disse Zack em um tom de voz sombrio.

"Você estão todos loucos?", Wade esbravejou.

Gracie pulou, assustada com a explosão de raiva dele. Eliza se virou cautelosamente para olhar Wade, que até poucos momentos atrás estava segurando-a nos braços, junto de seu peito. Mas claro que, assim que Eliza se sentiu firme o suficiente, ela começou a brigar com Wade e exigiu que ele a colocasse no chão. Eliza não estava nem um pouco a fim de demonstrar fraqueza diante de sua equipe. Ainda que fosse a última coisa que qualquer um deles pensaria sobre uma mulher tão determinada.

Wade estava fervendo de raiva e não parava de balançar a cabeça, murmurando palavrões pesados sem parar. E era para Eliza que ele estava dirigindo toda a sua ira.

"Você foi torturada, caramba. Eles simularam um afogamento com você. Você não está em condições de participar de uma incursão em larga escala para derrubar essa organização. Que merda você está pensando? Você deveria estar na droga de um hospital, pelo amor de Deus!"

Eliza sorriu.

"Acho que esse é meu estilo."

"Você precisa da merda de um protetor", murmurou Wade. "Alguém com mais bom senso do que você para conseguir te manter longe de problemas."

Eliza bufou.

"Eu queria ver algum homem tentar."

Os olhos de Wade brilharam diante do tom desafiador, e ele a encarou com firmeza, mas Eliza não se afetou nem um pouco. O olhar dela estava cheio de provocação, mas também de raiva e de fúria. Zack podia muito bem compreender a necessidade que Eliza tinha de vingança. Ele estava obcecado, com aquele gosto amargo na boca. Zack queria que aqueles babacas pagassem por cada mulher importante à DSS que foi ferida na mais completa covardia.

Eliza olhou para o grupo ao seu redor como se estivesse procurando por alguém. Sua testa estava franzida de medo e de preocupação.

"Ari? Cadê a Ari? Ela está bem?", Eliza perguntou com um tom carregado de pânico.

"Ela está bem, Lizzie", tranquilizou Dane. "Beau está cuidando dela agora. Foi difícil para ela. Sempre é. Mas ela parece estar se recuperando mais rapidamente desta vez."

Eliza relaxou aliviada. Ela se envolveu com os próprios braços, com firmeza, quase como se estivesse com frio. Wade a abraçou por trás e a puxou contra ele, para que ela pudesse absorver o calor de seu corpo. Eliza agiu como se nem houvesse notado. Ela fechou os olhos, exausta.

"Eu jamais iria querer me libertar ao custo da vida de um de vocês. Eu não ia suportar."

"Azar o seu", disse Dane rudemente. "Você arrisca a vida por nós todo o tempo. Então aceite isso quando fazemos o mesmo por você."

Eliza sorriu com tristeza.

"Está bem, chefinho."

Em seguida, ela franziu a testa, como se só agora estivesse se dando conta de que Wade estava a seu lado, com o braço firme ao redor dela, puxando-a contra seu corpo. Ela imediatamente o empurrou para longe, afastando-se dele, e mostrou a irritação para Wade com seu rosto.

À distância, soavam sirenes. Dane ficou tenso e olhou novamente para os prisioneiros.

"Droga, essa vai ser uma noite muito longa", resmungou. "Eu odeio ter que lidar com a papelada e com os policiais, mesmo quando estão do nosso lado. Só espero que nenhum repórter apareça."

TRINTA E TRÊS

Gracie estava deitada de lado na maca da sala de emergência, meio dopada e tonta por causa dos analgésicos que tinha recebido. Ela não estava reclamando, no entanto, porque seu ferimento exigia uma série de pontos e ela estava feliz por ter ficado completamente alheia ao que estava acontecendo na maior parte do tempo.

Não estava doendo, um fato pelo qual Gracie estava agradecida. Porque, quando a adrenalina se dissipou ao final do resgate de Eliza, suas costas estavam berrando de dor, uma dor que a pegou completamente desprevenida. Ela quase teve taquicardia a caminho do hospital, a ponto de paramédicos precisarem administrar oxigênio nela e, em seguida, aplicarem uma boa dose de morfina intravenosa.

O resto da viagem se perdeu em uma névoa difusa e agradável, e a única lembrança de Gracie quando chegou ao hospital foi a cabeça de Zack, que apareceu acima da dela quando descarregaram a maca da ambulância. Ele estava triste e bastante preocupado, e a tensão era evidente em seu rosto.

Gracie sorriu brincando para ele e disse:

"Não fique triste, Zack. Eu sou uma Valquíria."

Ela quase gemeu de vergonha enquanto a lembrança retornava a ela. Meu Deus, será que ela podia ter sido mais ridícula? E aparentemente não falou isso em voz baixa, porque ouviu risadas vindo de diferentes locais.

Apesar de não se importar de ficar naquele estado que era algo entre o desperto e o dormindo, Gracie forçou suas pálpebras a abrirem e viu Zack sentado em uma cadeira ao lado da cabeceira de sua cama. Ele estava com o braço esticado, segurando sua mão em meio às barras da grade da cama.

Gracie analisou os dedos entrelaçados por um momento, refletindo o tanto que aquilo parecia ser natural. Era como se eles não tivessem passado os últimos doze anos separados.

Como se pudesse sentir o olhar minucioso de Gracie, Zack abriu os olhos e então ficou mais atento, inclinando-se para frente para que seu rosto ficasse mais perto do dela. Com a mão livre, Zack acariciou o rosto de Gracie, com tanto amor e afeto no olhar que, por um momento, ela não conseguia respirar.

Aquele não era o olhar de um homem que iria traí-la tão cruelmente.

E então Gracie tinha de perguntar. Porque tinha de saber. De repente, aquela se tornou a coisa mais importante do mundo para ela.

"Zack?", ela disse suavemente.

"Sim, querida, estou aqui. Você está bem? Está machucada?"

Ela meneou a cabeça, mas parou quando *aquilo* doeu.

"Aonde você foi?", ela perguntou com uma voz calma.

Zack não fingiu não ter entendido, nem pediu que ela fosse mais específica. Por um momento, o olhar dele ficou tão duro que ela estremeceu. As mãos de Zack tremeram em torno das dela, e ele engoliu em seco várias vezes, quase como se estivesse tentando se recompor.

"Eu pretendo contar tudo sobre isso", ele disse com uma voz controlada. "Tem muita coisa para conversarmos, Gracie. Muita coisa que você precisa saber. Mas não aqui. Por favor, me dê isso. O médico disse que você vai receber alta logo. Eles não vão te segurar aqui durante a noite. Vão mandar você para casa com antibióticos, analgésicos e orientações para descansar e não piorar o corte, o que eu pretendo garantir que você siga à risca. Eu juro para você, vou contar tudo quando estivermos sozinhos."

Havia uma súplica nos olhos dele e, por um instante, Zack parecia muito vulnerável. O coração de Gracie se apertou e ela segurou a mão dele com mais força, em busca de um apoio.

"Tudo bem?", ele sussurrou.

"Ok", ela sussurrou de volta. "Como está Eliza? E Ari?"

Um sorriso surgiu no canto da boca de Zack.

"Eliza está causando a maior confusão, porque querem fazê-la passar a noite aqui para ficar em observação e ela não está nem um pouco a fim disso. Acontece que Wade ameaçou segurá-la à força para impedi-la de sair. A coisa está num impasse e nenhum dos dois está cedendo. O restante de nós está se mantendo fora do caminho. Eu acho que Wade vai ganhar essa."

Gracie sorriu, imaginando muito bem o confronto entre aqueles dois teimosos que queriam coisas diferentes.

"E Ari?", ela continuou.

"Beau a levou para casa", disse Zack. "Ela estava bem. Apenas muito fraca."

Gracie soltou um suspiro de alívio.

"Você me assustou demais", ele disse com seriedade, mudando de repente o assunto para ela. "Nunca mais faça isso, Gracie. Meu coração não aguenta. Você tem ideia de como me senti inútil sabendo que não ia conseguir chegar a tempo até você? Por que diabos você fez isso?"

"Era a coisa certa a se fazer", disse Grace, dando de ombros.

"Meu Deus." Zack fechou os olhos.

"Eu não podia ficar sem fazer nada", ela se justificou. "Eliza me ajudou e ela estava lá por minha causa. Ela estava sendo torturada por minha causa."

Gracie não conseguiu controlar a dor em sua voz e começou a chorar, desviando o olhar de Zack.

"Seja lá por qual motivo, meus poderes voltaram quando Eliza mais precisou de nós. Talvez essa tenha sido a maneira de Deus salvá-la. Eu não sei. Mas eu sabia que ao me juntar com Ramie e Ari, nós conseguiríamos encontrar e salvar Eliza. Eu não podia simplesmente ficar sentada enquanto eles matavam uma mulher inocente. Especialmente uma mulher que dá tanto de si para ajudar os outros."

Zack sorriu com tristeza.

"Eu nem devia ter perguntado. Claro que você faria isso. Você é incapaz de fechar os olhos para qualquer um precisando de ajuda."

O olhar dos dois se encontrou novamente. Gracie foi engolida por uma imensa onda de amor, e estremeceu diante de sua força.

"Você ainda é minha Gracie", ele sussurrou. "Você não mudou nem um pouco da linda garota por quem me apaixonei tantos anos atrás. A garota por quem eu ainda estou apaixonado. E que sempre amarei."

Gracie o encarou em choque, incapaz de responder. Como ela poderia responder? O que ela deveria falar? Gracie abriu a boca, mas não saiu nada. Ela apenas permaneceu boquiaberta enquanto encarava Zack, desamparada.

Ele pressionou um dedo em seus lábios com gentileza.

"Shhh. Agora não. Você não tem de falar nada agora. Tudo tem seu tempo. Espere até estarmos em casa e eu poder explicar tudo."

A porta do quarto se abriu e uma enfermeira entrou sorrindo para Gracie.

"Está pronta para ir para casa? Eu tenho aqui suas instruções de alta e as receitas médicas. Assim que eu tirar a sua injeção intravenosa, você estará pronta para ir embora. Apenas certifique-se de ir direto para casa descansar. Não faça nenhuma atividade árdua. Se você colocar muita pressão nos pontos que acabou de levar, eles vão abrir, e não queremos que isso aconteça."

O descanso não passou de um borrão porque Gracie só conseguia se focar nas palavras de Zack. Na promessa que havia em sua voz. Na sinceridade absoluta que havia em suas palavras. E em como ela tinha chegado muito perto de falar que o amava também.

E se isso não tornava sua vida pessoal uma bagunça, ela não sabia mais o que poderia tornar.

TRINTA E QUATRO

A viagem de volta para casa foi silenciosa e tensa. Gracie continuava olhando de lado para Zack, mas ele ficava olhando para a frente, segurando o volante com bastante força. A ansiedade dele era palpável e, mais uma vez, ela ficou espantada pela vulnerabilidade que ele demonstrava.

A maluquice nisso tudo era que Gracie queria chegar perto dele, pegar sua mão e falar que ia dar tudo certo. Que tudo ficaria bem. Mas ela não podia falar para Zack o que não sabia se era verdade absoluta ou não. Sendo assim, Gracie ficou sentada, tão quieta quanto Zack, e desejou que a viagem fosse o mais rápida possível.

Quando estavam chegando, ela reconheceu a casa que lhe serviu de esconderijo. O mesmo lugar para o qual eles a levaram depois do rapto. Ela engoliu em seco, ansiosa, enquanto Zack dizia com firmeza para que ela permanecesse onde estava. Em seguida, ele saiu, andou até o lado e abriu a porta.

Zack a ajudou a sair, com cuidado para não tocar o ombro de Gracie. E então ele a abraçou pela cintura e eles andaram devagar até a porta da frente. Uma vez lá dentro, ele a guiou até a sala e a colocou sentada no sofá, inclinada de forma que ela não se recostasse contra os pontos que levou nas costas.

Em seguida, Zack começou a andar. Por um bom tempo, ele permaneceu em silêncio, como se estivesse apenas organizando os pensamentos e decidindo o que falar. Sentindo o quanto isso era importante, Gracie esperou silenciosamente, atenta para quando ele começasse a falar.

Ele passou a mão nos cabelos e finalmente se virou para ela, com os olhos devastados pelo sofrimento e pela tristeza.

"Eu não devia fazer você passar por isso agora. Deus sabe que este é o pior momento possível. Você já sofreu o inferno e aqui estou eu para mandar você para lá mais uma vez. Mas não posso esperar, Gracie. Porque cada dia que passa com você acreditando que eu fiz algo tão repulsivo e... maldoso... uma parte de mim morre. Eu sou um desgraçado por fazer isso com você, e espero que você possa me perdoar depois que tudo for dito, mas eu sou um desgraçado que te ama de corpo e alma. E não posso, simplesmente não consigo, deixar você acreditar em algo tão ruim de mim por nem mais um minuto."

Gracie prendeu a respiração, porque sim, agora ela conseguia ler a mente de Zack, quando antes não conseguia. E ela podia sentir nele uma sinceridade imortal. E também amor. Os pensamentos de Zack eram caóticos, eram uma massa confusa de dor, raiva e mágoa. Mas à frente de tudo estava o amor. Amor por ela.

E ele sempre a amou. Zack nunca tinha deixado de amá-la. Oh, meu Deus. Será que ela havia se enganado? Será que ela causou isso aos dois, ao não acreditar nele?

"Me conte", Gracie conseguiu dizer. "Eu tenho que saber. Eu *preciso* saber."

E então Zack relatou sua viagem ao Tennessee nos mínimos detalhes. Contou de seu confronto com Stuart e depois com seu pai. E, finalmente, com os outros dois homens envolvidos. Gracie já estava entorpecida, completamente paralisada com tudo o que ele disse, mas então Zack pegou o telefone do bolso e o colocou na mesa de centro, à frente dela, antes de sentar ao seu lado no sofá.

"Se isso for demais, apenas me peça para parar. Se magoar ou machucar muito, eu paro. Mas isso aqui é a prova, Gracie. A prova do que aconteceu nas próprias palavras deles. A confissão de Stuart e do meu pai. Eu não fiz questão de gravar a confissão dos outros. Eu estava mais era com vontade de matá-los."

Gracie olhou para Zack aflita.

"Você não fez isso."

Os olhos de Zack tinham um brilho selvagem.

"Eu queria. Meu Deus, como eu queria. Mas não, não fiz. Embora não duvido que eles passem alguns dias no hospital."

Gracie olhava para o telefone como se ele fosse uma serpente prestes a atacar. Ela seria capaz de fazer isso? Ela seria capaz de ouvir aos detalhes do seu estupro novamente?

Então, de repente, ela sentiu uma paz tomando conta de si. Sim, ela estava pronta. Porque, se o que Zack disse era verdade, então aquela gravação o absolveria de qualquer participação no crime. E se isso também fosse verdade, então ela cometeu um erro terrível, um erro pelo qual ambos pagaram por tempo demais.

"Pode começar", ela disse com a voz rouca.

Lentamente, Zack esticou o braço e apertou um botão no telefone. Gracie estremeceu quando a voz de Stuart se fez ouvir na sala. Ela fechou os olhos, tentando apagar a chuva de lembranças daquele dia, que apareceu na mesma hora em sua cabeça.

Quando a gravação chegou à conversa de Zack com o pai, Gracie cerrou o punho e o levou à boca, pressionando-o com força para tentar impedir que os gemidos de dor escapassem.

Em algum momento no meio disso tudo, Zack a abraçou gentilmente pela cintura e a puxou contra o peito, balançando Gracie suavemente para frente e para trás enquanto as palavras vis do pai de Zack entravam em seus ouvidos.

"Pare! Já chega!", ela gritou.

Zack parou imediatamente a gravação e se virou para Gracie, com receio e muita dor no olhar. Ele escorregou para o chão, à frente dela, e ficou de joelhos, pegando suas duas mãos.

"Sinto muito, Gracie", disse ele, lágrimas brilhando em seus olhos. "Eu deixei você desprotegida. Eu permiti que isso acontecesse com você. Eu devia ter te levado comigo ou então ter ficado ali com você, e não ter saído para a faculdade. Não sei se você um dia será capaz de me perdoar. Meu Deus, eu não consigo me perdoar. Nunca deixei de te amar, nunca parei de procurar por você, nunca deixei de ter esperanças que um dia estaríamos juntos de novo."

Lágrimas quentes deslizaram pelo rosto de Gracie. Oh, meu Deus. Tanto tempo perdido. Tantos anos. Se ao menos... Havia tantos "se ao menos", mas não havia nenhuma maneira de voltar ao passado. Não havia nenhuma maneira de desfazer tudo aquilo e começar de novo.

Ou será que havia?

"Como você pode não *me* odiar?", Gracie disse com a voz arrasada. "Eu não confiei em você. Eu te odiei por doze anos. Eu disse coisas horríveis para você. Oh, meu Deus."

Ela afastou as mãos das de Zack e cobriu o rosto enquanto os soluços vinham do fundo do peito. Zack aproximou-se em um piscar de olhos, envolvendo-a com seu forte abraço. Ele simplesmente a segurou, balançando-a e beijando sua cabeça.

Em seguida, ele gentilmente tirou as mãos dela do próprio rosto e lentamente baixou sua boca, até que ela estivesse perto da boca de Gracie. E então pressionou seus lábios nos dela.

Foi uma sensação tão poderosa, uma sensação de retorno ao lar, algo tão avassalador, que quase fez Gracie perder a compostura. Nada jamais tinha sido tão terno. Nada antes disso. Os lábios de Zack se moviam com uma ternura delicada até que os lábios dela se abriram e a língua dele roçou na dela.

Gracie respirou fundo, apreciando o cheiro dele, tão familiar e tão assustador. E ela o beijou de volta, permitindo que toda sua tristeza, sofrimento, mágoa... amor... jorrassem naquele beijo.

"Eu nunca consegui te odiar, Gracie", disse Zack diante dos lábios dela. "Nunca. Eu sempre te amei. Sempre vou amar. Você pode perdoar o passado? Você consegue me dar uma nova chance para consertar as coisas entre nós? Eu juro para você que passarei o resto da minha vida fazendo você feliz. Protegendo e amando você. E fazendo o mesmo com nossos filhos."

Gracie se inclinou para frente, pressionando a testa na dele enquanto mais lágrimas corriam por seu rosto.

"Eu não tenho nada para oferecer a você, Zack. Eles levaram tudo. Eu não tinha nada. Eu não era nada. Tudo o que eu tinha, tudo o que era precioso para mim era minha virgindade. Você deu tanto à mim e eu só tinha isso para oferecer. E eles tomaram isso de mim. Como você pode me desejar depois do que eles fizeram comigo?"

"Ah, querida, não", disse Zack com uma voz cheia de sofrimento. Ele a afastou para que pudesse olhá-la nos olhos, mas ela não conseguia encará-lo. Zack levantou o queixo de Gracie com seu dedo, até que ela fosse obrigada a encará-lo.

"Leia minha mente neste momento, Gracie. Olhe dentro do meu coração. E então me diga que eu não te amo. Me diga que eu não te desejo completamente, de corpo e alma."

Ela hesitou, um pouco temerosa demais para ter esperanças. Mas o olhar de Zack era decidido e seguro, e os olhos dele estavam cheios de carinho e amor.

Gracie se libertou das fortes amarras em que tinha se colocado e permitiu-se entrar na mente de Zack. Ela imediatamente foi inundada pela onda de um amor tão forte que seu corpo inteiro chacoalhou. Havia tanta coisa em que Zack estava pensando. Sobre o futuro deles, o casamento, os filhos que um dia eles teriam. E como ele ansiava acordar cada manhã ao lado dela.

Aquilo era simplesmente demais para Gracie.

Ela se inclinou para ele novamente e agarrou-o com força, como se temesse que ele simplesmente pudesse desaparecer. Seus soluços ficaram mais fortes e com um som assustador. Um som gutural, que vinha das profundezas da alma de Gracie.

"Perdoe-me", Gracie pediu com em uma voz péssima. "Perdoe-me, Zack. Oh, meu Deus, me perdoe. Você devia me odiar. Eu não confiei em você. Desperdicei tantos anos te odiando por algo que você nunca fez. E ainda assim *você* me pede perdão."

Zack acariciou os cabelos dela e afundou o rosto nas mechas dela. Gracie sentiu o calor das lágrimas dele em sua cabeça.

"Não há nada para perdoar, Gracie. Nós dois fomos vítimas de uma armação. Claro que você achou que eu tinha arquitetado aquilo. É o que eles queriam. Eles são os culpados. Não você, nem eu."

Gracie levantou a cabeça e olhou para Zack com a visão embaçada pelas lágrimas.

"Eu te amo", ela sussurrou. "Nunca deixei de te amar. Mesmo quando te odiei, uma parte de mim sabia que eu te amaria para sempre e iria lamentar para sempre a perda do que nós tínhamos."

Zack pareceu desabar diante de olhos dela. Havia alívio profundo e, pela primeira vez, seus olhos brilhavam de... esperança.

Ele segurou o rosto dela em suas mãos e a expressão em seu rosto ficou bastante séria.

"Você não deu a eles sua virgindade, Gracie. Eles a tomaram de você. Eles arrancaram algo muito precioso, mas quer saber? A virgindade é mais do que uma fina barreira que significa a inocência de uma mulher. E na nossa noite de núpcias, quando você se entregar para mim, você vai me dar um presente mais precioso do que qualquer outro. Porque *será* a nossa primeira vez. Juntos. E assim como íamos esperar antes, eu quero esperar agora. Até que você seja minha esposa. Eu quero que nossa primeira vez juntos seja como marido e mulher."

Ela encarou Zack com espanto.

"Você está me pedindo em casamento?"

Ele riu, apesar daquilo mais parecer uma emoção sufocada.

"Aparentemente, não muito bem."

Ele apoiou um joelho no chão e segurou as mãos dela, com o rosto sombrio e também muito sério.

"Gracie, você quer se casar comigo? Quer viver comigo e me amar até que esta vida se acabe e a próxima comece? Você quer ter filhos comigo e realizar todos os sonhos que tivemos?"

Ela puxou uma das mãos e a colocou no queixo áspero de Zack, que tinha a barba por fazer. Pela primeira vez em muito tempo, Gracie se sentia... livre. Feliz. Otimista. Como se um mal terrível tivesse sido corrigido e o mundo estivesse como deveria estar mais uma vez.

"Oh, sim", ela suspirou. "Sim, eu me casarei com você, Zack. Eu te amo. Eu sempre vou te amar"

Ele a puxou para os braços, absorvendo também essa sensação de que tudo estava certo, sentindo uma paz verdadeira pela primeira vez em doze longos anos.

"Eu não quero esperar", ele disse rispidamente. "Mas eu também quero que você tenha o casamento que sempre planejamos. Eu não vou fazer isso de nenhuma outra forma. Nós convidaremos nossos amigos aqui, mas vamos nos casar em uma igreja, com um pastor, e você definitivamente vai estar vestida de branco."

"Que tal esperarmos o suficiente para que eu tirar esses pontos", Gracie disse com um sorriso. "Seria meio chato não aproveitar nossa noite de núpcias por eu ainda estar me recuperando."

Ele sorriu de volta para ela e, de repente, Gracie viu o garoto por quem se tinha se apaixonado quando era apenas uma garotinha. Era como se os anos tivessem voltado, e os olhos de Zack brilhassem de alegria e esperança renovada.

"Combinado", ele disse. "Além disso, leva um certo tempo para planejar um casamento apropriado, e eu pretendo que a festa seja inesquecível."

TRINTA E CINCO

"Por que estou tão nervosa?", perguntou Gracie sem fôlego, enquanto sentia o estômago completamente revirado.

Ela encarava o espelho de corpo inteiro e via uma mulher que não reconhecia. E ainda assim, ela também via a garota de 16 anos que finalmente tinha conseguido o dia com o qual tanto tinha sonhado.

Eliza e Ari estavam ao lado de Gracie, ambas com o sorriso aberto e os olhos brilhando de empolgação e felicidade. Era contagiante. Ninguém na pequena sala das noivas da igreja ficava imune àquela corrente elétrica de alegria.

"Você está linda", disse Eliza, com os olhos marejados refletindo um certo brilho.

"Não se atreva a me fazer chorar, Eliza!", Ari advertiu, contorcendo o rosto de várias formas para evitar as lágrimas. "Casamentos sempre me fazem chorar, e este mais do que qualquer outro."

Gracie também ficou piscando e, em seguida, ficou de olhos arregalados para que eles secassem. Seus cabelos e a maquiagem estavam perfeitos, mas tinha levado mais de uma hora para ela ficar assim. E Gracie queria estar mais linda do que nunca quando percorresse o corredor da igreja na direção de Zack. Finalmente, Zack.

Só de pensar nele, ela sentiu o estômago embrulhar novamente, deixando-lhe com um ligeiro mal-estar que a fez respirar pelo nariz.

"Você não vai vomitar, vai?", perguntou Eliza ansiosamente. "Porque esse vestido é lindo demais para você vomitar em cima. Eu te embrulho em um saco de lixo se for preciso, mas o vestido precisa ficar a salvo!"

Ramie e Ari riram, e Ramie enfiou a cabeça entre o espelho e Gracie, dando uma boa olhada nela, de cima a baixo, com a sobrancelha franzida de concentração, enquanto analisava cada detalhe da aparência de Gracie.

Então, Ramie sorriu.

"Você está pronta."

Ela pegou a mão de Gracie e juntou-a firmemente na dela. Quando Gracie colocou sua outra mão em cima da de Ramie e a apertou – um gesto de gratidão e união –, Ari e Eliza colocaram suas mãos sobre as de Gracie e as quatro mulheres ficaram lá, em solidariedade.

Os últimos meses não tinham sido dos mais fáceis. A DSS realizou três ataques a instalações utilizadas pelo grupo fanático que tinha causado tanta dor a Ari, Gracie e Eliza. E Gracie, Ari e Ramie não só tiveram de se preocupar com os homens da DSS ao serem deixadas para trás, mas também tiveram de se preocupar com Eliza, porque ela se recusou a não participar das incursões.

Apenas um homem foi trazido capturado, e colocado diante de Gracie, com a desculpa de que ela iria identificá-lo. Ela nem mesmo precisou interrogá-lo. A frustração e a raiva que havia na mente dele por sua organização ter desmoronado devido às investidas da DSS eram tão claras como se ele estivesse falando os pensamentos em voz alta.

Gracie simplesmente assentiu a Zack, Dane e Beau e então fechou os olhos, com as mãos trêmulas. Então, tudo estava acabado.

Ela abriu os olhos e, mais uma vez, estava no quarto das noivas, com suas mais queridas e únicas amigas se reunindo em torno dela, encarando-a de volta pelo reflexo do espelho.

"Com certeza esta é a melhor das todas as oportunidades de fazer uma *selfie*", Eliza anunciou. "Ninguém se mexe!"

Eliza pegou o celular que estava atrás com alguma dificuldade, para, em seguida, colocá-lo na frente do grupo, posicionando-o e encontrando o ângulo certo, para que capturasse a maior parte delas quanto fosse possível.

"Acho que vou mandar essa foto para o Zack agora", disse Eliza, com um sorriso maroto. "Isso vai deixá-lo maluco."

"O noivo não pode ver a noiva antes do casamento!", repreendeu Ari.

Ramie bufou.

"Ele trouxe Gracie para a igreja hoje de manhã. Apesar de Zack ser agradavelmente tradicionalista em algumas questões que eu jamais esperaria, ficar sem ver a noiva por muito tempo não é algo que ele vá conseguir fazer."

As outras mulheres riram e Eliza ficou séria, mais uma vez segurando a mão de Gracie.

"Ele já ficou tempo demais sem ver a mulher que amava", Eliza sussurrou. "Não podemos culpá-lo por nunca mais querer passar por isso."

"Ela vai me fazer chorar", Ramie murmurou aborrecida. "Quem pensaria que nossa Lizzie era tão romântica?"

Alguém bateu à porta, fazendo as mulheres pularem de susto e então caírem na gargalhada. Eliza olhou meio envergonhada em direção à porta e então se afastou.

"Eu vou, hã, deixar uma de vocês atender essa. Deve ser Wade, que veio pegar a Gracie, sem dúvidas. Ele ainda não me perdoou totalmente pelo incidente envolvendo o braço dele, então, hum, eu acho que vou ficar de fora do campo de visão dele por enquanto", Eliza comentou.

Ramie bufou, e ela e Ari abriram a porta, realmente revelando Wade ali, cheio de expectativa no rosto. Gracie apertou os lábios quando observou a tipoia que envolvia o braço esquerdo dele. Ela olhou de soslaio para Ari e Ramie, torcendo para que elas a ajudassem. A última coisa que ela queria fazer era rir na cara de Wade.

Mas elas não ajudaram em nada, aquelas traidoras. Ari na verdade virou o rosto e Ramie ficou emitindo barulhos suspeitos por trás da mão que cobria a boca.

Wade fechou a cara para todas elas, o que apenas fez com que Ramie e Ari perdessem o pouco do controle que tinham e caíssem na gargalhada.

Traidoras.

"Lá se vai a maquiagem delas", murmurou Gracie.

"Eu não faço ideia de que raios é tão engraçado, de qualquer maneira", Wade resmungou.

Gracie conseguiu manter uma cara séria. Por pouco.

Wade ficou irritado quando Eliza insistiu em fazer parte das batidas contra o grupo dos fanáticos. Ele passou um sermão nela e nos seus colegas de trabalho da DSS, e quando o sermão não funcionou, Wade, de alguma maneira, conseguiu encontrar uma forma de entrar na equipe que faria as incursões, uma vez que, segundo ele, ninguém da DSS tinha "o mínimo de bom senso que até mesmo uma mula tinha".

Convencido de que Eliza acabaria sendo morta, Wade decidiu ficar atrás dela o tempo todo, e com isso ele deixou Eliza completamente maluca. E, no final, Wade acabou levando um tiro que era destinado a Eliza. Por isso ele estava com o braço enfaixado e com a tipoia. Ele não estava nada contente com aquilo, para dizer o mínimo, nem deixaria Eliza se esquecer disso.

"Digam àquela pequena covarde que ela vai perder a cerimônia se não sair de seu esconderijo", disse Wade em voz alta.

Ele também sabia como provocá-la.

Gracie trocou suspiros e olhares de preocupação com as outras mulheres, e então puxou Wade para tirá-lo da porta antes que Eliza explodisse, o que era certo que aconteceria.

Assim que estavam na passagem da porta, todas as provocações foram deixadas de lado e até mesmo Eliza saiu para arrumar o vestido de Gracie, às pressas. Quando tudo estava perfeito, as três mulheres fizeram fila na frente de Gracie, e as portas foram abertas parcialmente – o suficiente para que elas passassem por ela sem revelar a noiva para os ocupantes da igreja.

Wade estava com o braço entrelaçado ao de Gracie, que apoiava sua mão na palma da mão dele.

"Você está linda, querida", ele murmurou. "Zack é um sortudo filho da mãe."

Ela sorriu radiante para ele, com os olhos marejados de lágrimas.

"Obrigada, Wade. Por tudo."

Ele se inclinou e roçou os lábios em sua bochecha, apoiando o braço dela com mais firmeza em seu corpo.

"Está pronta?", ele sussurrou. "Essa é a nossa deixa."

Gracie respirou fundo, endireitou os ombros e apertou as mãos de Wade.

"Pronta", ela disse, levantando a cabeça conforme as portas se abriam para o seu futuro e finalmente se fechavam para o passado.

***

Zack estava à frente da igreja, de punhos cerrados, enquanto Ramie, Ari e Eliza lentamente andavam pelo corredor e, em seguida, tomavam seus lugares do lado oposto a onde ele se encontrava. Em pé atrás dele, estavam Beau, Caleb e Dane.

Não havia muitos convidados na pequena igreja, mas todos eram uma família. Uma família que se uniu para garantir que as mulheres que amavam jamais sofressem nas mãos de tanto mal novamente.

Por mais que Zack quisesse se casar com Gracie o mais rápido possível e nunca mais deixá-la ir embora, ela precisaria de tempo para se curar. Porém, mais importante, Zack se recusou a realizar a cerimônia de casamento até todos terem certeza de que cada uma das pessoas responsáveis por tanta dor e mortes fosse eliminada.

O casamento dele e de Gracie seria perfeito e não haveria preocupações com vinganças. Seus pensamentos estariam voltados só um ao outro e ao futuro – que um dia eles já tiveram totalmente planejado –, um futuro que ambos pensaram ter perdido. Mas não, o futuro apenas esteve à espera deles, enquanto o destino não os levava a encontrar o caminho de volta um para o outro.

As portas se abriram de novo e a música se intensificou e preencheu toda a igreja. Zack prendeu a respiração quando viu Gracie pela primeira vez vestida de noiva.

Ela estava ao lado de Wade, com um sorriso do tamanho do Sol, e seus olhos brilhavam de alegria. E então, Wade lentamente começou a caminhar com ela pelo corredor.

Zack apressadamente enxugou os olhos, determinado a se controlar e não estragar o dia de Gracie. Ele e Wade ficaram emocionados por Gracie ter pedido ao amigo para levá-la ao altar. Zack já não nutria mais nenhuma animosidade em relação a ele. Wade foi uma fonte de amparo quando Gracie mais precisou de apoio e, bem, ele também levou um tiro que estava destinado a Eliza, o que significa que a DSS inteira lhe devia gratidão por salvar uma pessoa tão importante e amada por todos.

Ele não devia ter se preocupado em disfarçar sua emoção. Conforme Gracie se aproximava, Zack viu o brilho de lágrimas nos olhos dela e as observou escorrerem silenciosamente por seu rosto.

O olhar de Gracie estava fixo em Zack, como se os dois fossem as únicas pessoas no local. Ela caminhou em sua direção sem hesitação, com Wade ao seu lado. Mas, quando chegou até Zack, ela soltou o braço que estava entrelaçado com o de Wade e pegou a mão dele, segurando-a por um longo momento. Gracie então tirou os olhos de Zack pela primeira vez e virou-se para encontrar o olhar suave de Wade.

"Obrigada por ter sido o amigo de que eu tanto precisei", ela sussurrou.

Para o espanto de Zack, ele viu um leve brilho nos olhos de Wade, mas que logo depois desapareceu, o que o fez perguntar se aquilo não tinha sido apenas sua imaginação.

Wade tirou sua mão da de Gracie e gentilmente segurou o rosto dela, limpando a linha fina de lágrimas com o polegar.

"Seja feliz, Anna-Grace", disse Wade calmamente, beijando-a carinhosamente no rosto. Depois, ele baixou sua mão e novamente entrelaçou os dedos com Gracie, mas desta vez Wade levou a mão na direção de Zack. Enquanto o noivo pegava a mão dela, Wade o olhava com firmeza.

"Você está recebendo uma joia rara e preciosa, Covington. Cuide bem dela."

"Sempre", Zack prometeu com a voz séria.

Wade deu um passo para trás e então sentou-se no banco da frente, onde outros membros da DSS estavam.

Zack sabia que ele e Gracie deviam se virar para o pastor, que os estava aguardando para começar a cerimônia. Mas ele não conseguia quebrar o encanto daquele momento com o qual ele sonhou por tanto tempo.

"Eu não consigo acreditar que você está em pé na minha frente, no seu vestido de noiva", sussurrou Zack, quase engasgando com as palavras. Ele sentiu um nó de emoção tomar conta de sua garganta, o que arriscava deixá-lo incapaz de fazer qualquer discurso. "Eu te amo, Gracie. E nunca, nunca vou me esquecer deste dia."

Outra lágrima escorreu pelo rosto de Gracie, mas ela sorriu – meu Deus. Aquilo era como ser envolvido pelo sol depois de um longo e rigoroso inverno. E os olhos dela, então? Castanhos vívidos, tão quentes que Zack jamais sentiria o frio que havia no vazio absoluto.

Incapaz de se controlar, ele segurou o rosto dela com as mãos e se inclinou para tomar os lábios dela em um beijo longo e carinhoso.

Os outros riram e comemoraram. E então as gozações começaram.

"Você precisa de alguém para soprar as dicas aí, meu irmão?", Beau perguntou atrás dele. "Eu tenho certeza de que essa parte vem *depois* do 'você pode beijar a noiva'."

Zack interrompeu o beijo para olhar para todos eles.

"Eu vou beijar minha noiva a hora que eu bem entender."

"Eu digo amém para isso", murmurou Caleb, e foi saudado por uma nova rodada de risos.

Beau deu de ombros.

"O homem realmente tem toda a razão. Eu também beijo minha noiva a hora que eu bem entender."

Ari soprou ao seu marido um beijo do outro lado do corredor.

Zack sorriu para Gracie, cujas lágrimas tinham sumido graças às risadas. Ela estava tão radiante que cintilava como um farol, um raio de sol. O sol dele.

"O que você me diz de nos casarmos direito?", ele perguntou com um sorriso largo.

Então, para sua surpresa, Gracie contrariou o cerimonial e as circunstâncias, ao ficar na ponta dos pés e dar um beijo nele. Todo o resto escapou da mente de Zack diante da ternura do beijo. E quando ela finalmente se afastou, ele mal se lembrava do próprio nome, muito menos do que deveria fazer em seguida.

Sorrindo, ela o puxou até o pastor.

"Esta é a parte onde nós dois falamos 'eu aceito'."

"Eu aceito", ele sussurrou para que somente ela conseguisse escutar. "Eu aceito, e sempre aceitarei. E nós *nunca* vamos nos separar de novo."

TRINTA E SEIS

Zack ficou na janela da sacada com vista para o mar e inspirou a maresia, na tentativa de se acalmar um pouco. Ele sentia como se alguém estivesse com as mãos em volta de seu pescoço em um estrangulamento perpétuo. Pelo amor de Deus, até mesmo suas mãos estavam suando, e seus dedos tremiam quando ele abria as mãos, que estavam em punhos cerrados, ao lado do corpo.

Fechou os olhos, erguendo um dos punhos para esfregar a mão nos cabelos e, em seguida, agarrou a parte de trás do seu pescoço com a palma da mão, massageando a nuca distraidamente enquanto tentava se recompor.

Gracie tinha ficado nervosa assim que entraram na suíte. A tensão era palpável, quando ela pediu licença para se trocar para vir para a cama.

Por não querer ser rápido demais nem pressioná-la demais logo de cara, em vez de se despir – como alguns fariam prestes a embarcar na noite de núpcias –, Zack se manteve de cueca e meias.

Ele olhou com tristeza para os pés cobertos e meneou a cabeça, deixando escapar uma leve risada. Meias? Sério? A cueca até era compreensível. Já as meias eram só o resultado do próprio nervosismo. Zack rapidamente tirou as meias com os dedos dos pés e as chutou para baixo da poltrona perto da janela.

Ele tinha de se recompor antes de perder completamente o controle e arruinar a noite para ele e Gracie, antes mesmo que ela começasse. Isso ia ser muito mais difícil para Gracie do que seria para Zack. Mas, ao mesmo tempo, e se ele agisse de maneira errada? E se ele acabasse deixando-a traumatizada? A última coisa no mundo que ele queria era que a noite de núpcias fosse um desastre por ele ter feito alguma coisa idiota ou por ele simplesmente não saber a coisa certa a se fazer na hora certa.

Essa última era a possibilidade mais provável. Zack estava se sentindo desajeitado e inepto, assim como o virgem que ele teria sido – e devia ter sido – para Gracie. Ele tinha quebrado a promessa que fez a ela, mas Gracie manteve sua promessa com ele.

Essa noite, Gracie se entregaria para ele e somente para ele. Saber que ele era o primeiro e único homem para quem ela entregaria uma dádiva tão preciosa quase o deixou de joelhos. Zack se sentia honrado e... envergonhado.

"Zack?"

A voz trêmula de Gracie chegou até seus ouvidos, e Zack se virou devagar para trás, amaldiçoando o fato de ter sido apanhado com uma vergonha tão profunda que ele nem mesmo escutou Gracie sair do banheiro. Ele devia era estar ali esperando por ela, para tranquilizá-la em vez de deixá-la ficar tão vulnerável por, na prática, ter de tomar a iniciativa.

Zack expirou e ficou completamente sem ar quando olhou para Gracie. Sua boca ficou seca e seu coração acelerou a ponto de ele conseguir sentir as batidas fortes contra o peito.

Gracie estava usando um vestido rendado de seda branca que caía em ondas pelo seu corpo e que girava em seus pés. Apenas as pontas de seus dedos delicados apareciam por debaixo da bainha. Rosa brilhante. Zack queria beijar cada um daqueles dedos lindos. Assim como queria beijar e tocar cada centímetro da pele sedosa de Gracie.

Mas aquele corpete. Meu Deus, aquele era um vestido feito para causar um ataque cardíaco em um homem. Zack estava parado, sem palavras, encarando-a como um pré-adolescente vendo fotos de mulheres nuas pela primeira vez.

O decote caía em um V profundo entre os seios, descendo até chegar perto do umbigo. O tecido a envolvia de forma estratégica, para que seus seios não ficassem à mostra, mas a renda era fina e Zack podia ver a silhueta dos mamilos. Ele podia ver o formato deles, retesados sob o tecido.

Os lábios de Gracie tremeram enquanto se abriram em um sorriso, e Zack finalmente começou a agir, para não ficar lá babando feito um idiota a noite inteira. Ele teve de formular as palavras duas vezes antes de abrir a boca, porque a primeira tentativa de falar não deu certo.

"Você é a coisa mais linda que eu já vi na minha vida", Zack disse em uma voz rouca, áspera pela emoção.

Gracie corou, seus olhos se iluminaram e seu sorriso se alargou em reação às palavras dele.

"Estou com medo de te tocar", Zack admitiu. "Estou com medo de que, se eu te tocar, vou acordar e tudo não terá passado de um sonho. O sonho mais maravilhoso da minha vida, mas apenas um sonho."

Gracie foi na direção dele, quando era ele que deveria ir até ela. Para lhe dar tranquilidade, amor e conforto. Suas mãos deslizaram pelos braços de

Zack até seus dedos entrelaçarem com os dele. E foi aí que ele percebeu que ela estava trêmula. O coração de Zack amoleceu e seu corpo inteiro desabou.

Ele juntou as mãos dela entre as dele e gentilmente as pressionou enquanto captava essa cena, um anjo diante dele. Seus olhos se encheram de lágrimas e Zack tentou abafá-las.

Aquela não era para ser uma noite de tristeza. Ou arrependimento. Ou até mesmo vergonha. Aquela noite era a noite dos sonhos dele. A noite de todos os sonhos que ele teve, reunidos em um único momento maravilhoso, vívido e inspirador. E ainda assim, ele não conseguia manter longe uma coisa que rastejava em sua mente e lançava sombras sobre toda sua alegria.

"Eu sinto muito, Gracie", Zack falou com dificuldade.

Ela pareceu ficar perplexa. Gracie inclinou a cabeça de lado e apertou as mãos de Zack, como se estivesse oferecendo segurança.

"Eu não mantive minha promessa para você."

Zack precisou desviar o olhar enquanto uma única lágrima escorria pelo rosto, que agora ele escondia.

"Eu prometi que você seria minha primeira. Eu prometi que chegaria a você tão intocado quanto você estava. Você está me dando o presente mais precioso que um homem um dia pode desejar receber. Você está me honrando como o primeiro homem com quem você vai fazer amor. E eu nem mesmo posso dizer que você é a segunda ou terceira mulher com que eu já estive."

Ele fechou os olhos, fazendo com que mais lágrimas escorressem por seu rosto.

"Zack", Gracie sussurrou. Ela segurou as mãos dele com mais força. "Zack, olhe para mim, por favor."

Ele lentamente virou sua cabeça para encontrar o olhar dela e também viu a emoção nos olhos de Gracie.

"Alguma vez você entregou seu coração para alguma dessas mulheres?", ela perguntou baixinho.

"Não", ele disse enfaticamente, seu tom mais rígido do que ele pretendia. Meu Deus, ele nunca cogitou nem por um momento a possibilidade de qualquer outra mulher além de Gracie ser dona de um pedaço de seu coração. "Nunca."

Ela sorriu e então ficou na ponta dos pés, até estar na altura de Zack, e gentilmente limpou a trilha das lágrimas que tinha ficado no rosto dele. Ele a envolveu com seus braços, segurando-a firmemente diante de si, levantando-a para que ela não estivesse em tanta desvantagem de altura.

"Assim como sempre", Gracie disse, colocando os braços ao redor do pescoço dele. "Você me segurando. Nunca me deixando cair. Sempre me protegendo do mundo."

"Para sempre", Zack prometeu, olhando diretamente nos olhos dela, permitindo-a ver e sentir a sinceridade de sua promessa.

Carinhosamente, ela segurou o queixo dele e o encarou, com tanto amor reluzindo nos olhos castanhos-claros que Zack quase derreteu.

"Você nunca deu seu coração para outra mulher além de mim", ela disse, seus olhos ficando tão sérios quanto seu tom de voz. "Você nunca deu a elas uma parte da sua alma, como fez comigo."

"Não só uma *parte*", Zack disse incisivo. "Eu os entreguei por inteiro, Gracie. Meu coração, alma, corpo e mente. Eu nunca dei para mais ninguém o que já era seu."

"Então, não consigo compreender como você quebrou sua promessa para mim."

Por um momento, Zack mal conseguia respirar. Sua visão embaçou e ele trouxe Gracie ainda mais perto para afundar o rosto nos seus cabelos e para que a cabeça dela ficasse apoiada em sua bochecha. Ele inalou a doce fragrância dela e segurou o ar pelo máximo de tempo que conseguiu, antes de se permitir expirar novamente.

"Eu te amo", Zack disse com a voz falhando sob o peso de tanta emoção. "Eu nunca vou amar mais ninguém. Sempre foi você. Graças a Deus você encontrou o caminho de volta para mim. Nunca me abandone, Gracie. Eu não posso viver sem você. Não sou completo sem você. Os últimos doze anos foram tão vazios. Jamais quero viver daquele jeito de novo."

Gracie virou o rosto para que seus lábios pudessem tocar o canto da boca dele.

"Eu também te amo, Zack. E nunca mais vou te deixar."

Lentamente, Zack andou até a cama, carregando Gracie colada em seu corpo. Quando ele chegou à beirada do colchão, deitou-a com bastante cuidado. Zack se endireitou, observando fascinado a visão que tinha diante de si.

O cabelo de Gracie estava espalhado na cama e tinha uma aparência despenteada. Suas bochechas estavam rosadas e coradas com o mesmo nervosismo que ele sentia. Seus mamilos estavam rígidos e tensos contra o fino tecido de seu vestido.

Incapaz de resistir a uma tentação tão deliciosa, Zack abaixou a cabeça até onde o decote terminava e pressionou os lábios sobre o pequeno umbigo, com a intenção de beijar o corpo de Gracie por inteiro. De maneira alguma ele iria apressar aquilo. Ele levaria a noite inteira e queria apreciar cada minuto.

"Estou com medo", Gracie disse com uma voz trêmula.

Zack imediatamente levantou a cabeça para encontrar o olhar de Gracie. E então ele abaixou seu corpo para ficar deitado ao lado dela, e colocou a perna possessivamente sobre ela. Mas, ao mesmo tempo, ele se certificou de não deixá-la desconfortável.

"Do que você está com medo, querida?"

Gracie engoliu em seco e então virou sua cabeça para o lado, para que pudesse encontrar o olhar dele.

"Eu não sei o que fazer", ela admitiu. "Eu nunca... quero dizer, nunca por vontade própria."

Gracie imediatamente fechou os olhos, mas não antes que Zack visse a vergonha manchar seus olhos castanhos. Zack precisava se esforçar bastante para controlar a raiva crescendo dentro de si. Aquilo era importante demais para ele estragar tudo. Ele tinha que lidar com Gracie com muito carinho.

"Claro que não sabe", disse ele. "Mas nem eu sei, Gracie. Eu nunca fiz amor com uma mulher em toda a minha vida. Como poderia ter feito se eu só amei você?"

Ela piscou e engoliu em seco novamente, e Zack tocou o rosto dela com seu dedo, deslizando-o por sua pele sedosa.

"Eu também estou com medo", ele admitiu. "Nada já teve mais importância para mim do que esta noite, do que este momento. Eu não quero te machucar nem te amedrontar ou ir rápido demais. Na verdade..."

Zack se inclinou para beijar os lábios de Gracie antes de continuar falando.

"Ninguém disse que temos que fazer amor hoje", ele sussurrou. "Nós temos todo o tempo do mundo. O resto de nossas vidas. Eu vou ser o homem mais feliz do mundo só de te segurar em meus braços enquanto você dorme, sabendo que você é finalmente minha. Sabendo que você usa a minha aliança e carrega meu sobrenome."

Gracie rolou para cima de Zack, com os olhos em chamas na penumbra lançada pelo abajur da cabeceira.

"Não", ela disse com firmeza. Sua mão deslizou pelo peito de Zack até parar sobre o coração dele. Havia sofrimento nos olhos dela, mas também determinação. "Eu não vou deixar que roubem essa noite de mim. Não vou!"

Os olhos de Gracie ficaram marejados e ela se inclinou para baixo, para que sua testa repousasse sobre a dele. Os lábios dos dois estavam tão próximos que suas respirações se misturaram.

"Não estou com medo de você", ela disse. "Jamais de você, Zack. Eu sei que você não me machucaria. Eu esperei por este momento por doze anos."

As últimas palavras saíram quase esganiçadas quando Gracie conseguiu pronunciá-las. Zack segurou a lateral do rosto dela com a mão, trazendo-a para perto de si, para que seus lábios se encontrassem. Ele acariciou o queixo dela enquanto suas bocas se tocavam levemente, com o único som vindo do beijo suave.

"Eu só tenho medo porque não sei o que fazer", Gracie sussurrou nos lábios dele. "Eu quero te agradar, mas não sei como. Eu desejo tanto esta noite que estou com medo de estragar tudo e deixar nós dois bem tristes com isso."

Zack colocou os braços em volta de Gracie e rolou até ficar por cima dela, apesar de ter tomado o cuidado de não soltar todo seu peso, para não esmagá-la. Zack a encarou com olhos que certamente brilhavam como os dela alguns minutos atrás.

"Você nunca me vai me decepcionar. Você nunca vai conseguir *não* me agradar. Isso é impossível, Gracie. Você se casou comigo hoje. Está usando a minha aliança. Está carregando o meu nome. Eu não poderia estar mais feliz do que estou agora e eu não dou a mínima se nós vamos fazer amor ou não. Apenas ter você aqui, comigo, nos meus braços, é o suficiente. Sempre será o suficiente."

"E se eu *quiser* que você faça amor comigo?", ela sussurrou.

Zack sentiu um desejo selvagem, como ele jamais tinha sentido antes.

"Então, eu farei amor com você", ele murmurou.

"Por favor", Gracie falou carinhosamente. "Faça amor comigo, Zack. Nós dois esperamos tanto tempo por isso."

Ele uniu sua boca à dela, interrompendo qualquer coisa mais que ela fosse dizer. Naquele momento Zack parou de se conter e colocou todo o sentimento, todo o amor por Gracie, em seu beijo.

Suas línguas se encontraram e deslizaram ardentemente uma sobre a outra. Ele a saboreava, devorava, e então queria mais.

Zack colocou a mão gentilmente ao lado do pescoço e do ombro dela, onde seus dedos agarraram a fina alça que segurava o vestido. Com infinito cuidado, ele a puxou por cima do ombro e a levou para baixo, deixando o braço de Gracie nu.

Ela se arrepiou sob o toque dele. Gracie estremeceu enquanto beijava Zack com mais intensidade e deixou escapar um gemido de desejo – de necessidade. Necessidade que correspondia ao próprio desejo desesperado dele. Para Zack finalmente, *finalmente*, torná-la dele.

"Não me deixe te machucar", ele falou entredentes enquanto descia o vestido dela cada vez mais para baixo.

"Você não vai", Gracie negou.

Meu Deus, ela era tão linda. Suas curvas eram tão perfeitas. Zack pausou quando o vestido estava na cintura, para olhar os belos seios. Em seguida, incapaz de esperar por mais um segundo sequer, ele foi com a boca para saboreá-los.

Gracie gemeu e arqueou as costas quando Zack sugou um mamilo. Ele chupou e lambeu até que ela pulsasse sob ele. Em seguida, ele voltou sua atenção para o outro mamilo, e foi estimulá-lo e deixá-lo tão duro quanto estava o primeiro.

Gracie acariciava os braços de Zack, e em seguida passava para seus ombros, alisando suas costas de cima a baixo. Quando ele chegava a um ponto especialmente sensível, Gracie parava de mover as mãos e cravava as unhas em Zack, como se o prazer que ela sentia fosse quase insuportável. Certamente era assim também para ele.

Zack ansiava para penetrar naquele corpo acolhedor. Seu pau jamais ficou tão duro em toda sua vida. Jamais ele quis alguém com tanta vontade quanto queria Gracie. A sua Gracie. Mas ele se obrigou a ir devagar, pois não queria que o momento passasse rápido demais. Pelo contrário, Zack abasteceu e alimentou a fogueira que queimava entre eles, a ponto de transformá-la em um incêndio de desejo e necessidade consumindo-os.

Ele gemeu quando a boca de Gracie deslizou ardorosa sobre seu pescoço, até chegar à orelha, onde ela mordiscou e provocou. Ele estava arfando, tão desesperador que era respirar. Mas ela fazia isso com ele. Zack só precisava olhar para ela, que ele ficava sem fôlego. E ele sabia que isso nunca mudaria.

A boca de Zack passou por cada centímetro do corpo de Gracie, desde a cabeça até seus lindos dedos cor-de-rosa. E, assim como tinha fantasiado, Zack beijou cada um deles.

Depois do último dedo, ele abriu as pernas de Gracie, deixando-as mais afastadas, e começou a subir beijando as pernas dela por dentro, parando quando chegou à parte sensível atrás do joelho. Zack sorriu quando ela estremeceu. Os joelhos eram definitivamente seu ponto fraco.

Mas ele estava determinado a encontrar novas fraquezas. Novos lugares em que poderia enlouquecê-la de prazer. Gracie ficou tensa quando a boca dele viajou até o interior de sua coxa. Os dedos dela deslizaram pelo cabelo dele e se entrelaçaram lá, enquanto Zack dava um beijo carinhoso em sua pélvis.

Com um toque gentil, ele separou os lábios extremamente macios que ficavam entre as pernas dela e expôs sua abertura suave e seu pequeno centro de prazer, que estava latejando.

Ele primeiro passou a língua de leve sobre o clitóris, acariciando-o, apreciando cada gemido de prazer que Gracie soltava. Em seguida, Zack foi ficando mais ousado, e começou a sugá-lo, sempre muito suavemente, até que Gracie começou a levantar o quadril para atender aos caprichos dele.

Zack já estava tremendo de tanta necessidade reprimida, quando colocou um dedo dentro da abertura dela. Aquelas paredes de veludo se contraíram ao toque da ponta do dedo, sugando-o mais para dentro, e Zack quase revirou os olhos enquanto imaginava seu pau duro envolto por aquela pele macia e quente.

As pernas de Gracie chacoalhavam, seu corpo inteiro estava tremendo. Seus olhos pegaram fogo quando Zack levantou a cabeça para encontrar o olhar dela. A pergunta estava implícita, mas mesmo assim ela respondeu, assentindo. Então, como se quisesse convencê-lo ainda mais, ela colocou as mãos nos ombros dele.

"Por favor, Zack", ela implorou suavemente. "Por favor, eu preciso de você."

Gracie jamais teria de implorar por qualquer coisa que Zack pudesse lhe dar.

Ele se levantou e se posicionou entre as coxas abertas dela, e olhou para baixo, para o belo banquete de uma mulher nua esperando recebê-lo.

"Eu nunca vou pedir mais nada enquanto estiver vivo", ele disse em uma voz rouca. "Tudo o que eu sempre quis foi você."

Uma lágrima deslizou do canto do olho de Gracie e escorreu sobre sua têmpora, desaparecendo em seu cabelo.

Usando todo o controle que possuía, Zack se colocou na entrada da abertura molhada e sedosa de Gracie e deu uma leve empurrada para a frente, apenas o suficiente para que a cabeça de seu pau fosse banhada pelo calor dela.

Ele fechou os olhos e soltou um grito de agonia, um que parecia de dor, mas que era o mais intenso dos prazeres que ele já tinha experimentado na vida.

As mãos de Gracie se fecharam nos ombros dele, e ela cravou as unhas na pele de Zack, pedindo para que ele entrasse. E Zack não precisava de mais nenhum pedido.

Ele foi penetrando-a, centímetro por centímetro, observando-a para notar qualquer sinal de dor ou desconforto. Os olhos de Gracie se arregalavam enquanto ele entrava cada vez mais, mas estavam brilhando de prazer, então Zack continuou.

O corpo dele estava pegando fogo. As chamas o lambiam, ameaçando consumi-lo por completo e levá-lo ao limite. Ele podia sentir o suor em sua testa, pelo esforço por estar se contendo.

"Zack, eu estou bem", ela sussurrou perto de seu ouvido. "Você não está me machucando. Pode se soltar. Faça amor comigo."

Aquele apelo carinhoso arrebentou as últimas amarras de controle que Zack tinha. Com um gemido rouco, ele abraçou Gracie e a penetrou até o fim, unindo-os completamente como um só.

O sabor dela estava em sua língua enquanto o calor dela o envolvia e o sugava, de novo e de novo. Gracie levantou as pernas e as fechou em torno das coxas dele, e ela elevava o quadril a cada estocada que ele dava.

Então, Gracie abriu os olhos e cravou as unhas na pele de Zack com força o suficiente para quebrá-las.

"Oh, meu Deus, Zack. Não pare. Por favor, não pare!"

Era o último empurrão de que ele precisava. Com um gemido, Zack começou a se afundar dentro dela, repetidamente, cada vez mais fundo, cada vez mais molhada, cada vez com mais força.

Seus quadris se encontraram, seus corpos se chocavam com força a cada investida.

A boca de Gracie se abriu em um grito silencioso, e seus olhos ficaram turvos, como se ela tivesse perdido toda a noção de tempo e espaço. Zack sentiu o espasmo do corpo dela e a pressão em torno de sua ereção. Em seguida, ele sentiu uma súbita explosão de umidade, indicando que ela havia chegado ao seu ápice.

Aquele foi o catalisador de seu próprio orgasmo.

Mergulhado nas profundezas macias como seda, e com a sensação de estar em casa, uma sensação que ele nunca sentiu antes, Zack se soltou. Com o nome de Gracie em seus lábios, ele sussurrou "eu te amo" de novo e de novo, e se derramou dentro dela.

Ele afundou o rosto no pescoço de Gracie e sentiu suas lágrimas quentes na pele dela. Ele estremeceu uma última vez e, em seguida, finalmente relaxou. Quando conseguiu enxergar e pensar direito novamente, Zack notou que estava deitado sobre corpo franzino dela, e que Gracie estava afagando suas costas com as mãos, apoiando seu rosto sobre a cabeça dele.

Quando ele foi se mexer para não espremê-la com seu peso, ela reclamou e o segurou.

"Não, eu gosto de você aí", ela murmurou. "Fique aí."

E então ele ficou.

Muito depois dos últimos suspiros e sons de prazer, eles deitaram entrelaçados, dois amantes separados por muito tempo. Dois amantes que finalmente encontravam seu caminho de volta um para o outro e experimentavam a mais doce volta ao lar que alguém poderia pedir.

Talvez Gracie achasse que ele estivesse dormindo ou talvez ela queria que ele escutasse. Zack não tinha certeza. Mas enquanto ela acariciava seus cabelos com os dedos, ele ouviu o sussurro:

"Eu nunca mais deixarei você ir."

Ele sorriu, deixando o juramento solene chegar até a sua própria alma.

LEIA TAMBÉM

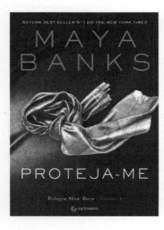

Proteja-me
Maya Banks
Tradução de Marcelo Salles

Caleb Devereaux é um homem atraente, herdeiro de uma família rica e poderosa. Quando sua irmã caçula é sequestrada, ele vai procurar Ramie St. Claire, uma jovem sensitiva que tem o poder de localizar pessoas desaparecidas tocando em um objeto delas. Mas Caleb não está preparado para controlar a intensa atração entre eles. E quando o dom de Ramie a coloca em perigo, Caleb promete fazer qualquer coisa para protegê-la, arriscando tudo, inclusive seu próprio coração.

Salve-me
Maya Banks
Tradução de Marcelo Salles

Abandonada quando bebê e adotada pelo jovem e rico casal Gavin e Ginger Rochester, Arial cresceu em um mundo de privilégios. Sua única ligação com o passado é algo que a distingue de todos os outros: seus poderes telecinéticos. Protegida por seus pais adotivos para manter seu dom em segredo, Ari cresce no colo do luxo, mas também do isolamento. Até que, quando jovem, alguém começa a ameaçar sua vida...
Beau Devereaux é um homem frio, rico e poderoso, CEO da DSS, empresa de segurança criada pela família após todos os sinistros acontecimentos com o irmão Caleb e a cunhada Ramie. Beau é mais que familiarizado com as realidades de poderes psíquicos. Assim, quando Ari o procura, dizendo que seus pais haviam desaparecido e que ela precisa de proteção, ele se prontifica a ajudar. O que Beau não está preparado é para a extensão de sua atração por sua bela e poderosa cliente.
O que começou apenas como mais um trabalho, rapidamente se transforma em algo pessoal, e Beau descobre que é capaz de qualquer coisa para proteger Ari. Mesmo que isso lhe custe a vida.

Este livro foi composto com tipografia Electra LT Std e impresso em papel Off-white 70 g/m² na Gráfica Assahi